前　言

培养和造就高素质的技能型人才是当今高等职业教育的根本任务，而人文素养是培养优秀的技能型人才的基础，也是实现人的全面和谐发展的必由之路，为了配合这一教学任务，作者精心编写了本教材。它着眼于学生的文学和艺术的欣赏能力的培养与提高，使学生能从人生视角来解读文学和艺术，借助文学和艺术来透视人生。因此，本书的编写不侧重于理论的阐释，而是依照人文视角，侧重于挖掘学生有效的阅读和赏析能力，引导学生把握正确的分析方法，从而提高审美鉴赏水平、艺术创造能力和整体人文素养。

本教材在体例上将文学和艺术合而为一，形成不同于其他有关教材的风格。一是将众多门类的文学形式和艺术形式的欣赏内容高度整合在一起，构成独具特色的创新体例，解决了以往教材分散多本的难题，突出了本课程的系统性和完整性，可以有效地提高学生的审美视阈、鉴赏能力和综合素养；二是从高职学生学习特点出发，将欣赏内容分解成不同的欣赏模块，在不同的欣赏模块中，从学生的欣赏思维出发，按照先后顺序分别设计了“欣赏名言”、“知识导入”、“欣赏引导”、“名作欣赏”、“自我感悟”、“活动创编”等板块，使学生在整个欣赏过程中针对性强、注意力集中，便于调动学生的积极性，培养其文学与艺术素养；三是图文并茂，并配有精美的全课程课件，极大地方便了学生自学和教师备课。

本书由董金凤教授主编并统稿。具体编写分工如下：模块一和模块二由陈俊香编写，模块三和模块四由付卉编写，模块五和模块六由崔广利编写，模块七和模块八由王灵芝编写，模块九和模块十由王丽芳编写，模块十一至模块十五由董金凤编写。

本书在编写的过程中，借鉴了一些国内外学者的著作和成果以及部分网络上的图片，在此向这些学者和摄影者表示诚挚的谢意。

在编写的过程中，编者以严谨认真的态度对待，力求精益求精，但是由于知识水平有限，加之时间仓促，本书难免有错误或疏漏之处，敬请谅解，并请斧正，以期修订时更臻完善。

编　者

2015 年 1 月

目　录

模块一　认 识 欣 赏

【欣赏名言】

生活中不是缺少美，而是缺少发现美的眼睛。

——法国雕塑艺术家奥古斯特·罗丹

【知识导入】

◆ **文学的内涵**

文学是社会意识形态之一，是运用语言文字塑造人物形象，以此反映社会生活的艺术。文学又称为“语言艺术”，它包括诗歌、散文和小说。理解文学的内涵应把握以下要点：

◇ **文学是社会生活的产物**

人们一有了语言就开始讲故事，一有了文字就开始把故事记录下来，随之而来的就是文学作品的诞生。文学作品中所反映的内容无不是来源于人们的生活，花木兰、江姐等形象也都是由一个个生活中的原型提炼而成的。

◇ **文学是一种精神产品**

文学作品不是对生活的简单复制，它作为一种社会意识形态，需要对现实生活进行提炼加工，是来源于生活又高于生活的精神产物，是经过了人的大脑工作后的成品。

◇ **文学以语言为工具**

文学所使用的工具是语言，这一点区别于以人体动作表现的舞蹈、以色彩表现的绘画以及以旋律表现的音乐等其他艺术。

◇ **文学具有美的性质**

从古至今，文学都具有文采学识的内涵，因此，不具备文采的作品，还无法被人们认同为文学，只有那些有趣、有意义、行文优美的作品，或者说具有美的性质的作品才可称为文学。

◆ **艺术的内涵**

古今中外对艺术的解释不尽相同，目前比较通行的解释有两种：广义的解释是把含有技术与思想的活动及其制作都称为艺术；狭义的解释把凡是含有审美价值的活动及其活动的产物，而能表现出创作者的思想及其情感，并能同接触者产生共鸣的都称为艺术。艺术是通过塑造形象反映社会生活、表现作者思想感情的一种社会意识形态。

○ 艺术源于社会生活。

○ 形象是艺术特有的反映生活的形式。

○ 艺术具有美的性质。

◆ 欣赏的内涵

欣赏是指享受美好的事物，领略其中的情趣。文学欣赏是以文学作品为对象的审美活动；艺术欣赏是以艺术作品为对象的审美活动。文学与艺术欣赏是通过对文学作品和艺术作品的感知、体验、理解、想象、再创造，获得情理结合的审美把握，从中既得到赏心怡神的美的享受，又得到思想、认识、情操、修养方面的教益的综合心理活动。

◇ **文学和艺术欣赏活动与欣赏者的想象关联**

文学和艺术欣赏的前提是文学艺术作品，欣赏者以作家、艺术家已经创造好的艺术形象为欣赏对象，在接触作品时，利用自己的审美感官把作品的形象体系创造性地呈现出来。欣赏者的审美活动是主动的，而不是被动地接受，他会在作品提供的背景下充分地驰骋想象。欣赏者作为有意识、有意志的主体，总是能动地、积极地突破作品的制约和局限，凭借自己的主观意愿进行独特的想象。艺术作品的主体和形成主体的各局部都在欣赏者的感知中被选择和衡量，有的空白部分被加以补充和丰富。不仅如此，欣赏者还可以改变、再构建作品原有的艺术形象。

◇ **文学和艺术欣赏活动与欣赏者的个性关联**

这一特征正是艺术想象性的必然结果。欣赏的过程是我们感知形象、想象形象、再造形象的结果，每个审美欣赏者都有其不同的个性特征，所以对同一个作品往往有不同的理解，正如莎士比亚的名言：“一千个读者，就有一千个哈姆雷特。”

◇ **文学和艺术欣赏活动与欣赏者的爱好关联**

由于欣赏者的社会经历、思想意识和审美经验不同，必然在欣赏中表现出爱好上的差异。有的人喜爱优美，而有的人喜爱壮美；有的人喜欢李白，而有的人喜欢杜甫。人们根本无法统一，也不需要强求一律。同是一幅名画，有人喜欢，有人就不一定喜欢，创作者没有被传统所束缚，欣赏者就更是表现出欣赏的多种取向。

【欣赏引导】

◆ **掌握文学与艺术欣赏的规律**

◇ **直觉欣赏**

直觉是直接得到的感觉，是不经过逻辑推理而迅速地认知事物的思维活动。它是文学和艺术欣赏的最初层次，是没有任何偏见以及经验的一种解读，也不会存在人为的阻碍，让欣赏者从整体上完整地把握作品的艺术特色和形象气度。

◇ **感性欣赏**

在直觉的基础上，借助想象与联想，调动欣赏者已有的生活经验，去丰富它，充实它，加深对它的理解。

◇ **专业欣赏**

专业欣赏是欣赏者对作品理性地认识，只有通过理性认识才能深入作品的本质，才能掌握艺术形象的精髓。专业欣赏必须发挥历史反思的作用，才能从审美的层次上把握住每一个作品。

◆ **理解文学与艺术欣赏的专业术语**

◇ **艺术语言**

任何一门艺术都有自己独特的表现方式和手段。运用独特的物质媒介来进行艺术创作，从而使得这门艺术拥有自己独具的美学特征，这种独特的表现方式或表现手段，就是艺术语言。

◇ **艺术形象**

艺术形象是文学和艺术反映生活的特殊方式。艺术形象总是具体可感的，它是客观因素与主观因素的统一，是内容与形式的统一，也是共性与个性的统一。艺术形象不仅具有具体可感的形象性，而且具有概括性。

◇ **艺术典型**

艺术典型是通过个别的、偶然的事物，深刻地揭示在特定历史条件下的历史必然及其某种特定内涵的艺术形象。艺术典型是艺术家创造活动获得极大成功的旗帜，也是艺术美高于现实美的重要标志。

◇ **艺术意境**

艺术意境是文学和艺术中一种情景交融的境界，是艺术中主客观因素的有机统一，是艺术家的审美体验、情感、理想、意趣与富于形象性的生活图景交融一体而形成的艺术境界。

◇ **艺术风格**

艺术风格即优秀文学或艺术作品中所体现的作家或艺术家独特、鲜明的个性特征。艺术风格包括艺术语言的运用、艺术形象的形成等方面。艺术风格体现艺术家的审美理想、艺术追求以及对现实生活的审美发现，是艺术家创作达到成熟的重要标志。

◇ **艺术流派**

艺术流派是指在中外文学、艺术一定历史时期里，由一批思想倾向、美学主张、创作方法和表现风格方面相似或相近的艺术家们所形成的艺术派别。

◇ **艺术思潮**

艺术思潮是指在一定社会历史条件下，特别是在一定的社会思潮和哲学思潮的影响下，艺术领域所发生的具有广泛影响的思想潮流和创作倾向。

◆ **增强文学与艺术欣赏的水平**

◇ **在实践中提高欣赏能力**

要提高欣赏能力，就得多读、多看、多听、多研究，最好参与实践，即体验和创作。多读、多看、多听、多研究，就能使我们有比较，有比较就有鉴别。欣赏能力和感觉敏锐性，都是通过反复的经验而形成的。

◇ **注意创作者的创作个性和时代特点**

每个创作者都有他自己的审美理想、审美追求，这种独特的东西会体现在艺术创作之中。一件艺术作品如果没有个性，可以说就谈不上美。在欣赏时，就是要发现这个艺术家在作品中的独创，发现不同于其他艺术家的特点。

◇ **要对欣赏的作品进行整体把握**

艺术的美在于它的整体，因为艺术的美往往是体现在整体的和谐上。现实当中，许多分散的东西，经过艺术家的创造性劳动形成一个有机的整体。在艺术欣赏过程中，把握这一点很重要。

【名作欣赏】

《李大钊》雕像（钱绍武）

◆ **钱绍武的《李大钊》雕像欣赏**

雕像《李大钊》把李大钊烈士坚定的性格以及“铁肩担道义，妙手铸文章”的正义表现了出来。雕像肩部非常宽平，头部正直，看上去有一种坚定的感觉。正如创作者本人所讲，形象如同天安门形象，城楼在中间，两边建筑向东西舒展开，给人一种非常坚定的印象。

《向日葵》油画（凡·高）

◆ **凡·高的《向日葵》油画欣赏**

这幅名为《向日葵》的油画是荷兰画家凡·高在1888年8月创作于阳光明媚的法国南部。画面上大片黄色构成的向日葵似熊熊燃烧的火焰，给人以视觉上的冲击；粗厚有力的笔触和单纯强烈的色彩又让每个观看过它的人震惊于凡·高与众不同的想象力。在这种粗厚和单纯中却又充满了智慧和灵气，带动观者也具有了满怀炽热的激情，仿佛随着画家笔触的旋转融入凡·高丰富的主观感情中去。凡·高笔下的向日葵不仅仅是植物，而且是带有原始冲动和热情的生命体。

【自我感悟】

◆ 佳作自我欣赏

“慢慢走，欣赏啊！”
——人生的艺术化①

朱光潜

一直到现在，我们都是讨论艺术的创造与欣赏。在收尾这一节中，我提议约略说明艺术和人生的关系。

我在开章明义时就着重美感态度和实用态度的分别，以及艺术和实际人生之中所应有的距离，如果话说到这里为止，你也许误解我把艺术和人生看成漠不相关的两件事。我的意思并不如此。

人生是多方面而却相互和谐的整体，把它分析开来看，我们说某部分是实用的活动，某部分是科学的活动，某部分是美感的活动，为正名析理起见，原应由此分别；但是我们不要忘记，完满的人生见于这三种活动的平均发展，他们虽是可分别的而却不是相互冲突的。“实际人生”比整个人生的意义较为狭窄。一般人的错误在把他们认为相等，以为艺术对于“实际人生”既是隔着一层，它在整个人生中也就没有什么价值。有些人为维护艺术的地位，又想把它硬纳到“实际人生”的小范围去。这般人不但是误解艺术，而且也没有认识人生。我们把实际生活看作整个人生中的一片段，所以在肯定艺术与实际人生的距离时，并非肯定艺术与整个人生的隔阂。严格的说，离开人生便无所谓艺术，因为艺术是情趣的表现，而情趣的根源就在人生；反之，离开艺术也便无所谓人生，因为凡是创造和欣赏都是艺术的活动，无创造无欣赏的人生是一个自相矛盾的名词。

人生本来就是一种较广义的艺术。每个人的生命史就是他自己的作品。这种作品可以是艺术的，也可以不是艺术的，正犹如同是一种顽石，这个人能把它雕成一座伟大的雕像，而另一种人却不能使它“成器”，分别全在性分与修养。知道生活的人就是艺术家，他的生活就是艺术作品。

过一世生活好比做一篇文章。完美的生活都有上品文章所应有的美点。

第一，一篇好文章一定是一个完整的有机体，其中全体与部分都息息相关，不能稍有移动或增减。一字一句之中都可以见出全篇精神的贯注。比如陶渊明的《饮酒诗》本来就是“采菊东篱下，悠然见南山”。后人把“见”字误印为“望”字，原文的自然与物相遇相得的精神便完全丧失。这种艺术的完整性在生活中叫做“人格”。凡是完美的生活都是人格的表现。大而进退取与，小而声音笑貌，都没有一件和全人格相冲突。不肯为五斗米折腰向乡里小儿，是陶渊明的生命史中所应有的一段

① 选自丁帆、朱晓进等主编：《新编大学语文》，外语教学与研究出版社2006年版，第355~368页。

文章，如果他错过这一个小节，便失其为陶渊明。下狱不肯脱逃，临刑时还叮咛嘱咐还邻人一只鸡的债，是苏格腊底①的生命史中所应有的一段文章，否则他便失其为苏格腊底。这种生命史才可以使人把它当作一幅图画去惊赞，它就是一种艺术的杰作。

其次，“修辞立其诚”是文章的要诀，一首诗或是一篇美文一定是至性深情的流露，存于中然后形于外，不容有丝毫假借。情趣本来是物我较感共鸣的结果。景物变动不居，情趣亦自生生不息。我有我的个性，物也有物的个性，这种个性又随时地变迁而生长发展。每人在某一时会所见到的景物，和每种景物在某一时会所引起的情趣，都有它的特殊性，断不容于另一个人在另一时会所见到的景物，和另一景物在另一会所引起的情趣，完全相同的。毫厘之差，微妙所在。在这种生生不息的情趣中我们可以看出生命的创化。把这种生命流露于语言文字，就是好文章；把它流露于言行风采，就是美满的生命史。

文章忌俗滥，生活也忌俗滥。俗滥就是自己没有本色而蹈袭别人的成规旧矩。西施患心病，常捧心颦眉，这是自然的流露，所以愈增其美。东施没有心病，强学捧心颦眉的姿态，只能引人嫌恶。在西施是创作，在东施便是滥调。滥调起于生命的枯竭，也就是虚伪的表现。“虚伪的表现”就是“丑”，克罗奇已经说过。“风行水上，自然成纹”，文章的妙处如此，生活的妙处也是如此。在什么地位，是怎样的人，感到怎样情趣，便现出怎样言行风采，叫人一见就觉其谐和完整，这才是艺术的生活。

俗语说得好，“惟大英雄能本色”，所谓艺术的生活就是本色的生活。世间有两种人的生活最不艺术，一种是俗人，一种是伪君子。“俗人”根本就缺乏本色，“伪君子”则竭力遮盖本色。朱晦庵有一首诗说：

半亩方塘一鉴开，
天光云影共徘徊。
问渠那得清如许？
为有源头活水来。

艺术的生活就是有“源头活水”的生活。俗人迷于名利，与世浮沉，心里没有“天光云影”，就因为没有源头活水。他们的大病是生命的枯渴。“伪君子”则于这种“俗人”的资格之上，又加上“沐猴而冠”的伎俩。他们的特点不仅见于道德上的虚伪，一言一笑，一举一动，都叫人起不美之感。谁知道风流名士的架子之中掩藏了几多行尸走肉？无论是“俗人”或是“伪君子”，他们都是生活上的“苟且者”，都缺乏艺术家在创造时所应有的良心。像柏格荪②所说的，他们都是“生命的机器化”，只能作喜剧中的角色。生活落到喜剧里去的人大半都是不艺术的。

艺术的创造之中都必寓有欣赏，生活也是如此。一般人对于一种言行常欢喜说它“好看”“不好看”，这已有几分是拿艺术欣赏的标准去估量它。但是一般人大半不能彻底，不能拿一言一笑、一举一动纳在全部生命史里去看，他们的“人格”

① 苏格腊底：又译作苏格拉底。

② 柏格荪：又译作柏格森，法国哲学家。

观念太淡薄，所谓“好看”“不好看”往往只是“敷衍面子”。善于生活者则彻底认真，不让一尘一芥妨碍整个生命的和谐。一般人常以为艺术家是一班最随便的人，其实在艺术范围之内，艺术是最严肃不过的。在锻炼作品时常呕心呕肝，一笔一划也不肯苟且。王荆公作“春风又绿江南岸”一句诗时，原来“绿”字是“到”字，后来由“到”字改为“过”字，由“过”字改为“入”字，由“入”字改为“满”字，改了十几次之后才定为“绿”字。即此一端可以想见艺术家的严肃了。善于生活者对生活也是这样认真。曾子临死时记得床上的席子是季路的，一定叫门人把它换过才瞑目。吴季札心里已经暗许赠剑给徐君，没有实行徐君就已死去，他很郑重地把剑挂在徐君墓旁树上，以见“中心契合死生不渝”的风谊。像这一类的言行看来虽似小节，而善于生活者却不肯轻易放过，正犹如诗人不肯轻易放过一字一句一样。小节如此，大节更不消说。董狐宁愿断头不肯掩盖史实，夷齐饿死不愿降周，这种风度是道德的也是艺术的。我们主张人生的艺术化，就是主张对于人生的严肃主义。

艺术家估定事物的价值，全以它能否纳入和谐的整体为标准，往往出于一般人意料之外。他能看重一般人所看轻的，也能看轻一般人所看重的。在看重一件事物时，他知道执著；在看轻一件事物时，他也知道摆脱。艺术的能事不仅见于知所取，尤其见于知所舍。苏东坡论文，谓如水行山谷中，行于其所不得不行，止于其所不得不止。这就是取舍恰到好处，艺术化的人生也是如此。善于生活者对于世间一切，也拿艺术的口胃去评判它，合于艺术口胃者毫毛可以变成泰山，不合于口胃者泰山也可以变成毫毛。他不但能认真，而且能摆脱。在认真时见出他的严肃，在摆脱时见出他的豁达。孟敏堕甑，不顾而去，郭林宗见到以为奇怪。他说，“甑已碎，顾之何意?”哲学家斯宾洛莎①宁愿靠磨镜过活，不愿当大学教授，怕妨碍他的自由。王徽之居山阴，有一天夜雪初霁，月色清朗，忽然想起他的朋友戴逵，便乘小舟到剡溪去访他，刚到门口便把船划回去。他说，“乘兴而来，兴尽而返。”这几件事彼此相差很远，却都可以见出艺术家的豁达。伟大的人生和伟大的艺术都要同时并有严肃和豁达之胜。晋代清流大半只知道豁达而不知道严肃，宋朝理学又大半只知道严肃而不知道豁达。陶渊明和杜子美庶几算得恰到好处。

一篇生命史就是一种作品，从伦理的观点看，它有善恶的分别，从艺术的观点看，它有美丑的分别。善恶与美丑的关系究竟如何呢?

就狭义说，伦理的价值是实用的，美感的价值是超实用的；伦理的活动都是有所为而为，美感的活动则是无所为而为。比如仁义忠信等等都是善，问它们何以为善，我们不能不着眼到人群的幸福。美之所以为美，则全在美的形相本身，不在它对于人群的效用，（这并不是说它对于人群没有效用。）假如世界上只有一个人，他就不能有道德的活动，因为有父子才有慈孝可言，有朋友才有信义可言。但是这个想象的孤零零的人还可以有艺术的活动，他还可以欣赏他所居的世界，他还可以创造作品。善有所赖而美无所赖，善的价值是“外在的”，美的价值是“内在的”。

---

① 斯宾洛莎：又译作斯宾诺莎，17世纪欧洲哲学家。

不过这种分别究竟是狭义的。就广义说，善就是一种美，恶就是一种丑。因为伦理的活动也可以引起美感上的欣赏与嫌恶。希腊大哲学家柏腊图①和亚理斯多德②讨论伦理问题时都以为善有等级，一般的善虽只有外在的价值，而“至高的善”则有内在的价值。这所谓“至高的善”究竟是什么呢？柏腊图和亚理斯多德本来就是一走理想主义的极端，一走经验主义的极端，但是对于这个问题，意见却一致。他们都以为“至高的善”在“无所为而为的玩索”（Disinterested Contemplation）。这种见解在西方哲学思潮上影响极大，斯宾洛莎、黑格尔、叔本华的学说都可以参证。从此可知西方哲人心目中的“至高的善”还是一种美，最高的伦理的活动还是一种艺术的活动了。

“无所为而为的玩索”可以看成“至高的善”吗？这个问题牵到西方哲人对于神的观念。从耶稣教盛行之后，神才是一个大慈大悲的道德家。在希腊哲人以及近代莱布尼兹、尼采、叔本华诸人的心目中，神却是一个大艺术家，他创造这个宇宙出来，全是为着自己要创造，要欣赏。其实这种见解也并不减低神的身份。耶稣教的神只是一班穷叫花子中的一个肯施舍的财主老，而一般哲人心中的神，则是以宇宙为乐曲而要在这种乐曲之中见出和谐的音乐家。这两种观念究竟是哪一个伟大呢？在西方哲人想，神只是一片精灵，他的活动绝对自由而不受限制，至于人则为肉体的需要所限制而不能绝对自由。人愈能脱肉体需求的限制而作自由活动，则离神亦愈近。“无所为而为的玩索”是唯一的自由活动，所以成为最上的理想。

这番话似乎有些玄渺，在这里本来不应说及。不过无论你相信不相信，有许多思想却值得当作一个意象悬在心眼前来玩味玩味。我自己在闲暇时也喜欢看看哲学书籍。老实说，我对于许多哲学家的话都很怀疑，但是我觉得他们有趣。我以为穷到究竟，一切哲学系统也都只能当作艺术作品去看。哲学和科学穷到极境，都是要满足求知的欲望。每个哲学家和科学家对于他自己所见到的一点真理（无论它究竟是不是真理）都觉得有趣味，都用一股热忱去欣赏它。真理在离开实用而成为情趣中心时就已经是美感的对象了。“地球绕日运行”，“勾方加股方等于弦方”一类的科学事实，和《米罗爱神》或《第九交响曲》一样可以摄魂震魄。科学家去寻求这一类的事实，穷到究竟，也正因为他们可以摄魂震魄。所以科学的活动也还是一种艺术的活动，不但善与美是一体，真与美也并没有隔阂。

艺术是情趣的活动，艺术的生活也就是情趣丰富的生活。人可以分为两种，一种是情趣丰富的，对于许多事物都觉得有趣味，而且到处寻求享受这种情趣。一种是情趣枯竭的，对于许多事物都觉得没有趣味，也不去寻求趣味，只终日拼命和蝇蛆在一块争温饱。后者是俗人，前者是艺术家。情趣愈丰富，生活也愈美满，所谓人生的艺术化就是人生的情趣化。

“觉得有趣味”就是欣赏。你是否知道生活，就看你对于许多事物能否欣赏。欣赏也就是“无所为而为的玩索”。在欣赏时人和神仙一样自由，一样有福。

① 柏腊图：又译作柏拉图。

② 亚理斯多德：又译作亚里士多德。

亚尔卑斯山谷①中有一条大汽车路，两旁景物极美，路上插着一个标语劝告游人说："慢慢走，欣赏啊！"许多人在这车如流水马如龙的世界过活，恰如在亚尔卑斯山谷中乘汽车兜风，匆匆忙忙的急驰而过，无暇一回首流连风景，于是这丰富华丽的世界便成为一个了无生趣的囚牢。这是一件多么可惋惜的事啊！

朋友，在告别之前，我采用亚尔卑斯山路上的标语，在中国人告别习用语之下加上三个字奉赠："慢慢走，欣赏啊！"

◆ **自我欣赏导引**

本文是朱光潜《谈美》一书的终章，文题取自于阿尔卑斯山谷一条两旁景物极美的汽车路的标语，提醒人们不要急急忙忙疾驶而过，无暇回首流连风景，使这丰富华丽的世界成为了无生趣的囚牢。作者用它来奉赠世人，是希望大家能够"慢慢走"，欣赏人生极美的风景。文章讨论的重点是怎样实现"人生的艺术化"。朱自清先生认为，"人生的艺术化"是朱光潜早期美学思想"最重要的理论"。

要实现"人生的艺术化"，首先必须弄清艺术和人生之间的关系。艺术和"实际人生"隔了一层，但却关乎整个人生，"每个人的生命史就是他自己的作品"。因此，完美的生活、艺术化的人生应该像"上品文章"一样具有和谐、至情、本色和情趣的"美点"。

其次，朱光潜认为要实现"人生的艺术化"，就必须做"生活上的艺术家"。按照美学家所说的，生活上的艺术家"不但能认真，而且能摆脱。在认真时见出他的严肃，在摆脱时见出他的豁达"。正因为如此，"'无所为而为的玩索'是唯一的自由活动，所以成为最上的理想"，是"至高的美"。在朱光潜的心目中，"不但善与美是一体的，真与美也并没有隔阂"，只有真善美三位一体才是"人生的艺术化"的最高境界。

作为受西方影响的美学大师，作者浸淫西方美学世界多年，却能将新知运用到中国语境，解决中国的现实问题。这样的为学之道见之行文，则深入浅出，朴素本色。作者谈人生、艺术，不是凌空蹈虚的说教；引经据典，却能融会贯通，赋予旧典以新意。美学家追求的是"态度的亲切和谈话的风趣"（朱自清语），用朱光潜自己的话说："在这里我只是向一位亲密的朋友随便谈谈，竭力求明白晓畅。"

这样的不尚玄虚的文风值得我们学习。

◆ **拓展资料**

○ 骆冬青：《理论理论——文艺学课堂鸿泥录》，江苏人民出版社 2013 年版。

○ 陆贵山：《文艺理论与文艺思潮》，中国人民大学出版社 2007 年版。

○ 梁思成：《大拙至美——梁思成最美的文字建筑》，中国青年出版社 2007 年版。

○ 北师大文艺学研究中心：《文学审美意识形态论》，中国社会科学出版社 2008 年版。

○ 张法：《文艺学·艺术学·美学：体系构架与关键词汇》，人民出版社 2013 年版。

○ 陈旭东：《大学生文化修养》，北京师范大学出版社 2008 年版。

① 亚尔卑斯山谷：又译作阿尔卑斯山谷。

○ 蔡元培：《中国人道德修养读本》，吉林人民出版社 2013 年版。
○ 李方江：《一生的资本——文化素质》，安徽师范大学出版社 2011 年版。

【活动创编】

◆ **活动主题**

○ 怎样理解艺术欣赏的“再创造”？
○ 提高艺术欣赏能力，你认为应在哪些方面下工夫？
○ 艺术欣赏的本质是什么？
○ 理解与艺术欣赏有关的相关概念。
○ 欣赏中国建筑太和殿的屋顶特色。

◆ **创编项目**

○ 组织课外小组讨论朱光潜先生作品《“慢慢走，欣赏啊！”——人生的艺术化》。
○ 写出自己的兴趣爱好和特长，并制作成果展。
○ 组成文学、绘画、书法、音乐、舞蹈、摄影等兴趣小组。

模块二　中国古代诗歌欣赏

【欣赏名言】

诗可以兴，可以观，可以群，可以怨；迩之事父，远之事君；多识于鸟兽草木之名。

——孔子

【知识导入】

◆ 中国古代诗歌的内涵

诗歌是一种主情的文学体裁，它以抒情的方式，高度凝练、集中地反映社会生活，用丰富的想象、富有节奏感、韵律美的语言和分行排列的形式来抒发思想感情。诗歌是有节奏、有韵律并富有感情色彩的一种语言艺术形式，也是世界上最古老、最基本的文学形式。正是由于诗歌是高度集中地概括反映社会生活的一种文学体裁，我国现代诗人、文学评论家何其芳曾说："诗是一种最集中地反映社会生活的文学样式，它饱含着丰富的想象和感情，常常以直接抒情的方式来表现，而且在精练与和谐的程度上，特别是在节奏的鲜明上，它的语言有别于散文的语言。"基于这个定义性的说明，我们可以概括诗歌的基本特点：一是高度集中、概括地反映生活；二是抒情言志，饱含丰富的思想感情；三是丰富的想象、联想和幻想；四是语言具有音乐美。

◆ 中国古代诗歌的分类

◇ 形式分类

中国古代诗歌从形式上分为古体诗、近体诗、骚体诗、词和曲五类。

○ 古体诗也称古诗、古风，它的形式比较自由，不受格律的束缚，不拘对仗、平仄，押韵宽，一般都是隔句押韵，韵脚可平可仄，亦可换韵。古体诗的篇幅长短不限，句子可以整齐划一为四言、五言、六言、七言体，也可杂用长短句，随意变化，为杂言体。古体诗包括了古诗和乐府、民歌。

○ 近体诗是与古体诗相对的一种诗歌样式，又称今体诗、格律诗。近体诗的句数、字数、平仄、用韵都有严格的规定，它包括律诗和绝句两类。律诗分五律和七律，它在音韵、平仄、句式、对仗上都有一定规格和要求，全诗八句，分为首联、颔联、颈联和尾联，五言的称为五律，七言的称为七律；绝句分五绝和七绝，四句一首，一般认为是"截律诗之半"而成。

○ 骚体诗是指《离骚》一类的诗。骚体亦称楚辞体，在《汉书·艺文志》属"诗赋"一类。它起于战国时的楚国，是屈原创立的。这类作品富于抒情成分和浪漫气息，篇幅、字句较长，形式较自由，句尾多带“兮”字，这也就是骚体诗的基本特征。

○ 词又称为诗余、长短句、曲子、曲子词等。它的特点：调有定格，句有定数，字有定声；根据字数不同可分为长调、中调、小令。词有单调和双调之分，双调就是分两大段，两段的平仄、字数是相等或大致相等的，单调只有一段。词与诗比较，更集中于抒情，极少叙事的内容，也很少揭示哲理，其格律限制比诗更严格。

○ 曲又称为词余，可以在字数定格外加衬字，较多使用口语。散曲有小令和套数（套曲）两种。套数是连贯成套的曲子，至少是两曲，多则几十曲。每一套数都以第一首曲的曲牌作为全套的曲牌名，全套必须同一宫调。它无宾白科介，只供清唱。

◇ 内容分类

中国古代诗歌从内容上（题材上）进行分类，涉及的内容非常多，但一般归纳为写景抒情诗、咏物言志诗、即事感怀诗、怀古咏史诗、边塞征战诗等几类。

○ 写景抒情诗属于歌咏山水名胜、描写自然景色的抒情诗歌。古代有些诗人由于不满现实，常寄情于山水，通过描绘江湖风光、自然风景等寄寓自己的思想感情。这类诗常将要抒发的情感寄寓在所描写的景物之中，这就是人们常说的寓情于景，其风格清新自然。

○ 咏物言志诗是诗人对所咏之物的外形、特点、神韵、品格进行描摹，以寄托诗人自己的感情，表达诗人的精神、品质或理想的诗歌。

○ 即事感怀诗是因一事由而引发诗人怀亲、思乡、念友等感慨的诗歌。

○ 怀古咏史诗是以历史典故为题材，或表明自己的看法，或借古讽今，或抒发沧桑变化感慨的诗歌。

○ 边塞征战诗是描写边塞风光和戍边将士的军旅生活，或抒发诗人乐观豪迈或相思离愁情感的诗歌，风格悲壮宏浑，笔势豪放。

【欣赏引导】

◆ 熟读古代诗歌

“读”是从中国古代诗歌中获取大部分感性材料的唯一途径。对诗歌而言，熟读显得尤为重要，是鉴赏诗歌的先决条件。熟读后，我们对诗歌有了第一步感知，粗浅地感知到了诗歌意境、作者情感等方面的轮廓。当然，这时的感知虽是模糊、朦胧的，但却给诗歌的深层鉴赏奠定了基础，指明了方向。

◆ 感悟古代诗歌

感悟是在熟读基础上的理性思考过程。通过感悟，我们能够比较具体地把握诗歌意境、作者意绪等鉴赏内容，因此这一步是对中国古代诗歌进行赏析最为重要的一步。那么，感悟什么呢？

◇ 感悟意象

意象就是寓“意”之“象”，就是用来寄托主观情思的客观物象。意象是构成一种意境的各个事物，这种事物往往带有作者主观的情感，这些意象组合起来，就构成了意境。古人以为意是内在的抽象的心意，象是外在的具体的物象；意源于内心并借助于象来表达，象其实是意的寄托物，中国传统诗论实指寓情于景、以景托情、情景交融的艺术处理技巧。诗歌创作过程是一个观察、感受、酝酿、表达的过程，是对生活的再现过程。作者对外界的事物心有所感，便将之寄托给一个所选定的具象，使之融入作者自己的某种感情色彩，并制造出一个特定的艺术天地，使读者在阅读诗歌时能根据这个艺术天地在内心进行二次创作，在还原诗人所见所感的基础上渗透自己的感情色彩。例如，马致远的《秋思》中的诗句“枯藤老树昏鸦，小桥流水人家”，“枯藤”、“老树”、“昏鸦”，“小桥”、“流水”、“人家”这些事物就是诗中的意象，这些意象组合在一起，就成了一个凄清、伤感、苍凉的意境。意象是具体事物，意境是具体的事物组成的整体环境和感情的结合，情寄托在景中，景中有情，情景交融。

感悟意象，首先找出古代诗歌中的个体意象或是意象群，再进行揣摩感知。如是个体意象，须赋予意象以人文情感来进行鉴赏。如刘禹锡《石头城》一诗中的个体意象“潮水”，鉴赏时就须赋予人文情感。“潮水”给人的感觉，它总是一来一回，来时似乎很激越、狂野，充满着一股激情，待它猛烈撞击着海岸或沿着沙滩耗尽一切力量之后返回时，却显得平和，似乎有些瘫软、懊丧或者失落。就此，我们可以展开想象：潮水来时是想索取点什么，还是想发泄点什么？回去时，是得到了一种满足，还是遭到了冷遇？结合后面的“寂寞回”便可知晓。由此推知，原来作者是用潮水来反衬“故国”的荒凉冷落，是为以景衬境；同时，也流露出作者对历史沧桑的感慨，是为情景交融。如是意象群，须进入多个意象组合构造的画面以各种感官加以感知。如杜甫《登高》一诗中的“风急天高猿啸哀，渚清沙白鸟飞回”，诗人调动听觉、视觉组织了“秋风”、“高天”、“猿啸”、“沙渚”、“江鸟”这些意象来构筑一幅精美的画图。“临其境”，便有视觉开阔、听觉凄婉之感，为全诗奠定了伤感的情感基调；同时，视觉的恢廓，又衬托出了作者颠沛流离的孤苦，是为以景衬情。

◇ 感悟关键词

诗歌中有一些高度聚集作者情感或者用来描述氛围的关键词语，我们把这些词语叫做诗眼或词眼。它们通过强烈的节奏为我们熟读时所感知。如，“小楼昨夜又东风”中的“又”字，“映阶碧草自春色，隔叶黄鹂空好音”（杜甫《蜀相》）中的“自”、“空”二字，均是关键词。

感悟关键词，一般是从词的本义入手，然后感悟其在诗境中的深层含义。如，“又”是“再一次”之意，它表明春风是一季又一季地吹上小楼，同时也是一季又一季地吹在小楼中人的心上。“故国”难在，且时间越来越久远，不能不给李煜这个亡国之君增加了一层又一层的愁意，甚至到了难以承受的地步，其中有悔恨、叹息等，一个“又”字所聚集的情感竟难以尽表。“自”、“空”二字则写出了武侯祠的寂寞、荒凉的氛围。

◆ 联系古代诗歌产生的背景

在感悟的过程中，我们已较为具体地把握了诗歌赏析的各方面内容，但这还只是对诗歌价值的相对单一取向，并不全面。因为有的诗歌还具有它的现实意义，所以在赏析时，还必须联系作者写作时的背景，这些背景主要包括社会环境、文化背景、政治背景和作者的生平等因素。只有这样，才能具体、全面、客观、公正地赏析诗歌。这也从一个侧面告诉读者必须具备一定的历史知识和了解相当一部分作者的生活经历及其思想状况。例如在《石头城》一诗中，只把从感悟中得到的“抒发作者对‘故国’昔盛今衰的感慨”作为赏析的最终内容是远远不够的，而且也违背了作者创作此诗的真正意愿。因为诗人刘禹锡在写这首诗时，唐帝国已日趋衰败，朝廷里大臣相互排挤，出现了“牛李党争”，宦官专权依如故，地方上藩镇割据势力又有所抬头。所以他写这首诗的主旨应是讽喻现实，即借六朝的灭亡来抒发国运衰微的感叹，希望当时的统治者能以前车之覆为鉴。

【名作欣赏】

◆ 文天祥的《正气歌》欣赏

正气歌（并序）①

文天祥

余囚北庭，坐一土室，室广八尺，深可四寻，单扉低小，白间短窄，污下而幽暗。当此夏日，诸气萃然：雨潦四集，浮动床几，时则为水气；涂泥半朝，蒸沤历澜，时则为土气；乍晴暴热，风道四塞，时则为日气；檐阴薪爨，助长炎虐，时则为火气；仓腐寄顿，陈陈逼人，时则为米气；骈肩杂沓，腥臊污垢，时则为人气；或圊溷、或毁尸、或腐鼠，恶气杂出，时则为秽气。叠是数气，当之者鲜不为厉。而予以孱弱，俯仰其间，于兹二年矣，幸而无恙，是殆有养致然。然尔亦安知所养何哉？孟子曰：我善养吾浩然之气。彼气有七，吾气有一，以一敌七，吾何患焉！况浩然者，乃天地之正气也。作《正气歌》一首。

天地有正气，杂然赋流形。下则为河岳，上则为日星。
于人曰浩然，沛乎塞苍冥。皇路当清夷，含和吐明庭。
时穷节乃见，一一垂丹青。
在齐太史简，在晋董狐笔。在秦张良椎，在汉苏武节。
为严将军头，为嵇侍中血。为张睢阳齿，为颜常山舌。
或为辽东帽，清操厉冰雪。或为出师表，鬼神泣壮烈。
或为渡江楫，慷慨吞胡羯。或为击贼笏，逆竖头破裂。
是气所磅礴，凛烈万古存。当其贯日月，生死安足论。
地维赖以立，天柱赖以尊。三纲实系命，道义为之根。
嗟予遘阳九，隶也实不力。楚囚缨其冠，传车送穷北。
鼎镬甘如饴，求之不可得。阴房阒鬼火，春院閟天黑。
牛骥同一皂，鸡栖凤凰食。一朝蒙雾露，分作沟中瘠。
如此再寒暑，百沴自辟易。嗟哉沮洳场，为我安乐国。
岂有他缪巧，阴阳不能贼。顾此耿耿在，仰视浮云白。
悠悠我心悲，苍天曷有极。哲人日已远，典刑在夙昔。
风檐展书读，古道照颜色。

① 邓碧清：《文天祥诗文选译》，凤凰出版社2011年版，第173～174页。

作者文天祥（1236—1283年）小名云孙，字天祥；后以字为名，改字履善；后又改字宋瑞，号文山，吉州庐陵（今江西吉安）人，南宋末大臣。1256年中进士。宋度宗咸淳九年（1273年），任湖南提点刑狱，次年调任知赣州，得元军渡江的消息，立刻组织万人起兵勤王。1276年正月，谢太后向元军投递降表，文天祥被派往元营谈判，被扣留，押解北上，后设法逃脱，再组织民兵抗元。1277年，文天祥收复兴国等县，包围赣州，军势颇盛。不过，文天祥组织起来的民兵，战斗力不强，很快就被元军击溃，文天祥的妻子也被元军俘虏。他只好收拾残兵奔循州，驻南岭。后在广东的潮州、惠州继续抗元。1278年，宋廷封文天祥为少保、信国公。十二月，元军从海陆大举进攻，文天祥撤出潮阳，转移海丰。因叛徒的出卖，他在五坡岭再次被元军俘虏。次年正月，被移上海船，经珠江口零丁洋时，写下《过零丁洋》一诗，以明其宁死不屈之志。

南宋灭亡后，文天祥被押北上，于1279年十月初一抵达大都（今北京）。前宋丞相留梦炎、受元朝封为瀛国公的宋恭帝，先后向他劝降，都被拒绝。他身在狱中，但诗句墨迹传遍京城，被视同珍宝。又在狱中写下千古传颂的《正气歌》，历数各代不畏强权、不怕牺牲的人物，以明自己准备随时为国捐躯的决心。1283年1月9日，他在柴市口（今北京东四北大街府学胡同，一说在宣武门外菜市口）就义，年四十七岁。

文天祥就义后，留下了大量诗文，其中如《过零丁洋》中的“人生自古谁无死，留取丹心照汗青”；狱中所作的《正气歌》以及死后从其衣带中发现的“衣带诏”（孔曰成仁，孟曰取义，惟其义尽，所以仁至，读圣贤书，所学何事？而今而后，庶几无愧）都已成为光照日月、气壮山河的绝唱，成为民族精神财富的宝贵部分，文天祥也因此成为永垂不朽的民族英雄。

《正气歌》是文天祥囚禁在大都的牢狱中所作的诗篇。文天祥在阴湿的囚室中读书、沉思，并用他的生命履践了儒家成仁取义的道德理念。在他等待就义的日子里，他感悟到了孟子所说的浩然之气就是天地之间的正气。他先描绘了正气在天、地、人之间的表现，接着讴歌了历史上的忠臣烈士，正是这些人的气节维系着人类的道德和宇宙的意义，最后感慨身世，处置生死，追迹先哲，慷慨节义，表现出一位烈士精神升华时的伟大境界。《正气歌》表达了博大崇高的情感和至性真诚，悲怆凄恻，荡气回肠，是一首用血写成的道德诗篇。

【自我感悟】

◆ 佳作自我欣赏

◇ 宋代诗人文天祥《过零丁洋》

过零丁洋①

文天祥

辛苦遭逢起一经，干戈寥落四周星。

① 章培恒、骆玉明：《中国文学史（中册）》，复旦大学出版社2000年版，第491页。

山河破碎风飘絮，身世浮沉雨打萍。
惶恐滩头说惶恐，零丁洋里叹零丁。
人生自古谁无死？留取丹心照汗青。

◇ 宋代诗人岳飞《满江红》

满江红①

岳飞

怒发冲冠，凭栏处、潇潇雨歇。抬望眼、仰天长啸，壮怀激烈。三十功名尘与土，八千里路云和月。莫等闲，白了少年头，空悲切。

靖康耻，犹未雪；臣子恨，何时灭。驾长车，踏破贺兰山缺。壮志饥餐胡虏肉，笑谈渴饮匈奴血。待从头、收拾旧山河，朝天阙。

◇ 明代诗人于谦《石灰吟》

石灰吟②

于谦

千锤万凿出深山，烈火焚烧若等闲。
粉骨碎身浑不怕，只留清白在人间。

◇ 明代诗人张煌言《甲辰八月辞故里》

甲辰八月辞故里③

张煌言

国破家亡欲何之？西子湖头有我师。
日月双悬于氏墓，乾坤半壁岳家祠。
惭将赤手分三席，敢为丹心借一枝。
他日素车东浙路，怒涛岂必属鸱夷。

◆ 自我欣赏导引

○ 宋代诗人文天祥的《过零丁洋》一诗写于公元1279年。公元1278年年底，文天

① 李索：《宋词三百首赏析》，河北人民出版社1995年版，第246页。

② 余建忠：《中国古代名诗词译赏》，云南大学出版社2011年版，第428~429页。

③ 高濯缨：《明诗三百首》，广州出版社1995年版，第366页。

祥率军在广东五坡岭与元军激战兵败被俘，次年被囚禁在船上经过零丁洋时作此诗。这首诗饱含沉痛悲凉，既叹国运又叹自身，把家国之恨、艰危困厄渲染到极致，但在最后一句却由悲而壮、由抑而扬，迸发出“人生自古谁无死，留取丹心照汗青”的诗句，慷慨激昂、掷地有声，以磅礴的气势、高亢的语调显示了诗人的民族气节和舍生取义的生死观。

○ 宋代诗人岳飞的《满江红》这首词创作于1133年秋季前后。是年岳飞率军攻打金兵，收复失地，正是节节胜利之时，宋高宗下令命其回朝，岳飞无奈带军回朝，十分愤懑，作《满江红》一词。这首词上阕通过凭栏眺望，抒发为国杀敌立功的豪情；下阕表达雪耻复仇，重整乾坤的壮志。这首词情调激昂，慷慨壮烈，代表了岳飞“精忠报国”的英雄之志，表现出一种浩然正气、英雄气质，表现了报国立功的信心和乐观主义精神。词句中无不透出雄壮之气，充分表现作者忧国报国的壮志胸怀。

○ 明代诗人于谦的《石灰吟》一诗写于公元1410年，是年于谦12岁。于谦是明朝名臣，字廷益，浙江钱塘人，永乐年间进士。为官清廉，威信很高，后被污蔑谋反，为英宗所杀。这首咏物诗，采用象征手法，字面上是咏石灰，实际借物喻人，托物寄怀，表现了诗人高洁的理想。整首诗笔法凝练，一气呵成，语言质朴自然，不事雕琢，感染力很强；尤其是作者那积极进取的人生态度和大无畏的凛然正气更给人以启迪和激励。

○ 明代诗人张煌言的《甲辰八月辞故里》一诗写于公元1664年。张煌言是南明将领、诗人和民族英雄，字玄著，号苍水。公元1664年7月，张煌言抗清未获成功，遂隐居南田悬岙岛，后被俘，八月初，押往杭州。临近出发的时候，为张煌言送行的有几千人，张煌言辞别故乡父老，赴杭就义，临行慷慨写下此诗。张煌言在诗中所抒发的，不是对生的留恋，也不见半点悲戚。充塞全诗的是强烈的国家民族意识，以及身虽死而志不移的豪壮情怀。首联点题，述及辞故里、向杭州之行，且表明欲效民族英雄于谦、岳飞，魂归西湖。二、三两联承此而展开，既表达对于、岳二人的景仰之情，又为自己能够为国家民族利益而献身感到自豪。尾联为全诗情感发展的高潮，慷慨悲壮之气震撼人心。

◆ **拓展资料**

○［元］王冕：《劲草行》，载《中华诗词鉴赏辞典·爱国卷》，湖北辞书出版社2005年版。

○［明］夏完淳：《别云间》，载《夏完淳集笺校》，上海古籍出版社1991年版。

○［宋］陆游：《金错刀行》，载《宋诗鉴赏辞典》，上海辞书出版社1987年版。

○［唐］王昌龄：《出塞》，载《王昌龄集》，岳麓书社2000年版。

○［唐］王维：《少年行》，载《王维诗选译》，巴蜀书社1990年版。

○［明］戚继光：《韬钤深处》，载《中国诗歌通史·明代卷》，人民文学出版社2012年版。

【活动创编】

◆ **活动主题**

○ 结合《正气歌》，谈谈文天祥对孟子“浩然之气”的观念有何理解与发展？

○ 搜集有关文天祥的传记及史料，写一篇题为《文天祥在元大都》的文章。

○ 在熟读有关民族正气的诗篇过程中感悟自己的正气所在。

◆ **创编项目**

○ 创设古代诗歌诵读小组。

○ 仿照《石灰吟》创作一首反映校园健康生活的诗歌。

○ 组织一场古代诗歌吟诵会。

模块三　中国现当代诗歌欣赏

【欣赏名言】

诗歌教会了中国人一种生活观念，通过谚语和诗卷深切地渗入社会，给予他们一种悲天悯人的意识，使他们对大自然寄予无限的深情，并用一种艺术的眼光来看待人生。

——林语堂

【知识导入】

◆ 中国现当代诗歌的内涵

现当代诗歌是指五四运动以来的诗歌。中国现当代诗歌的主体是新诗，它诞生于五四新文化运动，它是适应时代的要求，以接近群众的白话语言反映现实生活，表现科学、民主的革命内容，以打破旧诗词格律形式束缚为主要标志的新体诗。

◆ 中国现当代诗歌的分类

中国现当代诗歌的分类有多种方法，根据不同的原则和标准可以划分为不同的种类。

◇ 表达方式类别

○ 叙事诗。诗中有比较完整的故事情节和人物形象，通常以诗人满怀激情的歌唱方式来表现。史诗、故事诗、诗体小说等都属于这一类。例如李季的《王贵与李香香》、郭小川的《一个和八个》、闻捷的《复仇的火焰》等，都是影响较大的叙事诗。

○ 抒情诗。主要通过直接抒发诗人的思想感情来反映社会生活，不要求描述完整的故事情节和人物形象，情歌、颂歌、哀歌、挽歌、牧歌和讽刺诗都属于抒情诗的范畴，这类作品很多，例如贺敬之的《雷锋之歌》、李瑛的《一月的哀思》等。

◇ 格律结构类别

○ 格律诗。格律诗是按照一定格式和规则写成的诗歌。它对诗的行数、诗句的字数或音节、声调音韵、词语对仗、句式排列等有严格规定。格律诗是根据汉语一字一音，音韵声调的特点和诗歌对音乐美、形式美、精练美的特殊要求而产生的，所以具有相当强的生命力而流转不息。例如闻一多的《死水》、徐志摩的《再别康桥》等，都是新格律诗的典范。

○ 自由诗。自由诗最早由欧美发展起来，五四运动以来中国也开始流行这种诗体。它不受格律限制，无固定格式，注重自然的、内在的节奏，押大致相近的韵或不押韵，字数、行数、句式、音调都比较自由，语言比较通俗。自由诗是白话文学领域中的先行者，它的产生可以看做是五四新文学和五四文学革命开端的标志。例如郭沫若的《女神》、戴望舒的《雨巷》等，为我们耳熟能详。

○ 散文诗。散文诗是兼有散文和诗的特点的一种文学体裁。作品中有诗的意境和激情，常常富有哲理，注重自然的节奏感和音乐美，篇幅短小，像散文一样不分行、不押韵。从本质上看，它属于诗，有诗的情绪和幻想，给读者美感和想象，但内容上保留了诗意的散文性细节；从形式上看，它有散文的外观，不像诗歌那样分行和押韵，但不乏内在的音乐美和节奏感，例如鲁迅的《野草》、柯蓝的《早霞短笛》等，都是优美的散文诗。

【欣赏引导】

诗歌是一种最集中反映社会生活的文学体裁，现当代诗歌则反映了现代生活和现代人的思想情感，赏析现当代诗歌要注意以下几个要点：

◆ **知人论世**

读透一首诗，首先要了解诗歌产生的时代背景、作家的生平经历和创作风格。可以说，每一首诗的产生都是有背景的，都有一个契机激发诗人创作的灵感。如《大堰河，我的保姆》，是艾青1933年因为一次被捕，由一场大雪想起了身世凄凉的大堰河，从而引起对她的怀念，一口气写下了这首自传体抒情诗。了解这一背景对理解整个诗的内容是大有帮助的。当然，并非所有的诗歌都要了解其创作背景，主要还是从诗歌本身内容出发。

◆ **把握形象**

现当代诗歌是通过鲜明生动的艺术形象来反映生活、抒发感情的，阅读、鉴赏诗歌就要通过认真分析和品味，理解和把握这种形象，感受诗中的意境，从而体会诗人的情感。如徐志摩的《赠日本女郎》："最是那一低头的温柔/像一朵水莲花不胜凉风的娇羞/道一声珍重，道一声珍重/那一声珍重里有蜜甜的忧愁/——沙扬娜拉！"抓住诗的开头这两个令人难忘的形象很重要："低头的温柔"与"水莲花不胜凉风的娇羞"，实际上是以构思精巧的比喻，描摹了少女的娇羞之态。我们读到这样的艺术形象，就感到一股朦胧的美感沁人心脾，仿佛吸进了水莲花的香气一般。接着，诗中写一遍又一遍互道珍重，那萍水相逢、执手相看的朦胧情意，被诗人淋漓尽致地发挥出来。悠悠离愁，千种风情，尽在不言中！我们抓准了诗中的形象，也就能从整体上把握作者的情感或诗歌的主旨。

◆ **理解情感**

感情是诗歌的生命和灵魂，诗人的思想感情，或喜悦，或忧伤，或愤怒，或悲哀……无一不浸透在诗的字里行间。只有很好地体会诗人在诗中的感情基调，才能准确理解诗歌的主旨。在阅读中我们可以从诗歌的形象和意境中把握它所要暗示和启迪读者的东西来体会作者的情感。例如艾青的《我爱这土地》，该诗塑造的"一只鸟"的形象，使人体味到诗人经历的坎坷、悲酸和执著的爱，也抒写了大地遭受的苦难、人民的悲愤和激怒、对光明的向往和希冀。准确理解诗歌的情感，也就能正确把握诗歌的主题了。

◆ **品味语言**

诗人十分重视锤炼语言，使诗歌富有色彩、节奏和动态，且以最恰当的字句生动而圆满地表达所要表现的思想感情。例如台湾诗人余光中的诗《乡愁》，每节开头分别用"小时候"、"长大后"、"后来"、"现在"概括了诗人生活道路的四个阶段：少年、青年、中年、老年。所选择的四个形象"邮票"、"船票"、"坟墓"和"海峡"，都是乡愁的载体，各有特色，又具有丰富的内涵。其前面冠以"小小的一枚"、"窄窄的一张"、"短短的一方"、"浅浅的一湾"等词语，回环往复，委婉和谐，如泣如诉，充分表露了作者思念祖国母亲的情感，也给人以韵律美的感受。品味语言还要善于抓住关键的词语进行品析，并借助想象和联想，才可能进一步读懂其深层含义，领略诗歌语言的魅力。

◆ **分析技巧**

分析诗歌的艺术技巧重在体会修辞手法和诗歌表现手法在诗歌中的妙用。常用的修辞手法有比喻、比拟、夸张、反复、排比、对仗、对比等，常用的表现手法有情景交融、直抒胸臆、托物言志、动静结合、虚实相生、渲染、象征及映衬等。如上文所举例子中，《赠日本女郎》运用比喻和反复；《乡愁》运用比喻和排比；《雨巷》运用拟人；《我爱这土地》前部分情景交融，最后直抒胸臆。由此可见，诗人是通过运用多种修辞手法和表现手法来抒发丰富的情感的。

◆ **重视诵读**

鉴赏诗歌，无论是领会诗歌的思想情感，还是把握诗歌的表现手法，都离不开诵读。诵读是对语言的最直接的感知，是品味语言的最好手段。通过诵读，可以读出诗人倾泻在诗歌字里行间的思想感情，可以感受到诗中的情感波澜，可以深刻地理解诗的意境。反复诵读，还可以读出诗歌的音乐美，特别是讲究节奏的现当代诗歌。“读”是从中国古代诗歌中获取大部分感性材料的唯一途径。

【名作欣赏】

◆ **北岛的《回答》欣赏**

回　答①

北岛

卑鄙是卑鄙者的通行证，
高尚是高尚者的墓志铭，
看吧，在那镀金的天空中，
飘满了死者弯曲的倒影。
冰川纪过去了，
为什么到处都是冰凌？
好望角发现了，
为什么死海里千帆相竞？
我来到这个世界上，
只带着纸、绳索和身影，
为了在审判前，
宣读那些被判决的声音。
告诉你吧，世界
我——不——相——信！

① 北岛：《北岛的诗》，时代文艺出版社2003年版，第20页。

纵使你脚下有一千名挑战者，
那就把我算作第一千零一名。
我不相信天是蓝的，
我不相信雷的回声，
我不相信梦是假的，
我不相信死无报应。
如果海洋注定要决堤，
就让所有的苦水都注入我心中，
如果陆地注定要上升，
就让人类重新选择生存的峰顶。
新的转机和闪闪星斗，
正在缀满没有遮拦的天空。
那是五千年的象形文字，
那是未来人们凝视的眼睛。

《回答》是作者北岛创作于1976年的诗歌，是北岛的代表作。北岛原名赵振开，祖籍浙江湖州，1949年生于北京，曾用笔名石默、艾珊。他先后在建筑公司当混凝土工、烘炉工，1980年调到《中国文学》杂志社工作，1989年移居国外。

《回答》这首诗由于创作于1976年那个特殊的历史时期，诗人以强烈的忧患意识、悲壮的历史情怀和深刻的现实批判精神对历史与现实进行了有力的揭露与反思，提出了对历史与现实充满愤激的质疑与指控，同时又以豪迈激越的感情表示了对未来的坚定信念。《回答》中的反思与批判、怀疑与思考、反抗与牺牲以及它所表现的历史警醒与未来信念，正是当时一代青年精神觉醒的深刻体现，具有令人震撼的精神力量与思想力量。“卑鄙是卑鄙者的通行证，高尚是高尚者的墓志铭”成为著名的诗句。

《回答》运用鲜明、独特和相当坚实的诗歌意象，并且通过意象之间的拼接、跳跃和组合营造富有张力的意象结构，表达了作者丰富深刻的思想感情，诗歌语言精警有力，富有质感，体现出一种冷峻傲岸的艺术风格。

【自我感悟】

◆ 佳作自我欣赏

◇ 戴望舒的《雨巷》

雨　　巷①

戴望舒

撑着油纸伞，独自

① 陈超：《20世纪中国探索诗鉴赏》，河北人民出版1999年版，第77～79页。

彷徨在悠长、悠长
又寂寥的雨巷，
我希望逢着
一个丁香一样地
结着愁怨的姑娘。
她是有
丁香一样的颜色，
丁香一样的芬芳，
丁香一样的忧愁，
在雨中哀怨，
哀怨又彷徨；
她彷徨在这寂寥的雨巷，
撑着油纸伞
像我一样，
像我一样地
默默彳亍着，
寒漠，凄清，又惆怅。
她默默地走近
走近，又投出
太息一般的眼光，
她飘过
像梦一般的，
像梦一般地凄婉迷茫。
像梦中飘过
一枝丁香的，
我身旁飘过这女郎；
她静默地远了、远了，
到了颓圮的篱墙，
走尽这雨巷。
在雨的哀曲里，
消了她的颜色，
散了她的芬芳，
消散了，甚至她的
太息般的眼光，
丁香般的惆怅。
撑着油纸伞，独自
彷徨在悠长、悠长
又寂寥的雨巷，

我希望飘过
一个丁香一样地
结着愁怨的姑娘。

◇ **徐志摩的《再别康桥》**

再别康桥①

徐志摩

轻轻的我走了，
正如我轻轻的来；
我轻轻的招手，
作别西天的云彩。
那河畔的金柳，
是夕阳中的新娘；
波光里的艳影，
在我的心头荡漾。
软泥上的青荇，
油油的在水底招摇；
在康河的柔波里，
我甘心做一条水草。
那榆荫下的一潭，
不是清泉，是天上虹；
揉碎在浮藻间，
沉淀着彩虹似的梦。
寻梦？撑一支长篙，
向青草更青处漫溯；
满载一船星辉，
在星辉斑斓里放歌。
但我不能放歌，
悄悄是别离的笙箫；
夏虫也为我沉默，
沉默是今晚的康桥！
悄悄的我走了，
正如我悄悄的来；

① 徐志摩：《徐志摩诗文名篇》，时代文学出版社2010年版，第109~110页。

我挥一挥衣袖，
不带走一片云彩。

◇ 艾青的《我爱这土地》

我爱这土地①

艾青

假如我是一只鸟，
我也应该用嘶哑的喉咙歌唱：
这被暴风雨所打击着的土地，
这永远汹涌着我们的悲愤的河流，
这无止息地吹刮着的激怒的风，
和那来自林间的无比温柔的黎明……
——然后我死了，
连羽毛也腐烂在土地里面。
为什么我的眼里常含泪水？
因为我对这土地爱得深沉……

◇ 郭小川的《团泊洼的秋天》

团泊洼的秋天②

郭小川

秋风像一把柔韧的梳子，梳理着静静的团泊洼；
秋光如同发亮的汗珠，飘飘扬扬地在平滩上挥洒。
高粱好似一队队的“红领巾”，悄悄地把周围的道路观察；
向日葵摇头微笑着，望不尽太阳起处的红色天涯。
矮小而年高的垂柳，用苍绿的叶子抚摸着快熟的庄稼；
密集的芦苇，细心地护卫着脚下偷偷开放的野花。
蝉声消退了，多嘴的麻雀已不在房顶上吱喳；
蛙声停息了，野性的独流减河也不再喧哗。
大雁即将南去，水上默默浮动着白净的野鸭；
秋凉刚刚在这里落脚，暑热还藏在好客的人家。

① 选自徐挺：《文学欣赏》，高等教育出版社2004年版，第50页。
② 郭小川：《郭小川诗选》，人民文学出版社2001年版，第186～188页。

秋天的团泊洼啊，好像在香甜的梦中睡傻；
团泊洼的秋天啊，犹如少女一般羞羞答答。
团泊洼，团泊洼，你真是这样静静的吗？
全世界都在喧腾，哪里没有雷霆怒吼，风去变化！
是的，团泊洼的呼喊之声，也和别处一样洪大；
听听人们的胸口吧，其中也和闹市一样嘈杂。
这里没有第三次世界大战，但人人都在枪炮齐发；
谁的心灵深处——没有奔腾咆哮的千军万马！
这里没有刀光剑影的火阵，但日夜都在攻打厮杀；
谁的大小动脉里——没有炽热的鲜血流响哗哗！
这里的《共产党宣言》，并没有掩盖在尘埃之下；
毛主席的伟大号召，在这里照样有最真挚的回答。
无产阶级专政的理论，在战士的心头放射光华；
反对修正主义的浪潮，正惊退了贼头贼脑的鱼虾。
解放军兵营门口的跑道上，随时都有马蹄踏踏；
五·七干校的校舍里，荧光屏上不时出现《创业》和《海霞》。
在明朗的阳光下，随时都有对修正主义的口诛笔伐；
在一排排红房之间，常常听见同志式温存的夜话。
……至于战士的深情，你小小的团泊洼怎能包容得下！
不能用声音，只能用没有声音的“声音”加以表达：
战士自有战士的性格：不怕污蔑，不怕恫吓；
一切无情的打击，只会使人腰杆挺直，青春焕发。
战士自有战士的抱负：永远改造，从零出发；
一切可耻的衰退，只能使人视若仇敌，踏成泥沙。
战士自有战士的胆识：不信流言，不受欺诈；
一切无稽的罪名，只会使人神志清醒，头脑发达。
战士自有战士的爱情：忠贞不渝，新美如画；
一切额外的贪欲，只能使人感到厌烦，感到肉麻。
战士的歌声，可以休止一时，却永远不会沙哑；
战士的明眼，可以关闭一时，却永远不会昏瞎。
请听听吧，这就是战士一句句从心中掏出的话。
团泊洼，团泊洼，你真是那样静静的吗？
是的，团泊洼是静静的，但那里时刻都会轰轰爆炸！
不，团泊洼是喧腾的，这首诗篇里就充满着嘈杂。
不管怎样，且把这矛盾重重的诗篇埋在坝下，
它也许不合你秋天的季节，但到明春准会生根发芽。

◇ 舒婷的《致橡树》

致　橡　树①

舒婷

我如果爱你——
绝不像攀援的凌霄花，
借你的高枝炫耀自己；
我如果爱你——
绝不学痴情的鸟儿，
为绿荫重复单调的歌曲；
也不止像泉源，
常年送来清凉的慰藉；
也不止像险峰，
增加你的高度，衬托你的威仪。
甚至日光，
甚至春雨。
不，这些都还不够！
我必须是你近旁的一株木棉，
作为树的形象和你站在一起。
根，紧握在地下；
叶，相触在云里。
每一阵风过，
我们都互相致意，
但没有人，
听懂我们的言语。
你有你的铜枝铁干，
像刀，像剑，也像戟；
我有我红硕的花朵，
像沉重的叹息，
又像英勇的火炬。
我们分担寒潮、风雷、霹雳；
我们共享雾霭、流岚、虹霓。
仿佛永远分离，
却又终身相依。
这才是伟大的爱情，

① 舒婷：《舒婷的诗》，人民出版社2013年版，第117～118页。

坚贞就在这里：
爱——
不仅爱你伟岸的身躯，
也爱你坚持的位置，
足下的土地。

◆ **自我欣赏导引**

○ 戴望舒（1905—1950 年）原名戴朝安，笔名有戴梦鸥、戴望舒、江思、艾昂甫等，《雨巷》一诗写于 1927 年夏天。当时全国处于白色恐怖之中，戴望舒因曾参加进步活动而不得不避居于松江的友人家中，在孤寂中咀嚼着大革命失败后的幻灭与痛苦，心中充满了迷惘的情绪和朦胧的希望。《雨巷》创设了一个富于浓重象征色彩的抒情意境。在这里，诗人把当时的黑暗而沉闷的社会现实暗喻为悠长狭窄而寂寥的“雨巷”。这里没有声音，没有欢乐，没有阳光。而诗人自己，就是这样的雨巷中彳亍彷徨的孤独者。他在孤寂中怀着一个美好的希望。希望有一种美好的理想出现在自己面前。诗人笔下的“丁香一样的”姑娘，就是这种美好理想的象征。然而诗人知道，这美好的理想是很难实现的。她和自己一样充满了愁苦和惆怅，而且又是倏忽即逝，像梦一样从身边飘过去了。留下来的，只有诗人自己依然在黑暗的现实中彷徨的心境，和那无法实现的梦一般飘然而逝的希望。这在《雨巷》描写的形象里，是既明白又朦胧地、既确定又飘忽地展示在读者眼前。想象创造了象征，象征扩大了想象。这样以象征方法抒情的结果，使诗人的感情心境表现得更加含蓄蕴藉，也给读者留下了驰骋想象的广阔天地，感到诗的余香和回味。

○ 徐志摩（1897—1931 年），原名章垿，《再别康桥》写于 1928 年 11 月 6 日。康桥就是英国著名的剑桥大学所在地，徐志摩在 1920 年 10 月至 1922 年 8 月间游学于此。康桥时期是徐志摩一生的转折点，他后来曾满怀深情地说：“我的眼是康桥教我睁的，我的求知欲是康桥给我拨动的，我的自我意识是康桥给我胚胎的。”1928 年，诗人故地重游，11 月 6 日，在归途的南中国海上，他吟成了这首传世之作。徐志摩深崇闻一多音乐美、绘画美、建筑美的诗学主张，而尤重音乐美。这首《再别康桥》全诗共七节，每节四行，每行两顿或三顿，不拘一格而又法度严谨，韵式上严守二、四押韵，抑扬顿挫，朗朗上口。这优美的节奏像涟漪般荡漾开来，既是虔诚的学子寻梦的跫音，又契合着诗人感情的潮起潮落，有一种独特的审美快感。

○ 艾青（1910—1996 年）的《我爱这土地》是在 1938 年秋天写的一首现代诗。当时正是抗日战争的初期，祖国的半壁河山沦陷在日本侵略者的铁蹄之下，山河破碎，沦陷区的人民被迫流亡他乡，啼饥号寒，挣扎在死亡线上。面对这样一场民族的劫难，诗人艾青的心里涌动着满腔的悲愤。这首诗以“假如”领起，用“嘶哑”形容鸟儿的歌喉，接着续写出歌唱的内容，并由生前的歌唱，转写鸟儿死后魂归大地，最后转由鸟的形象代之以诗人的自身形象，直抒胸臆，托出了诗人那颗真挚、炽热的爱国之心。

○ 郭小川（1919—1976 年）的《团泊洼的秋天》一诗写于 1975 年 9 月。当时，郭小川受到“四人帮”及其余党的残酷迫害，被非法关押在天津市郊静海县团泊洼干校隔离审查。但这一切并未动摇诗人久经战斗考验的坚强意志。他以“是战士，决不能放下武器，哪怕是一分钟；要革命，决不能止步不前，哪怕面对刀丛”的无产阶级英雄气概，写出了《团泊洼的秋天》，这是充满革命战士豪情与革命乐观主义精神的响亮诗歌。此诗有其巧妙的艺术构思，从描绘秋天景物入手，借景抒情，寓动于静，意在渲染一个极其宁静的气氛，以反衬人们内心世界的并不平静，大有“于无声处听惊雷”之势，从而起到了深化全诗主题的作用。诗人通过一连串的排比句式直抒胸臆，高歌战士特有的性格、抱负、胆识、爱情，充分抒发无产阶级战士的革命情怀，表达了亿万人民对“四人帮”的无比愤慨。

○ 舒婷的《致橡树》创作于1977年3月，是“文化大革命”后最早的爱情诗。诗人以橡树为对象表达了爱情的热烈、诚挚和坚贞。诗中的橡树不是一个具体的对象，而是诗人理想中的情人象征。因此，这首诗一定程度上不是单纯倾诉自己的热烈爱情，而是要表达一种爱情的理想和信念。诗歌以新奇瑰丽的意象、恰当贴切的比喻表达了诗人心中理想的爱情观。诗中的比喻和奇特的意象组合都代表了当时的诗歌新形式，具有开创性意义。

◆ **拓展资料**

○ 徐志摩：《雪花的快乐》，载《徐志摩诗集》，黄山书社2009年版。

○ 林徽因：《你是人间四月天》，载《林徽因诗集》，人民文学出版社1985年版。

○ 闻一多：《红烛》，载《闻一多诗集》，人民文学出版社1984年版。

○ 顾城：《黑眼睛》，载《顾城诗集》，人民文学出版社1986年版。

○ 海子：《面朝大海，春暖花开》，载《海子的诗》，人民文学出版社1999年版。

○ 舒婷：《会唱歌的鸢尾花》，载《会唱歌的鸢尾花》，人民文学出版社1986年版。

【活动创编】

◆ **活动主题**

○ 分析《回答》的精神特征以及主人公的人格形象。

○ 谈谈朦胧诗派诗歌意象创造的特点。

○ 为什么说“卑鄙是卑鄙者的通行证，高尚是高尚者的墓志铭”？

◆ **创编项目**

○ 仿照艾青的《我爱这土地》创作一首以“我爱……”为主题的诗歌。

○ 仿照舒婷的《致橡树》创作一首以“致……”为主题的诗歌。

○ 组织一场现当代诗歌吟诵会。

模块四　中国古代散文欣赏

【欣赏名言】

知道沿圣以垂文，圣因文而明道，旁通而无滞，日用而不匮。

——刘勰

【知识导入】

◆ **中国古代散文的内涵**

散文是与小说、诗歌、戏剧并列的一种文学体裁，它以表现为主要特征，旨在通过写人、叙事、言理来达到表现主观感受的目的。散文这个名称，随着文学的发展，它的含义和范围也在不断地演变，古代散文与现代散文有了很大的差别。

中国古代散文是指五四运动以前所创作的散文。我国古代，为区别于韵文、骈文，凡不押韵、不重对偶的散体文章，包括经、传、史书在内，一律称为散文。

◆ **中国古代散文的分类**

由于中国古代，把除了诗、词、曲以外的作品，不论是文学作品还是非文学作品，一概称为散文，所以中国古代散文的种类极其丰富，归纳起来，主要有以下几类：

◇ **史传**

中国古代将史传归入散文范畴。史传主要包括：以年代为线索编排有关的历史事件的编年体，如《左传》；通过记叙人物活动反映历史事件的纪传体，如《史记》；以国家为单位分别记叙历史的国别体，如《战国策》；记录某人生平事迹的传，如《张衡传》；着重记载正史所不予收录的逸闻轶事的记事，如《记王忠肃公翱事》；记载散失没有流传事迹的逸事，如《左忠毅公逸事》。

◇ **杂记**

杂记主要包括：描写山川风物的杂记，如《石钟山记》；描写人事的杂记，如《病梅馆记》；以记事为主的笔记文，它篇幅短小，内容丰富，有志怪杂录、历史掌故、琐闻逸事、文艺随笔、资料考证、名物训诂、读书杂记等，如《世说新语》、《梦溪笔谈》。

◇ **论说**

论说主要包括：语录体，如《论语》、《孟子》；论文集，如《荀子》、《韩非子》；以论证为主的史论，如《过秦论》、《六国论》；陈说自己对某种事物的见解的说，如《师说》、《问说》；对某种理论主张、政治制度或社会习俗进行考察、探究的原，如《原谤》。

◇ **序文**

序文主要包括：说明书籍著述或出版意旨、编次体例和作者情况的书序，如《兰亭集序》、《滕王阁序》；临别赠言的赠序，如《送李愿归盘古序》、《送东阳马生序》。

◇ **奏议**

奏议主要包括：臣下向君主分条陈述事情的疏，如《谏太宗十思疏》、《论积贮疏》；臣下向君主陈述较为重大事件或陈请谢贺的表，如《出师表》、《陈情表》；古代臣子回答君主所问的政治、军事、经济方面的策略的对，如《隆中对》。

◇ **辞赋**

辞赋是介于诗与文之间的一种中间体裁。辞赋既有诗的特征，借助诗的意象和诗的手段，充分地表现情感和感受；又有文的特质，篇幅比较长，叙事状物洋洋洒洒，铺陈描绘较少限制。但如果没有辞赋的衍化和探索，没有它所取得的经验和教训，艺术散文在唐宋时期的成型是绝对不可能的。反映古代辞赋较高水平的篇章有《洛神赋》、《赤壁赋》、《秋声赋》等。

◇ **祭文**

祭文是用以祭奠死者，介绍死者生平及业绩，表达哀悼之情的散文，如《祭十二郎文》、《祭妹文》。

◇ **箴铭**

箴铭是古代刻在器物、碑碣等上面用以警戒自己或称颂功德等的散文，例如刘禹锡的《陋室铭》。

◇ **书信**

古人之间的往来书信也归入散文之列，如《与吴质书》、《报任安书》等。

【欣赏引导】

中国古代散文是古代作家依照他对自己时代的社会生活的认识而创作的，后世的读者在赏析时应该把它分析开来，以便了解、认识、评论作家，分析作品的主题思想和艺术表现形式。同时，由于古今语言的距离，我们今天赏析古代散文，首先要克服语言困难，弄懂每字每句的意思；其次要切实掌握作品的主题思想，能够中肯并得当地进行评价。

◆ **了解创作背景**

历史唯物论要求认识客观事物，一切以时间、地点、条件为转移。分析一篇古代散文，必须了解作家和他所处时代的社会生活。即便是同一时代的作家，他们有不同的遭遇、思想历程和艺术道路，因而他们的作品也就各有自己的思想、艺术特点。再进一步说，一个作家一生的创作是随着他的思想、艺术的发展而变化的，不可能一成不变，因而同一作家不同时期的作品也会具有思想、艺术上的差异。所以欣赏一篇古代散文，应当了解这一作品是作家在什么时期创作的，具体了解这一时代的社会生活情况，这一作家的一般作品的思想、艺术特点，这一作家在这一时期的生活遭遇、思想状况及艺术进展，不能仅就一篇散文孤立地评价。

◆ **分析结构形式**

赏析一篇古代散文不能离开对文章结构形式的分析。一般来讲，古代散文结构都有三个层次：一是文体结构，二是思想内容结构，三是艺术形式结构。所谓文体结构，就是看它属于哪种文体，古代散文大多遵循传统文体，我们分析散文作品便应看清题目，辨明文体。优秀的古代散文通常是作者按照自己确定的主题思想来谋篇布局的，一篇散文的具体结构首先取决于它的主题思想的逻辑结构。为了把握思想内容的逻辑结构，这就要在弄懂字句、疏通章节之后，再进行抽象的逻辑分析，以便把握全篇思想内容的内在联系。而一篇散文的艺术形式结构是由作者依据主题思想的需要，进行选材、剪裁和安排而完成的。分析一篇散文的艺术形式结构，实质是具体分析它的选材、剪裁和安排。

◆ 探究艺术形象

古代散文的艺术形象，实质是作者按照自己的认识，用形象化手法技巧表现的客观事物。因此，一篇散文的艺术形象是由作品所写客观事物形象和作者在作品中表现出来的自我形象交融而成的。中国古代的优秀散文作品不但客观形象生动，而且作者自我形象鲜明，跃然欲出。而正由于不同作者的思想认识和艺术素养不同，同一作者在不同时期的思想、艺术有变化，因而每篇优秀散文各有其独特的艺术形象。所以赏析一篇散文，就要探究散文的艺术形象。一般来讲，探究说理文的形象性，就是分析其中例证的特点和表述；分析叙事文的形象性，就是分析其细节的特点和描述；考察抒情文的形象性，就是分析借以抒情的具体事物的特点和表现。

◆ 欣赏语言风格

散文作为一种文学体裁，它的物质手段只有一个，就是语言。古代散文大多属于文学性强的应用散文，因而语言的技术和技巧就显得更为重要而突出。韩愈倡导的“文从字顺各识职，有欲求之此其躅”就是语言的具体要求。我们欣赏一篇散文就要准确掌握词汇意义，正确运用语法规律，恰当利用修辞技巧。所以赏析古代散文，离不开古代汉语的基本知识的掌握，离不开分析语言的时代特点，离不开了解作家独特的语言风格。

【名作欣赏】

◆ 曹植的《洛神赋》欣赏

洛神赋①

曹植

黄初三年，余朝京师，还济洛川。古人有言，斯水之神名曰宓妃。感宋玉对楚王神女之事，遂作斯赋。其词曰：

余从京域，言归东藩。背伊阙，越轘辕，经通谷，陵景山。日既西倾，车殆马烦。尔乃税驾乎蘅皋，秣驷乎芝田，容与乎阳林，流眄乎洛川。于是精移神骇，忽焉思散，俯则未察，仰以殊观。睹一丽人，于岩之畔。乃援御者而告之曰：“尔有觌于彼者乎？彼何人斯？若此之艳也！”御者对曰：“臣闻河洛之神，名曰宓妃。然则君王之所见也，无乃是乎！其状若何？臣愿闻之。”

余告之曰：“其形也，翩若惊鸿，婉若游龙。荣曜秋菊，华茂春松。仿佛兮若轻

① 选自高波：《最美的古典散文》，外文出版社2011年版，第30~32页。

云之蔽月，飘飖兮若流风之回雪。远而望之，皎若太阳升朝霞；迫而察之，灼若芙蕖出渌波。秾纤得衷，修短合度。肩若削成，腰如约素。延颈秀项，皓质呈露。芳泽无加，铅华弗御。云髻峨峨，修眉联娟。丹唇外朗，皓齿内鲜，明眸善睐，靥辅承权。瓌姿艳逸，仪静体闲。柔情绰态，媚于语言。奇服旷世，骨像应图。披罗衣之璀粲兮，珥瑶碧之华琚。戴金翠之首饰，缀明珠以耀躯。践远游之文履，曳雾绡之轻裾。微幽兰之芳蔼兮，步踟蹰于山隅。

于是忽焉纵体，以遨以嬉。左倚采旄，右荫桂旗。攘皓腕于神浒兮，采湍濑之玄芝。余情悦其淑美兮，心振荡而不怡。无良媒以接欢兮，托微波而通辞。愿诚素之先达兮，解玉佩以要之。嗟佳人之信修兮，羌习礼而明诗。抗琼珶以和予兮，指潜渊而为期。执眷眷之款实兮，惧斯灵之我欺。感交甫之弃言兮，怅犹豫而狐疑。收和颜而静志兮，申礼防以自持。

于是洛灵感焉，徙倚彷徨，神光离合，乍阴乍阳。竦轻躯以鹤立，若将飞而未翔。践椒涂之郁烈，步蘅薄而流芳。超长吟以永慕兮，声哀厉而弥长。

尔乃众灵杂遝，命俦啸侣。或戏清流，或翔神渚，或采明珠，或拾翠羽。从南湘之二妃，携汉滨之游女。叹匏瓜之无匹兮，咏牵牛之独处。扬轻袿之猗靡兮，翳修袖以延伫。休迅飞凫，飘忽若神，陵波微步，罗袜生尘。动无常则，若危若安。进止难期，若往若还。转眄流精，光润玉颜。含辞未吐，气若幽兰。华容婀娜，令我忘餐。

于是屏翳收风，川后静波。冯夷鸣鼓，女娲清歌。腾文鱼以警乘，鸣玉鸾以偕逝。六龙俨其齐首，载云车之容裔，鲸鲵踊而夹毂，水禽翔而为卫。于是越北沚，过南冈，纡素领，回清阳。动朱唇以徐言，陈交接之大纲。恨人神之道殊兮，怨盛年之莫当。抗罗袂以掩涕兮，泪流襟之浪浪。悼良会之永绝兮，哀一逝而异乡。无微情以效爱兮，献江南之明珰。虽潜处于太阴，长寄心于君王。忽不悟其所舍，怅神宵而蔽光。

于是背下陵高，足往神留。遗情想像，顾望怀愁。冀灵体之复形，御轻舟而上溯。浮长川而忘反，思绵绵而增慕。夜耿耿而不寐，沾繁霜而至曙。命仆夫而就驾，吾将归乎东路。揽騑辔以抗策，怅盘桓而不能去。

◆ 欣赏

《洛神赋》创作于公元224年，是古代文学史上久享盛誉的辞赋佳作，也是曹植的代表作。《洛神赋》熔铸神话题材，通过描写梦幻的意境，运用铺张扬厉的手法，刻画了一位空灵缥缈、美丽动人的洛神形象，展现了一幕动人心魄的人神恋爱悲剧。

洛神，相传为古帝伏羲氏之女宓妃，溺死于洛滨而成为洛水之神。曹植途经洛水，突然想到洛水之神宓妃的传说，于是驰骋想象，细致描摹洛神优美妍丽的体态风姿，抒发了对洛神的倾慕相悦之情。文中对洛神进行了细致的肖像描写，由“翩若惊鸿，婉若游龙”一句入手，对洛神的气质、形体、容貌、姿态、服饰、装扮、举止等作了生动形象的描摹，使神女的形象与浪漫神秘的情调取得了充分的和谐。作者既写对洛神的爱慕，由爱慕而追求，将成功而克制，又转入写洛神对自己的倾心仰慕。由于“人神之道殊”，因而洛神的爱并没有得到理解和同情，终不得与作者交接，只能怅然离去。人神相恋，心心相印，情同爱侣，一旦生生离别，其痛楚与失落自不可名状。曹植通过写对洛神的追求与幻灭，表达了他在政治上的失意和理想的破灭。

《洛神赋》熔叙事、抒情、描写于一炉，充分表现了汉赋雍容典雅，讲求辞藻，排比铺陈的艺术特色；而通篇结构精心设计，人物形象丰满，情节曲折变化，感情起伏交错，跌宕多姿，又给辞赋创作赋以新的生命活力。全赋“缘情绮靡，仙骨珊珊，尚有凌虚御风之气”（见浦起龙《古文眉诠》）。就赋作语言而言，此文文字优美，语言畅达，绚丽多彩，前人评曹植“文才富艳”（见《三国志》）、“辞采华茂”（见《诗品》），当非虚誉。

【自我感悟】

◆ 佳作自我欣赏

◇ 庄子的《逍遥游》

逍遥游（节选）①

庄子

北冥有鱼，其名为鲲。鲲之大，不知其几千里也。化而为鸟，其名为鹏。鹏之背，不知其几千里也；怒而飞，其翼若垂天之云。是鸟也，海运则将徙于南冥。南冥者，天池也。《齐谐》者，志怪者也。《谐》之言曰：“鹏之徙于南冥也，水击三千里，抟扶摇而上者九万里，去以六月息者也。”野马也，尘埃也，生物之以息相吹也。天之苍苍，其正色邪？其远而无所至极邪？其视下也，亦若是则已矣。且夫水之积也不厚，则其负大舟也无力。覆杯水于坳堂之上，则芥为之舟，置杯焉则胶，水浅而舟大也。风之积也不厚，则其负大翼也无力。故九万里，则风斯在下矣，而后乃今培风；背负青天，而莫之夭阏者，而后乃今将图南。蜩与学鸠笑之曰：“我决起而飞，枪榆枋而止，时则不至，而控于地而已矣，奚以之九万里而南为？”适莽苍者，三餐而反，腹犹果然；适百里者，宿舂粮；适千里者，三月聚粮。之二虫又何知！

小知不及大知，小年不及大年。奚以知其然也？朝菌不知晦朔，蟪蛄不知春秋，此小年也。楚之南有冥灵者，以五百岁为春，五百岁为秋；上古有大椿者，以八千岁为春，八千岁为秋，此大年也。而彭祖乃今以久特闻，众人匹之，不亦悲乎！汤之问棘也是已。穷发之北，有冥海者，天池也。有鱼焉，其广数千里，未有知其修者，其名为鲲。有鸟焉，其名为鹏，背若泰山，翼若垂天之云，抟扶摇羊角而上者九万里，绝云气，负青天，然后图南，且适南冥也。斥鴳笑之曰：“彼且奚适也？我腾跃而上，不过数仞而下，翱翔蓬蒿之间，此亦飞之至也。而彼且奚适

① 选自金涛：《老子庄子典藏本》，外文出版社2012年版，第163～169页。

也？”此小大之辩也。

故夫知效一官，行比一乡，德合一君，而征一国者，其自视也，亦若此矣。而宋荣子犹然笑之。且举世誉之而不加劝，举世非之而不加沮，定乎内外之分，辩乎荣辱之境，斯已矣。彼其于世，未数数然也。虽然，犹有未树也。夫列子御风而行，泠然善也，旬有五日而后反。彼于致福者，未数数然也。此虽免乎行，犹有所待者也。若夫乘天地之正，而御六气之辩，以游无穷者，彼且恶乎待哉？故曰：至人无己，神人无功，圣人无名。

◇ 刘禹锡的《陋室铭》

陋室铭①

刘禹锡

山不在高，有仙则名。水不在深，有龙则灵。斯是陋室，惟吾德馨。苔痕上阶绿，草色入帘青。谈笑有鸿儒，往来无白丁。可以调素琴，阅金经。无丝竹之乱耳，无案牍之劳形。南阳诸葛庐，西蜀子云亭。孔子云：“何陋之有？”

◇ 范仲淹的《岳阳楼记》

岳阳楼记②

范仲淹

庆历四年春，滕子京谪守巴陵郡。越明年，政通人和，百废具兴，乃重修岳阳楼，增其旧制，刻唐贤今人诗赋于其上。属予作文以记之。

予观夫巴陵胜状，在洞庭一湖。衔远山，吞长江，浩浩汤汤，横无际涯；朝晖夕阴，气象万千。此则岳阳楼之大观也，前人之述备矣。然则北通巫峡，南极潇湘，迁客骚人，多会于此，览物之情，得无异乎？

若夫淫雨霏霏，连月不开，阴风怒号，浊浪排空；日星隐曜，山岳潜形；商旅不行，樯倾楫摧；薄暮冥冥，虎啸猿啼。登斯楼也，则有去国怀乡，忧谗畏讥，满目萧然，感极而悲者矣。

至若春和景明，波澜不惊，上下天光，一碧万顷；沙鸥翔集，锦鳞游泳；岸芷汀兰，郁郁青青。而或长烟一空，皓月千里，浮光跃金，静影沉璧，渔歌互答，此乐何极！登斯楼也，则有心旷神怡，宠辱偕忘，把酒临风，其喜洋洋者矣。

嗟夫！予尝求古仁人之心，或异二者之为，何哉？不以物喜，不以己悲；居庙堂

① 选自高波：《最美的古典散文》，外文出版社2011年版，第108页。
② 选自秦榆：《才子的散文》，京华出版社2008年版，第153~154页。

之高则忧其民；处江湖之远则忧其君。是进亦忧，退亦忧。然则何时而乐耶？其必曰“先天下之忧而忧，后天下之乐而乐”乎？噫！微斯人，吾谁与归？

时六年九月十五日。

◇ **顾炎武的《廉耻》**

廉　　耻①

顾炎武

《五代史·冯道传·论》曰：礼义廉耻，国之四维，四维不张，国乃灭亡。善乎，管生之能言也！礼义，治人之大法；廉耻，立人之大节；盖不廉则无所不取，不耻则无所不为。人而如此，则祸败乱亡，亦无所不至；况为大臣而无所不取，无所不为，则天下其有不乱，国家其有不亡者乎？然而四者之中，耻尤为要。故夫子之论士，曰：“行己有耻。”孟子曰：“人不可以无耻。无耻之耻，无耻矣。”又曰：“耻之于人大矣，为机变之巧者，无所用耻焉。”所以然者，人之不廉，而至于悖礼犯义，其原皆生于无耻也。故士大夫之无耻，是谓国耻。

吾观三代以下，世衰道微，弃礼义，捐廉耻，非一朝一夕之故。然而松柏后凋于岁寒，鸡鸣不已于风雨，彼昏之日，固未尝无独醒之人也！顷读《颜氏家训》有云：“齐朝一士夫尝谓吾曰：‘我有一儿，年已十七，颇晓书疏，教其鲜卑语，及弹琵琶，稍欲通解，以此伏事公卿，无不宠爱。’吾时俯而不答。异哉，此人之教子也！若由此业自致卿相，亦不愿汝曹为之。”嗟乎！之推不得已而仕于乱世，犹为此言，尚有《小宛》诗人之意，彼阉然媚于世者，能无媿哉！

罗仲素曰：教化者朝廷之先务，廉耻者士人之美节；风俗者天下之大事。朝廷有教化，则士人有廉耻；士人有廉耻，则天下有风俗。

古人治军之道，未有不本于廉耻者。《吴子》曰：“凡制国治军，必教之以礼，励之以义，使有耻也。夫人有耻，在大足以战，在小足以守矣。”《尉缭子》言：“国必有慈孝廉耻之俗，则可以死易生。”而太公对武王：“将有三胜，一曰礼将，二曰力将，三约止欲将。故礼者，所以班朝治军而兔罝之武夫，皆本于文王后妃之化；岂有淫刍荛，窃牛马，而为暴于百姓者哉！”《后汉书》：张奂为安定属国都尉，“羌豪帅感奂恩德，上马二十四，先零酋长又遗金鐻八枚，奂并受之，而召主簿于诸羌前，以酒酹地曰：‘使马如羊，不以入厩；使金如粟，不以入怀。’悉以金马还之。羌性贪而贵吏清，前有八都尉率好财货，为所患苦，及奂正身洁己，威化大行”。呜呼！自古以来，边事之败，有不始于贪求者哉？吾于辽东之事有感。

杜子美诗：安得廉颇将，三军同晏眠！一本作“廉耻将”。诗人之意，未必及此，然吾观《唐书》，言王佖为武灵节度使，先是，土蕃欲成乌兰桥，每于河壖先贮材木，皆为节帅遣人潜载之，委于河流，终莫能成。蕃人知佖贪而无谋，先厚遗之，

① 选自曾繁仁主编：《大学语文》，教育科学出版社 2010 年版，第 142 ~ 143 页。

然后并役成桥，仍筑月城守之。自是朔方御寇不暇，至今为患，由悠之蝝货也。故贪夫为帅而边城晚开。得此意者，郢书燕说，或可以治国乎!

◆ 自我欣赏导引

○ 庄子是春秋战国时期著名的思想家、哲学家和文学家，为道家学派的主要代表人物之一。《逍遥游》是《庄子》的代表篇目之一，也是诸子百家中的名篇。庄子的散文哲学思想博大精深，是我国古代典籍中的瑰宝。庄子的散文充满奇特的想象和浪漫的色彩，寓说理于寓言和生动的比喻中，形成独特的风格。"逍遥游"也是庄子哲学思想的一个重要方面。全篇一再阐述无所依凭的主张，追求精神世界的绝对自由。在庄子的眼里，客观现实中的一事一物，包括人类本身都是对立而又相互依存的，这就没有绝对的自由，要想无所依凭就得无己。因而他希望一切顺乎自然，超脱于现实，否定人在社会生活中的一切作用，把人类的生活与万物的生存混为一体；提倡不滞于物，追求无条件的精神自由。这些思想给我国历代思想家和文学家以深刻的、巨大的影响，在我国思想史、文学史上都占有极其重要的地位。

○ 刘禹锡是唐代的哲学家、文学家、诗人，是中山靖王的后裔。他的《陋室铭》是一篇短文力作，是我国古代散文中的一朵奇花，千百年来经久不衰。它的显著特点就是语言精辟。采用大量的修辞方法，对偶工整，对比鲜明，互相衬托，虚实相生，引经据典，言志如诗，通过对居室环境的描写，极力形容"陋室不陋"，表达了一种高洁傲岸的节操和安贫乐道的情趣，具有一种韵味如歌的音乐美，读来如行云流水，文气通达起伏，是我国古典文库中脍炙人口的珍品。作者敬德修业律己的人生态度，对我们现在仍然具有启迪作用。

○ 范仲淹是北宋著名的思想家、政治家、军事家、文学家。他的《岳阳楼记》巧妙地将记事、写景、抒情和议论交融在一篇文章中，记事简明、写景铺张、抒情真切、议论精辟。议论的部分字数不多，但有统率全文的作用。文中穿插了许多四言的对偶句，这些骈句为散文增添了色彩。如"先天下之忧而忧，后天下之乐而乐"是富有启示性的格言，把丰富的意义熔铸到短短的两句话中，字字有千钧之力。一个人要做到先忧，必须有胆、有识、有志，已属不易；而一个先忧之士当他建立了功绩之后还能后乐，就更加可贵。这两句话所体现的精神，那种吃苦在前、享乐在后的品质，在今天仍有深刻的教育意义。

○ 顾炎武是明末清初杰出的思想家、经学家、史地学家和音韵学家，与黄宗羲、王夫之并称为明末清初"三大儒"。《廉耻》一文体现了作者所倡导的人之大节的核心。本文引经据典，强调做学问必须先立人格。本文针对明末清初之际，许多汉族士大夫只追求一己之富贵，忘却民族大义，寡廉鲜耻，投靠清朝廷的变节的行为，给予了无情的谴责和批判，指出"廉耻"的重要性，讽劝士大夫要知耻养廉。顾炎武引管仲之言，说明四维是立国的根本，又引孔孟之言，说明四维之中耻尤为重要。他的"天下兴亡，匹夫有责"的家国情怀，蕴含高尚的道德情操和人格涵养，是非常切合国情的传统文化理念，对当今社会仍有很强的现实意义。

◆ 拓展资料

○庄周:《天下》，载《庄子集释》，中华书局2006年版。

○ 司马迁：《报任安书》，载《古文观止》，高等教育出版社 2011 年版。

○ 王羲之：《兰亭集序》，载《中国古代散文》，人民文学出版社 1995 年版。

○ 颜之推：《颜氏家训》，载《颜氏家训集解》，中华书局 1993 年版。

○ 宋濂：《送东阳马生序》，载《宋学士文集》，上海古籍出版社 1999 年版。

○ 梁启超：《少年中国说》，载《少年中国说》，陕西师范大学出版社 2010 年版。

【活动创编】

◆ **活动主题**

○《洛神赋》是通过什么方式引出洛神的？

○《洛神赋》在极力描摹了洛神的美貌与双方的爱慕之情后，作者又是怎样为这个故事涂抹上层层悲剧色彩的？

○ 讨论《洛神赋》刻画女性美貌的独特手法。

◆ **创编项目**

○ 仿照刘禹锡的《陋室铭》创作一篇与原作每句字数相等、句式相同，或歌颂、赞美、褒扬，或揭露、批评、讽刺的铭文。

○ 以顾炎武提出的“礼义廉耻，是谓四维”为题，写一篇议论散文。

○ 组织一场古代散文专题欣赏会。

模块五　中国现当代散文欣赏

【欣赏名言】

一粒沙里见世界，半瓣花上说人情。

——郁达夫

【知识导入】

◆ **中国现当代散文的内涵**

现当代散文是与小说、戏剧、诗歌相对的一种文学样式，散文概念从古代的杂文学的概念，发展到现代，已经演变成一个纯文学的概念。它通过对现实生活中某些片断或生活事件的描述，表达作者的观点、感情，并揭示其社会意义。它可以在真人真事的基础上加工创造；不一定具有完整的故事情节和人物形象，而是着重于表现作者对生活的感受，具有选材、构思的灵活性和较强的抒情性；语言不受韵律的限制，表达方式多样，可将叙述、议论、抒情、描写融为一体，也可以有所侧重；根据内容和主题的需要，可以像小说那样，对典型细节和生活片段，作形象描写、心理刻画、环境渲染和气氛烘托等，也可像诗歌那样运用象征等艺术手法，创设一定的艺术意境。散文的表现形式多种多样，杂文、短评、小品、随笔、速写、特写、游记、通讯、书信、日记、回忆录等都属于散文。总之，散文篇幅短小、形式自由、取材广泛、写法灵活、语言优美，能比较迅速地反映生活，深受人们喜爱。

◆ **中国现当代散文的分类**

根据内容和性质，我们可以将中国现当代散文划分为以下几类：

◇ **叙事散文**

叙事散文是以写人记事为主的散文。这类散文对人和事的叙述和描绘较为具体、突出，同时表达作者的认识和感受，也带有浓厚的抒情成分，字里行间充满饱满的感情。叙事散文侧重于从叙述人物和事件的发展变化过程中反映事物的本质，具有时间、地点、人物、事件等因素，可以从一个角度选取题材，表现作者的思想感情。例如鲁迅的《藤野先生》、吴伯箫的《记一辆纺车》、朱德的《母亲的回忆》等。

◇ **抒情散文**

抒情散文是注重表现作者的思想感受，抒发作者的思想感情的散文。这类散文有对具体事物的记叙和描绘，但通常没有贯穿全篇的情节，其突出的特点是强烈的抒情性。它或直抒胸臆，或触景生情，洋溢着浓烈的诗情画意，即使描写的是自然风物，也赋予了深刻的社会内容和思想感情。优秀的抒情散文感情真挚，语言生动，还常常运用象征和比拟的手法，把思想寓于形象之中，具有强烈的艺术感染力。例如茅盾的《白杨礼赞》、魏巍的

《依依惜别的深情》、朱自清的《荷塘月色》、冰心的《樱花赞》等。

◇ **写景散文**

写景散文是以描绘景物为主的散文。这类文章多是在描绘景物的同时抒发感情，或借景抒情，或寓情于景，抓住景物的特征，按照空间的变换顺序，运用移步换景的方法，把观察的变化作为全文的脉络。生动的景物描绘，不但可以交代背景，渲染气氛，而且可以烘托人物的思想感情，更好地表现主题，例如刘白羽的《长江三峡》等。

◇ **哲理散文**

哲理散文是感悟哲理、凝聚理念、参透思想的散文。哲理可以纵贯古今，横亘中外，包容大千世界，穿透人生社会，寄寓百家长短，闪现思维领域万千景观。高明的作者，善于抓住哲理闪光的瞬间，形诸笔墨，写就内涵丰厚、耐人寻味的美文。哲理散文以种种形象来参与生命的真理，从而揭露万物之间的永恒相似，它因其深邃性和心灵透辟的整合性，给我们一种透过现象深入本质、揭示事物的底蕴的震撼性的审美效果。我们从哲理散文的字里行间去读解到心智的深邃，理解生命的本义，这就是哲理散文艺术美的所在。

【欣赏引导】

现当代散文既无诗歌的音乐节奏，也无小说的故事情节，更无戏剧激烈的性格冲突，总之，从形式到内容，散文好像显得太平常了一点。然而，人们忘情地赏析散文，就在于从中能感悟其魅力，现当代散文赏析的一般法则如下：

◆ **感同身受**

成功的文学作品均有意境，现当代散文也不例外。作为一个好的散文赏析者，应该善于体味散文美的意境。如何去体味呢？散文的意境，常给人一种如闻其声、如临其境的美感，所以散文鉴赏就特别需要感受，只有这样才能将散文里真实的具体的东西准确充分地复现在我们面前。现当代散文不仅以形象反映生活，而且讲究客观情景的细致描写，这样对散文形象的感受力就显得尤为重要。感受力是指读者对散文艺术形象的一种领悟能力，指读者对作者所描写的形形色色的生活图画可以在自己的心目中毫不费力地复现出来，并能获得某种称心适意的共鸣美感。一个人对散文形象的感受力是在长期实践中培养起来的，或者说是由于反复的经验而获得的一种敏捷性。这里说的经验，是一个含义十分丰富的概念，包括生活经验、艺术经验和知识的积累等。诸方面结合在一起，也就具体构成了我们说的对艺术形象的感受力。

◆ **循声得情**

现当代散文是言情的艺术作品。人的情感是不见之于形的抽象的东西，必须靠语言符号表现出来。语言符号本身包含有形、声、义三个方面，因而在表情上就有了各种复杂的关系。作家运用语言，不仅要选“义”，同时也要选“形”与“声”。“形”有两方面意思，一是指字的笔画结构，二是指句子的参差、整齐和语法构成。在散文欣赏中，指的是句子的错落变化和语法构成。“声”指读音，这里侧重指散文的音乐感。散文作家依靠语句的错综和声音高下的奇妙调节，就能使人读起来觉得具有了声感变化，同时还会感到有一种文气。文气不可能凭空存在，语言的声音节奏正是文气存在的形迹。我们对散文进行鉴赏要特别注意抓住声感的突破口，从声感出发，因声求气，循声得情。我们根据文章的言之短长、声之抑扬来诵读，并通过诵读来体会作者贯穿在作品里的文气，又通过对文气收放的品味来体会作者的情感。夏丏尊和叶圣陶两先生合著的《文章讲话》中明确指出："文气这东西，看是看不出的，闻也闻不到的，唯一领略的方法，似乎就在用口念诵。"鉴赏现当代散文切忌像读科学论文一样，只是着意在里头分解，而应把大部分的时间放在诵读上，由此自得文中奥妙。

◆ **沿波讨源**

赏析现当代散文，思想倾向先可以不问，结构技巧也可以先不去管，但必须窥见文章从何"飞"来，又如何"飞"去。这文章飞动的来龙去脉，常被称为"线索"。如果我们把作者行文的线索牵住了，然后再披文入情，沿波讨源，依源整派也就犹如按图索骥一样容易了。在这种情况下，无论文章怎样"出没隐见，变化无穷"地飞来飞去，读者都能够驾驭，达到循干理枝，因枝振叶，牵一线而明全篇。线索对于散文是不可须臾离开的东西。因为越是无拘无羁的体裁，就越需要维系其艺术生命的线索，使生活的珍珠串联在一起。散文既是"飞"的艺术，散文线索因而也应是绚丽纷呈、灵活多样。懂得抓住现代散文的线索，对于散文鉴赏很有好处。

◆ **纵观全局**

纵观全局是为了把握现当代散文的主题，它是作者在现当代散文里所表现出来的对人类社会种种现象的态度和观点，是一篇散文形成的灵魂。赏析散文如果将散文的主题探索到了，也就等于抓住了散文作品的本质，它同样是散文鉴赏的一个重要的决定性的步骤。一般来讲，我们可以从作品的写作背景探索主题，可以从散文作品的"文眼"探索主题，可以从作品的重点段落探索主题，还可以从作品的内部联系中探索主题，也能从作品的总体倾向上探索主题。

【名作欣赏】

◆ **钱锺书的《论快乐》**

论　快　乐①

钱锺书

在旧书铺里买回来维尼（Vigny）的《诗人日记》（*Journal d'unpoète*）信手翻开，就看见有趣的一条。他说，在法语里，喜乐（bonheur）一个名词是"好"和"钟点"两字拼成，可见好事多磨，只是个把钟头的玩意儿（Si le bonheur n'etait qu'une bonne denie!）我们联想到我们本国话的说法，也同样的意味深长，譬如快活或快乐的"快"字，就把人生一切乐事的飘瞥难留，极清楚地指示出来。所以我们又慨叹

① 选自方琪主编：《大学语文》，西南财经大学出版社2008年版，第278~281页。

说："欢娱嫌夜短！"因为人在高兴的时候，活得太快，一到困苦无聊，愈觉得日脚像跛了似的，走得特别慢。德语的沉闷（Langeweile）一词，据字面上直译，就是"长时间"的意思，《西游记》里小猴子对孙行者说："天上一日，下界一年。"这种神话，的确反映着人类的心理。天上比人间舒服欢乐，所以神仙活得快，人间一年在天上只当一日过。以此类推，地狱里比人间更痛苦，日子一定愈加难度；段成式《酉阳杂俎》就说："鬼言三年，人间一日。"嫌人生短促的人，真是最"快活"的人；反过来说，真快活的人，不管活到多少岁死，只能算是短命夭折。所以，做神仙也并不值得，在凡间已经30年做了一世的人，在天上还是个初满月的小孩。但是这种"天算"，也有占便宜的地方：譬如戴君孚《广异记》载崔参军捉狐妖，"以桃枝决五下"，长孙无忌说罚得太轻，崔答"五下是人间五百下，殊非小刑。"可见卖老祝寿等等，在地上最为相宜，而刑罚呢，应该到天上去受。

"永远快乐"这句话，不但渺茫得不能实现，并且荒谬得不能成立。快乐的决不会永久；我们说永远快乐，正好像说四方的圆形，静止的动作同样的自相矛盾。在高兴的时候，我们空对瞬息即逝的时间喊着说："逗留一会儿吧！你太美了！"那有什么用！你要永久，你该向痛苦里去找。不讲别的，只要一个失眠的晚上，或者有约不来的下午，或者一课沉闷的听讲——这许多，比一切宗教信仰更有效力，能使你尝到什么叫做"永生"的滋味。人生的刺，就在这里，留恋着不肯快走，偏是你所不留恋的东西。

快乐在人生里，好比引诱小孩子吃药的方糖，更像跑狗场里引诱狗赛跑的电兔子。几分钟或者几天的快乐赚我们活了一世，忍受着许多痛苦。我们希望它来，希望它留，希望它再来——这三句话概括了整个人类努力的历史。在我们追求和等候的时候，生命又不知不觉地偷度过去。也许我们只是时间消费的筹码，活了一世不过是为那一世的岁月充当殉葬品，根本不会享到快乐。但是我们到死也不明白是上了当，我们还理想死后有个天堂，在那里——谢上帝，也有这一天！我们终于享受到永远的快乐。你看，快乐的引诱，不仅像兔子和方糖，使我们忍受了人生，而且仿佛钓钩上的鱼饵，竟使我们甘心去死。这样说来，人生虽痛苦，却不悲观，因为它终抱着快乐的希望；现在的账，我们预支了将来去付。为了快活，我们甚至于愿意慢死。

穆勒曾把"痛苦的苏格拉底"和"快乐的猪"比较。假使猪真知道快活，那末猪和苏格拉底也相去无几了。猪是否能快乐得像人，我们不知道；但是人会容易满足得像猪，我们是常看见的。把快乐分肉体的和精神的两种，这是最糊涂的分析。一切快乐的享受都属于精神的，尽管快乐的原因是肉体上的物质刺激。小孩子初生下来，吃饱了奶就乖乖地睡，并不知道什么是快活，虽然它身体感觉舒服。缘故是小孩子时的精神和肉体还没有分化，只是混沌的星云状态。洗一个澡，看一朵花，吃一顿饭，假使你觉得快活，并非全因为澡洗得干净，花开得好，或者菜合你的口味，主要因为你心上没有挂碍，轻松的灵魂可以专注肉体的感觉，来欣赏，来审定。要是你精神不痛快，像将离别时的筵席，随它怎样烹调得好，吃来只是土气息、泥滋味。那时刻的灵魂，仿佛害病的眼怕见阳光，撕去皮的伤口接触空气，虽然空气和阳光都是好东西。快乐时的你，一定心无愧怍。假如你犯罪而真觉快乐，你那时候一定和有道德、有修养的人同样心安理得。有最洁白的良心，跟全没有良心或有最漆黑的良心，效果是相等的。

发现了快乐由精神来决定，人类文化又进一步。发现这个道理，和发现是非善恶取决于公理而不取决于暴力，一样重要。公理发现以后，从此世界上没有可被武力完全屈服的人。发现了精神是一切快乐的根据，从此痛苦失掉它们的可怕，肉体减少了专制。精神的炼金术能使肉体痛苦都变成快乐的资料。于是，烧了房子，有庆贺的人；一箪食，一瓢饮，有不改其乐的人；千灾百毒，有谈笑自若的人。所以我们前面说，人生虽不快乐，而仍能乐观。譬如从写《先知书》的所罗门直到做《海风》诗的马拉梅（mallarme），都觉得文明人的痛苦，是身体困倦。但是偏有人能苦中作乐，从病痛里滤出快活来，使健康的消失有种赔偿。苏东坡诗就说“因病得闲殊不恶，安心是药更无方。”王凡麓《今世说》也记毛稚黄善病，人以为忧，毛曰：“病味亦佳，第不堪为躁热人道耳！”在着重体育的西洋，我们也可以找着同样达观的人，多愁善病的诺凡利斯（Novalis）在《碎金集》里建立一种病的哲学，说病是“教人学会休息的女教师。”巴登巴煦（Rodenbach）的诗集《禁锢的生活》（*les Vies Encloses*）里有专咏病味的一卷，说病是“灵魂的洗涤（epuration）”。身体结实、喜欢活动的人采用了这个观点，就对病痛也感到另有风味。顽健粗壮的18世纪德国诗人白洛柯斯（B. H. Brockes）第一次害病，觉得是一个“可惊异的大发现（Eine bewunderungswurdige Erfindung）”。对于这种人，人生还有什么威胁？这种快乐，把忍受变为享受，是精神对于物质的最大胜利。灵魂可以自主——同时也许是自欺。能一贯抱这种态度的人，当然是大哲学家，但是谁知道他不也是个大傻子？

是的，这有点矛盾。矛盾是智慧的代价。这是人生对于人生观开的玩笑。

◆ 欣赏

《论快乐》是钱锺书的第一本散文集《写在人生边上》中的一篇，创作于20世纪40年代，中国的抗日战争正值相持阶段。本文是一篇哲理意味浓厚、政论性也很强的随笔。作者站在人生的边上谈论人生的大问题，思路奔放开阔，文意层层见深。作者从不同角度、不同层面上反复阐述了对快乐的种种理解，字字珠玑，大放智慧的异彩。尤其是比喻的修辞手法的巧妙运用，不仅使得文章文采斐然，还自然地把读者引入一个广阔无垠的人生天地，给予我们丰富多彩的人生启迪，那些“快乐在人生里，好比引诱小孩子吃药的方糖，更像跑狗场里引诱狗赛跑的电兔子”、“那时刻的灵魂，仿佛害病的眼怕见阳光，撕去皮的伤口接触空气，虽然空气和阳光都是好东西”等充满智慧的比喻令人拍案叫绝。它们以联想、想象为桥梁，浅显易懂，透着灵性，寓意深刻，俏皮而耐人寻味，是难得的语言典范。作者或旁征博引，或侃侃而谈，文风如行云流水，汪洋恣肆，奇思妙想和真知灼见俯拾皆是。所以钱锺书的文章，须静下心来，认认真真地阅读，仔仔细细地把玩，方能领悟到其中的妙处。

【自我感悟】

◆ 佳作自我欣赏

◇ 朱自清的《儿女》

儿　女①

朱自清

我现在已是五个儿女的父亲了。想起圣陶喜欢用的“蜗牛背了壳”的比喻，便觉得不自在。新近一位亲戚嘲笑我说，“要剥层皮呢！”更有些悚然了。十年前刚结婚的时候，在胡适之先生的《藏晖室札记》里见过一条，说世界上有许多伟大的人物是不结婚的；文中并引培根的话，“有妻子者，其命定矣。”当时确吃了一惊，仿佛梦醒一般，但是家里已是不由分说给娶了媳妇，又有甚么可说？现在是一个媳妇，跟着来了五个孩子；两个肩头上，加上这么重一副担子，真不知怎样走才好，“命定”是不用说了；从孩子们那一面说，他们该怎样长大，也正是可以忧虑的事。我是个彻头彻尾自私的人，做丈夫已是勉强，做父亲更是不成。自然“子孙崇拜”，“儿童本位”的哲理或伦理，我也有些知道；既做着父亲，闭了眼抹杀孩子们的权利，知道是不行的。可惜这只是理论，实际上我是仍旧按照古老的传统，在野蛮地对付着，和普通的父亲一样。近来差不多是中年的人了，才渐渐觉得自己的残酷；想着孩子们受过的体罚和叱责，始终不能辩解——象抚摸着旧创痕一样，我的心酸溜溜的。有一回读了有岛武郎《与幼小者》的译文，对了那种伟大的、沉挚的态度，我流下泪来了。去年父亲来信，问起阿九，那时阿九还在白马湖呢；信上说，“我没有耽误你，你也不要耽误他才好。”我为这句话哭了一场；我为什么不象父亲的仁慈？我不该忘记，父亲怎样对待我们来着！人性许真是二元的，我是这样地矛盾；我的心象钟摆似的来去。

你读过鲁迅先生的《幸福的家庭》么？我的便是那一类的“幸福的家庭”！每天午饭和晚饭，就如两次潮水一般。先是孩子们你来他去地在厨房与饭间里查看，一面催我或妻发“开饭”的命令。急促繁碎的脚步，夹着笑和嚷，一阵阵袭来，直到命令发出为止。他们一递一个地跑着喊着，将命令传给厨房里佣人；便立刻抢着回来搬凳子。于是这个说，“我坐这儿！”那个说，“大哥不让我！”大哥却说，“小妹打我！”我给他们调解，说好话。但是他们有时候很固执，我有时候也不耐烦，这便用着叱责了，叱责了还不行，不由自主地，我的沉重的手掌便到他们身上了。于是哭的哭，坐的坐，局面才算定了。接着可又你要大碗，他要小碗，你说红筷子好，他说黑筷子好；这个要干饭，那个要稀饭，要茶要汤，要鱼要肉，要豆腐，要萝卜；你说他菜多，他说你菜好。妻是照例安慰着他们，但这显然是太迂缓了。我是个暴躁的人，

① 朱自清：《朱自清经典大全集》，中国华侨出版社2010年版，第30～32页。

怎么等得及？不用说，用老法子将他们立刻征服了；虽然有哭的，不久也就抹着泪捧起碗了。吃完了，纷纷爬下凳子，敧斜的匙子，就如一块花花绿绿的地图模型。吃饭而外，他们的大事便是游戏。游戏时，大的有大主意，小的有小主意，各自坚持不下，于是争执起来；或者大的欺负了小的，或者小的欺负了大的，被欺负的哭着嚷着，到我或妻的面前诉苦；我大抵仍旧要用老法子来判断的，但不理的时候也有。最为难的，是争夺玩具的时候：这一个的与那一个的是同样的东西，却偏要那一个的；而那一个便偏不答应。在这种情形之下，不论如何，终于是非哭了不可的。这些事件自然不至于天天全有，但大致总有好些起。我若坐在家里看书或写什么东西，管保一点钟里要分几回心，或站起来一两次的。若是雨天或礼拜日，孩子们在家的多，那么，摊开书竟看不下一行，提起笔也写不出一个字的事，也有过的。我常和妻说，“我们家真是成日的千军万马呀！”有时是不但“成日”，连夜里也有兵马在进行着，在有吃乳或生病的孩子的时候！

我结婚那一年，才十九岁。二十一岁，有了阿九；二十三岁，又有了阿菜。那时我正象一匹野马，那能容忍这些累赘的鞍鞯，辔头，和缰绳？摆脱也知是不行的，但不自觉地时时在摆脱着。现在回想起来，那些日子，真苦了这两个孩子；真是难以宽宥的种种暴行呢！阿九才两岁半的样子，我们住在杭州的学校里。不知怎的，这孩子特别爱哭，又特别怕生人。一不见了母亲，或来了客，就哇哇地哭起来了。学校里住着许多人，我不能让他扰着他们，而客人也总是常有的；我懊恼极了，有一回，特地骗出了妻，关了门，将他按在地下打了一顿。这件事，妻到现在说起来，还觉得有些不忍；她说我的手太辣了，到底还是两岁半的孩子！我近年常想着那时的光景，也觉黯然。阿菜在台州，那是更小了；才过了周岁，还不大会走路。也是为了缠着母亲的缘故吧，我将她紧紧地按在墙角里，直哭喊了三四分钟；因此生了好几天病。妻说，那时真寒心呢！但我的苦痛也是真的。我曾给圣陶写信，说孩子们的磨折，实在无法奈何；有时竟觉着还是自杀的好。这虽是气愤的话，但这样的心情，确也有过的。后来孩子是多起来了，磨折也磨折得久了，少年的锋棱渐渐地钝起来了；加以增长的年岁增长了理性的裁制力，我能够忍耐了——觉得从前真是个“不成材的父亲”，如我给另一个朋友信里所说。但我的孩子们在幼小时，确比别人的特别不安静，我至今还觉如此。我想这大约还是由于我们抚育不得法；从前只一味地责备孩子，让他们代我们负起责任，却未免是可耻的残酷了！

正面意义的“幸福”，其实也未尝没有。正如谁所说，小的总是可爱，孩子们的小模样，小心眼儿，确有些教人舍不得的。阿毛现在五个月了，你用手指去拨弄她的下巴，或向她做趣脸，她便会张开没牙的嘴格格地笑，笑得象一朵正开的花。她不愿在屋里待着；待久了，便大声儿嚷。妻常说，“姑娘又要出去溜达了。”她说她象鸟儿般，每天总得到外面溜一些时候。润儿上个月刚过了三岁，笨得很，话还没有学好呢。他只能说三四个字的短语或句子，文法错误，发音模糊，又得费气力说出：我们老是要笑他的。他说“好”字，总变成“小”字；问他“好不好”？他便说“小”，或“不小”。我们常常逗着他说这个字玩儿；他似乎有些觉得，近来偶然也能说出正确的“好”字了——特别在我们故意说成“小”字的时候。他有一只搪瓷碗，是一毛钱买的；买来时，老妈子教给他，"这是一毛钱。"他便记住"一毛"两个字，管那只碗叫"一毛"，有时竟省称为"毛"。这在新来的老妈子，是必需翻译了才懂的。他不好意思，或见着生客时，便咧着嘴痴笑；我们常用了土话，叫他做"呆瓜"。他是个小胖子，短短的腿，走起路来，蹒跚可笑；若快走或跑，便更"好看"了。他有时学我，将两手叠在背后，一摇一摆的；那是他自己和我们都要乐的。他的大姊便是阿菜，已是七岁多了，在小学里念着书。在饭桌上，一定得啰啰唆唆地报告些同学或他们父母的事情；气喘喘地说着，不管你爱听不爱听。说完了总问我："爸爸认识么?""爸爸知道么?"妻常禁止她吃饭时说话，所以她总是问我。她的问题真多：看电影便问电影里的是不是人？是不是真人？怎么不说话？看照相也是一样。不知谁告诉她，兵是要打人的。她回来便问，兵是人么？为什么打人？近来大约听了先生的话，回来又问张作霖的兵是帮谁的？蒋介石的兵是不是帮我们的？诸如此类的问题，每天短不了，常常闹得我不知怎样答才行。她和润儿在一处玩儿，一大一小，不很合式，老是吵着哭着。但合式的时候也有：譬如这个往这个床底下躲，那个便钻进去追着；这个钻出来，那个也跟着——这个床到那个床，听见笑着，嚷着，喘着，真如妻所说，象小狗似的。现在在京的，便只有这三个孩子；阿九和转儿是去年北来时，让母亲暂带回扬州去了。

阿九是欢喜书的孩子。他爱看《水浒》，《西游记》，《三侠五义》，《小朋友》等；没有事便捧着书坐着或躺着看。只不欢喜《红楼梦》，说是没有味儿。是的，《红楼梦》的味儿，一个十岁的孩子，那里能领略呢？去年我们事实上只能带两个孩子来；因为他大些，而转儿是一直跟着祖母的，便在上海将他俩丢下。我清清楚楚记得那分别的一个早上。我领着阿九从二洋泾桥的旅馆出来，送他到母亲和转儿住着的亲戚家去。妻嘱咐说，"买点吃的给他们吧。"我们走过四马路，到一家茶食铺里。阿九说要熏鱼，我给买了；又买了饼干，是给转儿的。便乘电车到海宁路。下车时，看着他的害怕与累赘，很觉恻然。到亲戚家，因为就要回旅馆收拾上船，只说了一两句话便出来；转儿望望我，没说什么，阿九是和祖母说什么去了。我回头看了他们一眼，硬着头皮走了。后来妻告诉我，阿九背地里向她说："我知道爸爸欢喜小妹，不带我上北京去。"其实这是冤枉的。他又曾和我们说："暑假时一定来接我啊!"我们当时答应着；但现在已是第二个暑假了，他们还在迢迢的扬州待着。他们是恨着我们呢？还是惦着我呢？妻是一年来老放不下这两个，常常独自暗中流泪；但我有什么法子呢！想到"只为家贫成聚散"一句无名的诗，不禁有些凄然。转儿与我较生疏些。但去年离开白马湖时，她也曾用了生硬的扬州话（那时她还没有到过扬州呢），和那特别尖的小嗓子向着我："我要到北京去。"她晓得什么北京，只跟着大孩子们说罢了；但当时听着，现在想着的我，却真是抱歉呢。这兄妹俩离开我，原是常事，离开母亲，虽也有过一回，这回可是太长了；小小的心儿，知道的怎样忍耐那寂寞来着！

我的朋友大概都是爱孩子的。少谷有一回写信责备我说，说儿女的吵闹，也是很有趣的，何至可厌到如我所说；他说他真不解。子恺为他家华瞻写的文章，真是"蔼然仁者之言"。圣陶也常常为孩子操心：小学毕业了，到什么中学好呢这样的话，他和我说过两三回了。我对他们只有惭愧！可是近来也渐渐觉得自己的责任。我想，第一该将孩子们团聚起来，其次便该给他们些力量。我亲眼见过一个爱儿女的人，因为不曾好好地教育他们，便将他们荒废了。他并不是溺爱，只是没有耐心去料理他们，他们便不能成材了。我想我若照现在这样下去，孩子们也便危险了。我得计划着，让他们渐渐知道怎样去做人才行。但是要不要他们象我自己呢？这一层，我在白马湖教初中学生时，也曾从师生的立场上问过丏尊，他毫不踌躇地说："自然啰。"近来与平伯谈起教子，他却答得妙，"总不希望比自己坏啰。"是的，只要不"比自己坏"就行，"象"不"象"倒是不在乎的。职业，人生观等，还是由他们自己去定的好；自己顶可贵，只要指导，帮助他们去发展自己，便是极贤明的办法。

予同说，"我们得让子女在大学毕了业，才算尽了责任。"SK 说，"不然，要看我们的经济，他们的材质与志愿；若是中学毕了业，不能或不愿升学，便去做别的事，譬如做工人吧，那也并非不行的。"自然，人的好坏与成败，也不尽靠学校教育；说是非大学毕业不可，也许只是我们的偏见。在这件事上，我现在毫不能有一定的主意；特别是这个变动不居的时代，知道将来怎样？好在孩子们还小，将来的事且等将来吧。目前所能做的，只是培养他们基本的力量——胸襟与眼光；孩子们还是孩子们，自然说不上高的远的，慢慢从近处小处下手便了。这自然也只能先按照我自己的样子；"神而明之，存乎其人，"光辉也罢，倒霉也罢，平凡也罢，让他们各尽各的力去。我只希望如我所想的，从此好好地做一回父亲，便自称心满意。——想到那狂人"救救孩子"的呼声，我怎敢不悚然自勉呢？

1928 年 6 月 24 日晚写毕，北京清华园。

◇ **老舍的《吴组缃先生的猪》**

吴组缃先生的猪①

老舍

从青木关到歌乐山一带，在我所认识的交友中要算吴组缃先生最为阔绰。他养着一口小花猪。据说，这小动物的身价，值六百元。

每次我去访组缃先生，必附带地向小花猪致敬，因为我与组缃先生核计过了：假若他与我共同登广告卖身，大概也不会有人出六百元来买！

有一天，我又到吴宅去。给小江——组缃先生的少爷——买了几个比醋还酸的桃子。拿着点东西，好搭讪着骗顿饭吃。否则就太不好意思了。一进门，我看见吴太太的脸比晚日还红。我心里一想，便想到小花猪。假若小花猪丢了，或是出了别的毛病，组缃先生的阔绰便马上不存在了！一打听，果然是为了小花猪，它已绝食一天了。我很着急，急中生智，主张给它点奎宁吃，恐怕是打摆子。大家都不赞同我的主张。我又建议把它抱到床上盖上被子睡一觉，出点汗也许就好了；焉知道不是感冒呢？这年月的猪比人还骄贵呀！大家还是不赞成。后来，把猪医生请来了。我颇兴

① 选自李春林：《情趣小品》，长江文艺出版社 1995 年版，第 41 ~ 42 页。

奋，要看看猪怎么吃药。猪医生把一些草药包在竹箱的大厚皮儿里，使小猪横衔着，两头向后束在脖子上：这样，药味与药汁便慢慢走入里边去。把药包束好，小花猪的口中好象生了两个翅膀，倒并不难看。

虽然吴宅有此骚动，我还是在那里吃了午饭——自然稍微的有点不得劲儿！

过了两天，我又去看小花猪——这回是专程探病，绝不为看别人；我知道现在的猪价有多大——小花猪口中已无那个药包，而且也吃点东西了。大家都很高兴，我就又棍打腿的骗了顿饭吃，并且提出声明：到冬天，得分给我几斤腊肉：组缃先生与太太没加任何考虑便答应了。吴太太说："几斤？十斤也行！想想看，那天它要是一病不起……"大家听罢，都出了冷汗！

◇ 余光中的《听听那冷雨》

听听那冷雨①

余光中

惊蛰一过，春寒加剧。先是料料峭峭，继而雨季开始，时而淋淋漓漓，时而淅淅沥沥，天潮潮地湿湿，即使在梦里，也似乎有把伞撑着。而就凭一把伞，躲过一阵潇潇的冷雨，也躲不过整个雨季。连思想也都是潮润润的。每天回家，曲折穿过金门街到厦门街迷宫式的长巷短巷，雨里风里，走入霏霏令人更想入非非。想这样子的台北凄凄切切完全是黑白片的味道，想整个中国整部中国的历史无非是一张黑白片子，片头到片尾，一直是这样下着雨的。这种感觉，不知道是不是从安东尼奥尼那里来的。不过那一块土地是久违了，二十五年，四分之一的世纪，即使有雨，也隔着千山万山，千伞万伞。十五年，一切都断了，只有气候，只有气象报告还牵连在一起，大寒流从那块土地上弥天卷来，这种酷冷吾与古大陆分担。不能扑进她怀里，被她的裙边扫一扫也算是安慰孺慕之情吧。

这样想时，严寒里竟有一点温暖的感觉了。这样想时，他希望这些狭长的巷子永远延伸下去，他的思路也可以延伸下去，不是金门街到厦门街，而是金门到厦门。他是厦门人，至少是广义的厦门人，二十年来，不住在厦门，住在厦门街，算是嘲弄吧，也算是安慰。不过说到广义，他同样也是广义的江南人，常州人，南京人，川娃儿，五陵少年。杏花春雨江南，那是他的少年时代了。再过半个月就是清明。安东尼奥尼的镜头摇过去，摇过去又摇过来。残山剩水犹如是，皇天后土犹如是。纭纭黔首、纷纷黎民从北到南犹如是。那里面是中国吗？那里面当然还是中国永远是中国。只是杏花春雨已不再，牧童遥指已不再，剑门细雨渭城轻尘也都已不再。然则他日思夜梦的那片土地，究竟在哪里呢？

在报纸的头条标题里吗？还是香港的谣言里？还是傅聪的黑键白键马恩聪的跳弓拨弦？还是安东尼奥尼的镜底勒马洲的望中？还是呢，故宫博物院的壁头和玻璃柜

① 余光中：《桥跨黄金城》，人民日报出版社2007年版，第158～163页。

内，京戏的锣鼓声中太白和东坡的韵里？

杏花，春雨，江南。六个方块字，或许那片土就在那里面。而无论赤县也好神州也好中国也好，变来变去，只要仓颉的灵感不灭，美丽的中文不老，那形象那磁石一般的向心力当必然长在。因为一个方块字是一个天地。太初有字，于是汉族的心灵他祖先的回忆和希望便有了寄托。譬如凭空写一个“雨”字，点点滴滴，滂滂沱沱，淅淅沥沥，一切云情雨意，就宛然其中了。视觉上的这种美感，岂是什么 rain 也好 pluie 也好所能满足？翻开一部《辞源》或《辞海》，金木水火土，各成世界，而一入“雨”部，古神州的天颜千变万化，便悉在望中，美丽的霜雪云霞，骇人的雷电霹雹，展露的无非是神的好脾气与坏脾气，气象台百读不厌门外汉百思不解的百科全书。

听听，那冷雨。看看，那冷雨。嗅嗅闻闻，那冷雨，舔舔吧，那冷雨。雨在他的伞上这城市百万人的伞上雨衣上屋上天线上，雨下在基隆港在防波堤海峡的船上，清明这季雨。雨是女性，应该最富于感性。雨气空而迷幻，细细嗅嗅，清清爽爽新新，有一点点薄荷的香味，浓的时候，竟发出草和树林之后特有的淡淡土腥气，也许那竟是蚯蚓的蜗牛的腥气吧，毕竟是惊蛰了啊。也许地上的地下的生命也许古中国层层叠叠的记忆皆蠢蠢而蠕，也许是植物的潜意识和梦紧，那腥气。

第三次去美国，在高高的丹佛他山居住了两年。美国的西部，多山多沙漠，千里干旱，天，蓝似安格罗萨克逊人的眼睛，地，红如印第安人的肌肤，云，却是罕见的白鸟，落基山簇簇耀目的雪峰上，很少飘云牵雾。一来高，二来干，三来森林线以上，杉柏也止步，中国诗词里“荡胸生层云”或是“商略黄昏雨”的意趣，是落基山上难睹的景象。落基山岭之胜，在石，在雪。那些奇岩怪石，相叠互倚，砌一场惊心动魄的雕塑展览，给太阳和千里的风看。那雪，白得虚虚幻幻，冷得清清醒醒，那股皑皑不绝一仰难尽的气势，压得人呼吸困难，心寒眸酸。不过要领略“白云回望合，青霭入看无”的境界，仍须来中国。台湾湿度很高，最饶云气氛题雨意迷离的情调。两度夜宿溪头，树香沁鼻，宵寒袭肘，枕着润碧湿翠苍苍交叠的山影和万缀都歇的俱寂，仙人一样睡去。山中一夜饱雨，次晨醒来，在旭日未升的原始幽静中，冲着隔夜的寒气，踏着满地的断柯折枝和仍在流泻的细股雨水，一径探入森林的秘密，曲曲弯弯，步上山去。溪头的山，树密雾浓，蓊郁的水气从谷底冉冉升起，时稠时稀，蒸腾多姿，幻化无定，只能从雾破云开的空处，窥见乍现即隐的一峰半堑，要纵览全貌，几乎是不可能的。至少上山两次，只能在白茫茫里和溪头诸峰玩捉迷藏的游戏。回到台北，世人问起，除了笑而不答心自问，故作神秘之外，实际的印象，也无非山在虚无之间罢了。云缭烟绕，山隐水迢的中国风景，由来予人宋画的韵味。那天下也许是赵家的天下，那山水却是米家的山水。而究竟，是米氏父子下笔像中国的山水，还是中国的山水上只像宋画，恐怕是谁也说不清楚了吧？

雨不但可嗅，可亲，更可以听。听听那冷雨。听雨，只要不是石破天惊的台风暴雨，在听觉上总是一种美感。大陆上的秋天，无论是疏雨滴梧桐，或是骤雨打荷叶，听去总有一点凄凉，凄清，凄楚，于今在岛上回味，则在凄楚之外，再笼上一层凄迷了，饶你多少豪情侠气，怕也经不起三番五次的风吹雨打。一打少年听雨，红烛昏沉。再打中年听雨，客舟中江阔云低。三打白头听雨的僧庐下，这更是亡宋之痛，一颗敏感心灵的一生：楼上，江上，庙里，用冷冷的雨珠子串成。十年前，他曾在一场摧心折骨的鬼雨中迷失了自己。雨，该是一滴湿漓漓的灵魂，窗外在喊谁。

雨打在树上和瓦上，韵律都清脆可听。尤其是铿铿敲在屋瓦上，那古老的音乐，属于中国。王禹的黄冈，破如椽的大竹为屋瓦。据说住在竹楼上面，急雨声如瀑布，密雪声比碎玉，而无论鼓琴，咏诗，下棋，投壶，共鸣的效果都特别好。这样岂不像住在竹和筒里面，任何细脆的声响，怕都会加倍夸大，反而令人耳朵过敏吧。

雨天的屋瓦，浮漾湿湿的流光，灰而温柔，迎光则微明，背光则幽黯，对于视觉，是一种低沉的安慰。至于雨敲在鳞鳞千瓣的瓦上，由远而近，轻轻重重轻轻，夹着一股股的细流沿瓦槽与屋檐潺潺泻下，各种敲击音与滑音密织成网，谁的千指百指在按摩耳轮。“下雨了”，温柔的灰美人来了，她冰冰的纤手在屋顶拂弄着无数的黑键啊灰键，把晌午一下子奏成了黄昏。

在古老的大陆上，千屋万户是如此。二十多年前，初来这岛上，日式的瓦屋亦是如此。先是天黯了下来，城市像罩在一块巨幅的毛玻璃里，阴影在户内延长复加深。然后凉凉的水意弥漫在空间，风自每一个角落里旋起，感觉得到，每一个屋顶上呼吸沉重都覆着灰云。雨来了，最轻的敲打乐敲打这城市。苍茫的屋顶，远远近近，一张张敲过去，古老的琴，那细细密密的节奏，单调里自有一种柔婉与亲切，滴滴点点滴滴，似幻似真，若孩时在摇篮里，一曲耳熟的童谣摇摇欲睡，母亲吟哦鼻音与喉音。或是在江南的泽国水乡，一大筐绿油油的桑叶被啮于千百头蚕，细细琐琐屑屑，口器与口器咀咀嚼嚼。雨来了，雨来的时候瓦这么说，一片瓦说千亿片瓦说，说轻轻地奏吧沉沉地弹，徐徐地叩吧挞挞地打，间间歇歇敲一个雨季，即兴演奏从惊蛰到清明，在零落的坟上冷冷奏挽歌，一片瓦吟千亿片瓦吟。

在日式的古屋里听雨，听四月，霏霏不绝的黄梅雨，朝夕不断，旬月绵延，湿黏黏的苔藓从石阶下一直侵到舌底，心底。到七月，听台风台雨在古屋顶上一夜盲奏，千层海底的热浪沸沸被狂风挟挟，掀翻整个太平洋只为向他的矮屋檐重重压下，整个海在他的蜗壳上哗哗泻过。不然便是雷雨夜，白烟一般的纱帐里听羯鼓一通又一通，滔天的暴雨滂滂沛沛扑来，强劲的电琵琶忐忐忑忑忐忐忑忑，弹动屋瓦的惊悸腾腾欲掀起。不然便是斜斜的西北雨斜斜刷在窗玻璃上，鞭在墙上打在阔大的芭蕉叶上，一阵寒潮泻过，秋意便弥湿旧式的庭院了。

在日式的古屋里听雨，春雨绵绵听到秋雨潇潇，从少年听到中年，听听那冷雨。雨是一种单调而耐听的音乐是室内乐是室外乐，户内听听，户外听听，冷冷，那音乐。雨是一种回忆的音乐，听听那冷雨，回忆江南的雨下得满地是江湖下在桥上和船上，也下在四川在秧田和蛙塘下肥了嘉陵江下湿布谷咕咕的啼声，雨是潮潮润润的音乐下在渴望的唇上，舔舔那冷雨。

因为雨是最最原始的敲打乐从记忆的彼端敲起。瓦是最最低沉的乐器灰蒙蒙的温柔覆盖着听雨的人，瓦是音乐的雨伞撑起。但不久公寓的时代来临，台北你怎么一下子长高了，瓦的音乐竟成了绝响。千片万片的瓦翩翩，美丽的灰蝴蝶纷纷飞走，飞入历史的记忆。现在雨下下来下在水泥的屋顶和墙上，没有音韵的雨季。树也砍光了，那月桂，那枫树，柳树和擎天的巨椰，雨来的时候不再有丛叶嘈嘈切切，闪动湿湿的绿光迎接。鸟声减了啾啾，蛙声沉了咯咯，秋天的虫吟也减了唧唧。七十年代的台北不需要这些，一个乐队接一个乐队便遣散尽了。要听鸡叫，只有去诗经的韵里找。现在只剩下一张黑白片，黑白的默片。

正如马车的时代去后，三轮车的伕工也去了。曾经在雨夜，三轮车的油布篷挂起，送她回家的途中，篷里的世界小得多可爱，而且躲在警察的辖区以外，雨衣的口袋越大越好，盛得下他的一只手里握一只纤纤的手。台湾的雨季这么长，该有人发明一种宽宽的双人雨衣，一人分穿一只袖子此外的部分就不必分得太苛。而无论工业如何发达，一时似乎还废不了雨伞。只要雨不倾盆，风不横吹，撑一把伞在雨中仍不失古典的韵味。任雨点敲在黑布伞或是透明的塑胶伞上，将骨柄一旋，雨珠向四方喷溅，伞缘便旋成了一圈飞檐。跟女友共一把雨伞，该是一种美丽的合作吧。最好是初恋，有点兴奋，更有点不好意思，若即若离之间，雨不妨下大一点。真正初恋，恐怕是兴奋得不需要伞的，手牵手在雨中狂奔而去，把年轻的长发的肌肤交给漫天的淋淋漓漓，然后向对方的唇上颊上尝凉凉甜甜的雨水。不过那要非常年轻且激情，同时，也只能发生在法国的新潮片里吧。

大多数的雨伞想不会为约会张开。上班下班，上学放学，菜市来回的途中。现实的伞，灰色的星期三。握着雨伞。他听那冷雨打在伞上。索性更冷一些就好了，他想。索性把湿湿的灰雨冻成干干爽爽的白雨，六角形的结晶体在无风的空中回回旋旋地降下来。等须眉和肩头白尽时，伸手一拂就落了。二十五年，没有受故乡白雨的祝福，或许发上下一点白霜是一种变相的自我补偿吧。一位英雄，经得起多少次雨季？他的额头是水成岩削成还是火成岩？他的心底究竟有多厚的苔藓？厦门街的雨巷走了二十年与记忆等长，一座无瓦的公寓在巷底等他，一盏灯在楼上的雨窗子里，等他回去，向晚餐后的沉思冥想去整理青苔深深的记忆。

前尘隔海。古屋不再。听听那冷雨。

◇ 贾平凹的《丑石》

丑　　石①

贾平凹

我常常遗憾我家门前的那块丑石呢：它黑黝黝地卧在那里，牛似的模样；谁也不知道是什么时候留在这里的，谁也不去理会它。只是麦收时节，门前摊了麦子，奶奶总是要说：这块丑石，多碍地面哟，多时把它搬走吧。

于是，伯父家盖房，想以它垒山墙，但苦于它极不规则，没棱角儿，也没平面儿；用錾破开吧，又懒得花那么大气力，因为河滩并不甚远，随便去捎一块回来，哪一块也比它强。房盖起来，压铺台阶，伯父也没有看上它。有一年，来了一个石匠，

① 贾平凹：《平凹散文》，浙江文艺出版社 2014 年版，第 74 ~ 76 页。

为我家洗一台石磨，奶奶又说：用这块丑石吧，省得从远处搬动。石匠看了看，摇着头，嫌它石质太细，也不采用。

它不像汉白玉那样的细腻，可以凿下刻字雕花，也不像大青石那样的光滑，可以供来浣纱捶布；它静静地卧在那里，院边的槐荫没有庇覆它，花儿也不再在它身边生长。荒草便繁衍出来，枝蔓上下，慢慢地，竟锈上了绿苔、黑斑。我们这些做孩子的，也讨厌起它来，曾合伙要搬走它，但力气又不足；虽时时咒骂它，嫌弃它，也无可奈何，只好任它留在那里去了。

稍稍能安慰我们的，是在那石上有一个不大不小的坑凹儿，雨天就盛满了水。常常雨过三天了，地上已经干燥，那石凹里水儿还有，鸡儿便去那里渴饮。每每到了十五的夜晚，我们盼着满月出来，就爬到其上，翘望天边；奶奶总是要骂的，害怕我们摔下来。果然那一次就摔了下来，磕破了我的膝盖呢。

人都骂它是丑石，它真是丑得不能再丑的丑石了。

终有一日，村子里来了一个天文学家。他在我家门前路过，突然发现了这块石头，眼光立即就拉直了。他再没有走去，就住了下来；以后又来了好些人，说这是一块陨石，从天上落下来已经有二三百年了，是一件了不起的东西。不久便来了车，小心翼翼地将它运走了。

这使我们都很惊奇！这又怪又丑的石头，原来是天上的呢！它补过天，在天上发过热，闪过光，我们的先祖或许仰望过它，它给了他们光明，向往，憧憬；而它落下来了，在污土里，荒草里，一躺就是几百年了？

奶奶说："真看不出！它那么不一般，却怎么连墙也垒不成，台阶也垒不成呢？"

"它是太丑了"。天文学家说。

"真的，是太丑了"。

"可这正是它的美" 天文学家说，"它是以丑为美的"。

"以丑为美？"

"是的，丑到极处，便是美到极处。正因为它不是一般的顽石，当然不能去做墙，做台阶，不能去雕刻，捶布。它不是做这些顽意儿的，所以常常就遭到一般世俗的讥讽。"

奶奶脸红了，我也脸红了。

我感到自己的可耻，也感到了丑石的伟大；我甚至怨恨它这么多年竟会默默地忍受着这一切？而我又立即深深地感到它那种不屈于误解、寂寞的生存的伟大。

◆ **自我欣赏导引**

○ 朱自清（1898—1948 年），字佩弦，是我国现代散文史上的名家，他的作品深受读者的喜爱，其作品被誉为"白话美术文的模范"。《儿女》一文写于 1928 年 6 月 24 日，是一篇描写亲情的散文。文章没有浓墨重彩，也没有刻意雕饰。作者只是以严肃的态度，平静地述说自己在对待儿女问题上的心灵历程：年轻时没有任何精神和物质上的准备，数年间竟成了五个孩子的父亲。可是自己居然不会做父亲，仍然按照古老的传统，用粗暴的方式对待儿女。岁近中年，回首往事，才渐渐觉得自己的残酷；日后应该好好做父亲，让他们知道怎样做人，帮助他们去发展自己，培养他们的胸襟与眼光。作者在倾诉心曲时，并不是平直的，而是经过精心构思。文章的开头，乍看起来，只是一句普普通通的话，但它却是全文的基础，一切矛盾都因之而萌发。而每个层面上又跌宕多姿，复沓加深以至掘进到另一层面，充满着哲理的思辨。

○ 老舍（1899—1966 年），原名舒庆春，另有笔名絜青、鸿来、非我等，字舍予。他是我国现当代著名作家，杰出的语言大师，新中国第一位获得“人民艺术家”称号的作家。《吴组缃先生的猪》创作于 1942 年，是一篇描写人物的散文。当时居住在北平、南京、上海等地的大批知识分子随当局迁移到成都、重庆，20 世纪 40 年代初的西南城镇与沿海发达城市相比，无论是生活环境和经济发展还是物资供应上都有很大的差距，因此所有西迁的知识分子都必须经历适应的过程。但是知识分子毕竟是知识分子，他们心中的理想生活与普通下层民众存在明显的差异，所以他们不会简单地同化为平民，他们只能自我摸索出一条“有特色”、“有生活情趣”的路子。作者用他特有的幽默才能描写了吴祖缃夫妇为贫困所迫，尝试亲身劳作却依然饥饱不定的状态。文章虽短，但丝毫没有造作的影子，用生动的语言将知识分子苦中作乐的生活描写得栩栩如生，充分显示了作者的语言功底。

○ 余光中，1928 年 10 月 21 日生于南京，台湾诗人，现任台湾中山大学文学院院长。余光中的散文被称为“诗化了的散文”，他的散文感性与知性，幽默与庄重交织在一起，构成了它独特的散文路径。他的散文常常思想驰骋千里，句式变化多端，注重散文的容量和弹性，追求汉语自身的精致、准确与神韵。《听听那冷雨》创作于 1974 年，余光中 1949 年离开厦门去香港，1950 年到台湾，正如文章中所说，离开祖国大陆已经 25 年了。几十年来，余光中经历了离别家园的痛苦，浪迹天涯的辛酸，却始终在精神上与祖国血脉相连。《听听那冷雨》是余光中的散文代表作品，充满浓郁的传统意识和乡土观念，抒发出浓浓的去国怀乡之感，强烈的思乡思亲之情。文章集中地反映了作家的创作主张及艺术风格。本文通篇写雨，写愁，写离怨，通过那蒙蒙细雨来凸显自己的思国爱国，感喟生命之情思。但同时要注意，文章虽说通篇写雨，写愁，写离怨，但决不借那愁云和蒙蒙的雨幕来隐晦自己的观点，他勇敢地涉足让庸人却步的政治湍流，有意让作品的社会意义、美感价值经历洗礼和考验。

○ 贾平凹，1952 年 2 月 21 日生于陕西省商洛市丹凤县棣花镇，当代作家，2008 年凭借《秦腔》获得第七届茅盾文学奖。贾平凹的散文以率直、坦诚、不故作高论、不拿架子的风格打动人心。他散文的内容极为宽泛，社会人生的独特体察、个人内心的情绪变化、偶然感悟的哲理等皆可入文。《丑石》一文创作于 1981 年，是一篇借物说理的散文。贾平凹的这篇散文语言直白、朴实，没有在结构上刻意求新，没有任何华丽的辞藻，平平淡淡地将一块石头的遭际娓娓道来。但就是这块丑石却能引起我们心灵上的震撼和共鸣。它不像一般的散文，仅能给我们带来轻松和愉悦，它是一篇包含极深人生道理的哲理散文，引人深思。作者通过强烈的对比，说明了一个道理：我们不能仅凭事物的外表，去评论事物的价值。眼睛看到的不一定是真的，只有用心灵看到的才是真的。

◆ **拓展资料**

○ 朱自清：《论诚意》，载《语文影及其他》，中国文联出版社 1985 年版。

○ 林语堂：《秋天的况味》，载《林语堂散文》，北京出版社 2008 年版。

○ 周作人：《故乡的野菜》，载《周作人散文》，人民文学出版社 2005 年版。

○ 杨绛：《学圃记闲》，载《干校六记》，生活·读书·新知三联书店 2010 年版。

○ 余秋雨：《莫高窟》，载《文化苦旅》，东方出版社 1992 年版。

○ 贾平凹：《喝酒》，载《贾平凹散文》，人民文学出版社 2005 年版。

○ 加措活佛：《人生经不起太多的耽搁》，载《一切都是最好的安排》，友谊出版社 2014 年版。

【活动创编】

◆ **活动主题**

○ 从钱锺书的《论快乐》中寻找出 10 处匠心独具的比喻。

○ 杨振声称赞朱自清说："他文如其人，风华是从朴素出来，幽默是从忠厚出来，腴厚是从平淡出来。他的散文，确实给我们开出一条平坦的大道。"请通过《儿女》一文的欣赏，分析为什么人们把朱自清的散文看做是现代散文的典范。

○ 在余光中的眼里雨是极具文化意韵的文化符号，正是以雨为主的意象群将远离祖国大陆的诗人跟祖国和华夏五千年文化传统紧密相连，欣赏《听听那冷雨》，想想本文中还有哪些有关中国传统的鲜明的文化符号？

◆ **创编项目**

○ 仿照老舍先生的《吴组缃先生的猪》创作一篇写自己的同学、朋友、家人有趣事件或独特个性的散文。

○ 以校园的风景或家乡风光为题，写一篇风景散文。

○ 组织一场现当代散文专题欣赏会。

模块六　中国现当代小说欣赏

【欣赏名言】

今日欲改良群治，必自小说界革命始；欲新民，必自新小说始。

——梁启超

【知识导入】

◆ **中国现当代小说的内涵**

现当代小说是指五四运动以来的小说。小说是以刻画人物为中心，通过完整的故事情节和具体的环境描写来反映社会生活的一种文学体裁。小说有三个要素：人物、故事情节和环境。小说反映社会生活的主要手段是塑造人物形象。小说中的人物，我们称为典型人物。这个人物是作者根据现实生活创作出来的，他不同于真人真事，而是“杂取种种，合成一个”，通过这样典型的人物形象反映生活，更集中、更有普遍的代表性。小说塑造人物的手段可以是概括介绍，可以是具体描写；可以写人物的外貌，也可以刻画人物的心理活动；可以描写人物的行动对话，也可以适当插入作者的议论；既可以正面起笔，也可以侧面烘托。小说主要是通过故事情节来表现人物性格和表现中心思想的。故事来源于生活，但它通过整理、提炼和安排，就比现实生活中发生的真事更集中、更完整、更具有代表性。小说的环境描写和人物塑造与中心思想有极其重要的关系。在环境描写中，社会环境是重点，它揭示了种种复杂的社会关系，如人物的身份、地位、成长的历史背景等。自然环境包括人物活动的地点、时间、季节、气候以及景物等。自然环境描写对表达人物的心情和渲染气氛都有重要的作用。

◆ **中国现当代小说的分类**

小说的分类多种多样，一般常采用的分类方法是按照小说的篇幅大小进行划分。

◇ **长篇小说**

十万字以上的小说一般称为长篇小说。长篇小说的容量是所有小说中最大的，反映的内容最广阔，自然篇幅都比较长，具有比较复杂的结构，它一般通过比较多的人物和纷繁的事件来表现社会生活，例如《家》、《红旗谱》等。

◇ **中篇小说**

三万字到十万字左右的小说称为中篇小说。中篇小说反映生活的范围虽不像长篇那样广阔，但也能反映出一定广度的生活面，它的人物的多寡、情节的繁简介于长篇与短篇之间，例如《人到中年》、《埋伏》等。

◇ **短篇小说**

几千字到一万字左右的小说称为短篇小说。短篇小说的特点是紧凑、短小精悍，它往往只写了一个或很少几个人物，描写生活的一个片断或插曲。短篇小说所反映的生活虽不及长篇、中篇广阔，但也同样是完整的，有些还具有深刻、丰富的社会意义，例如《药》、《牛贩子山道》等。

◇ **微型小说**

一千字之内的小说称为微型小说。微型小说又名小小说、超短篇小说、一分钟小说。过去它作为短篇小说的一个品种而存在，后来发展成为一种独立的文学样式，其性质被界定为“介于边缘短篇小说和散文之间的一种边缘性的现代新兴文学体裁”。阿·托尔斯泰认为：“小小说是训练作家最好的学校。”优秀的微型小说有《永远的蝴蝶》、《打错了》等。

【欣赏引导】

现当代小说是通过在典型环境中，在故事情节的发展中，塑造典型性格这一方式来表达主题的。由此可知小说的三要素是人物、情节和环境，我们在鉴赏小说时就要关注这三个方面。

◆ **分析人物的典型性格**

运用艺术方法塑造典型性格，是小说创作的最主要的手段，也是小说的最主要的特征。一个作家往往通过直接描写和间接描写的方法塑造典型性格。例如在故事情节发展中描写人物的语言、行动、肖像、心理活动，表现人物的性格特征，使人物形象产生直接的感染力量；也可以描写其他人物来衬托表现主要人物的性格特征。因此我们在赏析小说时要通过这些描写去感受人物鲜明的个性特征。

◆ **把握情节的发展脉络**

一篇小说的情节可分为开端、发展、高潮和结局。作家往往是把故事情节和塑造典型性格紧紧结合，故事发生、发展、结束的过程，也就是从开始到完成塑造典型性格的过程。故事情节服务于典型性格的塑造。故事情节越典型，越能体现人与人之间的关系和矛盾斗争，就越有利于典型性格的塑造。脱离塑造典型性格，故事情节再曲折生动，也毫无意义。优秀的小说，总是以特定的故事情节，服务于特定的典型性格的塑造。所以，鉴赏小说的故事情节，要紧紧联系着典型性格，着意体会其中体现的矛盾斗争，为鉴赏典型性格作好铺垫。这是鉴赏故事情节的目的，也是鉴赏典型性格的前提条件。

◆ **了解故事的环境背景**

小说的环境包括自然环境和社会环境。自然环境是指人物活动的时间、地点、时令、气候、地理风貌等。自然环境的描写所制造的气氛除了有推动故事情节的作用之外，更主要的是表现人物的情趣，烘托渲染人物的心境；人物活动、事件发生发展的时代特征、社会风貌等社会环境的描写是为人物的活动提供相应的时代背景，从而更加鲜明生动地表现人物的心理、性格。所以我们在赏析小说时关注环境背景，就会对文中人物的了解更为准确，对小说的主题理解得更为深刻。

总之，赏析小说，主要是鉴赏典型性格。鉴赏典型性格，要扣住故事情节的发展，着意体会作品对人物所作诸多描写的表现力量。要在脑海中展开故事情节，展现生活图景，浮现人物形象，展开人物活动，铺开相关人物语言、行动所体现的矛盾斗争，着意体会典型人物在这矛盾斗争中的语言、行动、心理等所表现的意义，深刻理解典型人物的性格特征；从接触活生生的人物形象当中受到形象的感染，从体会人物个性当中理解人物性格的典型意义、作品的主题及其社会意义。

【名作欣赏】

◆ 沈从文的《萧萧》

萧　萧①

沈从文

在乡下人吹唢呐接媳妇，到了十二月是成天会有的事情。

唢呐后面一顶花轿，四个伕子平平稳稳的抬着，轿中人被铜锁锁在里面，虽穿了平时不上过身的体面红绿衣裳，也仍然得荷荷大哭。在这些小女人心中，做新娘子，从母亲身边离开，且准备作他人的母亲，从此将有许多新事情等待发生。像做梦一样，将同一个陌生男子汉在一个床上睡觉，做着承宗接祖的事情，这些事想起来，当然有些害怕，所以照例觉得要哭哭，于是就哭了。

也有做媳妇不哭的人。萧萧做媳妇就不哭。这小女子没有母亲，从小寄养到伯父种田的庄子上，出嫁只是从这家转到那家。因此到那一天这小女人还只是笑。她又不害羞，又不怕，她是什么事也不知道，就做了人家的媳妇了。

萧萧做媳妇时年纪十二岁，有一个小丈夫，年纪还不到三岁。丈夫比她年少九岁，断奶还不多久。地方规矩如此，过了门，她喊他做弟弟。她每天应作的事是抱弟弟到村前柳树下去玩，到溪边去玩，饿了，喂东西吃，哭了，就哄他，摘南瓜花或狗尾草戴到小丈夫头上，或者亲嘴，一面说，“弟弟，哪，再来。”在那肮脏的小脸上亲了又亲，孩子于是便笑了。

孩子一欢喜兴奋，行动粗野起来，会用短短的小手乱抓萧萧的头发。那是平时不大能收拾蓬蓬松松在头上的黄发。有时候，垂到脑后那条小辫儿被拉得太久，把红绒线结也弄松了，生气了，就挞那弟弟，弟弟自然哇的哭出声来，萧萧便也装成要哭的样子，用手指着弟弟的哭脸，说，“哪，人不讲理，可不行！”

天晴落雨日子混下去，每日抱抱丈夫，也帮家中作点杂事，能动手的就动手。又时常到溪沟里去洗衣，搓尿片，一面还捡拾有花纹的田螺给坐到身边的丈夫玩。到了夜里睡觉，便常常做这种年龄人所做的梦，梦到后门角落或别的什么地方捡得大把大把铜钱，吃好东西，爬树，自己变成鱼到水中各处溜。或一时仿佛身子很小很轻，飞到天上众星中，没有一个人，只是一片白，一片金光，于是大喊“妈！”人就吓醒了。醒来心还只是跳。吵了隔壁的人，不免骂着，“疯子，你想什么！白天疯玩，晚上就做梦！”萧萧听着却不作声，只是咕咕的笑。也有很好很爽快的梦，为丈夫哭醒的事。那丈夫本来晚上在自己母亲身边睡，有时吃多了，或因另外情形，半夜大哭，

① 沈从文：《沈从文集》，花城出版社2007年版，第146～162页。

起来放水拉稀是常有的事。丈夫哭到婆婆无可奈何，于是萧萧轻脚轻手爬起床来，睡眼朦胧走到床边，把人抱起，给他看月亮，看星光。或者互相觑着，孩子气的“嗨嗨，看猫呵，”那样喊着哄着，于是丈夫笑了，玩了一会，慢慢合上眼。人睡了，放上床，站在床边看着，听远处一递一声的鸡叫，知道天快到什么时候了，于是仍然蜷到小床上睡去。天亮了，虽不做梦，却可以无意中闭眼开眼，看一阵在面前空中变幻无端的黄边紫心葵花，那是一种真正的享受。

萧萧嫁过了门，做了拳头大丈夫的小媳妇，一切并不比先前受苦，这只看她半年来身体发育就可明白。风里雨里过日子，像一株长在园角落不为人注意的蓖麻，大叶大枝，日增茂盛。这小女人简直是全不为丈夫设想那么似的，一天比一天长大起来了。

夏夜光景说来如做梦。大家饭后坐到院中心歇凉，挥摇蒲扇，看天上的星同屋角的萤，听南瓜棚上纺织娘子咯咯咯拖长声音纺车，远近声音繁密如落雨，禾花风悠悠吹到脸上，正是让人在各种方便中说笑话的时候。

萧萧好高，一个人常常爬到草料堆上去，抱了已经熟睡的丈夫在怀里，轻轻的轻轻的随意唱着那自编的山歌，唱来唱去却把自己也催眠起来，快要睡去了。

在院坝中，公公婆婆，祖父祖母，另外还有帮工汉子两个，散乱的坐，小板凳无一作空，摆龙门阵学古，轮流下去打发上半夜。

祖父身边有个烟包，在黑暗中放光。这用艾蒿作成的长火绳，是驱逐长脚蚊的得力东西，蜷在祖父脚边，就如一条乌梢蛇。间或又拿起来晃那么几下。

想起白天场上的事，那祖父开口说话：

“听三金说，前天又有女学生过身。”

大家就哄然笑了。

这笑的意义何在？只因为大家印象中，都知道女学生没有辫子，留下个鹌鹑尾巴，像个尼姑，又不完全像。穿的衣服像洋人又不像洋人，吃的，用的……总而言之事事不同，一想起来就觉得怪可笑！

萧萧不大明白，她不笑。所以老祖父又说话了。他说：“萧萧，你长大了，将来也会做女学生！”

大家于是更哄然大笑起来。

萧萧为人并不愚蠢，觉得这一定是不利于己的一件事情，所以接口便说：“爷爷，我不做女学生！”

“你像个女学生，不做可不行。”

“我不做。”

众人有意取笑，异口同声说：“萧萧，爷爷说得对，你非做女学生不行！”

萧萧急得无可如何，“做就做，我不怕。”其实做女学生有什么不好，萧萧全不知道。

女学生这东西，在本乡的确永远是奇闻。每年一到六月天，据说放“水假”日子一到，照例便有三三五五女学生，由一个荒谬不经的热闹地方来，到另一个远地方去，取道从本地过身。从乡下人眼中看来，这些人都近于另一世界中活下的人，装扮奇奇怪怪，行为更不可思议。这种女学生过身时，使一村人都可以说一整天的笑话。

祖父是当地一个人物，因为想起所知道的女学生在大城中的生活情形，所以说笑话要萧萧也去作女学生。一面听到这话就感觉一种打哈哈趣味，一面还有那被说的萧萧感觉一种惶恐，说这话的不为无意义了。

女学生由祖父方面所知道的是这样一种人：她们穿衣服不管天气冷热，吃东西不问饥饱，晚上交到子时才睡觉，白天正经事全不作，只知唱歌打球，读洋书。她们都会花钱，一年用的钱可以买十六只水牛。她们在省里京里想往什么地方去时，不必走路，只要钻进一个大匣子中，那匣子就可以带她到地。她们在学校，男女一处上课，人熟了，就随意同那男子睡觉，也不要媒人，也不要财礼，名叫“自由”。她们也做州县官，带家眷上任，男子仍然喊作“老爷”，小孩子叫“少爷”。

她们自己不喂牛，却吃牛奶羊奶，如小牛小羊：买那奶时是用铁罐子盛的。她们无事时到一个唱戏地方去，那地方完全象个大庙，从衣袋中取出一块洋钱来（那洋钱在乡下可买五只母鸡），买了一小方纸片儿，拿了那纸片到里面去，就可以坐下看洋人扮演影子戏。她们被冤了，不赌咒，不哭。她们年纪有老到二十四岁还不肯嫁人的，有老到三十四十还好意思嫁人的。她们不怕男子，男子不能使她们受委屈，一受委屈就上衙门打官司，要官罚男子的款，这笔钱她有时独占自己花用，有时同官平分。她们不洗衣煮饭，也不养猪喂鸡；有了小孩子也只花五块钱、十块钱一月，雇人专管小孩，自己仍然整天看戏打牌，读那些没有用处的闲书……总而言之，说来事事都希奇古怪，和庄稼人不同，有的简直可以说岂有此理。这时经祖父一为说明，听过这话的萧萧，心中却忽然有了一种模模糊糊的愿望，以为倘若她也是个女学生，她是不是照祖父说的女学生一个样子去做那些事？

不管好歹，做女学生并不可怕，因此一来却已为这乡下姑娘体念到了。

因为听祖父说起女学生是怎样的人物，到后萧萧独自笑得特别久。笑够了时，她说：“祖爹，明天有女学生过路，你喊我，我要看看。”

“你看，她们捉你去作丫头。”

“我不怕她们。”

“她们读洋书念经你也不怕？”

“念观音菩萨消灾经，念紧箍咒，我都不怕。”

“她们咬人，和做官的一样，专吃乡下人，吃人骨头渣渣也不吐，你不怕？”

萧萧肯定的回答说：“也不怕。”

可是这时节萧萧手上所抱的丈夫，不知为什么，在睡梦中哭了，媳妇于是用作母亲的声势，半哄半吓说，“弟弟，弟弟，不许哭，不许哭，女学生咬人来了。”

丈夫还仍然哭着，得抱起各处走走。萧萧抱着丈夫离开了祖父，祖父同人说另外一样古话去了。

萧萧从此以后心中有个“女学生”。做梦也便常常梦到女学生，且梦到同这些人并排走路。仿佛也坐过那种自己会走路的匣子，她又觉得这匣子并不比自己跑路更快。在梦中那匣子的形体同谷仓差不多，里面有小小灰色老鼠，眼珠子红红的，各处乱跑，有时钻到门缝里去，把个小尾巴露在外边。

因为有这样一段经过，祖父从此喊萧萧不喊“小丫头”，不喊“萧萧”，却唤作“女学生”。在不经意中萧萧答应得很好。

乡下的日子也如世界上一般日子，时时不同。世界上人把日子糟蹋，和萧萧一类人家把日子吝惜是同样的，各有所得，各属分定。许多城市中文明人，把一个夏天全消磨到软绸衣服、精美饮料以及种种好事情上面。萧萧的一家，因为一个夏天的劳作，却得了十多斤细麻，二三十担瓜。

作小媳妇的萧萧，一个夏天中，一面照料丈夫，一面还绩了细麻四斤。到秋八月工人摘瓜，在瓜间玩，看硕大如盆上面满是灰粉的大南瓜，成排成堆摆到地上，很有趣味。时间到摘瓜，秋天真的已来了，院子中各处有从屋后林子里树上吹来的大红大黄木叶。萧萧在瓜旁站定，手拿木叶一束，为丈夫编小笠帽玩。

工人中有个名叫花狗，年纪二十三岁，抱了萧萧的丈夫到枣树下去打枣子。小小竹竿打在枣树上，落枣满地。

“花狗大，莫打了，太多了吃不完。”

虽听这样喊，还不停手。到后，仿佛完全因为丈夫要枣子，花狗才不听话。萧萧于是又喊他那小丈夫：“弟弟，弟弟，来，不许捡了。吃多了生东西肚子痛！”

丈夫听话，兜了一堆枣子向萧萧身边走来，请萧萧吃枣子。

“姐姐吃，这是大的。”

“我不吃。”

“要吃一颗！”

她两手哪里有空！木叶帽正在制边，工夫要紧，还正要个人帮忙！

“弟弟，把枣子喂我口里。”

丈夫照她的命令作事，作完了觉得有趣，哈哈大笑。

她要他放下枣子帮忙捏紧帽边，便于添加新木叶。

丈夫照她吩咐作事，但老是顽皮的摇动，口中唱歌。这孩子原来像一只猫，欢喜时就得捣乱。

“弟弟，你唱的是什么？”

“我唱花狗大告我的山歌。”

“好好的唱一个给我听。”

丈夫于是就唱下去，照所记到的歌唱：

天上起云云起花，
包谷林里种豆荚，
豆荚缠坏包谷树，
娇妹缠坏后生家。
天上起云云重云，
地下埋坟坟重坟，
娇妹洗碗碗重碗，
娇妹床上人重人。

歌中意义丈夫全不明白，唱完了就问好不好。萧萧说好，并且问跟谁学来的。她知道是花狗教的，却故意盘问他。

“花狗大告我，他说还有好歌，长大了再教我唱。”

听说花狗会唱歌，萧萧说：

“花狗大，花狗大，您唱一个好听的歌我听听。”

那花狗，面如其心，生长得不很正气，知道萧萧要听歌，人也快到听歌的年龄了，就给她唱“十岁娘子一岁夫”。那故事说的是妻年大，可以随便到外面作一点不规矩事情，夫年小，只知道吃奶，让他吃奶。这歌丈夫完全不懂，懂到一点儿的是萧萧。把歌听过后，萧萧装成“我全明白”那种神气，她用生气的样子，对花狗说：“花狗大，这个不行，这是骂人的歌！”

花狗分辩说：“不是骂人的歌。”

“我明白，是骂人的歌。”

花狗难得说多话，歌已经唱过了，错了陪礼，只有不再唱。他看她已经有点懂事了，怕她回头告祖父，会挨一顿臭骂，就把话支开，扯到“女学生”上头去。他问萧萧，看没看过女学生习体操唱洋歌的事情。

若不是花狗提起，萧萧几乎已忘却了这事情。这时又提到女学生，她问花狗近来有没有女学生过路，她想看看。

花狗一面把南瓜从棚架边抱到墙角去，告她女学生唱歌的事，这些事的来源还是萧萧的那个祖父。他在萧萧面前说了点大话，说他曾经到官路上见到四个女学生，她们都拿得有旗子，走长路流汗喘气之中仍然唱歌，同军人所唱的一模一样。不消说，这自然完全是胡诌的笑话。可是那故事把萧萧可乐坏了。因为花狗说这个就叫做“自由”。

花狗是“起眼动眉毛，一打两头翘”会说会笑的一个人。

听萧萧带着歆羡口气说，“花狗大，你膀子真大。”他就说，“我不止膀子大。”

“你身个子也大。”

“我全身无处不大。”

到萧萧抱了她的丈夫走去以后，同花狗在一起摘瓜，取名字叫哑巴的，开了平时不常开的口，他说：“花狗，你少坏点。人家是十三岁黄花女，还要等十年才圆房！”

花狗不做声，打了那伙计一掌，走到枣树下捡落地枣去了。

到摘瓜的秋天，日子计算起来，萧萧过丈夫家有一年了。

几次降霜落雪，几次清明谷雨，一家人都说萧萧是大人了。天保佑，喝冷水，吃粗砺饭，四季无疾病，倒发育得这样快。婆婆虽生来象一把剪子，把凡是给萧萧暴长的机会都剪去了，但乡下的日头同空气都帮助人长大，却不是折磨可以阻拦得。

萧萧十五岁时高如成人，心却还是一颗糊糊涂涂的心。

人大了一点，家中做的事也多了一点。绩麻、纺车、洗衣、照料丈夫以外，打猪草推磨一些事情也要作，还有浆纱织布。凡事都学，学学就会了。乡下习惯，凡是行有余力的都可从劳作中攒点私房，两三年来仅仅萧萧个人分上所聚集的粗细麻和纺就的棉纱，已够萧萧坐到土机上抛三个月的梭子了。

丈夫早断了奶。婆婆有了新儿子，这五岁儿子就象归萧萧独有了。不论做什么，走到什么地方去，丈夫总跟到身边。

丈夫有些方面很怕她，当她如母亲，不敢多事。他们俩“感情不坏”。

地方稍稍进步，祖父的笑话转到“萧萧你也把辫子剪去好自由”那一类事上去了。听着这话的萧萧，某个夏天也看过一次女学生，虽不把祖父笑话认真，可是每一次在祖父说过这笑话以后，她到水边去，必用手捏着辫子梢梢，设想没有辫子的人那种神气，那点趣味。

因为打猪草，带丈夫上螺蛳山的山阴是常有的事。

小孩子不知事，听别人唱歌也唱歌。一唱歌，就把花狗引来了。

花狗对萧萧生了另外一种心，萧萧有点明白了，常常觉得惶恐不安。但花狗是男子，凡是男子的美德恶德都不缺少，劳动力强，手脚勤快，又会玩会说，所以一面使萧萧的丈夫非常欢喜同他玩，一面一有机会即缠在萧萧身边，且总是想方设法把萧萧那点惶恐减去。

山大人小，到处树木蒙茸，平时不知道萧萧所在，花狗就站在高处唱歌逗萧萧身边的丈夫；丈夫小口一开，花狗穿山越岭就来到萧萧面前了。

见了花狗，小孩子只有欢喜，不知其他。他原要花狗为他编草虫玩，做竹箫哨子玩，花狗想方法支使他到一个远处去找材料，便坐到萧萧身边来，要萧萧听他唱那使人开心红脸的歌。她有时觉得害怕，不许丈夫走开；有时又像有了花狗在身边，打发丈夫走去反倒好一点。终于有一天，萧萧就这样给花狗把心窍子唱开，变成个妇人了。

那时节，丈夫走到山下采刺莓去了，花狗唱了许多歌，到后却向萧萧唱：娇家门前一重坡，别人走少郎走多，铁打草鞋穿烂了，不是为你为哪个?

末了却向萧萧说：“我为你睡不着觉”。他又说他赌咒不把这事情告给人。听了这些话仍然不懂什么的萧萧，眼睛只注意到他那一对粗粗的手膀子，耳朵只注意到他最后一句话。

末了花狗大便又唱歌给她听。她心里乱了。她要他当真对天赌咒，赌了咒，一切好象有了保障，她就一切尽他了。到丈夫返身时，手被毛毛虫螫伤，肿了一片，走到萧萧身边。萧萧捏紧这一只小手，且用口去呵它，吮它，想起刚才的糊涂，才仿佛明白自己作了一点不大好的糊涂事。

花狗诱她做坏事情是麦黄四月，到六月，李子熟了，她欢喜吃生李子。她觉得身体有点特别，在山上碰到花狗，就将这事情告给他，问他怎么办。

讨论了多久，花狗全无主意。虽以前自己当天赌得有咒，也仍然无主意。这家伙个子大，胆量校个子大容易做错事，胆量小做了错事就想不出办法。

到后，萧萧捏着自己那条乌梢蛇似的大辫子，想起城里了，她说：“花狗大，我们到城里去自由，帮帮人过日子，不好么?”

“那怎么行？到城里去做什么?”

“我肚子大了。”

“我们找药去。场上有郎中卖药。”

“你赶快找药来，我想……”

“你想逃到城里去自由，不成的。人生面不熟，讨饭也有规矩，不能随便！”

“你这没有良心的，你害了我，我想死！”

“我赌咒不辜负你。”

“负不负我有什么用？帮我个忙，赶快拿去肚子里这块肉罢。我害怕！”

花狗不再做声，过了一会，便走开了。不久丈夫从他处回来，见萧萧一个人坐在草地上哭，眼睛红红的。丈夫心中纳罕，看了一会，问萧萧：“姐姐，为什么哭?”

“不为什么，灰尘落到眼睛里，痛。”

“我吹吹吧。”

“不要吹。”

“你瞧我，得这些这些。”

他把从溪中捡来的小蚌小石头陈列在萧萧面前，萧萧泪眼婆娑的看了一会，勉强笑着说，“弟弟，我们要好，我哭你莫告家中。告我可要生气。”到后这事情家中当真就无人知道。

过了半个月，花狗不辞而行，把自己所有的衣裤都拿去了。祖父问同住的哑巴知不知道他为什么走路，走哪儿去。哑巴只是摇头，说花狗还欠了他两百钱，临走时话都不留一句，为人少良心。哑巴说他自己的话，并没有把花狗走的理由说明。因此这一家希奇一整天，谈论一整天。不过这工人既不偷走物件，又不拐带别的，这事过后不久，自然也就把他忘掉了。

萧萧仍然是往日的萧萧。她能够忘记花狗就好了。但是肚子真有些不同了，肚中东西总在动，使她常常一个人干着急，尽做怪梦。

她脾气坏了一点，这坏处只有丈夫知道，因为她对丈夫似乎严厉苛刻了好些。

仍然每天同丈夫在一处，她的心，想到的事自己也不十分明白。她常想，我现在死了，什么都好了。可是为什么要死？她还很高兴活下去，愿意活下去。

家中人不拘谁在无意中提起关于丈夫弟弟的话，提起小孩子，提起花狗，都象使这话如拳头，在萧萧胸口上重重一击。

到八月，她担心人知道更多了，引丈夫庙里去玩，就私自许愿，吃了一大把香灰。吃香灰被她丈夫见到了，丈夫问这是做什么，萧萧就说肚子痛，应当吃这个。虽说求菩萨许愿，菩萨当然没有如她的希望，肚子中长大的东西仍在慢慢的长大。

她又常常往溪里去喝冷水，给丈夫见到了，丈夫问她她就说口渴。

一切她所想到的方法都没有能够使她与自己不欢喜的东西分开。大肚子只有丈夫一人知道，他却不敢告这件事给父母晓得。因为时间长久，年龄不同，丈夫有些时候对于萧萧的怕同爱，比对于父母还深切。

她还记得花狗赌咒那一天里的事情，如同记着其他事情一样。到秋天，屋前屋后毛毛虫都结茧，成了各种好看的蝶蛾，丈夫象故意折磨她一样，常常提起几个月前被毛毛虫所螫的旧话，使萧萧心里难过。她因此极恨毛毛虫，见了那小虫就想用脚去踹。

有一天，又听人说有好些女学生过路，听过这话的萧萧，睁了眼做过一阵梦，愣愣的对日头出处痴了半天。

萧萧步花狗后尘，也想逃走，收拾一点东西预备跟了女学生走的那条路上城。但没有动身，就被家里人发觉了。

家中追究这逃走的根源，才明白这个十年后预备给小丈夫生儿子继香火的萧萧肚子，已被别人抢先下了种。这真是了不得的一件大事。一家人的平静生活，为这一件事全弄乱了。生气的生气，流泪的流泪，骂人的骂人，各按本分乱下去。悬梁，投水，吃毒药，被禁困的萧萧，诸事漫无边际的全想到了，究竟年纪太小，舍不得死，却不曾做。于是祖父从现实出发，想出了个聪明主意，把萧萧关在房里，派人好好看守着，请萧萧本族的人来说话，看是“沉潭”还是“发卖”？萧萧家中人要面子，就沉潭淹死她，舍不得就发卖。萧萧只有一个伯父，在近处庄子里为人种田，去请他时先还以为是吃酒，到了才知道是这样丢脸事情，弄得这老实忠厚家长手足无措。

大肚子作证，什么也没有可说。伯父不忍把萧萧沉潭，萧萧当然应当嫁人作二路亲了。

这处罚好象也极其自然，照习惯受损失的是丈夫家里，然而却可以在改嫁上收回一笔钱，当作赔偿损失的数目。那伯父把这事告给了萧萧，就要走路。萧萧拉着伯父衣角不放，只是幽幽的哭。伯父摇了一会头，一句话不说，仍然走了。

一时没有相当的人家来要萧萧，因此暂时就仍然在丈夫家中住下。这件事情既经说明白，照乡下规矩倒又象不什么要紧，只等待处分，大家反而释然了。先是小丈夫不能再同萧萧在一处，到后又仍然如月前情形，姊弟一般有说有笑的过日子了。

丈夫知道了萧萧肚子中有儿子的事情，又知道因为这样萧萧才应当嫁到远处去。但是丈夫并不愿意萧萧去，萧萧自己也不愿意去，大家全莫名其妙，只是照规矩象逼到要这样做，不得不做。

在等候主顾来看人，等到十二月，还没有人来，萧萧只好在这人家过年。

萧萧次年二月间，十月满足坐草生了一个儿子，团头大眼，声响洪壮，大家把母子二人照料得好好的，照规矩吃蒸鸡同江米酒补血，烧纸谢神。一家人都欢喜那儿子。

生下的既是儿子，萧萧不嫁别处了。

到萧萧正式同丈夫拜堂圆房时，儿子已经年纪十岁，能看牛割草，成为家中生产者一员了。平时喊萧萧丈夫做大叔，大叔也答应，从不生气。

这儿子名叫牛儿。牛儿十二岁时也接了亲，媳妇年长六岁。媳妇年纪大，才能诸事作帮手，对家中有帮助。唢呐吹到门前时，新娘在轿中呜呜的哭着，忙坏了那个祖父曾祖父。

这一天，萧萧抱了自己新生的月毛毛，却在屋前榆蜡树篱笆看热闹，同十年前抱丈夫一个样子。

◆ **欣赏**

《萧萧》的作者沈从文（1902—1988 年），原名沈岳焕，苗族湖南凤凰县人。1924 年开始文学创作，主要文学作品有《边城》、《湘西》、《从文自传》等，在国内外有重大的影响。他的作品被译成日本、美国、英国、前苏联等四十多个国家的文字出版，并被美国、日本、韩国、英国等十多个国家或地区选进大学课本，两度被提名为诺贝尔文学奖评选候选人。小说将湘西世界的乡情风俗、自然景致与人事命运浑然融为一体，描绘美丽的忧愁的牧歌情调，展示湘西底层人民的“自在状态”与素朴坚韧的生命本性。小说中的萧萧是个无依无靠的孤儿，“风里雨里过日子，像一株长在园角落不为人注意的蓖麻，大叶大枝，日增茂盛”。他和沈从文《边城》中的翠翠、《长河》中的夭夭一样，天真、单纯、无知无识，无法把握自己的命运，只是被习惯的生活裹挟着向前。身为童养媳的萧萧被长工花狗把肚子睡大，她幻想着和花狗“到城里去自由”，花狗却自己一个人溜之大吉。萧萧“预备跟了女学生走的那条路上城去自由”，还没动身就被家人发觉，萧萧想到过死，却舍不得死，这样她的命运得由本族的人决定。“沉潭”是读过“子曰”的族长们做的事，萧萧的伯父没读过“子曰”，于是决定“发卖”，可远处却没人来买，而萧萧又生下了儿子，萧萧最后还是做了小丈夫的大妻子。在对萧萧的形象塑造和命运关注中，隐含着作家对原始蒙昧与封建宗法错综交织的湘西世界的思考和批判。小说写风景、写风俗、写生存状态、写湘西小儿女的心事和命运，平淡而辽远。作家有哀痛、有惆怅，但作家不刻意渲染人物的外部冲突，只是把这一切隐藏在人物、景物和场景中，在日常的生活事件中揭示人物的内心世界。小说的语言同样扎根湘西生活的土壤，质朴清新的叙述间夹以富有地方色彩和生活气息的乡言村语。

【自我感悟】

◆ **佳作自我欣赏**

◇ **陈启佑的《永远的蝴蝶》**

永远的蝴蝶①

陈启佑

那时候刚好下着雨，柏油路面湿冷冷的，还闪烁着青、黄、红颜色的灯火。我们就在骑楼下躲雨，看绿色的邮筒孤独地站在街的对面。我白色风衣的大口袋里有一封要寄给南部的母亲的信。樱子说她可以撑伞过去帮我寄信。我默默点头。

“谁叫我们只带来一把小伞哪。”她微笑着说，一面撑起伞，准备过马路帮我寄信。从她伞骨渗下来的小雨点，溅在我的眼镜玻璃上。

随着一阵拔尖的煞车声，樱子的一生轻轻地飞了起来。缓缓地，飘落在湿冷的街面上，好像一只夜晚的蝴蝶。

虽然是春天，好像已是秋深了。

她只是过马路去帮我寄信。这简单的行动，却要叫我终身难忘了。我缓缓睁开眼，茫然站在骑楼下，眼里裹着滚烫的泪水。世上所有的车子都停了下来，人潮涌向马路中央。没有人知道那躺在街面的，就是我的，蝴蝶。这时她只离我五公尺，竟是

① 选自姚翠文、魏国强：《中外抒情散文鉴赏辞典》，中国人民大学出版社2007年版，第800～801页。

那么遥远。更大的雨点溅在我的眼镜上，溅到我的生命里来。

为什么呢？只带一把雨伞？

然而我又看到樱子穿着白色的风衣，撑着伞，静静地过马路了。她是要帮我寄信的。那，那是一封写给南部母亲的信。我茫然站在骑楼下，我又看到永远的樱子走到街心。其实雨下得并不大，却是一生一世中最大的一场雨。而那封信是这样写的，年轻的樱子知不知道呢？

妈：我打算在下个月和樱子结婚。

◇ 刘以鬯的《打错了》

打错了①

刘以鬯

一

电话铃响的时候，陈熙躺在床上看天花板。电话是吴丽嫦打来的。吴丽嫦约他到"利舞台"去看五点半那一场的电影。他的情绪顿时振奋起来，以敏捷的动作剃须、梳头、更换衣服。更换衣服时，嘘嘘地用口哨吹奏"勇敢的中国人"。换好衣服，站在衣柜前端详镜子里的自己，觉得有必要买一件名厂的运动衫了。他爱丽嫦，丽嫦也爱他。只要找到工作，就可以到婚姻注册处去登记。他刚从美国回来，虽已拿到学位，找工作，仍须依靠运气。运气好，很快就可以找到；运气不好，可能还要等一个时期。他已寄出七八封应征信，这几天应有回音。正因为这样，这几天他老是呆在家里等那些机构的职员打电话来，非必要，不出街。不过，丽嫦打电话来约他去看电影，他是一定要去的。现在已是四点五十分，必须尽快赶去"利舞台"。

迟到，丽嫦会生气。于是，大踏步走去拉开大门，拉开铁闸，走到外边，转过身来，关上大门，关上铁闸，搭电梯，下楼，走出大厦，怀着轻松的心情朝巴士站走去。刚走到巴士站，一辆巴士疾驰而来。巴士在不受控制的情况下冲向巴士站，撞倒陈熙和一个老妇人和一个女童后，将他们辗成肉酱。

二

电话铃响的时候，陈熙躺在床上看天花板。电话是吴丽嫦打来的。吴丽嫦约他到"利舞台"去看五点半那一场的电影。他的情绪顿时振奋起来，以敏捷的动作剃须、梳头、更换衣服。更换衣服时，嘘嘘地用口哨吹奏"勇敢的中国人"。换好衣服，站在衣柜前端详镜子里的自己，觉得有必要买一件名厂的运动衫了。他爱丽嫦，丽嫦也爱他。只要找到工作，就可以到婚姻注册处去登记。他刚从美国回来，虽已拿到学位，找工作，仍须依靠运气。运气好，很快就可以找到；运气不好，可能还要等一个时期。他已寄出七八封应征信，这几天应有回音。正因为这样，这几天他老是呆在家

---

① 选自丁帆、朱晓进等主编：《新编大学语文》，外语教学与研究出版社 2006 年版，第 163～165 页。

里等那些机构的职员打电话来，非必要，不出街。不过，丽嫦打电话来约他去看电影，他是一定要去的。现在已是四点五十分，必须尽快赶去“利舞台”。迟到，丽嫦会生气。于是，大踏步走去拉开大门……

电话铃又响。

以为是什么机构的职员打来的，掉转身，疾步走去接听。

听筒中传来一个女人的声音：

“请大伯听电话。”

“谁?”

“大伯。”

“没有这个人。”

“大伯母在不在?”

“你要打的电话号码是……”

“一……九七五……”

“你想打去九龙?”

“是的。”

“打错了！这里是港岛!”

愤然将听筒掷在电话机上，大踏步走去拉开铁闸，走到外边，转过身来，关上大门，关上铁闸，搭电梯，下楼，走出大厦，怀着轻松的心情朝巴士站走去。走到距离巴士站不足五十码的地方，意外地见到一辆疾驰而来的巴士在不受控制的情况下冲向巴士站，撞倒一个老妇人和一个女童后，将他们辗成肉酱。

◇ 莫言的《拇指铐》

拇指铐①

莫言

一

临近黎明时，阿义被母亲的呕吐声惊醒。借着窗棂间射进来的月光，他看到母亲用枕头顶着腹部跪在炕沿上，双手撑着席，脑袋探出去，好像一只鹅。从她的嘴巴里，吐出一些绿油油的、散发着腥臭气味的东西。他跳下炕，从水缸里舀来半瓢水，递过去，说：“您喝点水吧。”母亲抬起一只手，似乎想接住水瓢，但那只手在空中抡了一下就落下了。她抽搐着身体，又搜肠刮肚地吐了一阵，然后呻吟着说：“阿义……我的儿……娘这次犯病，怕是熬不过去了……”阿义的眼里悄悄地涌出了泪水。他鼓着气力，雄壮地说：“您不要说丧气话，我不喜欢听您说丧气话。我这就去胡大爷家借钱，借了钱，去镇上搬医生。”母亲抬起头，脸色比月光还白，双眼幽幽，盯着阿义，说：“儿子，咱不借钱，这辈子……不借钱……”她从脑后拔下两根

① 莫言：《蓝色城堡》，人民文学出版社 2013 年版，第 355～370 页。

银钗，递给阿义，说："这是你姥姥传给我的，拿去卖了，抓两副药吧……娘实在是活够了，但我的儿，你才八岁……"她从炕席下摸出一张揉皱的纸片，说："这是上次用过的药方……"阿义接过药方，看一眼母亲半掩在散发中的明亮的脸，说："我跑着去，跑着回。"他将水瓢中的凉水一饮而尽，将银钗和药方仔细地揣入怀中，然后投瓢入瓮，抹抹嘴，高声道："娘，我去了。"

在明晃晃的月光大道上，他看到自己瘦小的身体投射出摇摇晃晃、忽长忽短的浅薄暗影。村子里一片沉寂，月光洒在路边的树木上，发出飒飒的响声。路过胡大爷家的高大院落时，他蹑手蹑脚，连呼吸都屏住，生怕惊动了那两条凶猛的狼犬。但到底还是惊动了那两条狼犬。它们从铁门下的狗洞里钻出来，昂着头咆哮着。在清凉的月色里，它们的眼睛放出绿光，它们的牙齿放出银光。阿义手里抓着一块砖头，胆战心惊地倒退着。那两条狼狗并不积极追他，叫嚣着送了他一段，便退了回去。阿义松了一口气，扔掉了手中的砖头。刚走出村子，他便撒腿奔跑。凌晨的凉风鼓舞着他的单薄衣服，宛若沾满银粉的黑蝶翅羽。

跑到著名的翰林墓地时，他的步子慢了下来。他感到急跳的心脏冲撞着肋骨，像一只关在铁笼中的野兔。他抬头看到，八隆镇榨油厂里那盏高高挑起的水银灯遥遥在望，仿佛一颗不断眨眼的绿色晨星。他跑得汗流浃背，腹中如火。沿着杂草丛生的道路斜坡，他下到马桑河边。连年干旱，河里早失波涛。河滩上布满光滑的卵石，在月下闪烁着青色的光泽。断流的河水坑坑洼洼，犹如一片片水银。他跪在一汪水前，双手撑住身体，脑袋探出去，低下去，像一匹饮水的马驹。喝罢水立起时，他感到肚子沉重，脊背冰凉。

重新上路后，他的肠胃咕噜噜地响着，腥冷的水直冲咽喉，促使他连连打嗝。他用手挤着肚子，吐出一些冷水。吐水时他想到了跪在炕沿上吐血的母亲，心中不由得一阵酸痛。摸摸怀中的银钗和药方，硬硬软软的都在。起步又要跑时，就听到身后传来一声凄厉的惨叫。他的脊背一阵酥麻，毛发根根竖起。猫头鹰一叫就要死人，老人们都这样说，母亲也曾说过。母亲惨白的脸浮现在他的眼前。她一张口，吐出了黑色、黏稠的血，仿佛溶化的沥青。猫头鹰又一声叫，似乎在召唤他。他不由自主地回过脸，看到高大的石墓前，那两匹肥胖的石马，那两只臃肿的石羊，那两个方头方脑的石人，还有那张光滑的石供桌。去年为母亲抓药归来时他曾坐在石供桌上休息过。据说墓地里原有几十株参天的古柏，但现在只余一株碗口粗的松树。在黑黢黢的针叶间，有两点儿火星闪烁，那是猫头鹰的眼睛。它发出一声严肃的鸣叫，华羽翻动，无声地滑翔出去，降落在流金溢彩的麦田里。"啊呜——"阿义大声嚎叫着，以此驱赶恐惧。他的脑袋膨膨，耳朵嗡嗡，忘掉了肠胃疼痛，飞跑月下路，向着水银灯，向着已经能望见模糊轮廓的八隆镇。

阿义跑进八隆镇时，红日尚未升起，但瑰丽的霞光已把青石铺成的街道照亮。街上静悄悄的，没有一个行人。街两边的店铺都关着门。被夜露打湿的酒旗死气沉沉地垂挂在酒店门前。光溜溜的劣质模特在服装店的橱窗里忧悒地蹙着眉头。阿义听到自己的赤脚踩着湿漉漉的街石，发出呱呱唧唧的响声。他高抬腿，轻落脚，小心翼翼，生怕惊了人家的梦。

药铺大门紧闭，里边无声无息。阿义蹲在门前石阶上，耐心地等待。他感到很累、很饿，但一想到很快就能抓到药又感到很欣慰。蹲了一会，他感到腿酸，便一屁股坐在石阶上。他的眼睛渐渐蒙眬起来。一辆细轮的小马车从街东头跑过来，拉车的是一匹火红色的小马，赶车的是个肥大的女人。蹄声清脆，车声辚辚。小马目光明亮，宛如一个清秀的少年。女人睡眼惺松，张开大口，打着无遮无拦的哈欠。在药铺门前，马车停住。女人从车上提下两瓶牛奶，走过来，看着阿义，说："闪开，鬼东西，好狗不卧当门。"阿义跳起来，闪到门口一侧，看着女人把奶瓶放在门前石阶上。从她半掩的宽大衣服里，抖擞出一些热烘烘的气息。"别偷喝，小鬼。"她说着，回到车边，赶马前进。阿义专注地盯着那两只水淋淋的玻璃奶瓶，肚子隆隆地响着。牛奶的气味丝丝缕缕地散发在清晨的空气里，在他面前缠绕不绝，勾得他馋涎欲滴。他看到一只黑色的蚂蚁爬到奶瓶的盖上，晃动着触须，吸吮着奶液。那吸吮的声音十分响亮，好像一群肥鸭在浅水中觅食。

药铺的门怪叫一声，门扇半开，一个脑袋半秃的男人探出半截身体，出手如钳，将那两瓶牛奶提了进去。令阿义昏昏欲睡的蚂蚁吮吸牛奶的声音停止了。他咽了一口唾沫，畏畏缩缩地将脑袋从半开的门缝里探进去。他看到秃头男人正在店堂里洗脸，一只母猫站在墙角堆积的药包中伸着懒腰；在它的身下，几只毛茸茸的小猫还在酣睡。男人洗完脸，端着脸盆出来。阿义急忙闪到门边。一片水在空中拉开一道帘幕，响亮地跌落在街石上。阿义不失时机地凑过身去，哀求道："大叔，我母亲犯病了，抓两副药。"秃头男人冷冷地说："门外等着去，八点才上班呢。"就在秃头男人要将身体挤进门里时，阿义伸手扯住了他的衣襟。"干什么，黑小子？"男人说。阿义漆黑的眼睛望着男人褐色的眼珠，顺势跪在地上，说："大叔，行行好吧，我母亲病了，她如果死去，我就是孤儿。"那男人嘟哝着："看不出还是个孝子。药方呢？"阿义急忙把药方和银钗递上去。男人道："这不行，药铺要现钱，你得先把这钗子换了钱。"阿义的脑袋很响地叩在石头台阶上。他抬起头，说："大叔，我母亲吐血了……她如果死去，我就是孤儿。"

二

提着两包捆扎在一起的中药，像提着母亲的生命，阿义跑出了八隆镇。赤红的太阳迎着他的面缓缓升起，好像一个慈祥的红脸膛大娘。道路依偎着马桑河弯曲延伸，仿佛永无尽头。快跑，慢跑，小跑，跑，跑，跑，虽然腹中饥饿，但心里充满幸福。河流两边展开着无边的麦田，路边的野草上挑着露珠。青草的气味很淡，麦子的气味很浓。他不时地将中药放到鼻边嗅着。香气弯弯曲曲，好像小虫，钻进了他的心。他抬头看到，温柔的南风像丝绸一样拂拂扬扬；低头听到，辉煌的天空里回旋着野鸟的叫声。

跑到翰林墓地时，从河的对岸传来了嘹亮的喊号声。他看到在紫红的大道上，狂奔着一群金光闪闪的牛，一个瘦长的男人在牛后拖鞭奔跑着。跑啊跑，跑回家，先去王大娘家借来熬药的罐子。他嗅到了煎熬中药的浓烈香气。他想起了那只猫头鹰，不由自主地歪头看那株松树。他看到松树笔状的树冠绞动着，变成了一簇跳跃着的金色火焰。树下的石供桌上坐着两个人。他又回头看了一眼，果然在石供桌上坐着两个人。

“喂，小孩，你站住!”

阿义站住。“你过来!”他听到石供桌上人喊叫，并且看到那个人高抬着一只手。阿义怯怯地走过去。他这时清楚地看到，坐在石供桌上的是一个男人和一个女人。男人满头银发，紫红的脸膛上布满了褐色的斑点。他的紫色的嘴唇紧抿着，好像一条锋利的刀刃。他的目光像锥子一样扎人。女的很年轻，白色圆脸上生着两只细长的、笑意盈盈的眼睛。男人严肃地问：“小鬼，你贼眉鼠眼，偷看什么?”阿义困惑地摇摇头。“你的父亲，叫什么名字?!”男人提高了声音，威严地问。阿义结结巴巴地说：“我……没有父亲……”那男人怔了一下，然后突然仰起头来，爽朗地大笑着：“哈哈！你听到了没有？他说他没有父亲，他竟然说自己没有父亲!”那女子不理男人的话，只管一个人龇牙咧嘴，对着一面长方形的小镜子，修补她的嘴唇。阿义感到腹中痉挛，强烈的尿意突然袭来。为了不尿在裤头上，他把双腿紧紧地夹在一起，腰背也不自觉地挺得笔直。他看到那男人从衣袋里摸出一个灰白的小瓶，对准嘴巴，嗤嗤地喷了几下，又歪头对身边的女子说：“这小杂种!”女子懒洋洋地站起来，对着阳光打了一个喷嚏。她打喷嚏时五官紧凑在一起，模样很是古怪。打完了喷嚏，她的双眼泪汪汪的。她身穿一件紫红色的、皱巴巴的裙子，裸露着两条瘦长的、膝盖狰狞的腿。女子把一本绿色封面的小书摔在石供桌上，拍拍屁股，不声不响地走进麦田。男人站起来，身上的骨头发出“咔吧咔吧”的响声。阿义看到他高大腐朽的身体背着灿烂的朝阳逼过来。他想跑，双腿却像生了根似的移不动。男人伸出大手捏住了阿义细细的手腕。阿义感到那只大手又硬又冷，像被夜露打湿的钢铁。他挣扎着，想把手腕从那人的大手掌里脱出来。但那人用力一攥，他的手腕一阵酸麻，两包中药落在地上。他大喊着：“我的药……我娘的药……”但那男人聋子似的，对他的喊叫不理不睬，只管拖着他往前走。他被拖到那株松树下。男人把他的另一只手腕也捉住，往前用力一拽，阿义的鼻子就碰在了粗糙的树皮上。泪眼蒙眬中，他看到松树已在自己怀抱里。男人用一只手攥住他的双腕，用另外一只手，从裤兜里摸出一个亮晶晶的小物件，在阳光中一抖擞，发出清脆悦耳的声音。“小鬼，我要让你知道，走路时左顾右盼，应该受到什么样的惩罚。”阿义听到男人在树后冷冷地说，随即他感到有一个凉森森的圈套箍住了自己的右手拇指，紧接着，左手拇指也被箍住了。阿义哭叫着：“大爷……俺什么也没看到呀……大爷，行行好放了俺吧……”那人转过来，用铁一样的巴掌轻轻地拍拍阿义的头颅，微微一笑，道：“乖，这样对你有好处。”说完，他走进麦田，尾随着高个女人而去。阳光和麦浪被他伟岸的身影分开，留下一道鲜明的痕迹，宛如小船刚从水面上驶过。

阿义目送着他们，一直望着他们的背影与金色麦田融成一体。微风从远处吹来，麦田里滚动着层层细浪。结成团体的鸟儿像褐云般掠过去，留下繁乱的鸣叫和轻飘飘的羽毛，然后便是无边的寂静。

阿义脑袋里乱糟糟的，适才发生的事仿佛梦境。他晃晃脑袋，试图把这些可怕的恍惚感觉赶走。他想起了母亲，想起了药。他想走，却发现自己已经失去了自由。他挣扎着，起初只是用力往后拽胳膊，继而是上蹿下跳，嗷嗷怪叫，仿佛是一只刚从森林里捕来的小猴子。终于，他累了。他把脑袋抵在树皮上，呼噜呼噜地哭起来。随着一股眼泪的涌出，心中的暴躁渐渐平息。他从树干的一侧往前探头，看到那两个紧密相连的铁箍放射着扎眼的光芒。它们紧紧地箍住了拇指的根部，勒得两根拇指充血发红，动一动就钻心痛疼。

他小心翼翼地把胳膊撑开，身体绕着树转了一圈，面对着了马桑河和河边的道路。十几只油亮的燕子紧贴着河面飞翔，暗红的肚皮不时碰破水面，激起一些白色的小浪花。河的对岸也是连绵的麦田，麦田的尽头，有一些凝重的村落，村落的上空，笼罩着蓬松的烟云。他低头看到那两包躺在草丛中的药，母亲的呻吟声顿时如雷贯耳。他的鼻子一酸，眼泪又涌出来。他感到这一次涌出的泪水又黏又稠，好像松树上流出来的油脂。

三

在随后的时间里，不时有提着镰刀的农人从河边的土路上走过，他们都匆匆忙忙，低着头，目不斜视。阿义的喊叫、哭泣都如刀剑劈水一样毫无结果。人们仿佛都是聋子。偶尔有人把淡漠的目光投过来，但也并不止住匆匆的步伐。

他苦熬到半上午。高悬东南的太阳红色褪尽，变成灼目的白亮。曾经在麦田里飘荡过的薄雾早已消逝得干干净净。干燥的西南风一波催着一波吹来。熟透的小麦摇晃着沉甸甸的穗子。麦芒纵横交叉、茎叶反复摩擦，麦粒蚕屎般落地。田野里涌动着使人心痒难挨的声。空气中弥漫着麦子的焦香和呛人的尘土。汗水像胶油一样从他头皮上冒出来，流下去。他感到口渴难忍，肚子里像有一团熊熊的火焰，鼻孔里呼出的气息灼热如烟。他又一次挣扎起来，强忍着拇指根部骨断皮裂般的痛苦。他靠着双腿和腹部的力量，一耸一耸地爬到树干高处，幻想着能让树冠从自己的怀抱中滑过，然后便能获得自由，但松树繁茂的枝杈顶住了他的脑袋，粉碎了他的幻想。他的肌肉一松懈，整个人从树干高处一滑到地。粗糙的树皮把他的肚皮和小腹拉得鲜血淋漓，锁住的手指更是爆炸般的奇痛。他惨叫一声，昏晕过去。

不知过了多久，一阵震耳欲聋的机器声把他惊醒了。他努力睁开被眵糊住的眼睛。睁眼时他听到睫毛被拔离眼睑的哗哗声。泪眼模糊，往树皮上蹭蹭。他看到，从早晨跑过的那条路上，开过来一辆鲜红的拖拉机。道路崎岖不平，拖拉机蹦蹦跳跳，宛如一匹不驯服的马驹。开车的人一头乱发，戴着墨镜，腰板笔直，坐在驾驶座上，活像一尊石雕像。车头后灰色的挂斗里，坐着三个人。看不清他们的脸，但能听到他们猖狂的歌唱。他用胳膊夹住树干，艰难地站起来。竭尽了全力他喊叫："救救我吧——救救我吧——"

拖拉机在墓地前停住，挂斗里的人停止了歌唱，但机器还"扑通扑通"地响着。车头上直竖起的铁皮烟筒里，喷吐出一环顶一环的、刚劲有力的烟圈。阿义不停地喊叫，并且把脑袋从树的一侧极力前伸。车上的人僵了一会，都把头歪过来，看着他的头。车后挂斗里的三个人一个随着一个跳下来。当头的是一个身体矮小、动作敏捷的男人，紧随着他的是个高大魁梧的汉子，走在最后的是一个皮肤漆黑、留着短发的女子。他们集中在松树前，仔细地看着那拇指铐，继而交换了一下迷茫的眼神。小个子男人眨动着灰白色的冷冰冰的眼睛，严厉地问："是谁把你锁在这里?"阿义怯怯地回答："一个老人。"小个男人瘪起缺齿的嘴，轻蔑地哼了一声。他从衣兜里摸出一个放大镜，低下千沟万壑的头面，专注地研究着拇指铐，好像一个昆虫学家在研究蚂蚁。高个男人拍了一下他隆起的脊背，瓮声瓮气地问道："老Q，干什么你？装神弄鬼吗？"他抬起头，掏出一块砖红色的绒布，仔细地揩着放大镜，赞叹道："好东西，真是好东西！地地道道的美国货。""老Q，瞎编吧你就！进口彩电有，进口冰箱有，就是没听说过进口手铐，"高个男人说着，也把脸凑上去看了看，"不过这小玩意儿，的确是精致。"黑皮女子用充满同情的腔调问道："小孩，你怎么搞的呀，是谁把你铐起来的？"

阿义说："一个老爷爷。"

老Q问："他为啥把你铐起来？"

阿义困惑地摇摇头。

老Q夸张地笑了几声，转脸对同伴们说："怪事不？一个老爷爷，竟然无缘无故地把一个少年儿童铐了起来?!"他伪装出一副凶恶面孔对着阿义："你一定干了什么坏事！是偷了他家的母鸡呢，还是砸碎了他家的玻璃？"

阿义委屈地说："我没有偷母鸡，也没砸玻璃。我的母亲病得不轻，吐血了，我去抓药……"

老Q咤道："住嘴！你以为我们是谁？你以为撒个小谎就能骗我们替你打开铐子？哼！我一眼就看出来了，你是个不良少年。你一定做了特别坏的事，被警察铐在这里的！"

阿义哭着喊："我没有，我没有……我的母亲快要死了，救救我吧……"

老Q厉声道："你以为几滴眼泪就能骗过我们?!我们这一代人，眼泪见得太多了！眼泪后面有虚伪也有真诚，但更多的是虚伪！莫斯科不相信眼泪，老实交待！"

"行了吧你老Q，对着个孩子耍什么威风？"黑皮女子怒斥小个男人，转脸又对大个男人说："大P，想法解放他。"

大P为难地嘟哝着："这怎么解？"

黑皮女子道："想想法子嘛，总不能见死不救吧？"

老Q冷笑道："如果这里锁住的是条狼，难道也要救吗？"

黑皮女子道："我看你才是一条狼，一条灰眼狼，一条色狼。"

大P笑着，走到松树前，抓住阿义的两条细胳膊，道："忍着点，看能不能劈开。"

大P用力一劈，阿义杀猪似地嚎叫起来。

老Q冷冷地道："劈吧，把两条胳膊劈下来，那铐子也是连着的。"

黑皮女子踢了大P一脚，骂道："笨熊，你想把他五马分尸吗？"

大P道："我这不也是着急嘛！"

黑皮女子招呼正在车边紧螺丝的司机道："小D，你过来看看。"

小D吹着口哨，从车旁踱过来。他弹了一下阿义的头，道："你这是玩的什么鸟？伙计！"

黑皮女子道："你帮他弄开吧，也许只有你才能帮他弄开。"

小D回到车边，提过来一只工具箱。他从箱子里拿出钳子、锉子、锤子，在那拇指铐上比划着。

老Q道："枉费心机。"

黑皮女子道："你自己无能，就滚到一边去，别在这里泼冷水。"

小D皱着眉头，想了想，突然他面有喜色，从工具箱底翻出一根钢锯条，道："也许能锯断，小兄弟，你忍着点。"

小D分开阿义的拇指，把钢锯条伸进去，别别扭扭地锯起来。阿义咬紧牙关，一声不吭。锯条摩擦钢圈，发出尖利刺耳的声音。折腾了几分钟，低头看时，那铐子上没留下半点痕迹，钢锯齿却磨秃了。

小D对黑皮女子说："黑姐，没办法，这玩意儿，太硬了。"

老Q幸灾乐祸地道："说吧，你们嫌我多嘴。这东西，是合金钢的，比你那根锯条硬十倍。"

小D无奈地望着黑皮女子，一脸歉疚表情。他拍了一下脑袋，大声说："嘿，有了。我真笨。咱们把这棵树砍断不就行了吗?"

"休怪我又要多嘴——这树，能砍吗?"老Q指着墓前一块刻着字的石碑道，"这翰林墓，是市级重点保护文物。砍树？吃了豹子胆啦？砍吧，只怕他的拇指铐没解下来，你的拇指铐也戴上了。"

黑皮女子道："这么说就没有办法了？就只能看着他在这儿受风吹日晒，慢慢地风干，死掉，像一只挂在树枝上的青蛙?"

老Q道："也许他有好运气，会有高手给他开铐。"

小D道："我听人说，惯偷'草上飞'能用细铁丝捅开手铐。"

"'草上飞'?"老Q冷笑着说："三年前就给毙了!"

大P道："我们何不去找个锁匠来?"

小D道："我估计用气焊枪也能烧断。"

大P道："那还不把他的手指给烧熟了。"

"伙计们，别操闲心啦，解铃还靠系铃人。"老Q说着，抬头望望太阳，又道，"再吵吵下去可就误了酒宴了。"

老Q率先朝拖拉机走去，其余三个人也沮丧地离开了。

拖拉机缓缓移动了。老Q在车上喊："小孩，老老实实待着。这种铐子，里边有弹簧，越挣越紧，当心勒断你的骨头。"

大P道："你就别吓唬他了。"

黑皮女子恼怒地大叫："都给我闭嘴吧!"

四

拖拉机蹦蹦跳跳地开走了，留下了一路烟尘。阿义用额头碰着树干，呜呜地哭了。他的眼睛已经流不出眼泪，只有额头上流出的血，热烘烘地流到嘴边。他的眼前模模糊糊地出现了一幅可怕的图像：一只被绑住后腿的青蛙，悬挂在树枝下，一个斜眼睛的少年，用火把烧烤着它。它的身体嗞嗞地响着，冒着白烟，渐渐地，白烟没了，火把也熄了，它变成了一具焦黑的尸首。他闭上眼睛，身体软下去。

在昏昏欲睡的状态中，他听到路上又响起了脚步声。鼓足了勇气他睁开眼睛，看到一团暗红的火从路上缓缓地飘过来。他摇头、咬牙，集中心神，幻影消失。果然是一个人走来了。是一个身着酱红色上衣、头戴着大草帽的女人迎着阳光走来了。他喊叫："救命……"

那个女人怔了一下，立住脚步，摘掉草帽高举在头上，向这边张望着。阿义继续喊叫，但喉咙里只发出一些嘶嘶啦啦的奇怪声响。他焦躁不安，恨不得举手撕破好像被麦糠和猪毛塞住了的喉咙。

女人发现了他，对着墓地走过来。她的脸一片金黄，宛若一朵盛开的葵花。她一步一步地近了。阿义先是嗅到随即看到了一股焦黄的浓郁香气，从她的身上，一团一团地散发出来，又一片一片落在地上。他被这香气熏得头晕脑涨，飘飘欲飞。女人穿行在焦黄的香气里，时隐时现。她的脸时而椭圆时而狭长，时而惨白时而金黄，时而慈祥如母亲时而凶恶如传说中的妖精。阿义既想看到她又怕看到她，他时而睁眼时而闭眼。

他睁开眼睛，看到一个确凿的女人站在自己身旁。她左手提着一把寒光闪闪的大镰刀，右手提着一把古老的、泛着青铜色的大茶壶，两条黑色的宽布带，成斜十字状分割了她丰硕的胸膛，与布带相连的，是伏在她背上的一个大脑袋的婴孩。那婴孩吮吸着拇指，嘴里发出呜哇呜哇的声音。女人慵懒地走到松树前，黏黏糊糊地问："你这个小孩，在这儿闹什么呢?"说完话，她也不期待回答，放下茶壶和镰刀，匆匆走进坟墓后边的麦田蹲下去，接着响起了明亮的水声。那顶金黄的大草帽，仿佛漂浮在水面上。过了一会儿，她从墓地后走出来。她背上的孩子哇哇地哭起来，越哭越凶，好像被锥子扎着了屁股。女人歪头说："小宝，小宝，别哭，别哭。"孩子哭得更凶，高音处如同鸽哨。女人慌忙把孩子转到胸前来，一边拍着，一边坐到石供桌上。她解开胸前的带子，揪出一个黄色的奶袋，把一个黑枣状的奶头塞进婴儿嘴里，婴儿顿时哑口无声。墓地里安静极了，两只浅黄色的小松鼠，旁若无人地追逐嬉戏着。它们从石马的背上跳到石人的头上，又从石人的头上跳到石羊的角上，然后踩着阿义的脑袋，蹿到松树上去。它们一边追逐一边尖声吵闹。女人也忘了阿义的存在，只管低着头，慈爱地注视着怀中的婴儿。她的嘴唇哆嗦着，从鼻孔里哼出柔软绵长像煮熟的面条像拉丝的蜂蜜像飞翔的柳絮一样的曲调。这曲调使阿义十分感动，恍恍惚惚感觉到自己就是那吃奶的婴儿，而那坐在石供桌上的肥大妇人就是自己的母亲。阿义感到自己口腔里洋溢着乳汁的味道，既甜蜜又腥咸，与血的味道相同。他祈盼着这情境凝结，像几朵玻璃球里的黄色小花。

那婴孩叼着乳头睡着了。女人小心翼翼地把奶头从孩子嘴里往外拔。他叼得很紧，奶头拉得很长，像一根抻开的弹弓胶皮，拔呀拔呀，抻啊抻啊，"噗"地一声响，膨胀的奶头脱出了婴儿的小嘴。一群漆黑的乌鸦突然从死水般寂静的麦田里冲起来，团团旋转着，犹如一股黑旋风。它们一边旋转一边噪叫，呱呱的叫声震动四野，腐肉的气味在阳光中扩散。阿义看到女人仰望着鸦群，他也仰望着鸦群，直到它们溶在白炽的光海里。

女人把孩子转到背后，扎紧了胸前的带子，提起镰刀和茶壶。阿义嘶哑地鸣叫了一声。女人侧目望了望他，肿胀的嘴唇哆嗦着，脸上显出惶惶不安的神情。她似乎犹豫不决，目光躲躲闪闪。阿义捕捉着她的在草帽阴影里的眼睛，送过去无限哀怨和乞求的信息。女人踉踉跄跄地走近了。她伸出一根肥嘟嘟的食指，戳戳那泛着蓝色的物件，又拨弄了一下阿义青红的拇指。阿义哆嗦了一下。她好像被热铁烫了似的，迅速地缩回食指，嘴唇又是一阵大哆嗦，眼睛里像蒙了一层雾，像是问阿义，更像是自言自语道："孩子，这是怎么弄的？是怎么弄的呢？"一边倒退，脚后跟被杂草绊了一下，身体摇摇晃晃，仿佛一架超载的马车。阿义紧盯着她，眼睛里沁出了血。她尴尬地咧嘴一笑，露出了两颗分得很开的门牙，显得既可怜又丑陋。"我也没法子，你这孩子。"她倒退着说："这物件儿，不是一般物件儿，孩子，你这可怜的孩子……"她猛然转过身，笨拙地往前跑去，背上的孩子和臃肿的臀部，颤颤巍巍地耸动着。阿义的头颅像被鞭子打折的麦穗一样，沮丧地低垂下去。但那女人跑了十几步就停住了。她转回身，望着阿义，呆板的大脸上猝然焕发出一种灿烂的光彩，像朝霞、也像晚霞。"你也许是个妖精？"她紧张的喉咙发出扁扁的声音，"也许是个神佛？您是南海观音救苦救难的菩萨变化成这样子来考验我吧？您要点化我？要不怎么会这么怪？"她的眼里猛然饱含着橙色的泪水，腿脚利索地扑到松树前，放下大茶壶，双手抡起镰刀，砍到树干上。镰刀刃儿深深地吃进树干，夹住了。她摇晃着镰柄，累得气喘吁吁，才把刀刃拔出来。她看了一下镰刃，顿时变了脸色。把镰刀递给阿义面前，她说："看看吧，镰刃全崩了，这让我怎么割麦子呢？你这小孩！"她哭丧着脸，弯腰提起茶壶，又说："你亲眼看到了，我的镰刀崩了。"她走了几步，却又折回来，叹息着说："管你是神是鬼呢，也许你只就是个可怜的孩子。"她扔下镰刀，一手提着茶壶的提梁，一手托着茶壶的底儿，将稚拙地翘起的壶嘴儿插进了阿义的嘴里。"你一定渴了，"她说，"喝点水吧。"阿义顺从地含住了壶嘴，只吸了一口，干渴的感觉便像泼了油的火焰一样轰地燃烧起来。他疯狂地吮吸着，全身心沉浸在滋润的快感里。但是那女人却把壶嘴猛地拔了出去。她摇摇水壶，愧疚地说："半壶下去了，不是我舍不得这点水，我的男人在地里割麦，等着喝水。他脾气暴，打人不顾头脸。对不起你了，小孩，你也许真是个神佛？"

女人走了。走出十几步时她回一次头。又走出十几步时又回了一次头。虽然她没能解开拇指铐，但阿义心中充满了对她的感激之情。因为喝了水，他的眼里盈满了泪。

五

下午一点多，阳光毒辣，地面像一块烧红的铁。松树干上被镰刀砍破的地方，渗出了一片松油。阿义喝下的那半壶水，早已变成汗水蒸发掉。他感到头痛欲裂，脑壳里的脑浆似乎干结在一起，变成一块风干的面团。他跪在树干前，昏昏沉沉，耳边响着"笃笃"的声音。声音似乎是头脑深处传出来的。那两根被铐在一起的手指，肿得像胡萝卜一样，一般粗细一般高矮，宛如一对骄横的孪生兄弟。那两包捆在一起的中药，委屈地蹲在一墩盛开着白色花朵的马莲草旁。粗糙的包药纸不知被谁的脚踩破了，露出了里边的草根树皮。他嗅着中药的气味，又想起了跪在炕上的母亲。母亲痛苦的呻吟，在半空里响起。他歪歪嘴哭起来，但既哭不出声音，又哭不出泪水。他的心脏一会儿好像不跳了，一会儿又跳得很急。他努力坚持着不使自己昏睡过去，但沉重粘滞的眼皮总是自动地合在一起。他感到自己身体悬挂在崖壁上，下边是深不可测的山涧，山涧里阴风习习，一群群精灵在舞蹈，一队队骷髅在滚动，一匹匹饿狼仰着头，龇着白牙，伸着红舌，滴着涎水，转着圈嗥叫。他双手揪着一棵野草，草根在噼噼地断裂，那两根被铐住的拇指上的指甲，就像两只死青鱼的眼睛，周边沁着血丝。高叫母亲。母亲从炕上下来，身披一块白布，像披着一朵白云，高高地飞来，低低地盘旋，缓缓地降落。草根脱出，他下坠着，飘飘摇摇，似乎没有一点重量。母亲一伸手抓住了他，带着他飞升，一直升到极高处，身下的白云，如同起伏的雪地，身前身后全是星斗，有的大如磨盘，有的小似碗口，都放光，五彩缤纷，煞是好看。母亲搂着他，站在一颗青色的星上，星体上布满绿油油的苔藓，又滑又冷。他仰望着母亲，欣慰地问："母亲，您好啦，您终于好啦。"母亲微笑着，伸出一只手，摸着他的头。他的头上一阵剧痛，像被蝎子蜇了一样。他看到母亲的脸扭曲了，鼻子弯成鹰嘴，嘴巴里吐出暗红色的分杈长舌。他惊叫一声，脚下的星斗滴溜溜地转起来，好像漂在水面的皮球。他头脚倒置，直冲着大地降落，轰然一声，钻进了泥土中，冲起一股烟尘……

阿义被噩梦惊醒，额上布满粘腻的油汗。眼前依然是松树、墓地、一望无际的麦田。西南风刮大了，像从一个巨大的炉膛里喷出的热气。汹涌的麦浪层层叠叠，无边的金黄中，有一泓泓银亮，像银的液体在金的液体里流动。一台烫眼的红色机器，在金银海里无声无息地游动着，机器后边，吐出一团团黄云。路上又走来走去着人，男人，女人，但无人理他。他心中燃烧起怒火，疯狂地啃松树的皮。树皮磨破了他的唇，硌酸了他的牙。他恨，恨锁住拇指的铐，恨烤人的太阳，恨石人石马石供桌，恨机器，恨活动在麦海里的木偶般的人，恨树，恨树疤，恨这个世界。但他只能啃树皮。他的牙缝里塞进了碎屑，嘴巴里满是鲜血。松树一动不动，不痛也不痒，不怨也不怒。他想到了死，用额头碰撞树干，耳朵里嗡嗡直响，眼前出现了一条通往地狱的灰色道路……

阿义再次苏醒过来时，浓厚的乌云布满天空，太阳藏匿得无影无踪。一股股的劲风低低地掠过，苍白的麦田浊浪翻滚，喷吐着泡沫。无数的麦穗折断，无数的麦粒落地。一片片血红的闪电照亮天际，雷声滚滚。田野里奔跑着人，都慌不择路，仿佛一些刚从地洞里被水灌出来的耗子。

云越压越低，天越来越黑。风突然停了，空气凝固，燕子飞升到云上去，小动物顾头不顾尾地躲藏。天完全黑了，比没有星光的夜晚还要黑。一个女孩在黑暗中大哭，但只哭了几声便停了，仿佛有一只大手堵住了她的嘴巴。突然有一道淋漓着火花的绿光撕裂了黑暗的幕布，十几颗溜圆的火球在墓地间跳跃滚动着，唧唧有声，像有血有肉的小动物。然后是一连串巨响，空气里立即弥漫了燃烧胶皮的焦煳味。他的耳朵什么也听不到了，好像钻进灯泡里一样，坟墓后边一大片麦子被烧成了灰烬，袅袅的白烟上升，与黑云接手。紧接着天空被一片片抖动的闪电映得通红，麦子用漩涡状的波动表现出旋风。大地在颤抖，松树在燃烧。他的脑袋一阵钝痛，一个乒乓球大小的灰白的东西弹跳落地。冰雹！白亮亮的冰雹密集地落下来，大的如鸡卵，小的如杏核，噼噼啪啪，宛如堆珠砌玉。最初几颗冰雹打在他的身上时，他还能感到痛楚，但很快便麻木了。他的眼前一片灰白，灰白的冷气浸着他，所有的肢体和器官也变成了灰白冰冷，只有内心深处还有一点点微弱的暖意，像一只小麻雀的心脏，像一点萤火虫的微光……

六

傍晚的时候，阿义又清醒过来。地上的冰雹已经化尽，田野里一片狼藉。松树下躺着一只猫头鹰的尸体。松树枝上悬挂着一些鱼肠状的脏物。他的牙齿止不住的打抖，身体又白又亮，像一根通了电的钨丝。我还活着吗？我也许已经死了，已经进入了母亲曾经说过的阴曹地府，这周围渐渐聚拢了绿色的火焰，不就是地狱里的鬼火吗？各种各样的鬼，有的从树上跳下来，有的从地下冒出来，有牛头，有马面，还有些毛茸茸的、穿着红绸小裤衩的小动物，它们龇着两颗大门牙，瞪着玻璃球似的眼睛，耸着两扇比头还要大的透明的耳朵，在他身体周围，咿咿呀呀地唱着歌，不停地跳跃着，有的竟然跳到他的身上，附在他的耳边，用蚊虫般细弱的声音问他一些话，有的啃他的耳朵，有的咬他的鼻梁，有两只盘腿坐在他的手腕上，啃那两根被锁住的拇指，咯咯吱吱的，像兔子啃冰冻的胡萝卜一样。咬吧，咬吧，他鼓励着小妖精们，咬断我的拇指，我就解放了。小妖精，你们有母亲吗？啊，你们有母亲，我也有母亲，我的母亲病了，吐血了，你们咬断我的手指吧，让我去见母亲……他猛然地格外清醒了，他想起了那两包药。我的药呢？我为母亲抓的药呢？我用母亲头上的银钗换来的药呢？它们已被冰雹打烂，被雨水浸湿，与泥巴和杂草混在一起。阿义感到了彻底的绝望，母亲，母亲，你的药，完了。他又想咬树皮，但牙齿刚一触到那粗糙，便立即心灰意懒了。

西天边一片血红，天空中游走着破云败絮，残缺的天空时而如碧绿的树叶，时而如玫瑰色的花瓣。傍晚的田野里，响起了女人的哭声，东一声西二声，南三声北四声，很快连成了一片。麦子啊，麦子！老天啊，老天！面条没了。馒头没了。饺子没了。什么都没了，都砸到泥里去了。毁了。在遍野的哭声中，却有一个人在歌唱。是一个苍凉高亢的男声独唱。比最高的大树还要高许多的孤独的歌唱：麦子啊麦子——我们的麦子——香香的麦子——甜甜的麦子——亲亲的麦子——麦子啊麦子——我们的麦子——

高亢的歌声起了，哭声低了，落了，哑了。一轮银月升起了，红云淡了，散了，没了。他被这反复咏叹的歌声鼓舞着，站了起来。他哆嗦得如同一根弹簧。歌声如同河水，如同麦子，如同棉衣。歌声如同月亮。歌声就是月光，照亮了他的内心。他往前探过头去，咬住了一根拇指，好像咬住了一个与己无关的、冷冰冰的、令人厌恶的东西。他用力咬着，毫不客气，决不动摇。他感到那节拇指落在嘴里了，便低头张嘴把它吐在了地上。他听到它落在了地上。他张嘴咬住另一根拇指，牙齿上贯注着仇恨。他吐掉了它，又听到了它落地的声音。他不去看它们，但能想象到它们是如何地欢欣鼓舞着逃跑了。他满怀着希望往后移动身体，双臂僵硬，不能弯曲，像两根铁棍。他感到手腕被树干挡住了。巨大的恐怖袭来。他本能地将身体往后仰去，这时，他听到了拇指铐从拇指残根上脱下又跌落在地的声音。他仰面朝天躺在地上，看着那棵离开了自己怀抱的松树，猛然的惊喜降临。一轮皎皎的满月在澄澈的天空里喷吐着清辉，无数白色的花朵成团成簇地、沉甸甸地从月光里落下来。暗香浮动，月光如酒。白花不停地降落，在他的面前，铺成了一条香气扑鼻的鲜花月光大道。他抖抖索索地站起来，往那诱人的大道扑去，但他却头重脚轻地栽倒了。他感到嘴唇触到了冰凉的地面。

后来，他看到有一个小小的赭红色的孩子，从自己的身体里钻出来，就像小鸡从蛋壳里钻出来一样。那小孩身体光滑，动作灵活，宛如一条在月光中游泳的小黑鱼。他站在松树下，挥舞着双手，那些散乱在泥土中的中药——根根片片颗颗粒粒——飞快地集合在一起。他撕一片月光——如绸如缎，声若裂帛——把中药包裹起来。他挥舞双臂，如同飞鸟展翅，飞向铺满鲜花月光的大道。从他的两根断指处，洒出一串串晶莹圆润的血珍珠，叮叮咚咚地落在仿佛玛瑙白玉雕成的花瓣上。他呼唤着母亲，歌唱着麦子，在瑰丽皎洁的路上飞跑。他越跑越快，纷纷扬扬的月光像滑石粉一样从他身上流过去，馨香的风灌满了他的肺叶。一间草屋横在月光大道上。母亲推开房门，张开双臂。他扑进母亲的怀抱，感觉到从未体验过的温暖与安全。

◆ 自我欣赏导引

○ 陈启佑，台湾著名作家，1953 年 2 月 14 日出生在台湾嘉义市，现任台湾彰化师范大学国文系教授。《永远的蝴蝶》是其 1980 年创作的一篇散文化的微型小说，其语言具有较强的抒情色彩，立意含蓄隽永。作品情节很简单，写的是一个凄美的爱情故事。在一个雨天，“我”的恋人樱子自愿帮“我”到马路对面去寄信。随着一阵拔尖的刹车声，樱子年轻的生命消逝了。就是这样一个简单至极的故事，却因其巧妙而高超的表现艺术，深深地拨动了每一个读者的心弦。

○ 刘以鬯，香港作家，1918 年生于上海，原名刘同绎，字昌年。他主编过《国民公报》、《香港时报》、《星岛周报》、《西点》等报纸杂志，曾获香港特别行政区政府颁授荣誉勋章。《打错了》这篇微型小说创作于 1983 年，是一篇从形式到内涵都极为独特的短篇小说，通过一起车祸表达了作家关于人生祸福无常的感叹，深含命运辩证法和人生哲理。小说的内容和技巧都很独特。两则故事情节大致相同，相互依存，缺一不可，把两者联系起来比较、思考，会产生“惊奇效果”，发人深省。这种结构与形式的小说在中外文学史上并不多见。

○ 莫言，1955 年 2 月 17 日出生在山东高密，是第一个获得诺贝尔文学奖的中国籍作家。他在 20 世纪 80 年代以一系列乡土文学作品崛起，充满着“怀乡”以及“怨乡”的复杂情感，被归类为“寻根文学”作家。《拇指铐》这篇短篇小说创作于 1998 年，小说中充满了对人性恶和人性麻木的鞭挞，以及对弱者的怜悯和同情。《拇指铐》这篇小说虽然篇幅短小精悍但意远旨深，看似工笔写实，实际晦涩难懂。小说的故事情节比较简单，讲述了八岁小男孩阿义一天中的悲惨经历。小男孩阿义为生病的母亲到镇上买药，却被翰林墓地一对男女中的老头用奇怪的理由——走路时左顾右盼的代价铐住。因为男孩的求救，从拖拉机上下来的三男一女试图解铐，努力后以失败告终，以要赴宴的理由扬长而去；割麦送水的农妇试图解铐，却因镰刀崩了而不再努力，给男孩喝半壶水后，以丈夫在田里等待喝水和害怕挨打的理由歉意地离去。阿义最终在无人救援的情况下只能自我断指脱铐，最终灵魂脱壳回到母亲身边。文章主人公虽然只是经历了一天的时间，却像是过了漫长的一辈子，故事当中所蕴含的深层含义引人深思。莫言通过一个浓缩了隐喻和昭示的故事告诉我们，人们的麻木和冷酷已经到了无可救药的地步。莫言的小说始终把写人性、挖掘人性、表现人性的善与恶作为他的使命与作品的重要主题。

◆ **拓展资料**

○ 凌宇：《从边城走向世界》，三联书店 1985 年版。

○ 符家钦：《沈从文的故事》，中国友谊出版社 1993 年版。

○ 王鲁彦：《菊英的出嫁》，载《柚子》，人民文学出版社 1998 年版。

○ 沈从文：《边城》，岳麓书社 2010 年版。

○ 师陀：《结婚》，华夏出版社 2008 年版。

○ 钱锺书：《围城》，人民文学出版社 1984 年版。

○ 赵树理：《小二黑结婚》，花城出版社 2010 年版。

【活动创编】

◆ **活动主题**

○ 比较萧萧和王鲁彦《菊英的出嫁》中的菊英，谈谈两个人物形象的异同。

○ 阅读《边城》，结合《萧萧》看作家笔下是一个怎样的湘西世界。

○ 欣赏《拇指铐》和《围城》，分析两位文学大家的语言特色。

◆ **创编项目**

○ 创作一篇反映学校生活的小说。

○ 组织一场为期一个月的小说读书月活动。

○ 根据所欣赏的小说，撰写一篇小说评论。

模块七　中外建筑艺术欣赏

【欣赏名言】

建筑，这是最高的艺术，它达到了柏拉图式的崇高、数学的规律、哲学的思想、由动情的协调产生的和谐之感。这才是建筑的目的。

——法国著名建筑大师勒·柯布西耶

【知识导入】

◆ **建筑艺术的内涵**

建筑艺术是一种立体艺术形式。它是通过建筑群体组织、建筑物的形体、平面布置、立面形式、内外空间组织、结构造型，亦即建筑的构图、比例、尺度、色彩、质感和空间感，以及建筑的装饰、绘画、雕刻、花纹、庭院、家具陈设等多方面的考虑和处理所形成的一种综合性艺术。建筑艺术具有的一般特征：

○ 双重性的特征。建筑既是物质的，又是精神的，具有双重性。具有物质性使用功能，可以居住、工作或公共交往，除此之外，还给人以美好形象，所以它不是纯粹物质的，必须用美的形象来感染人；也非纯粹精神性产品，而是有物质和精神双重属性。这是与其他艺术门类区别的显著特点。

○ 层级性的特征。建筑的物质与精神属性不能一概而论，不同的建筑有不同的情况，并不是物质与精神的比重在所有的建筑中都占有同样的分量，并非各占50%那样简单。

○ 表现性的特征。建筑艺术的一个重要的特性就是它的表现性。所有艺术创作总是在表达艺术家对生活的判断，最终都是表现艺术家的情感，所以，从归根结底的意义上来说，所有艺术都是表现的。

◆ **建筑艺术的类型**

建筑艺术的类别复杂而繁多，可以从不同的角度分类，大体分为以下几类：

○ 从使用的角度来分类，有住宅建筑、生产建筑、文化建筑、园林建筑、纪念性建筑、陵墓建筑、宗教建筑等。

○ 从使用的建筑材料来分类，有木结构建筑、砖石建筑、钢筋水泥建筑、钢木建筑等。

○ 从民族风格上来分类，有中国式、日本式、伊斯兰式、意大利式、英吉利式、俄罗斯式等。

○ 从时代风格上来分类，可以分为古希腊式、古罗马式、哥特式、文艺复兴式、古典主义式等。

○ 从流派上来分类，有历史主义、野性主义、新古典主义、象征主义、有机建筑、高度技术等。

◆ **建筑艺术的语言**

每种艺术都有自己独特的艺术语言。各种艺术的不同，很大程度上就是艺术语言的不同。欣赏建筑艺术就是要了解建筑艺术特有的艺术语言。

◇ **面**

建筑物由各个面围合而成，在室外是外墙面和屋面，室内是内墙面、天花面和地面。这些面尤其是墙面一般都有分划，即以实墙、柱子、线脚、凹廊和门、窗来划分，形成许多不同形状和比例的凹凸小块，各小块采用不同的材料，有不同的质感和色彩，凹凸起伏则形成阴影。有的时候，我们也可以把建筑物简化为六面体，包括四立面，正、背两侧立面，从上向下看屋顶“第五立面”，地面、室外广场的地面，室内地面还有天花面，可以说所有面都有构图。面是建筑艺术最基本的表现形式。

◇ **体形**

对建筑物的“面”的欣赏有些类似于对绘画构图的欣赏，对“体形”的欣赏则类似于欣赏雕塑的体形组合。稍微复杂一些的建筑都是由许多体形组接起来的，其组合原则也是形式美的规律，构成为体形美。体形美决定着建筑物的整体轮廓线，表现力很强，是人们感受建筑的第一印象。有些建筑几乎是完全依靠体形来显示特性的，如古埃及的金字塔，就是一个简简单单的正四棱锥体，没有任何面的分划，却给人以深刻印象。现代建筑的面的分划也很简单，主要依靠体形组合来取胜。

◇ **体量**

相对于其他各种艺术品而言，无可比拟的巨大体量是建筑的一个显著特点。很难想象，如果没有适当的体量，建筑还会有什么表现力。建筑与绘画、雕塑相比，客观存在的体量大得多，体量的巨大是建筑与其他造型艺术的显著区别。古人从自然界的崇山大河、高树巨石中体验到超人的体量包藏的恐惧，把这些体验移植到建筑中，巨大的体量就转化成了尊严和重要。有些建筑，它的面、体形处理都很简单，主要靠体量的处理，来显示其艺术性格。例如埃及的金字塔，高达数十米至一百多米，巨大的物质堆造成了一种咄咄逼人的气势。人在它的面前，觉得它是永恒的，而人是十分渺小的，给人以强烈的艺术感染。但体量之大并不具有绝对的意义，体量的适宜才是最重要的，不同性格的建筑应当有不同规模的体量。中国古代建筑就都不太大，建筑群强调水平方向伸展，与人的尺度对比不太悬殊的建筑体量使人很容易衡量和理解，显示出中国哲学的理性精神与人文主义。至于园林和住宅，更是着意追求小体量塑造的优雅、亲切与平易。

◇ **群体**

建筑常常不是单幢出现而是成群出现的，建筑的群体组合使它具有远远超过其他造型艺术的一种结构的复杂性，这本身在艺术上就很有意义。如果这个复杂性不是多余的和杂乱的，而是通过群体的内容与形式的和谐，通过各种造型美的手段有机地组织起来的，它就会拥有某种结构简单的艺术品不大可能具有的深刻性，使人们仅凭对这个复杂结构本身的“领悟”，就可以产生深刻的心理效应。

◇ **空间**

建筑与绘画、雕塑同属于造型艺术。但它们的不同之处在于，绘画和雕塑无中空空间，而建筑有中空空间。四面的墙壁、地面、天花板围成空间，还有一些建筑组成庭院、广场，这些都是建筑的空间。空间是建筑独有的艺术语言，拥有巨大情绪感染力。空间的形状、大小、方向、宽敞或封闭、明亮或黑暗，都可以对情绪产生直接的作用。例如宽阔高大而明亮的大厅，会令人心情开朗、精神振奋，一个虽然宽阔但低矮而且昏暗的大厅，会使人感到压抑沉闷，甚至恐怖。如西藏喇嘛教庙宇给人压抑感和宗教的神秘感。因此，巧妙地处理空间的大小、方向、开敞、封闭、明亮、幽暗，会使建筑艺术显出连续性的空间感受。室外建筑的空间亦如此，如果是宽阔、开敞的，人们就会觉得舒畅；如果广场不大，四周高墙，那么人们在里面就会感觉压抑。

◇ **环境**

从空间的观念再推进一步，就可以发现建筑的环境艺术特质。环境艺术是一个融时间、空间、自然、社会和各相关艺术门类于一体的综合性艺术，是一个各种因素融汇为一的系统工程。一般来说，建筑就是环境艺术的主角，这时，建筑就不能只是完善自己，还要充分发挥自然环境（形、体、光、色、声、臭）、人文环境（历史、乡土、民俗）以及环境雕塑、环境绘画、工艺美术书法以至文学（楹联、匾额）的作用，统率并协调各种因素。

【欣赏引导】

◆ **观赏建筑外观的状态**

欣赏建筑艺术首先从外观开始，即观察由各种材料构成的建筑外部的形体和总体色调特征。建筑必有造型，只存在其造型形式是否具有艺术性或者艺术性强弱的问题。没有审美眼光的人面对建筑物时头脑中只有“房子”之类的概念，感受不到令人心迷神醉的形式美和其中散发出的人情味。所以，欣赏建筑艺术首先捕捉对象给予的形体印象。比如，万里长城是蜿蜒曲折的线形，能够带来巨龙腾飞的联想。人们习惯把中国国家体育场称为“鸟巢”，就是根据它那鲜明的外形特征来命名的。在这里，冰冷的钢桁架因人的联想移情变为富有情趣的枝条，灰色矿质般的钢网成为浪漫温情的摇篮。

建筑色彩也能够直观强烈地作用于人们的心理情绪。人类在漫长的生活实践中积累了色彩经验，特定地域环境总是提供给在那里生存的人们某种色彩“性格”的体验。因地区、气候、民族习俗与文化传统的差异，都有各自偏爱的建筑色彩。中国传统建筑的色彩对比一向极为强烈，如北京故宫金黄色的琉璃瓦顶与蓝天、红墙、绿树构成色彩对比。英国的城市建筑偏爱棕色，日本的建筑喜欢用灰色素静的调子，美国的建筑则习惯用明快响亮的色彩。从不同的用色习惯上，往往能让人联想到中国人等级观念森严，英国人热情又保守，日本人冷静深沉，美国人自由奔放，可以感受到不同民族的普遍性格特征。

◆ **分析建筑与环境的融合**

建筑总是处于某个地理位置的环境中，它的形体与自然环境相结合构成新的环境，若干建筑之间又构成建筑环境。因此，欣赏建筑艺术时，应避免孤立地看其外部造型，要分析建筑与自然环境的关系以及共同创造出的新环境。比如，上海东方明珠塔建于宽阔的黄浦江边，球体、圆柱等造型元素组合的形体高耸入云，在浩瀚的江水与蓝天的衬映下耀眼生辉。如果离开外滩、黄浦江构成的环境，塔体全部建在浦东摩天楼群中，它的效果将平淡无奇了。

除了地形、水流、植物等自然条件的巧妙配合，环境的艺术感染力还更多存在于建筑群的空间关系之中。这些空间关系构成有机的观赏整体，也就是空间的序列流程。它们一般是统一的、连贯的、均衡的和合乎构图逻辑的，既符合形式美的法则，又能构成特定的意境，还能唤起丰富的联想。比如，从天安门进故宫，穿过端门和午门时两旁重复出现朝房，再进去就是太和门和三大殿，这一系列建筑仿佛是一部乐章中的主体乐段。接下来的“后三宫”像是乐曲主题的变奏，东西两侧低矮的廊、庑、楼、门等犹如配合主调的伴奏。通观故宫，就像一部大型的、凝聚的乐章，其中透露出显赫的皇权和森严的等级观念。

◆ **感受建筑结构的序列化**

建筑因人类保护自身的需求而诞生，用“墙”这种有力的实体围合成一种与自然空间截然不同的人造生存空间。生存空间首先服从于保暖、防潮、采光等生理要求，进而考虑人在空间中的活动方式、活动顺序以及空间高大、低矮带来的心理感受。因此，建筑的内部空间不是被动和任意安排的，而是创造性的和序列化的，建筑的结构组合、房间编排、空间穿插有明确的起始、陪衬、主体和结尾的序列。欣赏一座建筑物，主要的一环就是对其空间处理形式的凝神观照，从而获得某种空间感受。因此，在欣赏建筑物时，除了观看其外部造型，更重要的是进入它的内部，感受建筑在空间的处理和变化中所传达出来的情味和意义。当我们置身并穿行在高度序列化、具有明确逻辑性的建筑空间中，随着时间的推移，无数流动、变化的视觉形象便依次在心灵面前展开。空间与实体要素之间的呼应和有规律的重复体现出一种单纯而明确的节奏，它的高低、起伏、浓淡、虚实、疏密、进退、隔连、藏露等有规律的变化体现出一种抑扬顿挫的韵律感。正因为移步换景能使人的心理、情绪随之产生变化，仿佛聆听到空间序列带来的节奏和韵律，人们才将建筑称为“凝固的音乐”。对建筑的“音乐性”有无感受，可判断观众的审美水平层次。

◆ **体验先进建筑技术的应用**

美是人的本质力量的感性显现，而人类认识事物的高度就是自身本质的高度，从中可知应用先进科学技术建造的建筑物必然成为审美对象。换句话说，科学技术是建筑中重要的审美因素。早在文艺复兴时期，达·芬奇等身兼画家、建筑工程师的巨匠们就努力使科学与艺术高度结合。再后来，埃菲尔铁塔因对新型工业材料——钢铁的应用而震撼全世界，它成为当时最新科学的象征或19世纪的象征，带给人类雄强伟岸的审美力量。就以最近几年举世瞩目的“鸟巢”来说，其技术的先进性也令观众倾倒。它的设计方案主体由一系列辐射式钢桁架和门式钢桁架围绕碗状坐席区而成，内部没有一根立柱，外形结构主要由24根巨大的桁架柱组成，建筑顶面呈鞍形。“鸟巢”共用4.2万吨钢材，框架在国内建筑结构上首次使用低合金高强度的Q460规格钢材，长轴为332.3米，短轴为296.4米，最高点高度为68.5米，最低点高度为42.8米。并且，钢板要炼很长时间才能让它弯起来，那么多的钢板只有两根是一模一样的，钢材生产和施工的难度可想而知。只要粗略了解“鸟巢”技术指标的人，都能够从中获得精神震撼力。

◆ **探究建筑的内蕴与精神**

任何艺术品都是外层形式和内层意蕴紧密结合的，建筑艺术也同样如此。在施工前的构思设计阶段，建筑师已经赋予未来的建筑物象征性意义和精神内涵。具体施工构建过程并不是某个人的力量所为，巨大的建筑实体和风格是体现出社会特点和时代精神的。悉尼歌剧院建于三面环水的奔泥浪岛上，通过其八片预制双曲肋架和上敷水泥面层贴陶片组成的白色薄壳，引发了人们对扬起风帆的航船、洁白的蚌壳、海鸟之类与大海有关的联想，设计师的艺术构思把欣赏者导入浮想联翩的艺术境界。同时，这种明快浪漫的风格反映了澳大利亚民主、开朗的现代生活。从本质上说，建筑只“造型”而不“造像”，这就决定了它在传达内蕴与精神内涵时不能不采用象征手法。高明的建筑师往往综合运用序列组合、空间安排、比例尺度、造型式样、色彩质地、装饰纹样等建筑语言构成意境。正如恩格斯所说，希腊式的建筑使人感到明快，摩尔式的建筑使人觉得忧郁，哥特式的建筑神圣得令人心迷神醉。学生在老师的启发下，能够有类似的感受才算领略了建筑艺术的深层意义。

【名作欣赏】

◆ 中国宫殿建筑紫禁城欣赏

◇ **中国宫殿建筑的艺术表现**

宫殿是帝王朝会和居住的地方，以其巍峨壮丽的气势、宏大的规模和严谨整饬的空间格局，给人以强烈的精神感染，凸显帝王的权威。要做到这一点，主要通过三种艺术手法：一是在建筑的“量”上显出差别，即比起其他建筑，宫殿建筑群内的建筑体量最大，数量也最多；二是在群体布局上强调所谓“中正无邪”的中轴对称方式，最尊贵的建筑总是放在中轴线上，较次要的放到两边，成为它的陪衬；三是把这种布局扩大而至全部都城，进一步烘托宫殿的重要。所以中国的宫殿与都城的关系密不可分。

紫禁城

◇ **紫禁城建筑的艺术特征**

紫禁城建于明永乐十八年（1420 年），它建在元朝都城中轴线的中段，东西 760 米，南北 960 米，在紫禁城以北，以拆除元朝宫殿的废土和开挖紫禁城护城河的土堆成一山，高约 50 米，称为景山。山上最高点在中轴线上，在此建一大亭，是全城的制高点和平面的几何中心，强调了城市有如几何图案般的有机构图。景山以北沿中轴线有鼓楼和钟楼，与景山遥相对望。

外城的南部有天坛，北面有地坛，东面有日坛，西面有月坛，形成外围的四个重点，簇拥着居中的皇城和宫殿。皇帝每年冬至、夏至、春分、秋分要分别到天坛、地坛、日坛、月坛举行祭礼。天地日月、冬夏春秋，南北东西，这种种的对应，显示了中国古人天人合一的宇宙观。

北京的建筑，依全城的轴线，自南而北可分为三大段：第一段自外城南墙正中永定门到正阳门，最长，节奏也最和缓，是高潮前的铺垫；第二段自正阳门至景山，贯穿宫前广场和整个宫殿，较短，处理最为浓郁，是高潮所在；第三段从景山至钟楼和鼓楼，最短，是高潮后的收束。如果以音乐作比，全部中轴三段就好像是由序曲、高潮、尾声构成的交响乐的三个乐章，相距最近的钟楼、鼓楼是全曲结尾的几个有力的和弦。在这首乐曲的“主旋律”周围，高大的城墙、巍峨的城楼和天、地、日、月四坛，都是它的和声。整座北京城就是这样高度有机地结合起来，有着音乐般的和谐和史诗般的壮阔，是可以和世界上任何建筑的鸿篇巨制媲美的艺术珍品。

紫禁城是全城的高潮，使用华贵的金黄色琉璃瓦，在沉实的暗红墙面和纯净的白色石台石栏的衬托下闪闪发亮，散在四周的坛庙色彩与它基本一致，遥相呼应，城楼和大片民居则是灰瓦灰墙，是宫殿的陪衬，他们又全部统一在绿树之中，呈现出图案般的美丽。

紫禁城的核心建筑是太和殿，拥有巨大的体量，它和层台形成的金字塔式的立体构图，以及黄瓦、红墙、白台，使它显得异常庄重和稳定，是“礼”的体现，强调区别君臣尊卑的等级秩序。太和殿在庄严之中蕴含平和、宁静和壮阔，强调社会的统一协同。在这里既要体现天子的权威，又要显现天子的“宽仁厚泽”，还要通过壮阔和隆重来张示帝国的气概。太和殿以后有中和、保和二殿，是它的陪衬。三殿共同坐落在“工”字形白石台座上。“工”字前沿突出大月台，使台形成“土”字。按金、木、水、火、土五行观念，土居中央，最为珍贵。

紫禁城是中国古代建筑艺术群体构图的最高典范，显示了古代建筑艺术家精微的审察能力和驾驭全局的魄力，在世界上享有崇高的声誉。

◆ 中国坛庙建筑天坛欣赏

◇ 坛庙建筑的艺术表现

坛庙建筑亦可称为“礼制建筑”，是中国古代建设中一个重要的组成部分。中国古代社会除以“礼”来制约各类建筑的形制之外，同时还有一系列由“礼”的要求而产生的建筑，古代帝王祭祀天地、日月、名人、祖先的庙、坛、祠等均属于这类礼制建筑。由于祭祀活动在古代社会生活中占有重要地位，因而坛庙建筑亦反映了中国古代建筑技术和建筑艺术的高度成就。也可以说，人的精神要求，在以满足精神生活为主要目的建筑中，如祭祀自然神和祖先的坛庙、安葬先祖的陵墓中得到体现。

自然神崇拜和祖先崇拜的祭祀方式有所区别。一般祖先的祭祀多在室内，称为庙，如孔庙等，也可以称为祠，如武侯祠等；自然神的祭祀多在露天高台上举行，称为坛，如天坛、地坛。古代中国人认为灵魂不死，所以祭祀祖先的建筑，其建筑形式完全按照生前的住宅形式布置，即“前堂后寝”：前为正殿，供祭祀礼拜；后为寝殿，供奉祖先神主。

天坛

◇ **天坛建筑的艺术特征**

天坛在北京的南城，建于明永乐十八年（1420年），古代把祭天的圆坛称为圜丘。天坛的范围很大，东西1700米，南北1600米，有两圈围墙，南面方角，北面圆角，象征天圆地方。由正门（西门）东行，在内墙以东，主体建筑形成南北轴线。圜丘在南，其北圆院内有圆殿皇穹宇，存放神牌，再北通过一条称为丹陛桥的大道到达祈年殿，最北为皇乾殿。

天坛覆盖大片青松翠柏，涛声盈耳，青翠满眼，造成肃穆崇高的氛围。从西门进来，人们在长长的行进过程中，似乎感到距离尘世越来越远，距神祇越来越近，感情得以充分深化。

圜丘三层石砌，晶莹洁白，衬托出天的空灵。它的两重围墙只有1米多高，对比出石坛的高大，也不致遮挡人立坛上四望的视线，境界辽阔。长达400米，宽达30米的丹陛桥和祈年殿院落高出周围地面，同样也有与天接近的效果。祈年殿圆形，下有三层白石圆台，上覆三重檐青色琉璃瓦攒尖顶。瓦色与天空色调相近，圆顶攒尖，似已融入蓝天，所有这些，都在于要造成人天相亲相近的意象。

天坛广泛使用象征和隐喻手法来渲染主题，例如多用圆形平面，圜丘各部的尺寸和数量使用象征“天”的数字九或九的倍数。在形式美的处理上，皇穹宇院落的封闭和圜丘的开阔形成对比，皇乾殿与祈年殿也有这种对比。居于轴线两端的皇穹宇、祈年殿形象相近，首尾呼应，用丹陛桥把这两个重点联系起来，构成整体。

从建筑艺术的角度我们可以看出天坛建筑特色，主要表现在声、力、美学原理的巧妙运用和精心设计上：站在圜丘坛上层中央的圆心石上发声说话，竟会从四面八方传来悦耳的回音，仿佛是要唤起人们意识上的一种神秘感觉，使人的整个心灵都沉浸在声响幻境中。

◆ **中国皇家园林建筑颐和园欣赏**

◇ **皇家园林建筑的艺术表现**

皇家园林的特点：规模都很大，以真山真水为造园要素；景点众多，景区范围更大，景观也更为丰富；功能内容和活动规模都比私家园林丰富和盛大得多；风格侧重富丽华彩，一片皇家气象。中国的园林在世界上享有崇高的地位，对日本和英法都产生了极大影响，被誉为“世界园林之母”。虽然欧洲人在赞叹之后就是模仿，但很快他们就发现要建造一座达到真正中国皇家园林那样水平的园林是多么困难。英国宫廷总建筑师钱伯斯就曾说：“中国人的花园布局是杰出的，他们在那上面表现出来的趣味，是英国长期追求而没有达到的。布置中国式花园的艺术是极其困难的，对于智能平平的人来说几乎是完全办不到的。在中国，造园是一种专门的职业，需要广博的才能，只有很少的人才能达到化境。”

颐和园

◇ **颐和园建筑的艺术特征**

北京颐和园建于清朝乾隆十五年（1750 年），被英法联军和八国联军两次破坏又两次重修，完好保存至今。颐和园由万寿山和昆明湖组成，全园可分宫殿区、前山前湖区、西湖区和后山后湖区四大景区。

主要园门东宫门在昆明湖东北角，入门即宫殿区。绕过宫殿区的主殿，通过一条曲折遮掩的小道，进入前山前湖区，气氛忽然一变：前泛平湖，目极远山，视野辽阔。远处玉泉山的塔影被借入园内，近处岸边的一排乔木又起了“透景”作用，增加了层次。万寿山南坡耸起佛香阁，打破了山体轮廓，以补山形较少变化的不足。体量很大的楼阁，也是范围广大的全园构图中心。在山脚与湖岸间，建造了东西长达 700 米世界最长的长廊，把山麓的众多的小建筑统束起来。由佛香阁大台座南眺，可尽览湖区景色，对面大岛龙王庙是东扩湖面时特意留出来的，是佛香阁的“对景”。

颐和园前山前湖区开朗宏阔，真山真水，大笔触，大场面，大境界，风格浓丽富贵。西湖区在昆明湖西，有水面两处，各有一岛，疏淡粗放，富有野趣。这两座岛与龙王庙岛一起，象征神话中的三座神山，在各代皇家园林中经常出现。后山后湖区在万寿山北麓，有弯曲河道，夹岸幽谷浓荫，幽曲窈窕。

建造皇家园林的基本观念仍是“有若自然”，具体手法学习私家园林，只是更注意分化景区，使特点各异，以丰富整体感受。有时以园中园的手法，使特征更加多变。园中小园常则更多借鉴了江南景物。

◆ **中国私家园林建筑拙政园欣赏**

◇ **私家园林建筑的艺术表现**

私家园林大多有以下特点：规模较小，一般只有几亩至几十亩，主要运用含蓄、抑扬、曲折、暗示等手法来启动人的主观再创造，营造一种似乎深邃不尽的景境，扩大人们对实际空间的感受；大多以水面为中心，四周散布建筑，构成一个一个景点，几个景点围合而成景区，较大的园林有几个景区；园主多是文人学士，能诗会画，善于品评，园林风格清高风雅，充溢着浓郁的书卷之气；主要功能在于修身养性，闲适自娱。

苏州拙政园

◇ 拙政园建筑的艺术特征

苏州的拙政园始建于明正德四年（1509 年），园主王献臣取晋代潘岳《闲居赋》中“筑室种树，灌园鬻蔬，是亦拙者之为政也”之意而命名。全园分东、中、西三部，以中部为主，是拙政园最精彩的部分。中部约呈横向矩形，水面较大，堆出东西两座山岛，又用小桥和堤坝水面分成数块。从水池中伸出几条小水湾，岸线弯曲自然，有源源不尽之意。南岸留出较多陆地，建筑主要集中于此，院门开在南墙中部。入园后一座假山挡住视线，不使一览无余，谓之“障景”。绕过假山后，到达主体建筑远香堂，才豁然开朗，一收一放，欲扬先抑，是苏州园林入口常见的处理方法。由远香堂北望，可见山岛上的雪香云蔚亭，谓之“对景”。从堂西倚玉轩向南，经折廊可至廊桥小飞虹或跨水小阁小沧浪。由小沧浪北望，透过小飞虹，水景深远，层次丰富，谓之“隔景”。名为香洲的建筑在小飞虹以北水中，造型有“舟”的意味，是周围各观景点欣赏的对象。由水西名为别有洞天半亭东望，透过纵深水面遥见东岸方亭，南岸建筑迭起，北面树石隐映，形成景色对比，水中的荷香四面亭和低近水面的折桥更增加了景观层次，也是“隔景”。由半亭顺折廊北去可至见山楼，偏处西北角，不使其体量对水面形成压抑。水池中的荷香四面亭在二桥一堤相汇的交点上，是环顾四望景色的佳处，也是周围各景点近观的对象和远观的衬托，既能得景又复成景。它和东岛上的北山亭体量都很小，是为了衬托山势。西岛山体较大，山上的雪香云蔚亭又是远香堂的主要对景，所以体量也较大。二岛南岸以石为主，石矶低临水面，组合丰富；北岸以土为主，植苇树柳，有村郊野趣。水东有梧竹幽居亭，由此西望，透过水池亭阁，在树梢上可遥见远处的苏州报恩寺塔，将塔景引入园中，称为“借景”。

园西部从别有洞天半亭进，也有曲水回抱。此水东岸紧接中园西墙，置南北向跨水长廊，下承石墩，水面深入廊下，幽曲无尽。廊随墙而行微有曲折南北，竖向自然起伏。廊墙之间留出一角小院，有几点怪石，数竿细竹，映衬在白粉墙上，似竹石小品立轴，显出无尽的画意。

这些都形成了拙政园独具个性的特点：一是因地制宜，以水见长；二是疏朗典雅，天然野趣；三是庭院错落，曲折变化；四是园林景观，花木为胜。

◆ **中国藏民族建筑布达拉宫欣赏**

◇ **藏民族建筑的艺术表现**

中国有56个民族，除汉族外，其他少数民族人口总数约占全国的8%。各少数民族的建筑都各具风采，其中民族特色更为鲜明、成就更为突出的是藏民族建筑。藏民族建筑风格是明确地按照整个喜马拉雅地区的自然特征建立起来。因此它的特点和内涵产生于实际需要以及建筑材料的限制和恶劣的自然环境。藏民族的传统建筑为碉房，《后汉书·西南灾列传》中就有“累石为屋”的记载，由此可知，藏族碉房自东汉以来就已经形成，并相继成为凝重、沉稳和崇高的民居风格，表现了藏族人民对理想的热烈追求和崇高的审美倾向。碉房多为石木结构，外形端庄稳固，风格古朴粗犷；外墙向上收缩，依山而建，内坡仍为垂直。碉房一般分两层，以柱计算房间数。底层为牧畜圈和贮藏室，层高较低；二层为居住层，大间作堂屋、卧室、厨房、小间为储藏室或楼梯间。若有第三层，则多作经堂和晒台之用。因外观很像碉堡，故称为碉房。碉房具有坚实稳固、结构严密、楼角整齐的特点，既利于防风避寒，又便于御敌防盗。在漫长的历史中，居住在“世界屋脊”的藏族人民，创造出众多辉煌的建筑群。各种类型的建筑，无论是城镇、宗山、宫殿、寺院、林卡，还是庄园、王府、贵族府邸、民居、桥梁，均有特色。

◇ **布达拉宫建筑的艺术特征**

公元7世纪，随着与内地和南亚关系的发展，佛教从印度和中原两个途径传入西藏，文成公主建造了西藏第一座佛教建筑惹刹祖拉康，就是现存的大昭寺。西藏佛教具有强烈的神秘色彩，被称为藏传佛教。藏民族有特色的建筑就是各种藏传佛教寺庙。西藏最伟大的建筑是拉萨的布达拉宫，它既是地位最高的政权建筑，也是宗教的中心建筑。

布达拉宫

布达拉宫建在布达山上，是一座壮丽非凡的城堡，最高处外观13层，连山坡共高

117 米，长达 360 余米。布达拉宫始建于清朝顺治二年（1645 年）五世达赖赴北京朝见皇帝前后，历时 50 年建成。布达拉宫的中部称为红宫，有灵塔殿和佛堂，左右为东西白宫。东白宫是达赖寝宫，西白宫是僧人住处。红宫下部前伸为台，也是白色，把东西白宫连接起来，内为各种仓库。红宫最高最大，正中有一条上下通贯的阳台带，平顶上耸出许多金顶小殿，自然成了统率全局的构图中心。外墙全为石砌，平顶，形成许多大小台体，小台对大台起着扶持作用，显得自然而稳定。建筑基脚和山坡没有明显分界，好像是从山石中自然生长出来的。全宫上端横束着一条暗棕色墙袋，使建筑轮廓鲜明，整体感更强。墙带上有许多镏金铜板。墙顶的金幢、金宝瓶、金莲花深入天空，与众多金顶一起，在蓝天白云雪山的衬托下，灿然闪烁着迷人的光彩。红宫的墙带下又有一条白色墙带，与白宫呼应。在红宫下部石墙上加了两排假窗，夸张了建筑的高度。布达拉宫自下而上，处理上由粗到精，由简入繁，由壮实到华丽；色彩则由素净到华彩，自然将视线引向高处，越发显得建筑的高大。

布达拉宫雄伟、辉煌、壮丽、粗犷、震撼人心，有强烈的艺术感染力，是可以夸耀于世界的建筑艺术珍品。

◆ 古埃及建筑卡纳克神庙欣赏

◇ 古埃及建筑的艺术表现

古埃及是世界文明的发源地。其建筑分为三个主要时期：第一时期是古王国时期的建筑，以举世闻名的金字塔为代表。古埃及的建筑师们用庞大的规模、简洁沉稳的几何形体、明确的对称轴线和纵深的空间布局来体现金字塔的雄伟、庄严、神秘的效果。方锥形金字塔以在吉萨的三大金字塔——胡夫、哈夫拉、孟卡乌拉为代表，哈夫拉金字塔前有著名的大斯芬克斯狮身人面像。第二时期是中王国时期的建筑，以石窟陵墓为代表。这一时期已采用梁柱结构，能建造较宽敞的内部空间。建于公元前 2000 年前后的曼都赫特普三世墓是典型实例。规模宏大的神庙祭祀厅堂成为建筑的主体，布置在悬崖前，在严整的中轴线上按纵深序列布局，大厅采用梁柱结构，加强了内部空间的作用，最后一进是凿在悬崖里的圣堂，悬崖被巧妙地组织到陵墓的外部形象之中。第三时期是新王国时期的建筑，以神庙为代表。它主要由围有柱廊的内庭院、接受臣民朝拜的大柱厅和只许法老和僧侣进入的神堂密室三部分组成，其规模最大的是卡纳克和卢克索的阿蒙神庙。

◇ 卡纳克神庙建筑的艺术特征

卡纳克的阿蒙神庙始建于中王国时期，至新王国第十八王朝大加扩建，第十九、二十王朝又续有增修。到新王国末期，它已拥有 10 座门楼，各座门楼又有相应的柱厅或庭院。全庙平面略呈梯形，主殿按东西轴向布置，先后重叠门楼 6 座，又从中心向南分支，另列门楼 4 座。除主殿供奉阿蒙神外，还另建供奉阿蒙之子柯恩斯神和阿蒙之妻穆特神的庙宇。在众多柱厅中，最大的一座由第十九王朝拉美西斯一世、谢提一世和拉美西斯二世三代法老鼎力修造，面积达 103 米×51. 8 米，共有 134 根圆形巨柱，中央 12 根最大，高 23 米，直径 5 米，柱顶呈莲花状，是古代建筑中最高大的石柱。在门楼和柱厅圆柱上有丰富的浮雕和彩画，既表现宗教内容，又歌颂国王业绩，并附有铭文。阿蒙神庙占地 24. 28 公顷，由许多部分所组成，其中最主要的就是大柱厅。该厅长 366 米，宽 110 米，面积约 5000 平方米，有六道大厅，134 根石柱，分成 16 排。中央两排的柱子最为高大，其直径

卡纳克神庙

达3.57米，高21米，上面承托着长9.21米，重达65吨的大梁。其他柱子的直径为2.74米，高12.8米。在柱顶的柱帽处，可以安稳地坐下近百人，其建筑尺度之大，实属罕见。拉美西斯二世站立像旁有著名的方尖碑，这座方尖碑是世界上第一位女王、古埃及唯一的女法老哈特谢普苏特女王所立，碑身全高29米，重323吨，是当时最高的方尖碑，也是现在埃及境内最高的方尖碑。

◆ **古希腊建筑伊瑞克提翁神殿欣赏**

◇ **古希腊建筑的艺术表现**

古希腊的文化，是欧洲文化的源泉与宝库；古希腊的建筑艺术，则是欧洲建筑艺术的源泉与宝库。古希腊建筑风格的特点主要是和谐、完美、崇高，而古希腊的神庙建筑则是这些风格特点的集中体现。古希腊的神庙既是古希腊，也是整个欧洲最伟大、最辉煌、影响最深远的建筑。和谐、完美、崇高的风格特点，在古希腊神庙的各个方面都有鲜明的表现：一是柱式，古希腊的“柱式”，不仅仅是一种建筑部件的形式，而且更准确地说，它是一种建筑规范的风格，这种风格的特点是追求建筑的檐部（包括额枋、檐壁、檐口）及柱子（柱础、柱身、柱头）的严格、和谐的比例和以人为尺度的造型格式。古希腊最典型、最辉煌、意味最深长的柱式主要有三种：陶立克、爱奥尼克和科林斯柱式。这些柱式，不仅外在形体直观地显示出和谐、完美、崇高的风格，而且其比例规范也无不显出和谐与完美的风格；二是比例规范，古希腊的建筑同世界上许多国家建筑一样，十分注意数学的比例关系。柱式的外在形体的风格完全一致，都以人为尺度，以人体美为其风格的根本依据，它们的造型可以说是人的风度、形态、容颜、举止美的艺术显现；三是构图，古希腊建筑常常以更为宏伟的构图，表现其和谐、完美而又崇高的风格特点，雅典卫城的建筑就是范例。这座建筑群是于和谐中见完美，于完美中显崇高，于崇高中见永恒的“高不可及的范本”。

◇ **伊瑞克提翁神殿建筑的艺术特征**

伊瑞克提翁神殿又称厄瑞克忒翁神庙、埃雷赫修神庙，是古希腊建筑文化古迹。它为

伊瑞克提翁神殿

雅典卫城的主要建筑之一，位于帕特农神庙的北面。山门后的伊瑞克提翁神殿，建于公元前395年，内部有一座雅典娜的木雕像，在这座神殿南侧廊台的6尊女像柱，是属于爱奥尼亚式的变形，现在所看到的优美女像列柱结构完美，视觉上感觉自然。伊瑞克提翁神庙位于帕特农神庙的对面。传说这里是雅典娜女神和海神波塞冬为争做雅典保护神而斗智的地方，本为放置八圣徒遗骨的石殿。它是雅典卫城建筑中爱奥尼亚样式的典型代表，建在高低不平的高地上，建筑设计非常精巧。神庙东区是传统的6柱门面，向南采取虚厅形式。南端用6根大理石雕刻而成的少女像柱代替石柱顶起石顶，充分体现了建筑师的智慧，她们长裙束胸，轻盈飘忽，头顶千斤，亭亭玉立。由于石顶的分量很重，而6位少女为了顶起沉重的石顶，颈部必须设计得足够粗，但是这将影响其美观。于是建筑师给每位少女颈后保留了一缕浓厚的秀发，再在头顶加上花篮，成功地解决了建筑美学上的难题，因而举世驰名。现在真品收藏于博物馆，神庙中的女像柱已用复制品顶替。庙中的雅典娜雕像直立戎装，是所有雅典娜雕像所依据的形象。像前有金灯，一年只需加油一次。神庙建筑历经沧桑，如今也只能依据这6根少女像柱想象当年的繁华了。

◆ 古罗马建筑圆形剧场欣赏

◇ 古罗马建筑的艺术表现

古罗马的建筑艺术是古希腊建筑艺术的继承和发展。与古希腊不同的是，古罗马建筑所体现的精神内容主要来自世俗的情感，而不是来自理想主义的神圣意识。如果说，古希腊人崇拜人是通过崇拜“神”来体现的话，那么，古罗马人对人的崇拜，则更倾向于对世俗的、现实的人的崇拜来直接表现，所表现的人的意识也已从群体转向个体。在这种意识支配下，古罗马的建筑不仅借助更为先进的技术手段，发展了古希腊艺术的辉煌成就，而且也将古希腊建筑艺术风格特点，在新的社会文化背景下，从“神殿”转入世俗，赋予这种风格以崭新的美学意义和相应的形式。古罗马建筑的艺术表现体现在五个方面：一是世俗情感，古罗马的建筑最辉煌、最有艺术价值的都是为经济服务或为人的生活服务的建筑。二是柱券组合，在具体建筑的造型风格方面，古罗马的建筑既继承了古希腊建筑的造型风格，又革新、发展了它。古罗马的建筑师发展了古代希腊建筑中常见的柱式构图，使之更有适应性，特别是创造出了柱式同券式的组合，如券柱式和连续券，既作结构，又作装饰。三是拱券结构，古罗马建筑在技术方面，大量使用拱券结构，这是古罗马建筑最大的特色。这些拱券结构的水平很高，能够使建筑物获得宽阔的内部空间。四是桁架结构，桁架是指建筑上骨架式的承重结构，由杆件组成，多为三角形，用在房屋、桥梁等建筑中，跨越空间，承受重量。罗马人的木结构技术水平也很高，能够区别桁架的拉杆和压杆，建于公元1世纪的罗马城图拉真巴西利卡，木桁架的跨度达到了25米。五是圆形风格，以“圆”为主的风格，是典型的古罗马建筑的特点。公元1—3世纪，是罗马建筑的极盛时期，著名的罗马圆形大剧场等许多建筑都在这个时期建成。

古罗马圆形剧场

◇ **圆形剧场建筑的艺术特征**

古罗马圆形剧场属于层叠的拱形结构以及多立克式、爱奥尼亚式和科林斯式半高立柱结构的建筑。罗马圆形大剧场或者弗拉维安圆形剧场于韦斯帕西恩皇帝年间开始建造，至公元80年由提图斯皇帝举行落成典礼，直至图密善皇帝年间完成。罗马圆形大剧场坐落在埃斯奎利诺山和卡利安山间的泥地上，它是第一座建于罗马的、永久的圆形剧场。建筑宏伟的规模和壮观的气势、适用和高效的演出组织以及大流量人群的控制，使其成为古罗马建筑的丰碑之一。罗马圆形大剧场呈巨大的椭圆形，层层的、可容纳五万名观众的座位围着中央的椭圆形舞台。在木质的舞台地板下面是一整套复杂的房间和通道，供野生动物以及其他舞台演出储备之用。以舞台为中心，四面八方是八十堵墙撑起了拱顶，形成通道、楼梯以及层层排列的座位。在外部边缘，呈圆形的拱形建筑把每一层和层与层间的楼梯连接在一起。三层的拱形建筑被四分之三的立柱和柱顶盘盖住，第一层是多立克式，第二层是爱奥尼亚式，第三层是科林斯式。三层拱形建筑的上面是一层阁楼，建有科林斯式壁柱和小型方窗口，并且间隔地建造了隔室。梁托的顶部和凹槽处树立起了立樯，这样可以就可以挂上遮日篷。该建筑做到了各种类型建筑方法的巧妙结合：混凝土作地基；石灰华作柱墩和拱廊；凝灰岩填充在下两层墙墩、上层的砖面混凝土以及多数拱顶之间。

◆ **拜占庭建筑圣索菲亚大教堂欣赏**

◇ **拜占庭建筑的艺术表现**

拜占庭原是古希腊的一个城堡，公元395年，显赫一时的罗马帝国分裂为东、西两个国家，西罗马的首都仍在当时的罗马，而东罗马则将首都迁至拜占庭，其国家也就顺其迁移，称为拜占庭帝国。拜占庭建筑，就是诞生于这一时期的拜占庭帝国的一种建筑文化。从历史发展的角度来看，拜占庭建筑是在继承古罗马建筑文化的基础上发展起来的，同时，由于地理关系，它又汲取了波斯、两河流域、叙利亚等东方文化，形成了自己的建筑风格，并对后来的俄罗斯的教堂建筑、伊斯兰教的清真寺建筑都产生了积极的影响。拜占庭建筑的艺术表现，主要体现在以下几个方面：一是屋顶造型普遍使用穹隆顶，这一特点显然是受到古罗马建筑风格影响的结果。但与古罗马相比，拜占庭建筑在使用穹隆顶方面要比古罗马普遍得多，几乎所有的公共建筑或宗教性建筑都用穹隆顶，而古罗马建筑虽也有此类形式，如万神庙，但还不普遍；二是整体造型中心突出，在一般的拜占庭建筑中，建筑构图的中心，往往十分突出，那体量既高又大的圆穹顶，往往成为整座建筑的构图中心，围绕这一中心部件，周围又常常有序地设置一些与之协调的小部件；三是集中式建筑形制，拜占庭建筑创造了把穹顶支承在独立方柱上的结构方法和与之相应的集中式建筑形制。其典型作法是在方形平面的四边发券，在四个券之间砌筑以对角线为直径的穹顶，仿佛一个完整的穹顶在四边被发券切割而成，它的重量完全由四个券承担，从而使内部空间获得了极大的自由；四是色彩灿烂和谐，拜占庭建筑在色彩的使用上，既注意变化，又注意统一，使建筑内部空间与外部立面显得灿烂夺目。在这一方面，拜占庭建筑极大地丰富了建筑的语言，也极大地提高了建筑表情达意、构造艺术意境的能力。

圣索菲亚大教堂

◇ **圣索菲亚大教堂建筑的艺术特征**

拜占庭建筑的经典当首推君士坦丁堡的圣索菲亚大教堂，它不仅综合地体现了拜占庭建筑的特点和风格特点，而且也是拜占庭建筑成就的集大成者。这座教堂的整个平面是一个巨大的长方形，圣索菲亚教堂是集中式的，东西长77米，南北长71米。布局属于以穹隆覆盖的巴西利卡式。中央穹隆突出，四面体量相仿但有侧重，前面有一个大院子，正南入口有两道门庭，末端有半圆神龛。中央大穹隆的直径有 32.6 米，穹顶离地 54.8 米，通过帆拱支承在 4 个大柱墩上。其横推力由东西两个半穹顶及南北各两个大柱墩来平衡。内部空间丰富多变，穹隆之下，与柱之间，大小空间前后上下相互渗透。教堂内部空间曲折多变，饰有金底的彩色玻璃镶嵌画。从外部造型看，它是一个典型的以穹顶大厅为中心的集中式建筑。从结构来看，它有既复杂又条理分明的结构受力系统。从内部空间看，这座教堂不仅通过排列于大圆穹顶下部的一圈 40 个小窗洞，将天然光线引入教堂，使整个空间变得飘忽、轻盈而又神奇，增加宗教气氛，而且也借助建筑的色彩语言，进一步构造艺术氛围。大厅的门窗玻璃是彩色的，柱墩和内墙面用白、绿、黑、红等彩色大理石拼成，柱子用绿色，柱头用白色，某些地方镶金，圆穹顶内都贴着蓝色和金色相间的玻璃马赛克。这些缤纷的色彩交相辉映，既丰富多彩，富于变化，又和谐相处，统一于一个总体的意境：神圣、高贵、富有，充分、有力地显示了拜占庭建筑利用建筑的色彩语言构造艺术意境的魅力。这座建筑也就当然地成为了中世纪，乃至人类建筑史上璀璨夺目、光耀千秋的杰作。

◆ 哥特式建筑科隆大教堂欣赏

◇ 哥特式建筑的艺术表现

公元 5 世纪，随着西罗马帝国的灭亡，欧洲进入了被史学家们称为“中世纪”的时期。此时的欧洲，意识文化与文学艺术一蹶不振，古希腊与古罗马文化的灿烂景观，已成为了一个悠远的梦，消失于漫漫的长夜中，唯有宗教文化，特别是基督教文化一枝独秀，不仅成为中世纪精神的象征，也成了中世纪权力的象征。可是就在这块文化的沙漠里，却奇迹般地诞生了一种崭新的建筑文化——哥特式建筑文化，它那奇异、独特的形象，有如冲破天罗地网的雄鹰，不仅展示了中世纪物质文化的成就，而且生机焕发地表露了中世纪精神文化的特征，将欧洲的建筑艺术水平提升到了一个崭新的高度。哥特式建筑不仅是中世纪最伟大的艺术，而且也是中世纪唯一具有永恒生命力的艺术。这一伟大的艺术，不仅诞生于并不伟大的时代，而且也得到了一个并不伟大的称号：哥特建筑。哥特，原为参加覆灭古罗马帝国的一个日耳曼民族，其称谓含有粗俗、野蛮的意思。哥特建筑是文艺复兴时期的欧洲人，因厌恶中世纪的黑暗而“赠”给中世纪建筑的，本意是以此来贬斥中世纪的建筑风格，但随着历史的发展，这一称谓也就失去了它的褒贬性，而成了一种专有名词。哥特式建筑的总体风格特点是：空灵、纤瘦、高耸、尖峭。它们直接反映了中世纪新的结构技术和浓厚的宗教意识。尖峭的形式，是尖券、尖拱技术的结晶；高耸的墙体，则包含着斜撑技术、扶壁技术的功绩；而那空灵的意境和垂直向上的形态，则是基督教精神内涵的最确切的表述。高而直、空灵、虚幻的形象，似乎直指上苍，启示人们脱离这个苦难、充满罪恶的世界，而奔赴“天国乐土”。

◇ 科隆大教堂建筑的艺术特征

在哥特式建筑中，享有崇高声誉的教堂比比皆是。其中，法国的巴黎圣母院、意大利的米兰大教堂、德国的科隆大教堂都是代表，但最具魅力的是科隆大教堂。坐落在德国科隆市中心的科隆大教堂是德国最大的教堂，它以轻盈、雅致著称于世，是中世纪欧洲哥特式建筑艺术的代表作，也可以说是世界上最完美的哥特式教堂建筑。它与巴黎圣母院大教堂和罗马圣彼得大教堂并称为欧洲三大宗教建筑。科隆大教堂始建于 1248 年，一直到

科隆大教堂

1880年建成，经过了7个世纪，它先后的建筑者都持有同样的信仰，而且绝对忠诚于原定计划。除了它自身特有的价值和其包含的艺术价值外，它还表现了欧洲天主教的力量和耐力。科隆大教堂占地8000平方米，建筑面积约6000平方米，东西长144.55米，南北宽86.25米。主体部分就有135米高，大门两边的两座尖塔高达157.38米（有资料说是161米），像两把锋利的宝剑，直插云霄。大教堂的四周还有许多小尖塔，科隆大教堂至今也依然是世界上最高的教堂。整座大教堂全部由磨光的石块建成，整个工程共用去40万吨石材，加工后的构件总重16万吨，并且每个构件都十分精确，时至今日，专家学者们也没有找到当时的建筑计算公式。大教堂内分为5个礼拜堂，中央大礼拜堂穹顶高达43.35米，中厅跨度为15.5米，各堂排有整齐的木制席位，圣职人员的座位有104个。教堂内部装饰也很讲究。玻璃窗上都用彩色玻璃镶嵌出图画，图画上是圣经故事。在阳光反射下，这些玻璃金光闪烁，绚丽多彩。堂内还有好几幅石刻浮雕，描绘出圣母玛丽亚和耶稣的故事。大教堂四壁上方的玻璃窗用彩色玻璃嵌出《圣经》故事，这些玻璃镶嵌总计有1万平方米。是教堂的一道独特的风景。教堂的钟楼上装有5座吊钟，最重的是圣彼得钟，有24吨。每逢祈祷时，钟声洪亮，传播得很远。登上钟楼，可眺望莱茵河的美丽风光和整个科隆市容。这座用磨光大理石砌成的大教堂，其内外雕刻物皆似鬼斧神工之作；教堂里森然罗列的高大石柱，鲜艳缤纷的彩色玻璃，精致的拱廊式屋顶以及凌空升腾的双塔皆气势傲然。登至150多米的塔顶，俯瞰市区，科隆美景一览无遗。科隆大教堂的巍峨壮观令所有瞻仰它的人叹为观止。

◆ 文艺复兴建筑佛罗伦萨大教堂欣赏

◇ 文艺复兴建筑的艺术表现

文艺复兴建筑是欧洲建筑史上继哥特式建筑之后出现的一种建筑风格。这种建筑风格15世纪产生于意大利，后传播到欧洲其他地区，形成带有各自特点的各国文艺复兴建筑。意大利文艺复兴建筑在文艺复兴建筑中占有最重要的位置。文艺复兴建筑最明显的特征是扬弃中世纪时期的哥特式建筑风格，而在宗教和世俗建筑上重新采用古希腊罗马时期的柱式构图要素。文艺复兴时期的建筑师和艺术家们认为，哥特式建筑是基督教神权统治的象征，而古代希腊和罗马的建筑是非基督教的。他们认为这种古典建筑，特别是古典柱式构图体现着和谐与理性，并且同人体美有相通之处，这些正符合文艺复兴运动的人文主义观念。但是意大利文艺复兴时代的建筑师绝不是食古不化的人，当时许多建筑师一方面采用古典柱式，另一方面又灵活变通，大胆创新，甚至将各个地区的建筑风格同古典柱式融合一起。他们还将文艺复兴时期的许多科学技术上的成果，如力学上的成就、绘画中的透视规律、新的施工机具等，运用到建筑创作实践中去。

在文艺复兴时期，建筑类型、建筑形制、建筑形式都比以前增加了。建筑师在创作中既体现统一的时代风格，又十分重视表现自己的艺术个性，各自创立学派和个人的独特风格。总之，文艺复兴建筑，特别是意大利文艺复兴建筑，呈现空前繁荣的景象，是世界建筑史上一个大发展和大提高的时期。文艺复兴建筑的艺术表现体现在以下几个方面：一是建筑整体的和谐稳定，意大利文艺复兴建筑的基本特征是追求整体的和谐、稳定，力求对称，并将设计与美感效果建立在数学和透视学的基础之上；二是崇古和创新相结合，建筑师们吸收古罗马、拜占庭、哥特式建筑的优点，又结合佛罗伦萨当地的具体情况，创造了文艺复兴的建筑新风格；三是蕴含人文主义思潮，文艺复兴时期的建筑能闪烁着智慧的光辉，与当时人文主义思潮的影响分不开。著名的建筑师阿尔伯蒂认为，建筑所追求的美并非神秘之物质，它可以通过计算各种比例关系求得，美在于各部分的和谐。

佛罗伦萨大教堂

◇ 佛罗伦萨大教堂建筑的艺术特征

佛罗伦萨大教堂是意大利文艺复兴时期建筑的瑰宝。它是 13 世纪末行会从贵族手中夺取了政权后，作为共和政体的纪念碑而建造的。佛罗伦萨大教堂也叫花之圣母大教堂，是世界第四大教堂，建于 1296—1436 年，整个教堂装饰华丽。佛罗伦萨大教堂其实是一组建筑群，由大教堂、钟塔和洗礼堂组成。大教堂是整个建筑群的主体部分，教堂平面呈拉丁十字形状，本堂宽阔，长达 82.3 米，由 4 个 18.3 米见方的间跨组成，形制特殊。教堂的南、北、东三面各出半八角形巨室，巨室的外围包容有 5 个成放射状布置的小礼拜堂。整个建筑群中最引人注目的是中央穹顶，仅中央穹顶本身的工程就历时 14 年，完成于1434年，顶高106米，由当时意大利著名的建筑师勃鲁涅斯基设计，穹顶的基部呈八角平面形，平面直径达42.2米。基座以上是各面都带有圆窗的鼓座。穹顶的结构分内外两层，内部由8根主肋和16根间肋组成，构造合理，受力均匀。内部墙壁上有一幅著名的壁画《最后的审判》，教堂的八角形穹顶是世界上最大的穹顶之一。其穹顶被公认是意大利文艺复兴式建筑的第一个作品，体现了奋力进取的精神。

在中央穹顶的外围，各多边形的祭坛上也有一些半穹形，与上面的穹顶上下呼应。它的外墙以黑、绿、粉色条纹大理石砌成各式格板，上面加上精美的雕刻、马赛克和石刻花窗，呈现出非常华丽的风格。整个穹顶，总体外观稳重端庄、比例和谐、没有飞拱和小尖塔之类的东西，水平线条明显。穹顶是文艺复兴早期建筑的代表作，也是佛罗伦萨城市建筑的标志性建筑，它把文艺复兴时期的屋顶形式和哥特式建筑风格完美地结合起来了，有明显的过渡特征。除大教堂以外，整个建筑群中的钟塔和洗礼堂也是很精美的建筑，钟塔高88米，分4层，面积13.7平方米；建于1290年的洗礼堂高约31.4米，建筑外观端庄均衡，以白、绿色大理石饰面。

◆ 巴洛克建筑圣卡罗教堂欣赏

◇ 巴洛克建筑的艺术表现

巴洛克，是产生于文艺复兴高潮过后的一种文化艺术风格。巴洛克意为畸形的珍珠，其艺术特点就是怪诞、扭曲、不规整。巴洛克建筑风格，是巴洛克文化艺术风格的一个组成部分，从历史沿革来说，巴洛克建筑风格是对文艺复兴建筑风格的一种反拨；而从艺术发展来看，它的出现，又是对包括文艺复兴在内的欧洲传统建筑风格的一次大革命，冲破并打碎了古典建筑业已建立起来的种种规则，对严格、理性、秩序、对称、均衡等建筑风格与原则来了一次大反叛，开创了一代建筑新风。因此，从欧洲建筑艺术的发展历史来看，它是继哥特式建筑之后，欧洲建筑风格的又一次飞跃，尽管在这种风格中，存在着显而易见的迎合贵族阶级享乐、奢华、炫耀财富心态的世俗化倾向，但是，它的艺术创造的勇气及其对后世的影响，却是值得我们特别注意的。从另一角度来看，也许正是这种实用的“媚俗”倾向，使它得以摆脱神圣理性的制约，展开想象的翅膀，飞向新的天地，开创新的业绩，形成了自己不同于以前所有时代建筑风格的另一种特色。

巴洛克建筑的风格基调是富丽堂皇而又新奇欢畅，具有强烈的世俗享乐的味道。它主要有四个方面的艺术表现：一是炫耀财富，巴洛克建筑常常大量采用贵重的材料、精细的加工、刻意的装饰，以显示其富有与高贵。因此，巴洛克建筑总是富丽堂皇、珠光宝气，装饰琳琅满目，色彩艳丽夺目。二是不囿旧规，标新立异，巴洛克建筑不囿于结构逻辑，常常采用一些非理性组合手法，从而产生反常与惊奇的特殊效果。这是巴洛克建筑风格最显著的特征。它突破了传统建筑的构图法则和一般形式，抛弃了绝对对称与均衡，以及圆形、方形等静态平面形式，采用以椭圆形为基础的S形，波浪形的平面和立面，使建筑形象产生动态感；或者把建筑和雕刻二者混合，以求新奇感；又或者用高低错落及形式构件之间的某种不协调引起刺激感。三是充满欢乐的气氛，这一点，它承续了文艺复兴的传统。文艺复兴对外部世界的发现，特别是对人的发现，彻底地突破了中世纪宗教禁欲主义的樊篱，恢复了人作为感性生命与理性精神相结合存在物的现实尊严，提倡世俗化，反对神化，提倡人权，反对神权的结果是人性的解放，这种人性的光芒照耀着艺术，给文艺复兴的艺术印上了欢快的色彩。

圣卡罗教堂

◇ **圣卡罗教堂建筑的艺术特征**

著名的巴洛克大师波洛米尼设计的圣卡罗教堂是全面体现巴洛克建筑风格特征的代表作。建筑立面的平面轮廓为波浪形，中间隆起，基本构成方式是将文艺复兴风格的古典柱式，即柱、檐壁和额墙在平面上和外轮廓上曲线化，同时添加一些经过变形的建筑元素，例如变形的窗、壁龛和椭圆形的圆盘等。它的殿堂平面近似橄榄形，周围有一些不规则的小祈祷室；此外还有生活庭院。殿堂平面与天花装饰强调曲线动态，立面山花断开，檐部水平弯曲，墙面凹凸度很大，装饰丰富，有强烈的光影效果。教堂的室内大堂为龟甲形平面，坐落在垂拱上的穹顶为椭圆形，顶部正中有采光窗，穹顶内面上有六角形、八角形和十字形格子，具有很强的立体效果。室内的其他空间也同样在形状和装饰上有很强的流动感和立体感。这座教堂彻底摒弃了文艺复兴及其以前建筑惯用的界线严格的几何构图，室内外几乎没有直角，线条全为曲线，线脚繁多，装饰图案复杂，并使用了大量的雕刻和壁画，五彩缤纷，富丽堂皇。与内部空间的诡谲相对应，教堂外立面也极尽曲折变换，宛如起伏的波浪。在仅有上下两层高的立面上装饰了大量的动植物雕刻、栏杆、假窗和奇形怪状的图案。在拐角立面上装饰有水池、凹龛和人物雕像，拐角处的屋顶是一座高高的方形塔楼，塔楼的每个边角也都有凹凸变化，整个造型的确如被扭曲了的珍珠。圣卡罗教堂就像一粒变形的珍珠，散发出奇思的瑰异光彩。

◆ **古典主义建筑凡尔赛宫欣赏**

◇ **古典主义建筑的艺术表现**

古典主义是 17 世纪流行在西欧、特别是法国的一种艺术思潮。因为它在理论和创作实践上以古希腊、罗马艺术为典范，而被称为“古典主义”。广义的古典主义建筑是指意大利文艺复兴建筑、巴格克建筑和古典复兴建筑等采用古典柱式的建筑风格。狭义的古典主义建筑是指运用纯正的古典柱式的建筑，主要是法国古典主义及其他地区受其影响的建筑，即指17世纪法国国王路易十三、十四专制王权时期的建筑。当时的巴黎在1671年设立了建筑学院，学生多出身于贵族家庭，他们瞧不起工匠和工匠的技术，形成了崇尚古典形式的学院派。学院派建筑和教育体系一直延续到19世纪。学院派有关建筑师的职业技巧和建筑构图艺术等观念，统治西欧的建筑事业达200多年。

古典主义建筑也经历了不同的阶段，但表现出一致的艺术表现。第一，古典主义建筑造型严谨，普遍应用古典柱式，内部装饰丰富多彩。排斥民族传统和地域特色，崇尚古典柱式，恪守古罗马的古典规范，以此作为建筑艺术的基础。第二，总体布局、建筑平面和外立面造型强调主从关系，突出轴线，讲究对称。常用半圆形穹顶统帅整幢建筑物，成为中心；提倡富于统一性与稳定性的横三段和纵三段式的立面构图形式；讲究比例和几何构图；重视法则、规律，将帕拉第奥、维尼奥拉研究的规则视为法典；发展了一种“横三竖五”的构图。第三，强调建筑的美在于局部和整体之间以及局部相互之间的正确的比例关系，把比例看做建筑造型中的决定性因素。第四，在建筑造型上追求端庄、宏伟。由于这种建筑是要表现法国当时专制国家的力量，所以它高贵、神圣，具有宏大的气魄，并且当时皇帝酷爱秩序，所以建筑往往渗透着一种理想的英雄主义情绪。

凡尔赛宫

◇ 凡尔赛宫建筑的艺术特征

凡尔赛宫为古典主义风格建筑，立面为标准的古典主义三段式处理，即将立面划分为纵、横三段，建筑左右对称，造型轮廓整齐、庄重雄伟，被称为是理性美的代表。正宫前面是一座风格独特的法兰西式的大花园，园内树木花草别具匠心，使人看后顿觉美不胜收。而建筑群周边园林亦是闻名世界，它与中国古典和皇家园林有着截然不同的风格，完全是人工雕琢的，极其讲究对称和几何图形化。

凡尔赛宫的外观给人以宏伟壮观的感觉，内部陈设及装潢富于艺术魅力，室内装饰极其豪华富丽是凡尔赛宫的一大特色。500余间大殿小厅处处金碧辉煌，豪华非凡。内壁装饰以雕刻、巨幅油画及挂毯为主，配有17、18世纪造型超绝、工艺精湛的家具。大理石院和镜厅是其中最为突出的两处。除了室内装饰外，太阳也是常用的题目，因为太阳是路易十四的象征；有时候还和兵器、盔甲一起出现在墙面上。除了用人像装饰室内外，还用狮子、鹰、麒麟等动物形象来装饰室内。有的还用金属铸造成楼梯栏杆，有些金属配件还镀了金，配上各种色彩有大理石，显得十分灿烂。天花板除了像镜厅那样的半圆拱外，还有平的，也有半球形穹顶，顶上除了绘画也有浮雕。宫内随处陈放着来自世界各地的珍贵艺术品，其中有我国古代的精品瓷器。

◆ 洛可可建筑无忧宫欣赏

◇ 洛可可建筑的艺术表现

洛可可建筑风格出现于18世纪法国古典主义后期，流行于法国、德国、奥地利等国。对于建筑艺术来说，洛可可建筑主要是一种室内装饰风格。它是在反对法国古典主义艺术的逻辑性、易明性、理性的前提下出现的柔媚、细腻和纤巧的建筑风格。洛可可建筑的主要特点是一切围绕柔媚顺和来构图，特别喜爱使用曲线和圆形，尽可能避免方角。在装饰上，常常喜用各种草叶、蚌壳、蔷薇和棕榈；在材料上，洛可可风格的建筑常以质感温软的木材取代过去常常使用的大理石，墙面上不再出现古典程式，而代之以线脚繁复的镶板和数量特多的玻璃镜面；在色彩上，为了构成柔媚顺和，洛可可风格的建筑喜用娇嫩的色彩，如白色、金色、粉红色、嫩绿色、淡黄色，尽量避免强烈的对比；在饰件上，喜欢张挂绸缎的幔帐和晶体玻璃吊灯，陈设瓷器古玩，力图从装饰到小品、到室内物件的设置，显出豪华的高雅之趣。

无忧宫

◇ 无忧宫建筑的艺术特征

无忧宫是普鲁士国王腓特烈建造的豪华宫殿。宫名取自法文的“无忧”或“莫愁”。整个王宫及园林面积为90公顷，因建于一个沙丘上，故又称“沙丘上的宫殿”。宫殿正殿中部为半圆球形顶，两翼为长条锥脊建筑。殿正中为圆厅。瑰丽的首相厅，天花板上的装潢富有想象力，四壁镶金，光彩夺目。室内多用壁画和明镜装饰，辉煌璀璨。宫殿前有平行的弓形6级台阶，两侧和周围有翠绿丛林烘托。宫殿前有喷泉，正对着大殿门廊。此喷泉采用圆形花瓣石雕，四周有“火”、“水”、“土”、“气”4个圆形花坛陪衬，花坛内塑有神像，尤以维纳斯神像和水星神像造型精美，形象生动。宫殿东侧还有珍藏124幅名画的画廊，这些绘画多为文艺复兴时期意大利、荷兰画家的名作。花园内有一座六角凉亭，采用中国传统的碧绿筒瓦、金黄色柱、伞状盖顶、落地圆柱结构，被称为“中国茶亭”。亭内桌椅完全仿造东方式样制造，亭前矗立着中国式香鼎。无忧宫是18世纪德国建筑艺术的精华，全部建筑工程前后延续时间达50年之久。无忧宫虽经战争，但未遭受炮火轰击，至今仍保存完好。

【自我感悟】

◆ 自我欣赏佳作

◇ **维吾尔族建筑艾提尕尔清真寺欣赏**

艾提尕尔清真寺

◇ **傣族建筑西双版纳景真八角亭欣赏**

◇ **侗族建筑从江增冲鼓楼欣赏**

◇ **古印度建筑泰姬陵欣赏**

◇ **高棉建筑吴哥窟欣赏**

◇ **泰国建筑大王宫欣赏**

◆ 自我欣赏导引

○ 艾提尕尔清真寺是中国伊斯兰教著名清真寺，是中国最大的伊斯兰教宗教建筑。它约建于明正统年间（1436—1449年），距今已有500多年的历史。该寺位于喀什，占地面积1.68万平方米，坐西朝东。艾提尕尔清真寺的门墙砖砌，门楼由黄砖砌成，风格古朴厚重，同当地自然环境和谐地融为一体。该寺围绕正中尖拱大龛排列许多小浅龛。门左院墙很短，宣礼塔较粗，右墙较长，塔稍细，以门为中心，取得了不对称均衡构图。在院墙表面也有尖拱龛。立面上许多大小尖拱尖顶的不断出现，强调了造型手法的统一。礼拜殿在院子西侧，坐西向东，分外殿、内殿。外殿很长，向前完全敞开，采用本地古代已有

西双版纳景真八角亭

从江增冲鼓楼

泰姬陵

的木柱密梁平顶结构。内殿三面为外殿所围，前墙正中开门洞，有非常精美的石膏几何花纹。艾提尕尔清真寺是新疆最有代表性的伊斯兰风格建筑。全寺布局合理，工艺精细。建筑采用雕刻、镶嵌、彩绘等多种技法，使建筑整体显得既古朴又典雅，充分显示出维吾尔

吴哥窟

大王宫

族人民高超的建筑艺术，是中国伊斯兰建筑的典范。

○ 傣族建筑西双版纳景真八角亭始建于傣历1063年（公历1701年），它是景真总佛寺内的一个重要建筑。自景真八角亭建立300多年以来，历经沧桑，在傣族人民的精心保护下，始终完好地屹立在祖国南疆的边陲，成为境内外各族信仰南传上座部佛教群众心目中的瑰宝。景真八角亭造型玲珑华丽，别具一格，为我国小乘佛教建筑中的一件精品，也是古代西双版纳傣族建筑艺术水平的一个标志。它正门呈拱形，拱门上方设有卷龛，供奉有铜质佛像一尊，两扇用红椿板制作的大门上，分别雕有傣式太阳花和双龙绞尾图案。门前有一木梯与石阶相连，两侧各立着一头雄狮和一条神龙。雄狮张牙舞爪，巨龙摇头摆尾，形态栩栩如生。八角亭为砖木结构，由座、身、檐、面、顶5个部分组成。基座为折角亚字形，亭通高21米，底直径10米，分为8个大面、31个小面，成32个角，24面墙壁构成亭室，室内外墙上用金银粉漏印图案，亭顶为木结构呈锥形攒尖顶式的多层屋檐，12根10米长的横梁撑起10层别致的八角形楼阁，面铺平瓦，形成由80座小屋顶组成的屋顶群，如鱼鳞覆盖，非常复杂，与亭身的简洁形成强烈对比。全亭娇小玲珑，珠光宝气，在阳光照射下，宛如一朵初开的千瓣莲花。

○ 侗族建筑从江增冲鼓楼位于贵州省从江县增冲乡增冲村，始建于清代康熙十一年（1672年）秋，是典型的也是造型最好的一座塔式鼓楼。该楼为木质结构，形如宝塔，双葫芦顶，高25米，占地面积160平方米。八角十一重檐，檐端略有上翘，顶部再升起重檐八角攒尖亭，檐角起翘更大，整体轮廓变化丰富，风格秀丽。侗家传说鼓楼是照"杉树王"的样子建造的，总体轮廓真的如同杉树，体现了侗族有关大树崇拜的观念。内有4根大柱，每根直径0.8米，高15米，每柱之间距离3.6米，构成椎形方架，是鼓楼的骨干部分。距4大柱外围3米处，竖有8根高3.5米的支柱，将大柱团团围住，并以穿枋与内柱相连，呈辐射状。一层楼上叠有数层，每层有8根短爪柱层层叠竖，直至第十一层。鼓楼顶部，还有两层八檐八角的伞顶宝塔，名曰"干梗"，其工艺精细，为我国木质结构建筑中所罕见。

○ 古印度建筑泰姬陵是印度知名度最高的古迹之一，在今印度距新德里200多公里外的北方邦的阿格拉城内，亚穆纳河右侧，是莫卧儿王朝第5代皇帝沙贾汗为了纪念他已故皇后阿姬曼·芭奴而建立的陵墓，被誉为"完美建筑"和"爱情的丰碑"。它由殿堂、钟楼、尖塔、水池等构成，全部用纯白色大理石建筑，用玻璃、玛瑙镶嵌，绚丽夺目，美丽无比。泰姬陵具有极高的艺术价值，是伊斯兰教建筑中的代表作。2007年7月7日，它成为世界八大奇迹之一。泰姬陵的构思和布局充分体现了伊斯兰建筑艺术庄严肃穆、气势宏伟的特点，整个建筑富于哲理，是一个完美无缺的艺术珍品。这座伊斯兰风格的建筑外形端庄宏伟，无懈可击，寝宫门窗及围屏都用白色大理石镂雕成菱形带花边的小格，墙上用翡翠、水晶、玛瑙、红绿宝石镶嵌着色彩艳丽的藤蔓花朵。

○ 高棉建筑吴哥窟又称吴哥寺，位在柬埔寨西北方。它是吴哥古迹中保存得最完好的庙宇，以建筑宏伟与浮雕细致闻名于世，也是世界上最大的庙宇。1992年，联合国将吴哥古迹列入世界文化遗产。12世纪时的吴哥王朝国王苏耶跋摩二世希望在平地兴建一座规模宏伟的石窟寺庙，作为吴哥王朝的国都和国寺。因此举全国之力，并耗时大约35年建造而成吴哥窟。吴哥窟是高棉古典建筑艺术的高峰，它结合了高棉寺庙建筑学的两个基本的布局：祭坛和回廊。祭坛由三层长方形有回廊环绕须弥台组成，一层比一层高，象征印度神话中位于世界中心的须弥山。在祭坛顶部矗立着按五点梅花式排列的五座宝塔，象征须弥山的五座山峰。寺庙外围环绕一道护城河，象征环绕须弥山的咸海。吴哥窟的整体布局，从空中可以一目了然：一道明亮如镜的长方形护城河，围绕一个长方形的满是郁郁葱葱树木的绿洲，绿洲有一道寺庙围墙环绕。绿洲正中的建筑乃是吴哥窟寺的印度教式的须弥山金字坛。吴哥窟寺坐东朝西。一道由正西往正东的长堤，横穿护城河，直通寺庙围墙西大门。过西大门，又一条较长的道路，穿过翠绿的草地，直达寺庙的西大门。在金字塔式的寺庙的最高层，可见矗立着五座宝塔，如骰子五点梅花，其中四个宝塔较小，排四隅，一个大宝塔巍然矗立正中，与印度金刚宝座式塔布局相似，但五塔的间距宽阔，宝塔与宝塔之间连接着游廊，此外，须弥山金刚坛的每一层都有回廊环绕，也是吴哥窟建筑的特色。

○ 泰国建筑大王宫是泰国曼谷王朝一世至八世的王宫，又称"大皇宫"或者"故宫"，是泰国历代王宫中保存最完美、最壮观、规模最大、最有民族特色的王宫，现仍用于举行加冕典礼、宫廷庆祝等仪式活动。大王宫位于泰国首都曼谷市中心，位于昭披耶河之畔，由一组布局错落的建筑群组成，是暹罗式风格，汇集了泰国绘画、雕刻和装饰艺术的精华。宫廷建筑以白色为主，四周筑有白色宫墙。宫墙高约 5 米，总长 1900 米，主要建筑物有阿玛林宫、节基宫、律实宫和玉佛寺等。大王宫有许多地方可谓中西合璧，融合了泰国、欧洲及中国建筑的精华。大殿是维多利亚式的，尖塔式的屋顶是传统的泰国式的，石灰岩制作的墙则是古典中国式的。还有大皇宫层层叠叠砌成的屋顶，铺设的琉璃瓦有黄、橙、宝蓝等多种颜色。整个建筑群共 22 座，主要建筑是 4 座各具特色的宫殿，从东向西一字排开，一色的绿色瓷砖屋脊、紫红色琉璃瓦屋顶、凤头飞檐；屋顶是典型的泰国“三顶式结构”，集泰国数百年建筑艺术之大成，因此有人称此处为“泰国艺术大全”。

◆ **拓展资料**

○［英］史蒂文森：《世界建筑杰作》，接力出版社 2002 年版。

○ 梁思成：《大拙至美——梁思成最美的文字建筑》，中国青年出版社 2007 年版。

○ 汉宝德：《中国建筑文化讲座》，生活·读书·新知三联书店 2006 年版。

○ 吴焕加：《外国现代建筑二十讲》，生活·读书·新知三联书店 2006 年版。

○ 汤德良：《屋名顶实》，辽宁人民出版社 2006 年版。

○［加］卡尔松：《环境美学：自然、艺术与建筑的鉴赏》，四川人民出版社 2006 年版。

○ 彭一刚：《中国古典园林分析》，中国建筑工业出版社 1986 年版。

○ 沈福煦：《建筑美学》，中国建筑工业出版社 2007 年版。

【活动创编】

◆ **活动主题**

○ 分析河北建筑艺术的艺术特点。

○ 以实例分析建筑艺术具有的物质和精神的双重意义。

○ 分析北京和西安建筑的艺术风格。

○ 实例欣赏中国建筑、欧洲建筑、伊斯兰建筑并分析各自的主要特征。

○ 欣赏中国建筑太和殿的屋顶特色。

◆ **创编项目**

○ 手绘或临摹一张中国经典建筑的造型图。

○ 拍摄 10 张家乡独具特色的建筑图像。

○ 对你就读学校的建筑风格和建筑艺术做图示说明。

○ 每 10 名同学组成一个小组，各组编辑一部专题建筑画册。

模块八　中外雕塑艺术欣赏

【欣赏名言】

雕刻是凹与凸的艺术，并不是没有光滑润饰的形状。

——法国著名雕塑家罗丹

【知识导入】

◆ **雕塑艺术的内涵**

雕塑是造型艺术之一，是雕刻和塑造的总称，是使用雕、琢、刻、磨、塑等手段对可塑的（如黏土、泥、水泥等）或可雕刻的（如金属、木、石等）材料进行创作，制作出具有实在体积的各种艺术形象。雕塑因材料能长期保存，并能起到装饰和美化建筑、器皿等作用，故常带有永久性和纪念性，素有“凝固的舞蹈”之称。理解雕塑艺术可以理解为“加”和“减”。“雕”就是“减”，将具有可塑性的材料以削、刻、凿等方法将不需要的部分去除，“塑”就是“加”，将材料通过堆积、浇注、揉捏等方式塑造成为立体的形象。欣赏雕塑艺术要把握住雕塑的特点：

○ 雕塑的根本特点是立体造型。雕塑艺术是三维空间的艺术，是立体的艺术，有宽、有长、有深度，这是雕塑艺术最根本的特点。即利用三维空间的体积，表现某种形象和节律，达到交流思想感情的目的。

○ 雕塑是“诗”。雕塑不适于叙事，只适于抒情，宜于象征，像诗一样要求概括集中，一以当十，以少胜多，集中、凝练，雕塑更接近于音乐和建筑，可以说雕塑是造型艺术中的诗。

○ 雕塑可以高度概括。雕塑因其高度概括，往往成为一个国家、一个城市、一个时代的标志。它立于通衢大道则带有“强迫性”，使人非看不可。

○ 雕塑是多种艺术的融合。雕塑既是提高的艺术，又是普及的艺术；既是古老的艺术，又是现代化的艺术。

◆ **雕塑艺术的类型**

雕塑最常见的表现形式有圆雕和浮雕两种类型。它们是按所占空间和形象的凸显程度而划分的。

◇ **圆雕**

圆雕，又称立体雕，是艺术在雕件上的整体表现，观赏者可以从不同角度看到物体的各个侧面。它要求雕刻者从前、后、左、右、上、中、下全方位进行雕刻。由于圆雕作品极富立体感，生动、逼真、传神，所以圆雕对材料的选择要求比较严格，从长宽到厚薄都必须具备与实物相适当的比例，然后雕师们才按比例“打坯”。“打坯”是圆雕中的第一道程序，也是一个重要环节，特别是大型的圆雕作品，还需要先在泥土上“打坯”，订完“泥稿”后，再正式在石材上“打坯”。“打坯”的目的是确保雕品的各个部件能符合严格的比例要求，然后再动刀雕刻出生动传神的作品。圆雕一般从前方位“开雕”，同时要求特别注意作品的各个角度和方位的统一、和谐与融合，只有这样，圆雕作品才经得起观赏者全方位的“透视”。

◇ **浮雕**

浮雕，是在平面上雕刻出凹凸起伏形象的一种雕塑，是一种介于圆雕和绘画之间的艺术表现形式。根据压缩空间的不同程度，形成浮雕的两种基本形态是高浮雕和低浮雕。高浮雕由于起位较高、较厚，形体压缩程度较小，因此其空间构造和塑造特征更接近于圆雕，甚至部分局部处理完全采用圆雕的处理方式。高浮雕往往利用三维形体的空间起伏或夸张处理，形成浓缩的空间深度感和强烈的视觉冲击力，使浮雕艺术对于形象的塑造具有一种特别的表现力和魅力。低浮雕起位较低，形体压缩较大，平面感较强，更大程度地接近于绘画形式。它主要不是靠实体性空间来营造空间效果，而更多地利用绘画的描绘手法或透视、错觉等处理方式来形成较抽象的压缩空间，这有利于加强浮雕适合于载体的依附性。

◇ **雕塑的其他分类**

雕塑按其尺寸、形制又分为大型雕塑和小型雕塑两大类；按其不同功能则可分为宗教雕塑、陵墓雕塑、纪念碑雕塑、装饰性雕塑、园林雕塑、喷泉雕塑、民间雕塑、架上雕塑等；按其制作材料有泥、木、石、砖、铜、陶、牙、瓷、玉、骨、漆、竹以及其他金属、化工材料雕塑等。

◆ **雕塑艺术的语言**

◇ **形体**

雕塑是造型艺术，凡是造型艺术，都是综合性的。雕塑艺术是立体造型，即用三维空间的体积，表现某种形象和节律，达到交流思想感情的目的。

几何学中抽象出形体的基本概念——点、线、面、体，作为美术语汇，它们在雕塑作品中是和形象相结合的。由点、线组成面、体，从而构成轮廓与结构。自然界的物体都是形体规则的或不规则的组合。实在的物体具有多侧面可视性，所以在雕塑和建筑中形体感是最基本的材料语言。物质实体性的形体及其空间变化，便成了雕塑艺术最主要的语言。雕塑造型中的块、面，形体的比例、方向、位置变化会产生不同的视觉效应与审美情趣。块、面、形体，在体积语言中起着形式构成和情绪感应的作用。以大体块为主的综合造型让人产生简洁、直爽的快感；块面的平置让人产生平静、稳固、坦荡的心理作用；垂直的块面给人以挺拔、高耸感和向上引导的意识；斜置的块面有一种动势与不安的潜在因素；纵斜块面使视觉上感受到快捷、准确、洗练的信息时代特征。平直的形体，给人单纯、刚毅的感觉；曲线的形体富有弹性，给人以优美、和谐、温柔的韵律美；波浪状形体使人触到生命的律动。

◇ **材质**

无论是中国的还是外国的雕塑语言，都与它们所使用的物质材料有关。不同的物质材料本身就具有不同的美感，如黄金具有华贵、辉煌的美感，木材具有色调柔和、质朴无华的美感等，我们管它叫“材质美”，也是一种雕塑语言。雕塑材质的自然肌理、人工肌理、复合肌理等，是雕塑艺术语言的文辞海洋，成为丰富雕塑语言的词汇大典。雕塑的材质是触觉感受的出发点与源泉，是深化雕塑艺术感染力的通道。“材”是视觉感受，是类别或样式，如不同种类的木材、石材、金属等，各种各样，彼此不同；“质”是触觉及其他感觉，如光滑或粗糙、坚硬或轻柔、锋利与愚钝，是某种类别或样式的本质属性。材质是思想意识与审美情感的物质载体，是一个几乎混同于客观物质的艺术形式语言。因此，雕塑是材质的艺术，人们常以材质的不同，把雕塑艺术称为石雕、木雕、铸铜等，材质变成了区别雕塑样式的标志。雕塑材质从视觉、触觉及其他感觉带来了无限的表现力，无论单色或多色，无论光滑或粗糙，无论坚硬或轻柔，都给接受者带来一种生命的价值。

【欣赏引导】

◆ 要从了解和欣赏体积之美入手

雕塑艺术是体积的艺术、体积的美、体积的感受。虽然诸如纸一类物体，也有三维（即长、宽、高），但没有体积的感觉。雕塑要用体积的语言、体积的分量和体积本身的美来感动人，让人感觉到体积的美，感觉到三维空间的美，也就是体积的感觉。雕塑有别于其他艺术的就是空间力量。雕塑是在三维空间里用物质材料创造出实体形象，这是其他艺术形式所不具备的。对于欣赏其他艺术而言，只能用视觉感官去观察，而且观察的角度也受到局限。雕塑作品则不然，因为是立体形象，可以触摸，加上视觉感应，能够唤起欣赏者更多的艺术想象，产生独特的艺术审美效果。另外，由于雕塑作品的立体性，欣赏者还可以从不同的角度，甚至可以结合周围的环境来一并欣赏，使雕塑作品更富有生动、逼真的艺术魅力。雕塑作品的凝练与集中和它的概括性，是其与建筑艺术区别的最显著特征之一。

◆ 要善于感悟不同体积的组合之美

任何雕塑都不仅仅是具体的人或具体事物的模仿，而更主要的是通过强有力的体积的感觉给人一种特殊的激励感、一种韵律和一种分量。欣赏要注意体积的转换关系，形成某种特殊的韵律，这是雕塑的基本语言。雕塑所具有的形式美是自然美与艺术美的综合，雕塑是占有三维空间的立体艺术。它所塑造的形象具有实际的高度、宽度和深度，是真正的静态艺术，具有艺术本身的形式美。

雕塑之美是通过艺术形象的瞬间动作和表情来引发观众的想象和联想的，因此雕塑是非常凝练的艺术语言，它通过静态的造型表现运动的一个片刻，以极其单纯的形象概括地反映生活。雕塑艺术的生命，就在于通过空间的形象传达出某种寓意化了的情感，赋予作品以真实的生命的感觉，使人从冰冷的物质材料中感到肌肤的温暖。要达到这种艺术效果，就需要雕塑艺术家对体积和体积变化有高度的敏感，要善于利用和强调体积的组合变化，通过体积内部各部分的搭配、组合、协调，创造出作品的节奏感和韵律感，从而使没有生命的石头、金属等获得真实的生命，成为灵气飞动的艺术品。

◆ 要懂得欣赏雕塑的基本影像

雕塑的语言是单纯与丰富的统一。它的单纯，体现在表现媒介的单纯性。通常，一件作品只用一种材料，材质单纯。它的丰富，体现在材质语言基础上的光影、轮廓、影像、动态、形体、色泽、肌理等的变幻莫测。雕塑的光影的“光”或者说“光源”是自然现象，从客观上说，没有光的世界，一切将失去色彩，直至模糊不清，一片黑暗。“光”是原因，“影”是结果。在雕塑的语言表现中，雕塑家根据光影的相互关系，通过对形体语言的主观处理，在雕塑表面形成一种特定的光影效果。这种特定的光影，更加深化了雕塑作品的视觉感染力。雕塑的光影，不仅是自然属性，而且还是雕塑的重要语言形式。雕塑的光影，既能强化主体，也能弱化主体，甚至破坏主体。强烈的光影，给人以明快、坚定、刚强等的视觉效果；柔和的光影，给人以宁静、温柔、幽深等的感觉；零乱的光影，则使雕塑无法展示其真正的视觉含义。

雕塑的影像，是在最远的距离和有效视觉范围内，雕塑所表现的整体形态，类似于剪影效果。影像是雕塑的第一感觉，直接影响到接受者对雕塑的视觉感知。尤其是大型雕塑，影像的好坏，直接关系到接受者是否愿意继续欣赏。影像是雕塑的势，是雕塑最简约的形态，是衡量雕塑艺术效果的第一把界尺。通过影像表现出的雕塑轮廓，是在视觉范围内较远距离下的整体形态，是雕塑的基本形体的概括。从雕塑的形式与构成的角度，轮廓是雕塑的“骨骼”或“间架”。雕塑轮廓与形体所产生的视觉力，不仅表现在因轮廓、形体自身膨胀与外溢而呈现出的生机与迸发力，还表现在因视觉张力作用，所产生的对现实环境空间的占有与扩张的持续性和凝聚力。

◆ **要善于把握雕塑与环境的结合**

欣赏雕塑要在建筑与雕塑、园林与雕塑、广场街道与雕塑，以至山川与雕塑的相互关系中去理解。以中国雕塑为例，生命永恒的认识是中国传统墓葬观念的重要支柱。先民们相信，当肉体死亡以后，其灵魂将脱离肉体而继续存在。长命百岁的永生愿望表现了朴素认识的本能需求。基于这种认识，陵园建筑、墓室构造、随葬皿器、壁画雕塑等都越来越向满足永生愿望的方向发展，向模仿和再现现世生活方向发展。中国古代称陵园雕刻为“石像生”也是这个含义，即“象征生命”的意思。

雕塑可以调整和改变环境，这是雕塑艺术拥有的魅力和魔力。德国著名哲学家黑格尔在其著作《美学》一书中指出：“艺术家不应该先把雕刻作品完全雕好，然后再考虑把它摆在什么地方，而是在构思时就要联系到一定的外在世界和它的空间形式和地方部位。”这一点集中体现了雕塑设计应当紧密结合环境的设计理念。放置于户外的雕塑作品因其摆放地点具有相对永久性，因此雕塑与环境的关系处理就显得尤为重要。每一个地区、每一个城市、每一种环境都拥有不同的历史文化，而雕塑肩负着重要的教化责任。也就是说，当人们在欣赏雕塑时，除了被其优美的形式和所营造的高雅环境所陶醉外，还应该从中了解和领悟到当地所特有的历史人文信息，这就要求雕塑的设计内容必须与当地的历史人文环境和谐一致。雕塑作为整体环境有机构成的重要因素，与环境的关系是密不可分的。无论你身居闹市还是漫步幽林，当欣赏到一件设计合理、与周围环境和谐融洽的雕塑艺术品时，都会给你的身心带来愉悦和享受。

【名作欣赏】

◆ **中国秦代雕塑兵马俑欣赏**

◇ **中国秦代雕塑的艺术表现**

秦代的雕塑题材更加贴近生活，从功能上看，也逐步走向独立。最引人注目的就是大型陶兵马俑和铜车马。秦代承袭了春秋战国的朴实，作品趋于写实。秦代的瓦当艺术可以说是小件浮雕艺术之精品，大致上可分为卷云纹和动物纹，它们构思巧妙，变化多端。动物纹瓦当充满了雕塑趣味，如“子母鹿纹”瓦当，展现一只带着孩子的活泼腾跃的母鹿，在只有10厘米的空间内，把生机盎然的生命浓缩起来，有浓厚的装饰趣味。秦代的空心陶砖，多是龙、凤或狩猎、农耕的图案。这种始于春秋战国时期的艺术品种，自秦代开始愈加精美。其浮雕装饰纹样，无一不是飞动活跃的，这种艺术特征对后来的魏晋六朝时期有很大影响。

秦始皇兵马俑

◇ **兵马俑雕塑的艺术特征**

秦始皇兵马俑陪葬坑，是世界最大的地下军事博物馆。兵马俑整体风格浑厚、健美、洗练。工匠们用写实的艺术手法把它们表现得十分逼真，在这个庞大的秦俑群体中包容着许多显然不同的个体，使整个群体更显得活跃、真实、富有生气。纵观这千百个兵马俑，其雕塑艺术成就完全达到了一种艺术美的高度。无论是千百个形神兼备的官兵形象，还是那一匹匹跃跃欲试的战马，都不是机械地模仿，而是着力显现它们内在的生气、情感灵魂、风骨和精神。绝大部分陶俑形象都充满了个性特征，显得逼真、自然而富有生气。有器宇轩昂，略带傲气的，有头微低垂，沉静文雅的。这样恢弘的阵列、宏伟的构图，空前绝后，无与伦比。

◆ **中国东汉雕塑说唱陶俑欣赏**

◇ **中国汉代雕塑的艺术表现**

汉代是中国封建社会中最具魄力的一个时期，在盛衰变化中持续了400余年。西汉时期的中国雕塑艺术成就，突出表现在大型纪念性石刻和园林的装饰性雕刻上，其中汉朝骠骑将军霍去病墓石刻就是留存至今的一组非常具有代表性的大型石雕作品。东汉陶塑品种增多，多是反映农业生产的作品或反映庄园经济及阶级关系的。整体而言，汉代雕塑的主题内容具有叙事性和广博性的特点，雕塑的目的是纪事、教化人、陪葬或颂德。风格上具有简练、凝重、雄浑的特征。体量上往往具有力的气势和饱满。同时，汉代的雕塑善于运用线条来塑造形体，用线的形式创造速度。

说唱陶俑

◇ **说唱陶俑雕塑的艺术特征**

说唱陶俑高 55 厘米，是东汉时期作品，1957 年在四川省成都天回山出土。陶俑以灰陶作胎，手塑成形，左臂挟鼓，右手举槌作击鼓状，正忘情地进行说唱表演。其手舞足蹈的形态，眉飞色舞的表情，将一位汉代“说唱艺术家”展现得淋漓尽致，也反映了东汉时期高超的陶塑艺术水平。说唱者席地而坐，头部比例很大，裹着头巾，咧嘴笑着，挤出很多前额的皱纹，赤膊跣足，右臂环抱一个圆鼓，左手高扬鼓槌。这个说唱俑的表演仿佛已经进入了高潮，他神情激动，表情夸张，有点得意忘形，开始不自觉地手舞足蹈起来。这件作品的塑造手法，并非简单地模仿生活中的场景，而是采用了极其大胆夸张的手法，作品着重表现的是说唱者的神态，是他在表演过程中神情激昂的一瞬间。俑在汉代雕塑中有着十分重要的地位，题材广泛，内容丰富，从车马出行到侍卫家奴，从庖厨宴饮再到歌舞百戏，几乎无所不包，反映了汉代五彩斑斓的社会生活。尽管这些俑比起秦代的同类作品尺寸显得小了很多，但它们却表现出了强烈的写实主义风格，具有很高的艺术价值。

◆ **中国北朝雕塑麦积山 44 窟主佛像欣赏**

◇ **中国南北朝雕塑的艺术表现**

南北朝是一个佛教思想与儒学思想碰撞、交融的时期。统治者利用宗教大建寺庙，凿窟造像，产生大量石雕、木雕、泥塑、铸铜的佛像，佛像雕塑遂成为当时中国雕塑的主体。这个时期的雕塑题材日渐民族化，佛像的造型世俗化，在雕塑技法上多样化。这个时期的雕塑特点为较注重细部的刻画，技术更圆转纯熟，雕塑形象和题材大都为宗教题材，因而雕塑形象具有神化倾向和夸张的特征。宗教使雕塑艺术的题材单一化，但宗教精神的内在动力却也促进了大量精品的诞生。

◇ **麦积山 44 窟主佛像雕塑的艺术特征**

麦积山，地处天水市东南方 50 公里的麦积区麦积山乡南侧，是西秦岭山脉小陇山中

麦积山 44 窟主佛像雕塑

的一座孤峰，麦积山石窟为中国四大石窟之一。麦积山高达 142 米，石窟多凌空凿于20～70 米高的悬崖峭壁上，有崖阁、摩窟、摩崖龛、山楼、走廊。窟形有人字坡顶、方塌四面坡顶、拱楣、穹顶、方楣平顶、方楣覆斗藻井、方形平顶、圆形小浅龛、盂顶。这些不同类型的窟龛、崖阁，是研究中西文化交流和建筑结构演变、发展的实物资料。麦积山西魏早期造像中的主佛以母性形象为主，颇具几分王者和贵族之气，懿容与风姿雍容华贵，光彩照人。其中最为杰出的一尊塑像当属第 44 窟正壁主佛像，它不仅是西魏泥塑佛像艺术之巅峰，也是北朝石窟造像中的至尊之作。

佛像雕塑高 1.6 米，头上做右水涡纹高肉髻，内穿僧祇支，胸前系结，外披通肩袈裟，半结跏趺坐。肉髻、胸前、衣裙上均残存彩绘痕迹，覆于佛座前的悬裳衣褶俱呈圆转的线条，质感的厚重与线条的飘逸融为一体，既富于变化又舒畅自然，层次分明，且富有装饰趣味。施无畏印和与愿印的双手，虽然纤细柔美，但给人无限的慰藉与和顺的力量。花瓣般的衣裾间露出一足，圆润而圣洁，昭示佛之内心的纯净无染。佛面形方圆适中，眉宇间透露出睿智而深沉的灵气。鼻梁高而修直，与宽宽的额头相连，可以看出此尊主佛像已逐步从“秀骨清相，懔懔若对神明”向隋唐的丰腴过渡。佛像中最典型最明显的特征是那神秘的微笑。薄唇小口，笑靥微绽，端庄典雅，微微俯视，和蔼可亲。这是一种无念无挂的大自由状态，微闭的眼睛带有一丝含蓄，内敛的神情隐藏着一份自信，面部慈悲而庄严，娴静而宽容，矜持且淡然。入世的微笑、亲和的微笑、慈慧的微笑，拉近了神与人的距离。微笑与手印、服饰和姿态圆融无碍，使整座佛像流光溢彩、精美绝伦。

◆ 中国唐代雕塑龙门石窟卢舍那大佛欣赏

◇ 中国唐代雕塑的艺术表现

唐代的统一和安定带动了雕塑艺术的发展，出现了许多不朽佳作。总体而言，唐代雕塑艺术风格在不失本民族传统的基础上积极吸收其他民族丰富优秀的经验，在陵墓雕刻、随葬俑群、宗教造像等方面都取得了很高的艺术成就。雕塑艺术开始民族化，一些雕塑整体造型单纯、简洁、明快，有明显的中国写意的风格。到了唐代，飞天已经由外来艺术形式巧妙地融入自己民族的风格，形成自己艺术上独特的风格。佛教雕塑艺术的世俗化，拉近佛教与普通人的距离，因此唐代的雕塑是具有巨大包容性的。同时，唐三彩雕塑中对人物、动物的造型可以说已经达到了相当高的水平，唐三彩表现各种动态的骆驼、牛、马、羊等动物和仕女、普通百姓，雕塑者掌握动物和人物的结构比例，赋予创作的雕塑作品更高的精神气质。

龙门石窟卢舍那大佛雕塑

◇ 龙门石窟卢舍那大佛雕塑的艺术特征

龙门石窟是中国著名的三大石刻艺术宝库之一，位于河南省洛阳南郊12公里处的伊河两岸。经过自北魏至北宋400余年的开凿，至今仍存有窟龛2100多个，造像10万余尊。龙门唐代石窟中，奉先寺大像龛是最具代表性的作品。奉先寺位于西山南部半山腰间，后代称九间房。奉先寺在开窟造像时，别具匠心，一反常规，不采取全部开凿洞窟的方式，而是依山就势在露天的崖壁上雕造佛像，烘托出一种浑然天成的浩然大气。摩崖像龛南北宽36米，东西进深40.7米，为一巨型露天窟龛。

卢舍那大佛是龙门石窟最为壮丽的一尊石雕像，它典雅安详地坐在八角束腰涩式莲座上，其明丽秀雅、雍容高贵的气势，把大唐艺术推向了极致。据说卢舍那大佛是释迦牟尼的报身像，就是说，它是释迦牟尼的另一种身份或境界，是理想的化身。卢舍那大佛石雕像通高17.14米，头高4米，耳长1.9米。梵语“卢舍那佛”即光明普照、光辉普遍之意。大佛身着通肩大衣，自右肩回绕至左肩，覆盖着全身的舒缓的衣褶，飘逸而浩荡。看似流水，然而在薄薄的衣襞下却显示出壮硕躯体的健美之质感。透过佛身壮实厚重、韵律般的道道曲线，额面上大而弯曲的眉线和微微浮起的唇线，我们看到了旺盛的生命力和鲜活的艺术气息。大佛的身后光艳夺目，是马蹄形的神光和宝珠形的头光，突出了大佛器宇轩昂之势。身光上冉冉跃动的火焰纹，以及飘然飞动的飞天，给大佛以舒适悠然之动感。尤其是三层熠熠生辉的头光，使得原本不大的头部显得有质感，加上那长长的内削而下垂的耳垂，使其更加清丽幽静和厚重庄严起来。

◆ **古希腊雕塑《米洛斯的阿芙罗狄忒》欣赏**

◇ **古希腊雕塑的艺术表现**

希腊雕塑的题材多来自希腊神话，希腊神话中的人神同形，同性的观点，不仅仅是古代希腊文明完全不同于东方的人本主义精神的体现，也是古代希腊文明完全不同于东方，注重直观模仿自然理念的“模仿说”的体现。古希腊人崇拜英雄和他们那趋于完美的躯体。神只是比人间英雄更强壮更健美一些而已，他们的心灵并不比凡人更聪慧，品德也不高尚。对于神，凡人只是畏惧他们的神力。至于体格的健美，他们在人间就有范本。于是，对人体的忠诚表现，就成为表达崇拜的最淋漓尽致的方法。古希腊雕塑对人物神态、姿势、衣纹的处理技巧，多为后世所不及。在雕塑家的眼里，用恰当的线条、正确的比例来表达完美的理想，理所当然是最根本、最地道的方式。因为那些雕塑人物大都来自神话故事，所以被赋予浓厚的传奇色彩，或置身于某个突发的事件中。站在这些雕像前，你可以感受到一种或窒息的情景，或激烈的场面、或豪迈的气势。古希腊雕塑不具有某种单一的象征意义。它们没有宽阔的脑门来表现思想的伟大，也不用紧蹙眉头来表现思索或忧虑。雕塑家们更感兴趣的是身体结构的匀称、肌肉的强健圆润、腿脚的力量。雕塑本身，也是为了表达对这种完美的赞赏。身体与头部的比例，各个部分的大小和衔接，都在数百年的探索中找寻到了最趋于完美无缺的组合方式。古希腊雕塑的总体艺术表现是理想主义的、简朴的、强调共性的、典雅精致的，一句话概括是高贵的单纯、静穆的伟大。

◇ **《米洛斯的阿芙罗狄忒》雕塑的艺术特征**

米洛斯的阿芙罗狄忒是古代希腊雕塑进入高度成熟时期的经典之作。阿芙罗狄忒是希腊神话中爱与美的女神，在罗马神话中称维纳斯，她掌管人类的爱情、婚姻、生育和一切动植物的繁殖、生长。由于这尊大理石雕像在希腊的爱琴海域米洛斯岛被发现，因此被人们称为“米洛斯的阿芙罗狄忒”。然而我们所看到的并不是远离人间的神：她那匀称、妩媚的腰肢，丰腴起伏的乳房，柔软细腻而富有弹性的肌肤体现着健美的青春活力，也体现着古代希腊的人本主义精神，然而她那椭圆的脸庞、直鼻、窄额和丰满的下巴以及那含蓄、安详的面孔、微微扭转的姿势既来源于希腊女性又超越希腊女性，既模仿自然又超越自然的理想古典美的体现，难怪19世纪末法国著名的雕刻大师罗丹认为她是“奇迹中的奇迹”，“古典灵悟中的杰作，是理与情的结构，知与灵的合成”。虽然她的双臂已经残缺，但并不影响她的整体美感，无论人们从哪个方位欣赏，都能得到美的享受。古代希腊的艺术具有人类童年时代特有的纯净和理想化、理念化的端庄和典雅，这就形成了希腊艺术所特有的审美境界。

◆ **古罗马雕塑《卡拉卡拉像》欣赏**

◇ **古罗马雕塑的艺术表现**

古罗马是古希腊国土的征服者，却成了古希腊文化的被征服者。古罗马雕塑将古希腊

《米洛斯的阿芙罗狄忒》雕塑

雕塑艺术传统继承并发扬光大。古罗马雕塑艺术上承古希腊的优良传统，并融入了本土埃特鲁丽亚雕塑艺术和铸铜、石雕技艺，在古希腊和中世纪之间，发挥着承前启后、继往开来的作用。罗马雕刻艺术带有贵族气息，人物雕像大多以贵族、帝王为主；人物形象不及希腊雕塑生动、秀丽，而更多严峻、矜持的神情，但强调真实和个性；缺乏希腊雕刻中那种丰富的想象力，以及对力量和动态美的刻画，人物大多陷于凝神沉思中。

◇《卡拉卡拉像》雕塑的艺术特征

《卡拉卡拉像》雕像

《卡拉卡拉像》是一尊大理石胸像，高 50 厘米，约创作于公元 209 年，现收藏于巴黎卢浮宫。罗马帝国前期的肖像雕塑作品在刻画人物的性格特点方面曾经达到了近乎完美的境界，雕塑家们往往采用丰富的构图来加强形象的个性特征。不仅眼球被栩栩如生地刻画出来，而且在脸部肌肉处理上也赋予某种情绪，使人物的个性通过脸部的各个细节展现得惟妙惟肖。这尊《卡拉卡拉像》是所有这类作品中最优秀的，代表了罗马肖像雕塑的顶峰。

卡拉卡拉是罗马历史上著名的嗜血成性的暴君，他在位时对内外均采取暴虐的手段，并残酷杀害不少自己的兄弟和朝臣，他自己后来则死于罗马近卫军司令的手中。在这尊雕像中，我们可以清晰地看到一张性格鲜明的脸：方方的脸庞，嘴角内收，头部低斜，紧锁双眉，多疑而凶残的眼睛流露出凝滞的眼神。雕像五官轮廓清晰，眼睛的刻画令人叹为观止，那是一双充满着复杂感情的眼睛：凶恶、暴躁、多疑、恐惧。残暴和屠杀为他消灭了许多敌人，同时也造就了他对一切都充满了怀疑和恐惧的内心世界。一头卷曲的头发和满脸的胡须则进一步强化了他那凶残的性格。这一雕像在表现人物性格特点的艺术技巧上，达到了罗马雕塑的最高成就，在整个世界美术史上也是十分少见的。

◆ 文艺复兴雕塑《大卫》欣赏

◇ 文艺复兴雕塑的艺术表现

文艺复兴是欧洲历史上一次伟大的思想文化运动，在这个复兴的时期，人和现实世界重新又受到关注，由此产生的人文主义思想成为对抗中世纪宗教神权观念的有力武器，为新世界的诞生和确立发挥着重要的作用。文艺复兴时期的雕塑，从本质上说，体现了人文主义的精神，人们开始意识到自身的美，并开始复兴古希腊的那种具有很强再现客观事物的艺术手法。他们追求古希腊人追求过的那种错觉性效果，让人们把美术品当做是真实生活的写照，当成是可感、可触、可知的事物。雕塑家从人的尘世美与真的方面来表现人，创作了富有立体感和尘世坚定信念的雕塑。

◇《大卫》像雕塑的艺术特征

雕塑巨匠米开朗基罗创作了一系列的杰作，其中的大卫像是市民反侵略的象征。大卫云石雕像，高2.5米，连基座高5.5米，由米开朗基罗创作于公元1501—1504年，现收藏于佛罗伦萨美术学院。这尊雕像被认为是西方美术史上最值得夸耀的男性人体雕像之一。据圣经《旧约全书》载，大卫是以色列国的一个少年牧童，由于他勇敢杀敌，为国建立了奇功，遂成为以色列国的首领。在基督教教义里，大卫作为爱国的英雄记述。雕塑家为使雕像具有象征性，创作了一个青年壮士的形象。大卫双目凝视着远方，正准备着投入一场新的战斗，左手拿着挂在肩上的投石器，怒目而视，身体的每一块肌肉都表现出内心的激烈情绪。这种瞬间动态所反映出的意志紧张的高度集中，赋予英雄人物形象以严厉的威力，仿佛一个满怀献身的悲壮，以凛凛气势降临人间的巨人。作品寄托了米开朗基罗的政治理想，表现了人对自身力量的肯定。为了使雕像在台座上显得雄伟壮观，艺术家有意放大了它的头部和两个胳臂，观者的仰视角度，在视觉上显得坚挺有力。不仅如此，《大卫》雕像是文艺复兴人文主义思想的具体体现，它对人体的赞美，表面上看是对古希腊艺术的“复兴”，实质上表示着人们已从黑暗的中世纪桎梏中解脱出来，充分认识到了人在改造世界中的巨大力量。米开朗基罗在雕刻过程中注入了巨大的热情，塑造出来的不仅仅是一尊雕像，而是思想解放运动在艺术上得到表达的象征。作为一个时代雕塑艺术作品的最高境界，《大卫》将永远在艺术史中放射着不尽的光辉。因此，这座雕像对欧洲乃至全世界都具有深远的意义，被称为“公共的纪念碑”。

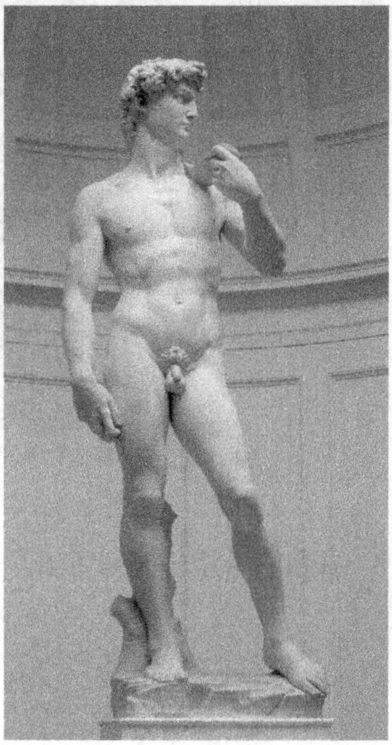

《大卫》雕像
（米开朗基罗·意大利）

【自我感悟】

◆ 自我欣赏佳作

◇ 中国宋代雕塑《老君岩》欣赏

《老君岩》

◇ 中国当代雕塑人民英雄纪念碑《五四运动》浮雕欣赏

《五四运动》

◇ 古希腊雕塑《掷铁饼者》欣赏

《掷铁饼者》

◇ **文艺复兴雕塑《摩西像》欣赏**

《摩西像》

◇ **巴洛克雕塑《阿波罗和达芙妮》欣赏**

《阿波罗和达芙妮》

◆ **自我欣赏导引**

○《老君岩》是我国现存最大的道教石雕，在泉州清源山风景名胜区主景区内，为全国重点文物保护单位。老君岩雕塑创作于宋代，据《泉州府志》记载：“石像天成，好事者为略施雕琢。”寥寥数语，使之更具有神秘色彩。石像高 5. 63 米，厚 6. 85 米，宽 8. 01

米，席地面积为55平方米。石像头戴风帽，额纹清晰，两眼平视，鼻梁高突，右耳垂肩，苍髯飞动，脸含笑容，左手依膝，右手凭几，背屏青山，巍然端坐，更显空山幽谷，离绝尘世。头、额、眼、髭、须等细雕刻独具匠心。整个石像衣褶分明，刀法线条柔而力，手法精致，夸张而不失其意，浑然一体，毫无多余痕迹。逼真生动地表现了老人慈祥、安乐的神态，因而成了一种健康长寿的象征。

○ 人民英雄纪念碑《五四运动》浮雕镶嵌在纪念碑基座，高200厘米，长354厘米，作者是著名雕塑家滑田友。浮雕生动再现了1919年5月4日，北京学生数千人在天安门前集会示威游行的场面：他们高呼“外争国权，内惩国贼”，“拒绝在和约上签字”、“取消二十一条”等口号，要求收回山东被日本夺去的权力和帝国主义放弃在华特权。后来他们遭到军阀的镇压，激起了全国人民的愤怒，许多城市的工人、学生罢工罢课。该浮雕人物众多，各具特性。

○《掷铁饼者》是古希腊著名雕塑家米隆的代表作。它为大理石雕像，高约152厘米，收藏于罗马国立博物馆。公元前449—前334年是希腊雕塑艺术的全盛时期，艺术史上称为古典时期，大量优秀的雕塑作品出自这个时期。《掷铁饼者》就是现存流传最广的艺术杰作之一，也是古希腊雕塑艺术的里程碑，显示出希腊雕刻艺术已经完全成熟。雕塑赞美了人体的美和运动所饱含的生命力，表现了作者高超的艺术技巧。虽然原作已经失传，但我们仍能从复制品中感受到那生命力爆发的强烈震撼，也是我们研究古希腊雕刻的重要资料。

○《摩西像》，云石雕像，高255厘米，米开朗基罗创作于公元1515—1516年，现位于罗马梵蒂冈圣彼得大教堂。摩西是圣经旧约全书中的以色列人的首领，他曾带领几十万以色列男女老幼走出埃及，在红海彼岸的西奈半岛过上安定的生活。在西奈山上，摩西还为以色列人订立了十项律法，名为《摩西十诫》。但有一个名为亚伦的人触犯了《十诫》，鼓动人们膜拜异教偶像；摩西闻讯大怒，并将刻有十诫的石板摔碎。米开朗基罗的这尊雕像表现的就是摩西愤怒的瞬间。雕像中的摩西是一位体格强健的老者，头上长有象征“神”的一对犄角，身穿薄薄的无袖上衣，肱中的衣褶搭在两膝间。他双臂肌肉发达，手上青筋暴露，仿佛积蓄着无穷的力量。他一手抚弄着长及腰间的胡须，一手扶着刻有《十诫》的法版，头强烈地向左侧扭动着，威严而冷峻的双眼圆睁着，怒目而视，神情紧张，脸上充满了警觉的敏感。

○《阿波罗和达芙妮》是巴洛克雕塑艺术的杰作，是17世纪意大利雕塑家贝尼尼的代表作。贝尼尼的雕塑技巧娴熟，雕琢大理石如同刻蜡一样自如，所以雕像如同绘画一样极富表现效果。该作品取材于希腊神话，描绘的是光明神阿波罗向河神女儿达芙妮求爱的故事。雕像表现了阿波罗的手触到达芙妮身体时的一瞬间。两人都处在乘风奔跑的运动中，身体轻盈，姿态优美。达芙妮的身体已开始变成月桂树，行走如飞的腿幻化为树干植入大地，飘动的头发和伸展的手指缝中长出了树叶，整个雕像有一种动荡的感觉，充满了表现力。从优美流动的曲线变化和纤细柔美的风格上，可以看出贝尼尼对纯正古典美的深刻理解和掌握，这是他对希腊古典雕刻艺术的继承和发展。

◆ **拓展资料**

○ 梁思成：《中国雕塑史》，百花文艺出版社 2007 年版。
○ 贺西林：《寄意神工：古代雕塑》，生活 · 读书 · 新知三联书店 2008 年版。
○ 何宝民：《中国雕塑名作欣赏》，海燕出版社 2006 年版。
○［英］Sirrocco 公司：《大师雕塑 1000 例》，国际出版公司 2008 年版。
○ 楼庆西：《雕塑之艺》，生活 · 读书 · 新知三联书店 2006 年版。
○［美］安德鲁：《生动的材料——雕塑家手册》，广西美术出版社 2006 年版。
○ 傅雷：《希腊的雕塑》，中国美术出版社 2006 年版。
○ 王红媛：《世界艺术史——雕塑卷》，东方出版社 2003 年版。
○ 王宁宁：《雕塑艺术》，山西教育出版社 2008 年版。
○ 温洋：《公共雕塑》，机械工业出版社 2006 年版。
○ 孙江宁：《如何欣赏雕塑》，中国社会出版社 2006 年版。
○ 马钦忠：《雕塑空间公共艺术》，学林出版社 2004 年版。
○李松：《中国古代雕塑——中国文化与文明》 外文出版社 2003 年版。
○ 冯贺军：《雕塑鉴识》，广西师范大学出版社 1995 年版。

【活动创编】

◆ **活动主题**

○ 为什么说雕塑艺术的根本特点是立体造型？雕塑艺术还有哪些特点？
○ 以秦代兵马俑和汉代霍去病墓石刻群为例，说明秦汉雕塑艺术特色的不同。
○ 分析法国巴黎凯旋门上的《马赛曲》浮雕所表现的内容。
○《掷铁饼者》表现了古希腊民族的什么精神？试加以分析说明。
○ 怎样才能品味雕塑艺术之美？举例说明。

◆ **创编项目**

○ 拍摄 10 张学校和市区内的雕塑作品。
○ 针对学校的校园布局提出你设计雕塑布置的构思，并画出平面图。
○ 组织一次对学校所在地的市区进行雕塑景观调查的活动。

模块九　中外绘画艺术欣赏

【欣赏名言】

画事，无虚不能显实，无实不能存虚，无疏不能成密，无密不能见疏。是以虚实相生，疏密相用，绘事乃成。

——潘天寿

【知识导入】

◆ 绘画艺术的内涵

绘画是美术中最通俗最常见的一种形式。绘画是运用线条、形体、色彩、明暗、笔触等造型语言在二维平面上塑造艺术形象，以表达人的思想感情的艺术。绘画区别于建筑、雕塑等其他造型艺术的特征就是其实体的平面性，即画家是在平面的材料（如画布、画纸、墙面等）上进行描绘。通过描绘，画家创造了一个视觉空间，即画面上的形象构成了与现实生活有一定联系的，但却是视觉上的，也即虚幻的空间。由于画家表现的内容和艺术风格不尽相同，绘画作品呈现出的空间面貌也各具特点。绘画是在二维平面上创造三维空间的艺术，因此把它称为“视觉空间的艺术”。绘画作为一种平面的艺术形式，要把握住欣赏的关键，应理解绘画所体现的艺术特征。

◇ 二维空间上的三维空间创造

现实世界是一个运动着的三维空间，绘画是在二维空间上，将现实世界的物象的立体性、物象的空间关系表现出来，并给人以真实的感受。这种艺术主要是利用人对物体距离的知觉线索和知觉经验来创造图像和构成画面。物体立体感的创造，主要利用物象形体结构和光影明暗变化表现物象的凹凸，造成有距离感的立体幻象。要表现物体间的距离和深远空间，主要利用以下五个因素：物象的大小、遮挡关系、透视变化规律、色彩变化、虚实变化。

◇ 主观世界的多样描绘

绘画善于描绘，在照相术发明之前，绘画是唯一能在平面上存形状物的手段。画家们都非常注重描绘的真实准确，将客观对象的状貌、形态、结构、光影、明暗、色彩、质感、空间等，都力求描绘得具体而精确。由于人的主观世界的复杂性，以描绘对象为媒介、以表现主观世界为主的表现性作品，也就呈现出多种多样的面貌。也正是因为人的主观世界的多面性，作者对主观世界表现的艺术语言往往是个体性的探索，有的如同密码般地缺乏共识性，致使很多作品让人难以破解。

◇ 不同画种的艺术美

不同画种，由于工具材料、制作方法、艺术技巧等的独特性，各自形成了不同的艺术趣味和形式美感。这种艺术美的表达创作，还体现了画家驾驭该画种艺术语言的功力，画家运用笔法、墨法、刀法、色彩、构图等所给予人们的美感。

◇ **构图是绘画的基础**

构图的成功与否，对作者来说，关系到能否表达构思和构成形式美感；对观赏者来说，能否被绘画感染和打动，也首先来自构图的形式和总体形象。把握和分析构图的能力，是体现鉴赏水平的重要方面。

◆ **绘画艺术的类型**

绘画的种类很多，也有不同的分类方式。根据绘画的工具材料分类，绘画可以分为中国画、西画和版画几大类；根据绘画的题材内容分类，绘画可以分为人物画、风景画、山水画、花鸟画、历史画、宗教画、肖像画等。我们通常采用的是第一种绘画分类的方法。

◇ **中国画**

中国画是中国传统绘画的统称。就材料而言，西方的油画不存在国别之异，所以人们一般不称“英国画”、“法国画”，而具有悠久历史的中国绘画在东方已形成了独立体系，“中国画”因此而得名。从广义上说，中国画应当包括中国传统绘画的各种类别，但通常指的是以水为调和剂，以墨为主要颜料的一类，又可称为水墨画或彩墨画。中国画的工具材料为我国特有的笔、墨、纸、砚和绢素。中国画又有白描、工笔重彩、写意之分。

白描也称为工笔白描，指的是不着颜色，纯用墨线勾描物象。白描是以线为表现手段的画法，依靠线本身的粗细、刚柔、方圆、巧拙、疏密等变化来表现各种物象；工笔重彩即浓重色彩的画法。以矿物质颜料和粉质颜料为主，画面以色为主，设色浓重、艳丽、华贵，给人以高雅、富丽堂皇的感觉。重彩一般采用积染套色的方法，所谓“三矾九染”，就是指此种画法。每遍施色薄，层层加深，数遍之后加染一遍胶矾水以固定已上的颜色，使得画面色彩厚重、沉着；写意画顾名思义是与工笔画相对应而言的一种画法。它要求用粗放、简练的笔墨，画出对象的形神，表达作者的创意。写意画又分大写意、小写意、兼工带写。但在一般画法上并不是截然分开的，也就是说从工笔到大写意之间没有绝对的界限。

◇ **西画**

西画是指区别于中国传统画体系的西方绘画，包括油画、素描、水彩画、水粉画、丙烯画等。传统的西画注重写实，以透视和明暗方法表示物象的体积、质感和空间感，并要求表现物体在一定光源照射下所呈现的色彩效果。

油画是西方绘画最重要的画种之一。它是以油为调和剂来调和颜料，在经过制作的不吸油的平面上描绘而成的绘画。素描又称单色画，广义上指的是以任意一种材料作单色的描绘，狭义上指用铅笔、钢笔、木炭笔等在纸上绘出形象。水彩画、水粉画是以水调和颜料创作的绘画，大多画于纸上。水彩画特别借助水对颜料的渗融效果及纸的底色，产生画面的透明感及轻快、湿润的艺术特色。水粉画颜料有一定覆盖力，又易于被水稀释，可用干、湿、透明、厚积等不同表现方法作画，其特点兼有水彩画的明快和油画的浑厚。丙烯画就是用丙烯颜料绘制的画。丙烯画坚固耐磨，耐水，抗腐蚀，抗自然老化，不褪色，不变质脱落，画面不反光，画好后易于冲洗，适合于架上画、室内外壁画等。

◇ **版画**

版画是在不同材料的版面上刻画形象后印制而成，它最大的特点是可以连续重复印制。由于版材的性质与刻印方式的不同，版画可分为若干品种，主要有：木版画、铜版画、石版画等。

木版画是在枣木、梨木或胶合板上刻去形象之余的部分成凹版，留下有形象的凸版，用油质或水质颜料拓印于纸上。它造型简括，明暗强烈，有刀刻韵味的特点。铜版画是在铜版上用腐蚀液腐蚀出表现形象的凹线后印制而成，也有的直接用刀在铜版上干刻。铜版画比木版画细腻、层次丰富，主要以光影明暗效果为艺术特色。石版画是用特制的墨笔在石面上作画后进行化学处理，使墨笔画出的形象可以印制在纸面上。石版画也具有层次丰富、表现力较强的特点。

◆ **绘画艺术的语言**

欣赏绘画作品，仍然需要同欣赏其他的艺术作品一样，首先应明确它独特的艺术表现语言。线条、形体、色彩、明暗、构图等艺术语言都在绘画中体现出来。可以说，绘画的语言是丰富多彩的，但最重要的有以下几个方面：

◇ **线条**

线是在空间中具有长度和方向性的细长形象，线条是绘画中最生动的部分，是构成物象、表现画家情感的符号。中国画是以线条造型为主，最讲究和注重线条的运用。例如王叔晖的《西厢记》，继承中国画线描的优秀传统，并吸收西画的透视解剖法，用笔精细，人物造型准确，形态逼真，细节刻画细致入微，线条犀利，布局考究，艳丽典雅。她所塑造的仕女形象美而不媚，清秀生动，保持了唐宋以来工笔重彩人物画的优良传统。

归纳起来，线条主要分为两大类：直线和曲线。通常水平线给人宁静、安详、广阔的感觉；竖直线给人挺拔、伟岸、高洁、孤傲的感觉；倾斜线给人危险、不稳定、向下运动的感觉；折线给人不安、痛苦、挫折的感觉；波状线给人流畅、活泼的感觉；圆弧线给人充实、饱满、圆润的感觉。所以，线条的运用在绘画中非常重要。

◇ **形体**

形体在绘画中不仅指具体物象的形貌，还指这种形貌所暗示的情感倾向特征。形体是写实性和象征性的融合。例如法国画家布拉克《埃斯塔克的房子》，便是一件典型作品。布拉克试图通过对空间与物象的分解与重构，组建一种绘画性的空间及形体。在这幅画中，房子和树木皆被简化为几何形。这种表现手法显然来源于塞尚。塞尚把大自然中的各种形体归纳为圆柱体、锥体和球体，布拉克则更加进一步地追求这种对自然物象的几何化表现。他以独特的方法压缩画面的空间深度，使画中的房子看起来好似压扁了的纸盒，而介于平面与立体的效果之间。景物在画中的排列并非前后叠加，而是自上而下地推展，这样，使一些物象一直达到画面的顶端。画中的所有景物，无论是最深远的还是最前景的，都以同样的清晰度展现于画面之上。

◇ **色彩**

色彩是绘画中最富情感性质的要素，它的变化最为丰富和微妙，能够直接作用于人的感官，产生心理上的效果。一方面，每个人都对不同的色彩有着自己的偏爱；另一方面，色彩随着他们的纯净程度和明亮程度的改变，它所具有的情感意义也会发生变化。红色是兴奋、欢乐、喜庆的象征，同时也是危险和灾难的标志；黄色给人光明、辉煌、轻松的印象；绿色象征生命，也含有稚嫩和青春的意味；蓝色让人感到宁静、平和，又是冷峻、沉默和博大的象征；紫色给人高贵、优雅和富足的感觉等。例如法国画家莫奈的《日出》，用一组色彩，以它们之间的组合与影响来表现晨曦间的景象，画的色调是微暗透出明亮，以青色为主调。

◇ **构图**

所谓构图，就是在画面中恰当安排各种点、线、色彩、明暗等，使其形成一个同内容相吻合协调的整体。构图虽然没有定法，但通常也有规律可循，供我们欣赏时参考：矩形构图给人庄重、饱满、理性的感觉；三角形构图给人以完整、稳定、永恒的感觉；倾斜形构图给人不稳定，富于运动感的印象；菱形构图具有扩张感，紧张而有力度；圆形构图显得饱满丰富；十字形构图平静而肃穆；S形构图，多样而统一。例如达·芬奇的《岩间圣母》，作品给人一种安静、和谐、恬淡的感觉，就像是一个幸福的家庭中常见的场面。原因就是此画以圣母居图中央，她右手扶婴孩圣约翰，左手下坐婴孩耶稣，一个天使在耶稣身后，构成三角形构图，并以手势彼此响应，背景则是一片幽深岩窟，花草点缀其间，洞窟通透露光。此画虽属传统题材，但是表达手法和构图布局皆表明达·芬奇的艺术水平之高深。人物、背景的微妙刻画，烟雾状笔法的运用，科学地写实以及透视、缩形等技法的采用，都表明了他在处理逼真写实和艺术加工的辩证关系方面达到了新的水平。

【欣赏引导】

画的视觉空间特征决定了绘画欣赏的方式是看，因而提高绘画欣赏力的唯一方法也是看。绘画语言中的形、光、色、结构等要素都是具有审美感染力的表象符号，不同艺术家运用它们的方式不同，就产生出具有不同个性的艺术作品。因此，对于欣赏者而言，面对风格各异的作品，欲获得欣赏的愉悦、达到欣赏的层次，就需要掌握一定的知识与方法。概括而言，有下列几个方面：

◆ **了解绘画作品的相关背景**

了解作品的时代特征和产生的原因、背景，领悟作品的意蕴以及作品的结构、形式的特点，才能达到与作品在感情上的交流。绘画作品作为意识形态的一部分，是特定社会和文化的产物，而生活在这个社会和文化氛围的艺术家，他的任何作品都必然受到他所生存的那个社会和文化的约束。在不同的社会和文化背景下，艺术家的创作所针对的问题也就不同，因而其创作意图就会大相径庭。例如文艺复兴时期的西方艺术家的创作意图可能会通过宗教题材表达他对现实的态度，而中国的文人画家的创作意图则可能是通过梅、兰、竹、菊或山水来表达他的个人情操和笔墨情趣。例如，席里柯的《梅杜萨之筏》创作意图也非常明确。这是一场特大的惨剧，但法国政府为了逃避官方的责任，对此事只做了简短的报道。这一事件遭到舆论的一片哗然，席里柯也格外愤慨，他要以此为题，创作一幅饱含激情和想象力的画，让它再现出那惊心动魄的场面。它是对法国政府的逃避责任的一种强烈抗议和控诉。这也是浪漫主义绘画的重要元素，注重感情的宣泄与表达。

◆ **掌握绘画作品的欣赏标尺**

注意积累文化史和艺术发展史的知识，力求把握绘画的发展脉络，把握代表作品的特征，从而获得一些赏析绘画的标尺。绘画世界是一个立体的现象，从纵向上看，是绘画的演变与发展。比如西方绘画经历了古代（古希腊和罗马），中世纪（公元5—14世纪），文艺复兴时期（15、16世纪），17、18世纪和近现代等大的历史阶段。各个历史时期的艺术理想和艺术表现风格都不相同。我们一般把文艺复兴时期到19世纪初的西方绘画称为古典绘画，即造型基本上是写实的，作品很完整，其美学倾向是典雅与和谐。但在整个古典绘画中，又有风格的演变。

◆ 培养绘画艺术形式感觉

欣赏的实质不是表象的观看，而是感觉。面对画作，作品的整体面貌在瞬间便直逼眼帘。作品的艺术特征触动、撩拨、撞击、刺激着人的感官神经，形成审美的心理活动。线条是绘画诸多要素中最生动的部分，是画家从自然真实中抽取出的一种有抽象意味的语言。形体在绘画中不仅指具体物象的形貌，还指这种形貌所暗示的情感倾向特征。色彩是绘画中最富情感性质的要素。与色彩相关的是色调。特别是在油画中，色调是构成主题思想与意境的重要因素。动感也是绘画中的重要因素，它既指通过构图和造型形成的某种感觉效果，又指涵盖其他因素形成的画面整体精神。此外，在绘画中起作用的还有笔触、质感、体量感等因素。所有这些要素在一幅幅画中组成有机整体，有时艺术家也侧重地强调某种要素。因此，培养和提高欣赏力重要的方法是多看。

◆ 尊重自我对绘画的感觉

欣赏绘画是一种见仁见智、原无定法的创造性活动。由于欣赏主体的年龄、经历、修养与趣味各异，同样看一幅画，获得的感受结果自然也相异，这是正常的。实际上，人们喜爱一幅绘画绝不会有站不住脚的理由。某人喜爱一幅风景画也许是因为画面使他想起自己的家乡；喜爱一幅肖像画也许是因为画面使他想起一位朋友。当我们看到一幅画时，难免会想起许许多多东西，牵动自己的爱憎之情。只要它们有助于我们欣赏眼前看到的东西，大可听之任之，不必多虑。欣赏绘画的动机，在于人们希冀通过艺术理解历史文化，也理解自身的意义。因此，在欣赏绘画艺术作品时，要尊重自己对画作的直觉，在画作面前驰骋自己的联想和想象，达到心旷神怡的最佳审美境界。

【名作欣赏】

◆ 中国古代山水画《雪景寒林图》欣赏

◇ 中国古代山水画的艺术表现

山水画是中国画的一个重要分支，从隋朝开始出现了山水画。山水画就是中国的风景画，但又不是简单地描摹自然的风光，而是画家精神的诉求与流露，是画家人生态度的表达，是画家人生追求的体现。中国山水画的艺术表现在以下几个方面：

○ 山水画的意境。山水画的意境就是山水画所创造的境界，主张以意为主，强调表现，意造境生，营造“山性即我性，山情即我情”的境界，山水画创造的意境不光是优美的景色、山川的风光，更多的是画家理想境界的追求，是超脱于烦琐与庸俗社会的心灵居所，山水画的境界给人的是可观、可行、可游、可居的神游场所，不论是北宗山水还是南宗山水，所表现的意境与功能无不如此，或是仙境一般的缥缈神奇，或是悠闲农夫渔樵的隐居之所。文人山水画多表现的是逸居山林的情趣、素朴自然的水墨风光，也是超脱于人间的世外桃源。不同的人都可以找到自己心灵居所。这也是画家与观者的心灵沟通。

○ 山水画的章法。中国画讲究立意定景，远则取其势，近则取其质，并巧妙地运用画面的空白，使无画处皆成妙境。中国画有着“细细看，面面观，看得透，窥得穿”的要求，既能从山前看到山后，从山下看到山上，从房内看到房外，这种要求是为了满足“饱览卧游”的需要，使咫尺千里的美景尽在眼前。山水画的构图法，在长时间的实践中形成了“三远法”，即平远，自近山而望远山而谓之，如郭熙的《窠石平远图轴》；高远，自山下而仰山巅谓之，如荆浩的《匡庐图轴》；深远，自山前而窥山后谓之，如巨然的《万壑松风图轴》。高远之色清明，深远之色重晦，平远之色有明有晦。山水画的透视法也不同于西洋绘画的定点透视法，而是无焦点的无点透视，但山水画的视点推移的法则正好能满足中国人欣赏山水画的需求。

○ 山水画的笔墨。笔墨是重要的审美要素之一，用笔用墨是自然融注在绘画当中的，一幅好的绘画不光题材、内容、造型和构图等要好，用笔用墨的功夫也是极其重要的。若笔墨不佳，则此画必不佳。但笔墨是为绘画服务的，不能为了笔墨而笔墨，不顾一切地追求笔墨只会脱离实际，从而成为玩弄笔墨的形式主义。用笔讲究点、勾、皴、擦之法和下笔的轻重、疾徐、偏正、曲直、侧笔、圆笔、中锋、偏锋、逆锋等。用墨讲究淡墨、浓墨、泼墨、积墨、焦墨以及破墨飞墨诸法，此外还有“五墨”、“六彩”之说。用笔与用墨的变化既是不同绘画的需求，也是不同画家的修养与绘画风格的体现，最高的境界应是心手合一、笔随心运、水墨淋漓、自然天成，而不是矫揉造作、故弄玄虚。

○ 山水画的设色。山水画的设色是“随类赋彩”、“以色貌色”的，强调对象的固有颜色，但也并不是很客观地描摹自然。主观赋色的情况也很多，像金碧山水、青绿山水；浅绛山水的设色也带有一定的主观性。可见山水画的设色是很慎重的，好的设色能更好地体现画面效果，更多的还是墨色上的体现。

○ 山水画的技法。传统山水画的技法比较集中地体现在山石的皴法上，有荷叶皴，披麻皴，解索皴，乱柴皴，牛毛皴，大、小斧劈皴，折带皴，卷云皴，雨点皴，豆瓣皴等，我们将其概括为三大类：线皴（以披麻为主）、面皴（以斧劈为主）、点皴（以豆瓣、雨点为主）。

○ 山水画的诗印。山水画讲究“诗中有画，画中有诗”，因此，以书意入画很常见。一幅画的题诗、题字与落款的好坏也能绝好地体现书法与绘画的关系，题得好，就有画龙点睛之妙，题得不好，免不了有佛头着粪的缺点。落款的形式多种多样，也是画面的一个重要组成部分。它既可以抒发情感，又可以增加山水画的形式美感。印章也和题跋一样，是书画不可或缺的一部分，好的印章能为画面添色不少。

○ 山水画的流派。中国山水画的流派众多，唐代主要有以大小李将军为代表的青绿山水一派和以王右丞为代表的水墨一派。唐末、五代主要有以荆浩、关仝为代表的北方山水画派，以董源、巨然为代表的南方山水画派。两宋山水基本上继承了五代山水的格局，出现了李成、范宽及李、刘、马、夏等诸多著名画家，米家父子的山水也影响非凡。元代是文人画极盛的时期，赵子昂和元四家是元代山水画成就的典型代表。明代山水有吴门画派，以及戴进、吴伟继承的南宋院体风格。清代山水有以四王为代表的摹古守旧派和以四僧为代表的革新派。近代山水有海上画派、岭南画派和金陵画派等。

《雪景寒林图》（范宽）

◇《雪景寒林图》绘画的艺术特征

范宽是北宋最著名的山水画家，范宽以擅长画北方峰雄岭峻之巍然而著称。范宽于唐末战乱时隐居终南山、太华山麓，与“千岩万壑”为伍。北方的大山大川孕育了他崇尚雄峻之美的情怀。《雪景寒林图》是范宽代表作之一。画中突兀的高峰拔地而起，成为视觉中心，前景的大石、密林、溪流与山径都被推挤在紧凑的空间中，成为中峰的烘托。《雪景寒林图》气势磅礴、境界深远、动人心魄，生动地描绘出秦地雪后山川、林塑如诗景象。笔墨浓重润泽，层次分明，皴擦、渲染并用。画家以粗壮的线条勾勒山石、林树，结实、严紧，用细密的“雨点皴”表现山石的质感。皴擦烘染时，注意留出坡石、山顶的空白，以强调雪意。此外还注意画出林木浓密、枝丫锐利的感觉。此画被誉为“写山真骨”，一个“真”字，道出了五代、北宋时期山水画富有具体山水对象的真实感的特征。

◆ 中国古代花鸟画《荷花孤禽图》欣赏

◇ 中国古代花鸟画的艺术表现

花鸟画是中国画的另一支脉。花鸟画是以动植物为主要描绘对象的中国画，有花卉、蔬果、草虫、畜兽、鳞介等分支。它与中国传统美学相适应，以写生为基础，以寓兴、写意为归依，注重“夺造化而移精神遐想”。

○ 花鸟画的意境。花鸟画的立意往往关乎人事，它不是为了描花绘鸟而描花绘鸟，不是照抄自然，而是紧紧抓住动植物与人们生活遭际、思想情感的某种联系而给以强化的表现。它既重视真，要求花鸟画具有“识夫鸟兽木之名”的认识作用，又非常注意美与善的观念的表达，强调其“夺造化而移精神遐想”的怡情作用，主张通过花鸟画的创作与欣赏影响人们的志趣、情操与精神生活，表达作者的内在思想与追求。花鸟画的意境一格起于唐代，经宋代文同、苏轼等画家发展而成为花鸟画的主流。“意境”有两层内涵：一是写物象之意，捕捉物象的精神；二是写胸中之意，借形象传达情感。松、梅、竹、菊在花鸟画中所以成为“永恒”的题材，是因为画家赋予它们以高洁、坚强等人的品质。

○ 花鸟画的构图。花鸟画的构图就是事物矛盾对立统一的规律在画面上的具体运用。诸如：宾主、虚实、开合、纵横、牵让、详略、大小等，都是矛盾对立的双方。好的构图就是将这些统一在画面里，并达到完美的艺术境界。花鸟画最小的构图单位即为“两线”和“三线”，“两线”概括为十六字诀，即一长一短、一大一小、一多一少、一纵一横。“三线”概括为主线、辅线、破线。花鸟画的构图可以呈现出三角形、之字形、十字形的形式。花鸟画的构图，突出主体，善于剪裁，时画折技，讲求布局中的虚实对比与顾盼呼应，而且在写意花鸟画中，尤善于把体现画意的诗歌题句，用与画风相协调的书法在适当的位置书写出来，辅以印章和题款，成为一种以画为主的综合艺术形式。

○ 花鸟画的分类。花鸟画分为没骨花鸟画和写意花鸟画两大类。没骨花鸟画是一种用各种颜色或墨直接渲染出物体形象的方法。对工笔画来说，它比较随意，对写意画来说，它比较工细。而写意花鸟画又可分为大写意和小写意，小写意是通过相对（工笔花鸟画）比较自由的方法表现对象的形态、特征，特点是真实、生动，是花鸟中一种比较普遍的画法；大写意在中国画中是一种比较难掌握的画法，需要有很好的基本功，在表现对象的时候，带有很强的主观性，造型大胆、夸张。它的特点是具有很强的抒情性、创造性、趣味性，给人一种潇洒、气派、落落大方的艺术感受。

○ 花鸟画的流派。历代花鸟画家辈出，突出的如唐代薛稷的鹤、边鸾的孔雀、刁光胤的花竹；五代郭乾晖的鹰，黄筌、徐熙的花鸟；北宋赵昌的花、崔白的雀、吴元瑜的花鸟；南宋吴炳的折枝、林椿的花果、李迪的禽；元代李衎的竹、张守中的鸳鸯、王冕的梅；明代林良的禽，陈淳、徐渭的墨花；清代朱耷的鱼、恽寿平的荷、华喦的鸟；近代吴昌硕的花卉等。

◇《荷花孤禽图》绘画的艺术特征

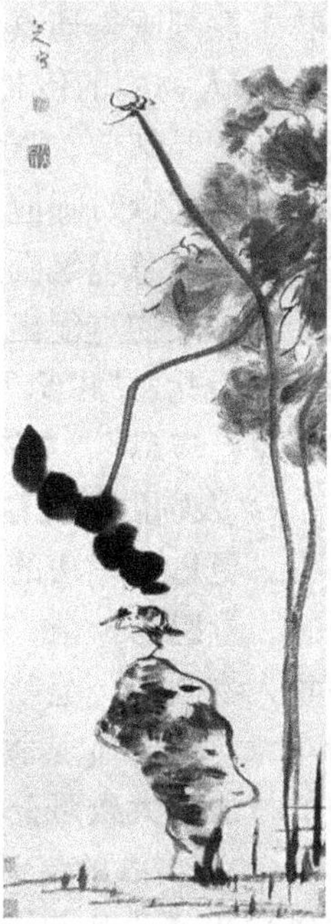

《荷花孤禽图》（朱耷）

朱耷，八大山人，江西南昌人，明末清初画家、书法家。八大山人为明宁献王朱权九世孙，清初画坛“四僧”之一。明灭亡后，国毁家亡，朱耷心情悲愤，落发为僧，法名传綮，字刃庵。他用过雪个、个山、个山驴、驴屋、人屋、道朗等号，晚年取八大山人号并一直用到去世。其于画作上署名时，常把“八大”和“山人”竖着连写。前二字又似“哭”字，又似“笑”字，而后二字则类似“之”字，哭之笑之即哭笑不得之意。他一生对明忠心耿耿，以明朝遗民自居，不肯与清合作。他的作品往往以象征手法抒写心意，如画鱼、鸭、鸟等，皆以白眼向天，充满倔强之气。这样的形象，正是朱耷自我心态的写照。《荷花孤禽图》可以称为画家的自画像。作为明朝的宗系，朱耷感到明朝的灭亡便是国亡家丧，他奇倔的个性不是一种天性，而是在坎坷的际遇中形成的偏执情结，仇恨、悲切、无奈、幻灭等各种复杂意绪使他每每在画中宣泄或寄托情怀。画作中扭曲但挺攒而上的荷干、支离破碎的荷叶，都是桀骜不驯的性格象征。画中的鸟是朱耷创作的典型，它目光斜视、不屑于世，但还处在不安之中。这样的花鸟向人们讲述的是画家的惨淡人生和困顿际遇。

◆ **中国人物画《田横五百士》欣赏**

《田横五百士》（徐悲鸿）

◇ **中国人物画的艺术表现**

人物画是以人物形象为主体的绘画的通称，是中国画中的一大画科，较山水画、花鸟画等出现要早，大体分为道释画、仕女画、肖像画、风俗画、历史故事画等。人物画力求人物个性刻画得逼真传神，气韵生动、形神兼备。

○ 人物画的传神。中国人物画强调形神，通过紧紧抓住有利于传神的眼神、手势、身姿与重要细节，强调分清主次，有详有略，详于传情的面部手势，而略于衣冠，详于人物活动及其顾盼呼应，而略于环境描写。在人物活动与环境景物的关系上，抒情性的作品往往借创造意境氛围烘托人物情态，叙事性的作品善于以环境景物或室内陈设划分空间，采用主体人物重复出现的方法，把发生在时间过程中的事件一一铺叙，突破了统一时空的局限。因此，"以形写神"成了中国人物画的传统。例如对吴道子的绘画评价："笔才一二，象已应焉"，"守其神，专其一"，都是对人物画传神原则的确认。

○ 人物画的技法。人物画中使用的笔墨技巧与技法，在工笔设色、白描和小写意作品中，更重视笔法的基干作用，为此创造了十八描。笔法或描法一方面服从于形象的结构质感、量感与神情，另一方面也要传达作者的感情，同时还用以体现作者的个人风格。在写意人物画中，笔墨相互为用，笔中有墨，墨中有笔，一笔落纸，既要状物传神，又要抒情达意，还要显现个人风格，其难易程度远胜于山水花鸟画。综观中国古代人物画，在表现的技法上大致可分成三类：白描画法、工笔重彩画法、写意画法。

○ 人物画的流派。早在周代即有劝善戒恶的历史人物壁画。战国楚墓出土的《人物龙凤》与《人物驭龙》帛画是已知最早的独幅人物画作品。魏晋六朝时期人物画注重对人性情和神情的表现，由此奠定了中国人物画的审美基调，出现了以顾恺之为代表的第一批人物画大师。唐代人物画形成了一种鲜明的时代风格，画技也达到了一个历史性的高度。尤其是阎立本的《职贡图》、《步辇图》，张萱的《虢国夫人游春图》、《捣练图》，周昉的《簪花仕女图》、《调琴品茗图》等笔下的贵族人物，风姿绰约，肌理细腻，反映了当时的社会风尚。盛唐时期吴道子则把人物宗教画推进到更富于表现力、更生动感人的新境地。宋代人物画方面，画院画师为服务于政治的需要而创作了大量的人物画，而民间人物画则以身边熟悉的人和事作为描绘的对象，生动记录了宋代社会生活中的平民生活，被后世固化为中国人物画表现太平盛世的永恒题材。宋代重要的人物画家有张择端、梁楷、苏汉臣、李唐、李公麟、陈居中等。元代以后，由于社会审美潮流的影响，人物画出现了“疏于人事”的状况，人物往往成了山水画中的点缀或符号。但赵孟頫、刘贯道、张渥等人精于造型，刻画严谨，显示了深厚的功力。明代人物画仍不占主要地位，但许多山水画却又是以表达人的境界而构思立意的，如踏雪寻梅、松风高士等。明四家的成就在山水画，但同时亦擅长人物画，尤其是唐寅、仇英，在人物画方面可以说是成就卓著。明中期的戴进、吴伟、张路，明后期的丁云鹏、陈洪绶、崔子忠在人物画方面皆能自出新意，极具声名，为时人所重。晚清海派人物画的加入，使得人物画出现一次可喜的反弹。其中改琦、费丹旭的仕女，胡锡圭的戏曲人物，钱慧安、吴友如、倪田等，皆得人物传神之要领。而任颐、任薰、任熊、任预等所画人物，题材多样，构图极具巧趣，设色大胆，不流于世俗，将中国人物画推向新的高峰。

◇《田横五百士》绘画的艺术特征

《田横五百士》是徐悲鸿的代表力作，创作于1928—1930年。《田横五百士》长349厘米，宽197厘米，画中故事取材于《史记》。田横是齐国后裔，陈胜、吴广起义抗秦后，四方豪杰纷纷响应，田横一家也是抗秦队伍之一。刘邦消灭群雄，统一天下后，田横和他的五百壮士逃亡到一个孤岛上（现山东田横岛）。刘邦听说田横深得人心，恐日后有患，所以派使者赦田横的罪，召他回来封王封侯。如果不来，就将岛上的人通通消灭掉。田横为了保全岛上人的性命，带了两个随从向京城出发，在离京城30里的地方，田横自刎而死。并交代随从拿着他的人头交给刘邦，表示不受投降的屈辱，也保全了岛上人的生命。刘邦用礼埋葬了田横，并封两个随从为都尉。但两个部下在埋葬田横时，也自杀在田横的墓穴中。刘邦派人到岛上去招降五百壮士，当他们听说田横已自刎后，全部蹈海而死。司马迁感慨道：“田横之高节，宾客慕义而从横死，岂非至贤。”

正是有感于田横等人“富贵不能淫，威武不能屈”的高节，徐悲鸿着意选取了田横与五百壮士惜别的戏剧性场景来表现。这幅巨大的历史画渗透着一种悲壮的气概，撼人心魄。画中把穿绯红衣袍的田横置于右边作拱手诀别状，他昂首挺胸，表情严肃，眼望苍天，似乎对茫茫天地发出诘问，横贯画幅三分之二的人物组群，则以密集的阵形传达出群众的合力。人群右下角有一老妪和少妇拥着幼小的女孩仰视田横，眼神满含哀婉凄凉，其雕塑般的体积、金字塔般的构架无疑使我们想起普桑、大卫的绘画。普桑喜用的红、黄、蓝三原色亦在画面中占主导地位，突出了田横与青年壮士之间的对答交流。背影衬以明朗素净的天空，给人以澄澈肃穆的感觉。欣赏徐悲鸿的画时，会发觉画中人物伸展的手臂、踮起的脚尖、前跨的腿、支立着的木棍、阴森锋利的长剑构成了一种画面节奏，寓动于静，透出一种英雄主义气概。在当时流行现代主义艺术之风的中国，徐悲鸿坚持关注生活、关注社会的现实主义立场，借历史画来表达他对社会正义的呼唤，这些犹如黑夜中的闪电划亮天际，透出黎明的曙光。

◆ 外国文艺复兴绘画《雅典学院》欣赏

◇ 文艺复兴绘画的艺术表现

14—16世纪，在以意大利为中心的欧洲，出现了前所未见的艺术繁荣，这就是文艺复兴。它借用古希腊、古罗马的艺术语言，唱出新文化的赞歌，它标志着资产阶级文化的萌芽，反映了新兴资产阶级的要求。恩格斯曾经热情地赞颂：文艺复兴是一个需要巨人而且产生了巨人的伟大时代。文艺复兴绘画也体现出了非同一般的艺术表现力。

○ 文艺复兴绘画的人文精神。文艺复兴的绘画是由“神”转为“人”的时代。在文艺复兴之前教皇统治的“黑暗一千年”里，绘画所涉及的圣母只是一个僵死的神的符号。冷面、呆板、拘束、正襟危坐、高高在上。到了文艺复兴，画家从中世纪基督教的控制中觉醒，意识到人的尊严，在绘画中注入了现实生活。虽然当时许多画家迫于历史环境仍要画宗教画，但在作品中表现的是从人文主义角度理解的宗教题材，即情节取自宗教故事，人物、服装、环境都有现实特征。文艺复兴早期画家波提切利和当时的画家就力求恢复古典艺术对人本身的肯定和讴歌的传统，以古典艺术形象作为美好、正义的象征。

○ 文艺复兴绘画的透视技法。文艺复兴绘画摆脱了中世纪的规范，借助理性和科学的知识，力图在绘画创作上开拓出新局面，使生动的形象和场景反映在美术作品中，让它成为一种再现性的艺术。在绘画领域中，艺术家们进行探索，尽力让二维平面具有三维空间感，并使人物活动立体化，从而实现古希腊人追求的那种错觉性效果，让人们把美术品当成真实生活的写照，当成可感、可融、可知的事物。这种实践，从佛罗伦萨开始，渐渐在意大利各地展开，体现着新的精神，适应了时代的要求，为盛期文艺复兴的到来，铺平了道路。对于文艺复兴的艺术家们发明的空气透视技法，明确了近处的物体清晰，远处的物体由于蒙上了一层空气而显得模糊。而空气又是偏于淡蓝的冷色，因此远处的物体也应当是倾向于较冷的色彩。焦点透视法和空气透视法运用，绘画便产生了平面上的空间立体深度感。

○ 文艺复兴绘画的画料。文艺复兴绘画的威尼斯画派对色彩有着强烈的偏爱，画面色彩绚丽，用笔丰富多变，追求艺术形象的真实感和蓬勃生命力。其中主要代表人物是提香，他使威尼斯画派的绘画艺术达到高峰。他改进了北欧油画技法，进而形成南欧画法。他放弃树脂的使用，直接将想法大略勾画在有色底的画布上，在颜料中调和白颜料，以不透明的厚层颜料来作画。提香的作品一般使用粗糙麻布绷框的软底，有时还用斜纹布，放弃了在尺寸上受局限的木板基底，有独特美感，并能增加画面层次。他的画布用皮胶均匀涂满，防止日后油彩使画布变脆。在画布上涂薄薄一层底料，这种底料是由石膏粉和皮胶调和而成的，目的是填满织物纤维间的缝隙，并做成有色底子，底子涂上褐色或其他底色，然后直接用油彩在画布上勾出大致底稿，油彩以矿物质颜料与白颜料为主，整个作画过程相当自由与随意，放弃了尼德兰国家事先画好完整、工细的素描稿的方法。例如提香的代表作《酒神巴库斯与阿里阿德涅》，画面中酒神巴库斯纵身从坐车上飞向阿里阿德涅，成为画面的突出中心，给观众带来巨大的视觉冲击力。整个前景人物以暖色调处理，被单纯的蓝天大海衬托得鲜明而强烈，如同一首歌颂青春、生命与欢乐生活的赞歌。

《雅典学院》（拉斐尔）

◇《雅典学院》绘画的艺术特征

《雅典学院》是文艺复兴三杰之一的拉斐尔的经典作品，画幅达2.794米×6.172米。这幅绘画是以古希腊哲学家柏拉图所建的雅典学院为题，以古代七种自由艺术——语法、修辞、逻辑、数学、几何、音乐、天文为基础，以表彰人类对智慧和真理的追求。拉斐尔以回忆历史上"黄金时代"的形式，寄托他对美好未来的向往。这幅作品的主题思想就是崇拜希腊精神，追求最高的生活理想，这正是人文主义艺术家自己的宿愿。

全画以纵深展开的高大建筑拱门为背景，大厅上汇集着不同时代、不同地域和不同学派的著名学者，有以往的思想家，也有当世的名人。他们在自由地讨论，情绪热烈，好像在举行什么典礼，或庆祝某个盛大节日，洋溢着百家争鸣的气氛，凝聚着人类智慧的精华。这座建筑物是以布拉曼特设计的圣彼得大教堂为范本的，两侧的壁龛里，分别供立着智慧女神雅典娜雕像（在右侧）和音乐之神阿波罗雕像（在左侧）。中心透视点的层层拱门，直通遥远的天际，这是一个极其神圣的环境，学者们被对称地、自然而富有节奏地配置台阶两侧，上层台阶的人物排成一列，中心是两位伟大的学者——柏拉图与亚里士多德，他们似乎边进行着激烈的争论，边向观众方向走来。亚里士多德伸出右手，手掌向下，好像在说明：现实世界才是他的研究课题；柏拉图则右手手指向上，表示一切均源于神灵的启示。这两个对立的手势，表达了他们思想上的原则分歧。其余的人，众星托月，有的在注视，有的正在谛听这两位老人的谈话，自然地形成几个小组。

整个壁画洋溢着浓厚的学术研究和自由辩论的氛围。每个人都是那样毫无拘束地按照自己的意志和个性在进行活动，享有充分的自由。各种人物的活动和动态，都是统一在一个为探求科学真理而自由争辩的崇高主题之中。拉斐尔的《雅典学院》歌颂人类对智慧和真理的追求，赞美的是人类生机勃勃、壮丽辉煌的创造之光。

◆ 外国巴洛克绘画《圣乔治斗恶龙》欣赏

◇ 巴洛克绘画的艺术表现

巴洛克是17世纪广为流传的一种绘画风格，发源于意大利，以其热情奔放、运动强烈、装饰华丽而自成一体，与16世纪盛期的文艺复兴美术的庄重典雅相区别。概括地讲，巴洛克绘画有如下的艺术特点：

○ 巴洛克绘画的风格——气势磅礴，动感极其强烈。一般来说，巴洛克的风格特色是用扭曲变化的缠绕线条，创造出繁复的装饰和堆积之美，以追求强烈的律动感。与巴洛克有关的特质体现在壮丽、刺激、戏剧性、充满活力、运动、情绪愉悦、煽情等方面。因此，不管是实际的，还是含蓄的巴洛克绘画中充满了活力或动作显著的人物，而不再是古典文艺复兴时的静态表现，多呈现歪斜配置的动感，力图表现或暗示无穷感，可以说运动和变化是巴洛克绘画的灵魂。

○ 巴洛克绘画的色彩——巴洛克绘画强调光线，常设计一种人为光线，而非自然的光，产生一种戏剧性气氛，创造出比文艺复兴更有立体感、深度感、层次感的空间，巴洛克绘画追求戏剧、夸张、透视的效果，同时也利用明暗表现法以衬托真实的空间感，并舍弃细节的描写。于是画面中有一种光彩夺目、富丽堂皇的艺术色彩。高度运用自然主义的错觉艺术手法，强烈的光影对比和戏剧化的明暗对比，制造出一种不协调的张力能量以及结构变化。通过对光的大胆运用和紧张的透视效果，表达无限的概念。荷兰伟大的画家伦勃朗的画大半属于暗调子，层次分明，又有部分用戏剧性的强光来呈现主题的旨趣，画中无明确光源，只是一个引起注意的焦点，但光影有韵律感。著名作品《夜巡》就是采用情节性历史画的构思，人物活动于一个真实的环境，每个战士都在做符合自己身份的军事动作，有的击鼓传令，有的装火药等生动的姿态。表现了英勇战士为国家效劳的场面。画家采用卡拉瓦乔式的聚光法使人物处在不同的明暗层次中，使画面有主次、有深度、有运动感。通过使用较暗的棕色调与局部的明亮的颜色作对比，从而使主体形象更加突出，画中光亮部分在对比之下显得格外刺目，加强了情节的戏剧性效果。

○ 巴洛克绘画的构图——巴洛克绘画很关注作品的空间感和立体感，强调艺术形式的综合手段。不拘泥各种不同艺术形式之间的界线，将建筑、绘画、雕塑等艺术形式融为一体。绘画宏伟壮观，精湛的透视变奏（如前缩法），采用斜线或角线的构图体现无限的空间。例如巴洛克绘画的先驱卡拉瓦乔的《埋葬基督》就很好地体现了这些特色。画面上死去的基督四肢无力，双手下垂，头部后仰。这个死者是一个真实的形象，既没有圣灵的光圈，也没有苦难的荆冠，没有一点宗教的影子。从基督瘦骨嶙峋的身体和忧患的脸上，令人联想到 17 世纪意大利贫苦农民的命运。画中那位表情绝望的少女，向上伸出的手掌，指节处已被黑暗吞食。到了手指处，画面中只呈现出 3 个大小不一、形状各异的点状。下移到圣母那颤抖的手，光亮已被黑暗吞没更多，只剩下些许的丝丝条条。再顺势滑落到基督本人的身上时，光线又转为通体透亮。这样一段视觉上的从强渐弱，升到极致的迂回起伏，又由基督的脚提示到起点的趋势，在力度上是从强到弱的完整凸现，留下一条从左上到中上，再从右中至右下，最后由右下回收到左上的视觉轨迹，宛若一段有韵味的旋律。

◇《圣乔治斗恶龙》绘画的艺术特征

《圣乔治斗恶龙》是鲁本斯的代表作，创作于 1505 年，画幅 31 厘米×27 厘米，现收藏于巴黎卢浮宫①博物馆。题材源于《圣经》，据基督教史所述，圣乔治原是一名殉教者，约生活于公元 3 世纪。自 6 世纪起，传说他曾因从一条恶龙爪下拯救过一个女郎而被

① 卢浮宫：又译罗浮宫

《圣乔治斗恶龙》(鲁本斯)

后世颂扬。约从8世纪起，他便被神化为圣者，还成了英格兰的保护神。鲁本斯在这里表现了一个威武的骑兵来充当圣乔治，圣乔治正在马上左顾右挡地刺杀这条恶龙，笔法具有速写性质，发挥了画家善于以热烈的色调描绘动乱中的人物形象的特点，使这场战斗充满激情。尤其是圣乔治的那匹马，画得极有精神。画中圣乔治迅猛的动作和无比生动的受惊战马，表明了画家深受佛罗伦斯风格，特别是达文西风格的熏陶。画面上人与兽争战正烈，圣乔治松开马缰，举起利剑，正要给恶龙以致命的一击，显现出威武勇猛的气概。整个画面的色彩以明暗对比突出重点，构图恰恰采用了巴洛克的手法上，以用斜线的构图体现无限的空间。

◆ 外国新古典主义绘画《马拉之死》欣赏

◇ 新古典主义绘画的艺术表现

新古典主义的绘画产生于法国大革命前夕，法国资产阶级推崇古典风格，推行古希腊、罗马的艺术语言、样式、题材、风格，是为了达到喻古讽今的目的。由于与法国大革命的密切关系，赋予了古典主义以新的内容，使得许多艺术家能够突破古典主义的程式束缚，创造出一些具有现实意义的作品，因而新古典主义又常被称为“革命的古典主义”。

○ 新古典主义绘画的主题。新古典主义绘画的主题大多选择严峻的重大题材，要么是古代历史事件，要么是现实的重大事件。画家们遵循唯理主义观点，认为艺术必须从理性出发，排斥艺术家主观思想感情，尤其是在社会和个人利益冲突面前，个人要克制自己的感情，服从理智和法律，倡导公民的完美道德就是牺牲自己，为祖国尽责。因此，称为新古典主义的“新”，就在于借用古代英雄主义题材，直接描绘现实斗争中的重大事件和英雄人物，紧密配合现实斗争，直接为资产阶级夺取政权和巩固政权服务，具有鲜明的现实主义倾向。例如新古典主义绘画的代表人物达维特，在他的《荷拉斯兄弟之誓》中，明显表现出受到庄严、雄伟的希腊和罗马艺术的影响，对公民道德加以颂扬，又同法国革命的步调一致，引起了资产阶级的强烈共鸣。画面上三个罗马人在发誓用生命保卫自己的祖国，他们表情庄严，动作坚定，背景中对称的拱门将他们无私的革命热情衬托得更加壮美。画中男人坚定、勇猛，而妇女则娇弱无力，对比十分强烈。当时革命的浪潮即将来临，而这幅画清楚地暗示了这一点。

○ 新古典主义绘画的技巧。新古典主义绘画强调精确的素描技术和柔缓微妙的明暗色调，并注重使形象造型呈现出雕塑般的简练和概括，追求一种宏大的构图形式和庄重的风格、气魄。特别是在艺术美感上追求完美，表现肃穆，崇尚典雅，创造和谐。因此，极端严谨的素描，饱满而富有装饰性的色彩，线条流畅的对称性构图，构成了新古典主义绘画的特色。概括而言，形象的古希腊理想美，形式的古典艺术完整美，造型的古希腊雕刻美，轮廓的古罗马明朗美，构成了新古典主义绘画的典雅、庄重、和谐的美境。例如，新古典主义绘画的中坚——安格尔，他在描绘《王座上的拿破仑一世》时，以赞颂的艺术语言，将这位比自己大一岁的皇帝描绘得像神灵一般，手执权杖，稳坐在皇帝的宝座上，不可一世。笔触精微细腻，画面配饰繁缛华贵，集中表现了君主政体的皇帝权威；整个构图肃穆、典雅、和谐。

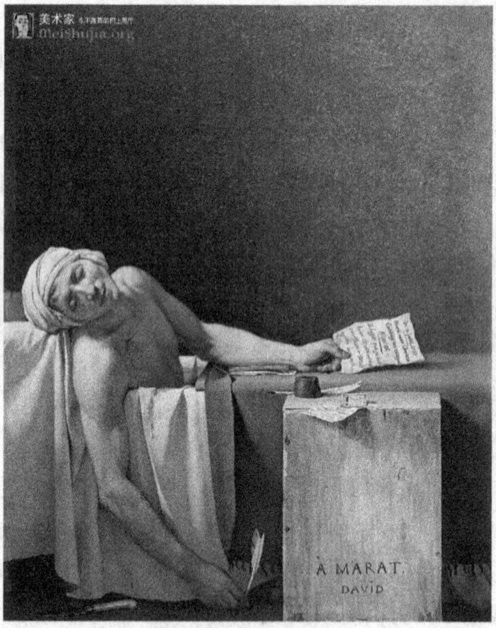

《马拉之死》(达维特)

◇《马拉之死》绘画的艺术特征

油画《马拉之死》是新古典主义绘画的代表人物达维特的作品，画幅高 162 厘米，宽 125 厘米。作品描绘的是法国革命家马拉被杀手刺杀在浴缸里的历史事件，画家用写实的手法再现了当时马拉刚刚被刺的惨状：马拉倒在浴缸里，被刺的伤口清晰可见，鲜血已染红了浴巾和浴缸里的药液，握着鹅毛笔的手垂落在浴缸之外，另一只手紧紧地握着凶手递给他的字条，女刺客夏绿蒂·科尔代是利用马拉对她的同情趁其不备下的毒手，我们还可以看到丢在地上的带血的凶器。在浴缸的旁边立有一个木台，看来，这就是马拉办公用的案台，案台之上有墨水、羽毛笔、纸币和马拉刚刚写完的一张便条："请把这5法郎的纸币交给一个5个孩子的母亲，她的丈夫为祖国献出了生命。"画家将画中的主角设计在这样一个情节和场景之中，既丰富了肖像画的表现内容，又增强了它的感染力。

画家有意将画面的上半部分处理得单纯、深谙以突出下半部分的客观写实表现，同时，加强死者身体的下垂感和这一令人震惊愤慨的事件给人们带来的压抑、憋闷的悲痛之感。马拉工作的木台有如纪念碑一般，使画面产生了一种凝重、庄严的气氛。尤其是木台的立面画家精心安排的法文："献给马拉·达维特"，有如石碑上的铭文。这简洁、严谨、明晰、理智的表现手法以及这深入、具体、真实再现细节的刻画，反映了达维特对马拉的无比敬重之情。同时，也反映了法国大革命期间，古典主义的盛行以及人们渴望寻求一种时代所需要的理想的英雄主义精神。画风极为写实，局部刻画也很翔实。这是一副沉浸于深刻的悲剧情感中的、结构简洁而严谨的作品，达维特成功地把人物肖像描绘、历史的精确性和革命人物的悲剧性结合起来。

◆ 外国浪漫主义绘画《自由引导人民》欣赏

◇ 浪漫主义绘画的艺术表现

19世纪浪漫主义的诞生是对当时新古典主义、学院派美术的一次革命。浪漫主义以追求自由、平等、博爱和个性解放为思想基础。追求幻想的美，注重感情的传达，喜欢热情奔放的性情抒发。浪漫主义艺术以动态对抗静止，以强烈的主观性对抗过分的客观性。

○ 浪漫主义绘画的原则。浪漫主义绘画以肯定、颂扬人的精神价值，争取个性解放和人权思想为原则。在绘画上主张有个性、有特征的描绘和情感的表达。浪漫主义绘画的精神意义是存在于感受之上的。因此，随着浪漫主义绘画的出现，各式各样的个性美代替了唯一绝对的理想美，于是画家们的绘画题材是否具有独创性就成了最受重视的要素。但过于强调自己的个性，使艺术家常常倾向于反抗一般社会，这种反社会态度一方面形成逃避现实的作品；另一方面则显现为革命热情，试图改变现实社会。以德拉克罗瓦的《希阿岛的屠杀》为例，画家把全部精力放在色彩的力度上，他用豪放的大笔触，通过明暗对比与人物的姿态，把复杂动荡的场面及挣扎惊恐的场景，处理成前景与远景两个层次来表现这幕悲剧，显示出德拉克罗瓦对于生活中最敏感的人道与正义问题是十分关注的。在此画中，画家用浪漫主义惯用的象征手法，着重表现残暴的土耳其侵略者强加给希腊人民的惨无人道的灾难，它以前所未有的奔放不羁的艺术手法和鲜明强烈的色彩描绘土耳其制造的种种惨不忍睹的场面，像这样尖锐的现实题材，如此热情豪放的笔触和鲜明强烈的色彩效果，在当时的古典主义者的老眼光看来，简直是对绘画的致命打击。

○ 浪漫主义绘画的题材。浪漫主义绘画在题材上，多描写独特的性格、异国的情调、生活的悲剧、异常的事件，还往往从一些文学作品中寻找创作的题材。因此，浪漫主义绘画作品的题材大多是从现实生活中取得，并删除掉一切非本质的东西。例如席里柯的《梅杜萨之筏》取材于当时"梅杜萨号"远洋船触礁事件，表现遇难船员乘木筏在海上漂流了13天终于看到救援船只的一刹那间人们所表现出的激情和求生的渴望。画家以金字塔形的构图，刻画了遇难者的饥渴煎熬、痛苦呻吟等各种表情，当人们站在画作前，似乎又看到了汹涌的海浪，看到了士兵们孤立无援的境况，画面不是在四平八稳地叙述，而是通过匠心独具的布局和触目惊心的描绘，强烈地刺激了观赏者的情感。画面充满了令人窒息的悲剧气氛，开创了浪漫主义先河。

○ 浪漫主义绘画的技法。浪漫主义绘画的技巧有着自己独特的风格，它以各式各样的个性美代替唯一绝对的理想美。技法上，它重视色彩而非线描。线描是经由明确的轮廓线获得形态的把握，是新古典主义的做法。浪漫主义则彻底地追求诉诸感觉的大块面色彩效果，有时甚至也尝试把笔触原原本本留在画面上的奔放表现。可以说其画面上的构成，喜欢多动态的动感表现，这是浪漫主义的特征之一。例如，戈雅的画作《1808年5月3日的枪杀》描绘了法军镇压西班牙起义者的暴行，是一幅英雄主义悲壮激昂的画面。起义虽然失败了，但画家并没有把人民画成失败者，而是表现为精神上的胜利者。起义者面对死亡，宁死不屈，法军却不敢正视起义者，内心怯弱，正义和非正义形成强烈对比。画家将要被杀害的起义战士置于画面上方的视觉中心，突出三个有代表性的典型人物：僧侣、农民和一位愤怒之极、高举双手的市民。画家以马德里的夜景作为画面刑场的背景，意在表现黑暗笼罩着西班牙。画面聚光于起义者形象，而将法军置于暗部，形成强烈的明暗对比。又在地面置一灯笼，使一部分光由下向上放射，造成一种动荡不安的气氛。

《自由引导人民》（德拉克罗瓦）

◇《自由引导人民》绘画的艺术特征

反映欧洲1830年革命的《自由引导人民》是德拉克罗瓦最具有浪漫主义色彩的作品之一。画家以奔放的热情歌颂了这次工人、小资产阶级和知识分子参加的革命运动。高举三色旗的象征自由神的妇女形象在这里突出地体现了浪漫主义特征。她健康、有力、坚决、美丽而朴素，正领导着工人、知识分子的革命队伍奋勇前进。强烈的光影所形成的戏剧性效果，与丰富而炽烈的色彩和充满着动力的构图形成了一种强烈、紧张、激昂的气氛，使得这幅画具有生动活跃的、激动人心的力量。

本画取材于1830年法国的七月革命事件。1830年7月26日，国王查理十世取消议会，巴黎市民纷纷起义。27—29日为了推翻波旁王朝，市民与保皇党展开了战斗，并占领了王宫，在历史上称为“光荣的三天”。在这次战斗中，一位名叫克拉拉·莱辛的姑娘首先在街垒上举起了象征法兰西共和制的三色旗；少年阿莱尔把这面旗帜插到巴黎圣母院旁的一座桥头时，中弹倒下。画家德拉克罗瓦目击了这一悲壮激烈景象，他义愤填膺，决心为之画一幅画作为永久的纪念。画上展示的巷战场面，是画家在上百幅“七月革命”街垒战的草图的基础上定稿的画面。图中那位在硝烟中一手高擎三色旗，一手提枪，奋勇当先，正在召唤群众前进的青年姑娘，既是起义参加者的真实写照，又是自由女神的象征。她旁边的少年鼓手正挥动着手枪，急速向前奔跑。另一边头戴高帽的大学生正意志坚定地注视着前方。他身后有两个工人挥舞着尖刀，表情刚毅，显示出愤怒的神色。在他们后面还有许多起义群众。前景右侧有两名政府军的士兵倒毙在地上，左侧躺着一位为自由而献身的起义者。一名受了重伤的青年工人正抬头仰望，期待着自由的来临；他的上衣、露出来的一角衬衣和腰带正好是三色旗的颜色。

这幅画气势磅礴，画面结构紧凑，色调丰富炽热，用笔奔放，有着强烈的感染力。1831年5月1日，在巴黎展出时，引起轰动。德国诗人海涅为此画写了赞美诗。在这以后，这幅画还有一些有趣的经历。1831年，这幅画被法国政府收购，在卢森堡宫展出了数月，后因时局变化，还给了画家本人。17年后，1848年法国爆发了二月革命，法国人民要求把此画重新在卢森堡宫展览。同年6月，巴黎工人起义，此画又被政府摘下，理由是具有煽动性。直到1874年这幅画才被送入卢浮宫。

◆ 外国现实主义绘画《伏尔加河上的纤夫》欣赏

◇ 现实主义绘画的艺术表现

资本主义的迅速发展，使得社会矛盾逐渐加深。敏感的画家们不能无视身边的现实社会，如实地再现和揭示社会矛盾与社会不公，成为他们的主要思想和艺术实践。这是一个在绘画艺术创作中常用的概念，无论是面对真实存在的物体，还是想象出来的对象，绘画者总是在描述一个真实存在的物质而不是抽象的符号，这样的创作往往被统称为写实。遵循这样的创作原则和方法，就叫写实主义，也叫现实主义。

○ 现实主义绘画的题材。艺术必须描写看得见、摸得着的物体，主张结束当代那种矫揉造作的艺术。因此，现实主义画家们赞美自然，歌颂劳动，深刻而全面地展现了现实生活的广阔画面，尤其描绘了普通劳动者的生活和斗争，此时劳动者真正成为绘画中的主体形象，大自然也作为独立的题材受到现实主义画家青睐。现实主义绘画排斥虚无缥缈的幻想，排斥神话故事，排斥寓意与象征，排斥高度的风格化，排除纯粹的抽象与雕饰，企望真实地呈现社会生存的本真样态。例如米勒的《拾穗者》，采用横向构图描绘了3个正在弯着腰、低着头，在收割过的麦田里拾剩落的麦穗的妇女形象，她们穿着粗布衣裙和沉重的旧鞋子，在她们身后是一望无际的麦田，天空和隐约可见的劳动场面。米勒没有正面描绘她们的面部，也没有作丝毫的美化，她们就如现实中的农民一样默默地劳动着。在造型上，米勒用较明显的轮廓使形象坚实有力，很好地表现了农民特有的气质。色彩沉着，加之丰富细腻的暖调子，使作品在纯朴浑厚中，具有撼动人心的力量。

○ 现实主义绘画的技巧。现实主义绘画用忠实于对象的手法描写自己眼界所及的事物，透过现象反映事物的本质。但现实主义绘画的画家们相互之间不把艺术上的主义或信条强加于他人，因而容纳了种种倾向的画家。他们重视自然美和真实美，以追求写实手法为特点，如实地描绘大自然和反映现实生活，倡导对社会生活的评价，对普通人生活的关切，对大自然的亲切描绘。例如，库尔贝的《筛麦子的妇女》就将日常的生活动作凝固成荷马史诗般的劳动场景。画面上人物的表情不占任何地位，3 个人物中只有一个能看到脸部表情，而且她并不像在集中劳动，而是在梦幻之中，正在筛麦子的那个女子从解剖学角度来看并不像在用力，而更像是在摆舞蹈造型。那个处在背景阴影下的男孩的作用只是让整个画面结构达成平衡。虽然画的是个劳动场面，但整个画面是处在静态的。整幅画中找不到任何表达人物心情，生活的信息。画家眼里看到的不是劳动，而是姿态，艺术不是为了体现生活，而是来让平凡的日常场景通过精神的力量获得升华。

◇《伏尔加河上的纤夫》绘画的艺术特征

《伏尔加河上的纤夫》（列宾）

《伏尔加河上的纤夫》是俄国画家列宾的代表作。在这幅画的构图上，列宾利用了沙滩的地形和河湾的转折，使 11 个纤夫犹如一组雕像，被塑造在一座黄色的、高起的底座上，使这幅画具有宏伟、深远的张力。画中的背景运用的颜色昏暗迷蒙，空间空旷奇特，给人以惆怅、孤独、无助之感，切实深入到纤夫的心灵深处，亦是画家心境的真实写照，这对画旨的体现、情感的烘托起了极大的作用。在画面上画家又对伏尔加河的景色进行了巧妙的布局，以狭长的横幅展现这群纤夫的行列。伏尔加河畔阳光酷烈，沙滩荒芜，近景只有埋在沙里的几只破筐作点缀，景色十分凄寂。一队穿着破烂的纤夫在拉着货船，脚步是那样的沉重，似乎可以听到压抑低沉的“伏尔加船夫曲”的回声。因此，本画的构图、线条、笔力等绘画技巧都是相当成功的。

在这幅反映纤夫苦难生活的画里，与其说是人与自然在搏斗，不如说是人在与残酷无情的黑暗命运和社会搏斗。画中的纤夫共有 11 个人，约略分成三组。每一个形象都被列宾仔细推敲过，画过人物写生。他们的年龄、经历、性格、体力以及他们的精神气质各不相同，画家把这些性格作了高度的典型化，又都统一在主题之中。《伏尔加河上的纤夫》所描绘的焦黄的河岸、空蒙的天空、只显露一点蓝色的河水，以及那几个迈着沉重脚步、挣扎在生存边缘的纤夫，影响了很多人的美术想象。

◆ 外国印象主义绘画《日出印象》欣赏

◇ 印象主义绘画的艺术表现

印象主义绘画是19世纪60年代在法国出现的艺术流派。在西方近现代科学的启发下，他们对绘画的光线、色彩的表现进行了独到探索，并为西方现代主义绘画的产生创造了条件。

○ 印象主义绘画的艺术思想：将视角从客观自然再现转向主观精神表现，强调创造新时代的艺术形态；他们对主题性地再现现实不以为然，提出应自然而随意地表现生活与客观物象。他们游离于传统艺术所关注的社会功用与教育职能，离开了艺术表现现实的情节化和戏剧性结构，排除叙事性的文学内容，注重画家对现实情境的自我感受和自觉表现，擅长对现实情景的生命状态和存在形式进行直觉式的客观再现与描绘，以迎合新兴市民阶层的审美需求，反映印象派绘画独立性的美学观念。

○ 印象主义绘画的光色运用：注重绘画的光、色、形、意、美的融合，体现印象派的艺术与光学相结合的主要特征。印象派绘画在光与色的表现上取得了突破性成就，在光、色中求形，以光与色的讴歌表现意和美，理解了光、色、形、意、美在绘画语言中的辩证关系，把闪烁的阳光和微妙的阴影引入画面，绘画随之变得清新明丽、生机盎然。在印象派绘画作品中，光和色是基本的绘画语言、艺术要素、快速跳动的音乐旋律和慢慢流淌的文化符号，光和色是形、意、美的艺术起始点，形、意、美在光和色中成形、达意、示美。印象派画家最基本的绘画技法是竭力探索一种有效方法，以突破物体单一的、表面看来一成不变的“固有”色；他们力图捕捉物体在特定时间内自然呈现的瞬息色彩，那种受一定环境条件、空间距离和周围其他物体影响的颜色。例如马奈的《草地上的午餐》，描绘的是巴黎郊外风景如画的塞纳河边，马奈塑造了两个穿着打扮时髦的青年男子坐在树下，旁边坐着一位回顾的裸体女子。这幅画为大多数人所不理解，认为有伤风化。可画家正是为了研究色彩的变化，解决自然光下人体色彩的处理技巧，以及在茂密的林荫下，绿叶的反光与人体肌肤的色彩关系。作品中，身穿黑色礼服的绅士与绿树绿叶和略带淡玫瑰色的人体，组成和谐、宁静的画面。

○ 印象主义绘画的补色手法：采用原色并列、重叠和补色手法，形成印象派新的绘画语言。为了表现物体的动态变化和光色的斑斓绚丽，印象派画家采用小笔触和色调并列方法，有些颜色不再在调色板上调配，而是红、黄、蓝三原色或并列，或重叠，并将红、绿、黄三色和紫、蓝、橙色三色补互对比，使色彩在强烈视觉冲击中产生新的和谐。例如，德加的《倚在盆花旁的女子》，这是一幅静物花卉与肖像组合的画，德加以精湛的写实技巧和丰富的色彩仔细地描绘鲜艳的花朵，可谓五彩缤纷。画家以细小的笔触和剔透的色彩，描绘了充满生命活力、争奇斗艳的各式花朵。刚过而立之年的德加开始注重色彩在绘画中的意义，精心探索光与色的奥妙，在写生中加入记忆，使画面自然生动。

○ 印象主义绘画的户外作画方式：“把画架搬到户外”，成为印象派的重要绘画方式。它不是简单的绘画场所位移，而是绘画方式的变革。所以改变西方传统绘画方式，是为了在阳光下对景写生，捕捉和描绘物体在阳光照耀下色彩的微妙效果。例如，雷诺阿喜欢在户外林下写生模特儿，以悉心研究模特儿身上、脸上的绿色反光和灿烂的斑点效果。雷诺阿从清新的自然风光中揭示色彩晕染流动的奥秘，感悟色彩的争妍与和谐、阳光的欢愉与变化、自然的节奏与坦诚、人生的明朗与温馨。他的《打阳伞的丽丝》中的伞下阴影、回眸一瞬间视觉色彩的晶莹剔透与丽丝眼神的非视觉色彩的真诚魅力，为印象派绘画的崛起和发展在绘画方式上奠定了基础。

○ 印象主义绘画的流派：印象派画家各有风采，各显个性，同时又共显亮丽，共具特征。印象主义绘画经历了印象主义、新印象主义、后印象主义的流变。印象主义在19世纪六七十年代以创新的姿态登上法国画坛，其锋芒是反对陈陈相因的古典画派和沉湎在中世纪骑士文学而陷入矫揉造作的浪漫主义。代表人物有莫奈、马奈、毕沙罗、雷诺阿、西斯莱、德加、莫里索、巴齐约等。新印象主义实际上是印象主义画派的一个分支，它流行于1880年以后，这一画派把印象主义绘画发展到了一个极端。他们主张绝对禁止在调色板上调和颜色，而只能以原色的小色点排列或交错在一起，让观众的眼睛自己去起调色作用，很像五彩缤纷的镶嵌画，有人称他们为“点彩派”，代表画家有修拉、西涅克。后印象主义是指曾经追随印象主义，后来又极力反对印象主义的束缚，从而形成的独特艺术风格。其代表画家有塞尚、凡·高、高更和劳特累克等。

◇《日出印象》绘画的艺术特征

《日出印象》（莫奈）

1872年，莫奈创作了扬名于世的《日出印象》一画，这幅画既与“印象主义”这一名称的由来直接相关，又是体现印象主义绘画特色的代表作。这是莫奈描绘法国勒阿弗尔港口的一幅风景画。画面上一片朦胧的水上风光，云雾中涌出一轮光彩夺目的红日，透过薄雾观望阿佛尔港口日出的景象。画面上，拂晓时分一轮红橙橙的太阳缓缓升起，挣扎着冲出平静的水面，奋力地划破浓浓的晨雾，露出自己的面目。朝阳染红了天空，染红了云彩，染红了水面，染红了画布，染红了我们的视觉。三艘小船，早已扬帆，摇曳缓进，沿水而行，由远及近，慢慢行驶出重雾，渐渐淡入到前景，静悄悄地，好像不忍惊醒远方还在沉睡的港都，隐约约地，好像不敢干扰眼前正在凝视日出的观众。

这就是32岁的莫奈给我们的日出印象：静谧、朦胧、深邃、富有韵律和节奏，体现了一种素描的风格，一种诗的意境。这幅风景画充满了生活气息、人文踪影。水光相应，烟波渺渺。几叶扁舟画龙点睛，给画带来了生气，船上的人若隐若现，给画赋予了灵魂。在朦胧的晨雾中，天和水的界限模糊了；在鲜艳的朝阳下，实物和倒影的界限模糊了；在远方的混沌之中，右上方工厂的烟筒和大船上的吊车也是模糊的。如果将这幅画的局部放大，就会发现莫奈用笔相当粗犷有力，使用深浅不同的蓝色和橘红色两种颜色，但一笔一笔的堆砌却清晰可见。莫奈把自然的真实性降低于色彩表现形式之下，把理想化的主题排斥在绘画目的之外，他为着运用色彩去作画。从此艺术不再是描绘对象的附庸，而有着独立的品格和自主的权利。

◆ 外国立体主义绘画《三个乐师》欣赏

◇ 立体主义绘画的艺术表现

立体主义是西方现代艺术史上的一个运动和流派，又译为立方主义，1908 年始于法国，是指绘画包含了立体主义因素的作品。立体主义绘画方法的产生，经历了一个酝酿过程。20 世纪初，巴黎画坛异常活跃。继后印象主义、象征主义之后，年轻的艺术家们普遍关注的是如何革新形式，来表现在迅猛变革的工业社会里人们的内在情绪和心理。

○ 立体主义绘画的物象构造。立体主义绘画的艺术追求与塞尚的艺术观有着直接的关联，立体派画家受到塞尚“用圆柱体、球体和圆锥体来处理自然”的思想启示，试图在画中创造结构美。他们努力地削减其作品的描述性和表现性的成分，力求组织起一种几何化倾向的画面结构。虽然他们的作品仍然保持着一定的具象性，但是从根本上看，他们的目标却与客观再现大相径庭。立体主义画家从塞尚那里发展出一种所谓“同时性视像”的绘画语言，将物体多个角度的不同视像，结合在画中同一形象之上。立体主义拒绝了传统绘画中对光和空气的表现与描绘，拒绝了三维空间透视，而创造了一种多维的浅透视，用许多相交的面来表现物体。他们从多个视点同时观察被表现的物体，从而使其后面、侧面等各个面能同时展现在观众面前。按照他们的观点，立体主义绘画中不仅表现了物体的外在形象，而且还向人们揭示了关于物体本身的有关知识。例如在毕加索的《亚维农的少女》一画上，正面的脸上却画着侧面的鼻子，而侧面的脸上倒画着正面的眼睛。一般说来，《亚维农的少女》是第一件立体主义的作品。

○ 立体主义绘画的分解与重构。立体主义的画家们试图通过对空间与物象的分解与重构，组建一种绘画性的空间及形体结构。色彩在画中起了有力的作用，但形体仍然支离破碎，只是更大和更富于装饰性。画家们新创出一种以实物来拼贴画面图形的艺术手法和语言，进一步加强了画面的肌理变化，并向人们提出了自然与绘画何者是现实，何者是幻觉的问题。立体主义虽然是绘画上的风格，但对 20 世纪的雕塑和建筑也产生了深远的影响。这种拼贴的艺术语言，可谓是立体派绘画的主要标志。例如，莱热的《三个女子》中，画家将她们表现得仿佛是用铁管、螺钉和铆钉拼合而成，在严整、挺直的矩形背景衬托下，显得僵硬、呆板，有如机器人一般。在这里，莱热似乎对运动不感兴趣，而一心追求某种静止的画面效果。画中所有的形象都是不动的，仿佛连空气都凝固了。

◇《三个乐师》绘画的艺术特征

《三个乐师》是毕加索于 1921 年初创作的立体主义代表作品。毕加索在重新运用一种古典主义的、不朽的、色彩有力的变化风格创作的同时，又探索一种以鲜明的色彩、平

《三个乐师》（毕加索）

涂的手法、几何抽象的形象组合进行立体主义风格的创作。画中三个乐师以几何抽象色块造型、平面化构图、平涂手法制作。作品的主题是欢乐的，同时又有一种肃然庄严的气氛。远远看去就像一个人在拉小提琴，一个人在弹钢琴，还有一个人在吹萨克斯。三个乐师的装扮都很时尚，一个穿白色的衣服，一个穿格子的衣服，还有一个穿棕色的衣服。有一个乐师还留着大胡子。头上的头发一竖一竖的，像牙签一样。毕加索在《三个乐师》画面里使用了许多颜色，有咖啡色、红色、金黄色、棕色、黑色等，组成了许多图案，有长方形、圆形、三角形。《三个乐师》是毕加索以几何形体造型的立体主义的代表作。这里，几何结构集中到画面中心线，同时向外到画的边缘又更加松散和开放，这样，人物便明确地出现了。毕加索能把线结构与调和得很雅致的短笔触结合起来。《三个乐师》是毕加索在他的贴纸时期所作的一幅拼贴作品，但同时他又应用颜料进行加工，因此，说这是一幅综合材料作品可能更合适。

◆ 外国抽象主义绘画《百老汇的爵士乐》欣赏

◇ 抽象主义绘画的艺术表现

抽象主义绘画是第二次世界大战后到20世纪60年代早期的一种绘画流派。抽象艺术是与具象艺术相对的名称，也可称为非具象艺术。它的特征是缺乏描绘，用情绪的方法去表现概念和作画，而这种方法基本上就是属于表现主义的，最早见于康定斯基的作品。它是由各种反传统的艺术影响融合而来，特别是由野兽派、立体派演变而来。抽象派是在1946年由艺术评论家罗伯特·寇特兹所提出的，用以定义一群艺术家所画的大胆挥洒的抽象画。他们的作品或热情奔放，或安宁静谧，都是以抽象的形式表达和激起人的情感。

○ 抽象主义绘画的风格：抽象主义认为绘画之所以能表达人的精神，主要靠纯粹的绘画语言。绘画中的点、线、画、色彩等就像音乐中的音乐一样，不倚靠具体形象就有打动知觉、触及情感的力量。画中暗示某种造型的因素愈少，艺术形式就有愈大的感染力。

例如，康定斯基《小小世界》中，用单一的、固定的、线性的、古典的符号等，表达了画家的特定心境或神秘主义情感，也是作者独特内心的感觉，这是观众难以确切体会的。因此，“一千个读者，就有一千个哈姆雷特”，观者可以充分发挥想象，参与审美创造，如同欣赏交响乐一样，很难说你听懂了什么，若你能有所感动，有所联想，得到听觉享受，这就够了。因此，欣赏抽象主义绘画，全凭人们自己去感受、去领悟、去思索。抽象主义绘画确实有着惊人的刺激人、震撼人、启迪人的能力，这是毋庸置疑的。

○ 抽象主义绘画的构图：总观抽象主义绘画，其画面有一个共同特点，即运用强烈色彩或单色，重视构图与色彩均衡，达到视觉和谐。无论是抒情抽象画家，还是几何抽象画家，大多受到印象主义、后印象主义及野兽派等现代绘画的交错影响，所以都非常注重色彩的强烈视觉表现力。如康定斯基的画面中，色彩十分浓烈，色相、明度反差很大，黑与白的直接并置，黄与蓝、冷与暖的对比等。以蒙德里安为代表的几何抽象更是把对比很强的单色或纯色并置，轮廓切割分明，无任何过渡，画面冲击力很强。但同时，他们或通过对色彩的良好感觉，或通过数学般精确的色彩对位和配置，并通过整体构图上的安排，使得各个色彩单元能和谐地存在于画面，让人们充分感受到色彩的对比，配置和调和所产生的奇妙世界。这种美妙的色彩形式本身就是抽象绘画的画面意义之一。

◇《百老汇的爵士乐》绘画的艺术特征

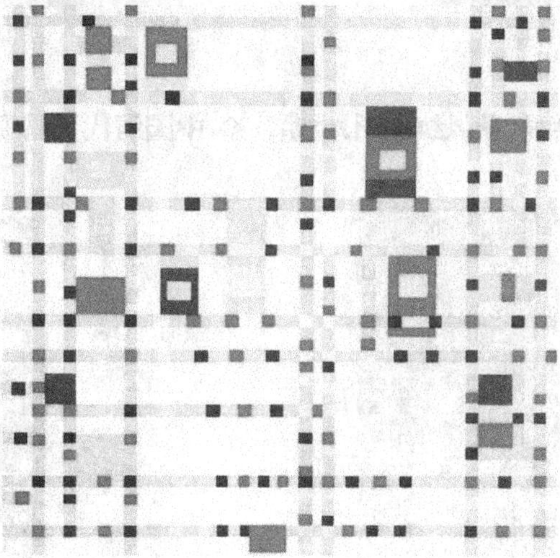

《百老汇的爵士乐》（蒙德里安）

《百老汇的爵士乐》是蒙德里安在纽约时期的重要作品，也是其一生中最后一件完成的作品，它明显地反映出现代都市的新气息。依然是直线，但不是冷峻严肃的黑色界线，而是活泼跳动的彩色界线，它们由小小的、长短不一的彩色矩形组成、分割和控制着画面。依然是原色，但不再受到黑线的约束，它们以明亮的黄色为主，并与红、蓝间杂在一起形成缤纷彩线，彩线间又散布着红、黄、蓝色块，营造出节奏变换和频率震动。看上去，这幅画比以往任何一件作品更为明快和亮丽。它既是充满节奏感的爵士乐，又仿佛是夜幕下办公楼及街道上不灭灯光的纵横闪烁。这是蒙德里安艺术生涯的最后一个新发展。

【自我感悟】

◆ 自我欣赏佳作

◇ 中国宋代马远绘画《踏歌图》欣赏

《踏歌图》（马远）

◇ 中国明代沈周绘画《庐山高图》欣赏

《庐山高图》（沈周）

◇ 中国明代唐伯虎绘画《秋风纨扇图》欣赏

《秋风纨扇图》（唐伯虎）

◇ 中国清代吴昌硕绘画《三千年结实》欣赏

《三千年结实》（吴昌硕）

◇ 中国现代张大千绘画《嘉耦图》欣赏

《嘉耦图》（张大千）

◇ 中国现代齐白石绘画《芙蓉墨虾图》欣赏

《芙蓉墨虾图》（齐白石）

◇ 中国现代画家李苦禅绘画《远瞩》欣赏

《远瞩》（李苦禅）

◇ 中国现代画家李可染绘画《浅塘牧归》欣赏

《浅塘牧归》（李可染）

◇ **中国现代画家潘天寿绘画《荷花》欣赏**

《荷花》（潘天寿）

◇ **中国现代画家刘海粟绘画《黄山》欣赏**

《黄山》（刘海粟）

◇ **中国当代画家陈坚绘画《公元一九四五年九月九日九时·南京》欣赏**

《公元一九四五年九月九日九时·南京》（陈坚）

◇ **意大利文艺复兴时期画家波提切利绘画《春》欣赏**

《春》（波提切利）

◇ **意大利文艺复兴时期画家达·芬奇绘画《蒙娜丽莎》欣赏**

《蒙娜丽莎》（达·芬奇）

◇ **德国巴洛克时期画家鲁本斯绘画《劫夺留西帕斯的女儿》欣赏**

《劫夺留西帕斯的女儿》（鲁本斯）

◆ **自我欣赏导引**

○ 宋代画家马远的《踏歌图》是一幅山水人物画。画家表现的是雨后天晴的京城郊外景色，同时也反映出丰收之年，农民在田埂上踏歌而行的欢乐情景。作为马远的传世名作，此图近处田垅溪桥，巨石居于左边一角，疏柳翠竹掩映，有几位老农边歌边舞于垅上。中段空白，云烟迷漫，似乎山谷中还有蒙蒙细雨。远处奇峰对峙，宫阙隐现，朝霞一抹。《踏歌图》中的山石用斧劈皴。马远发展、丰富了斧劈皴的技法，同时又带有他自己的特点。此图在具体画法上，用笔苍劲而简略，大斧劈皴极其干净利索，正是院体的典型特色。树木的枝干有下偃之势，则是马远个人的创造。这幅作品，从总体上来说，虽然不是边角之景，但在具体处理上，已经融入了边角之景的法则，所以，并不以雄伟见长，而是以清新取胜。尤其是瘦削的远峰，宛如水石盆景，灵动轻盈，绝无北宋山水画那种迫人心肺的压倒气势。

○《庐山高图》是明代著名画家沈周所作的一幅立轴山水。《庐山高图》画的是庐山的美景，画面层次分明，笔墨娴熟，自上而下气韵贯通，是沈周山水画中的佳作。画中高耸的山峰层层堆栈，山石直入云霄，山势险峻，有的雄浑壮观，有的孤峰凸起，山壁陡峭得根本就无法上去。山中云雾缭绕，起伏飘渺，山顶、山腰则一片绿意盎然，充满生趣。山谷间有瀑布急泻而下，仿佛可以听到瀑布冲击石头的声响。本图景物很多，但却安排得有条不紊，主次分明，沈周利用瀑布将山上山下连接在一起，形成一种视觉落差，是一幅集整体美、自然美感于一身的画作。

○《秋风纨扇图》是明代画家唐寅的水墨人物画代表作，在立有湖石的庭院，一仕女手执纨扇，侧身凝望，眉宇间微露幽怨怅惘神色。她的衣裙在萧瑟秋风中飘动，身旁衬双勾丛竹。此图用白描画法，笔墨流动爽利，转折方劲，线条起伏顿挫，把行云流水描和折芦描结合起来，用笔富韵律感。全画虽纯用水墨，却能在粗细、浓淡变化中显示丰富的色调。画左上部题诗："秋来纨扇合收藏，何事佳人重感伤，请把世情详细看，大都谁不逐炎凉。"借汉成帝妃子班婕妤色衰恩弛，好比纨扇在秋风起后被搁弃的命运，抨击了世态的炎凉。显然，这是与唐寅个人生活的不幸遭遇有关的。画中女子一脸哀怨，或许正是唐寅自身的写照。这幅仕女图整体笔墨富于变化，含蓄有思致，画法兼工带写，人物的勾勒，湖石的渲染极其熟练，流利潇洒。

○《三千年结实》是清代晚期画家吴昌硕的代表作。吴昌硕早年作品画法工谨，多取古意；晚年始肆力于梅竹、兰石、松菊。他将金石、篆刻、隶书、狂草意趣融入绘画中，用笔多取中锋，线条遒劲，自然蔚为大家风采。这幅作品运用篆书笔法，疏阔纵放，雄浑有力，显现出磅礴而茁壮的气势。作品色墨并用，浑厚苍劲，再配以画上所题写的真趣盎然的诗文和洒脱不凡的书法，并加盖上古朴的印章，使诗书画印熔为一炉，对于近世花鸟画有很大的影响。

○《嘉耦图》是张大千泼墨泼彩画法的代表作之一。《嘉藕图》创作于 1947 年，长约 1.84 米，宽约 0.9 米。该作品以荷花为主题，其主要寓意为佳偶天成。画中精工细致的描写朱荷，在墨绿渍染的田园茂叶的衬托下，富丽堂皇而全无匠俗之气，阴郁中的双栖鸳鸯鸟色彩斑斓、悠然自得。整幅作品表现出的气度之宏大、层次之井然。张大千信仰佛教，荷花在佛教上被认为是西方净土的象征，荷花主要象征着美、爱、长寿、圣洁。鸳鸯代表相亲相爱的美好爱情，也是中国文艺作品中坚贞不移的纯洁爱情的化身，备受赞颂。张大千把荷花和鸳鸯鸟相结合，表达纯洁、美好的意愿。

○《芙蓉墨虾图》是齐白石创作于1951年的作品，也是齐白石花鸟画的力作。齐白石画虾可说是画坛一绝，灵动活泼，栩栩如生，神韵充盈，用淡墨掷笔，绘成躯体，浸润之色，更显虾体晶莹剔透之感。以浓墨竖点为睛，横写为脑，落墨成金，笔笔传神。细笔写须、爪、大螯，刚柔并济、凝练传神，显示了画家高妙的书法功力。画家写虾，来自生活，却超越生活，大胆概括简化，更得传神妙笔。《芙蓉墨虾图》以赋彩之笔成芙蓉花，以墨笔成群虾，一彩色一黑白，一工一写，相互对比，相映成趣。

○《远瞩》是李苦禅花鸟大写意的代表作，画风质朴、雄浑、豪放，笔墨雄阔，酣畅淋漓。李苦禅继承了中国画的传统，吸取石涛、八大山人、扬州画派、吴昌硕、齐白石等人的技法，在绘画方面有特色、有豪放、磅礴、形象鲜明的风格。李苦禅画花鸟，有一定写实的成分，不是对自然物象客观的描摹，而是凝练后的创造。李苦禅写意花鸟的主要题材是鹰、鹭等大黑鸟，诚如此幅《远瞩》，综合了鹰、鹭等多重猛禽特征的“雄鹰”形象，正是阳刚的化身，体现出坚贞不屈的品格。他的运笔线条如行云流水，苍劲朴拙，笔法凝练简约，却意趣盎然。笔墨纵逸豪放，雄健磅礴。他驾驭笔墨和写意技巧的能力是惊人的，已经达到了“笔简意繁”的艺术境界。

○《浅塘牧归》是李可染画牛的佳作。李可染对牛情有独钟，他喜欢牛的勤劳、犟劲和埋头苦干，他的画室就以“师牛堂”命名。李可染创作了大量牧牛题材作品，与他的山水一样形成了鲜明的个人风格。这幅《浅塘牧归》中的水牛造型坚实，勾皴点染，直如其笔下山水；牧童骑背其上，回眸期间，憨态可掬，与牛的形象形成鲜明对比，洋溢着温馨恬静的生活气息。双童与双牛，和泼墨苍劲的树干形成动与静的和谐。画面以淡墨、浓墨、焦墨，渍染、溢染之法出之，使水牛的质感、动感跃然纸上。而牧童的画法又笔法古拙，极具力度感，笔力遒劲老辣，看似信手挥洒，却处处妙趣横生。牧童与牛是中国诗与画的传统题材，李可染对这一传统题材进行了诗意空间的拓展，借以牧童与牛的亲密无间，展现出人们与春夏秋冬四时的合序，与天地阴阳的合二为一。

○《荷花》是潘天寿的代表作，在绘画上追求神似，不求表面的形似。画法上落笔大胆，点染细心。墨彩纵横交错，构图清新苍秀，气势磅礴，趣韵无穷。画面灵动，引人入胜。潘天寿的画让人感到震动，一方面洋溢着生活的情采和趣味，另一方面勃发着精神的张力和豪气。他的绘画不仅笔墨苍古、凝练老辣，且大气磅礴，雄浑奇掘，具有摄人心魄的力量感和现代结构美。他的作品融诗、书、画、印为一体而自成一家。潘天寿在其画论中提出：“画者，画也。即以线为界，而成其画也。笔为骨，墨与彩色为血肉，气息神情为灵魂，风韵格趣为意态，能具此，活矣。”而在构图上他讲道：“画画之布置，极重疏、密、虚、实四字，能疏密、能虚实，即能得空灵变化于景外矣。”潘天寿一生留下许多荷花画作，他在谈到荷花的布局时曾说：“荷叶上部的空处，好像有晨雾感觉，这是虚中求实，而荷叶底下的空处，则为空间了。并以题款布之，使其空中有物。把款题得斜一点，可以帮助荷花梗子增加气势。”

○《黄山》是刘海粟一生钟爱的绘画题材，刘海粟十上黄山，创作了大量泼墨、泼彩黄山图，注重精神描写与气韵的表达；手法上以“骨法用笔”的中锋线条构建骨骼，用墨或彩泼洒晕染以助韵，兴会所作常常笔墨酣畅，气势夺人。本画泼墨泼彩，亦庄亦谐，似真似幻，又静又动，给人以壮阔苍茫，雄浑磅礴，气象万千之感粗犷处任意挥洒，精细处着力点画，时而线勾，时而泼墨，时而点彩，虚中有实，实中见虚，虚实相生，给人以雄奇绝秀、幽深怪险、仪态万方之感。刘海粟笔下色彩鲜活灵透，极富生命感，颇得自然天趣，弥漫着一种灵气，不像有的学院派画家僵化呆板。

○《公元一九四五年九月九日九时·南京》是著名画家陈坚花费十年心力的鸿篇巨制，整画气势磅礴，深刻反映出抗日战争胜利后日本递交投降书的庄严场面，达到了思想性、艺术性、观赏性的完美统一。整个画面庄严肃穆，近似于真人大小的200多个人物，呈现一种具有纪念碑浮雕式的甚至年画式的崭新构图式样。该画的尺度为6米×22米，画中背景建筑所取的高度下压，加大了人物在画中占用面积的比例，增强了视觉冲击力。该作品在画面整体力度展现的把握上和人物个性、人物场景微妙关系准确体现上都精细恰当。

○《春》是文艺复兴早期画家波提切利的作品。这幅画创作于1478年，从绘画技法来讲由于没有采用当时已在法兰德尔流行的油画技法，而是采用传统的蛋清画法，画面上华丽的装饰效果反而更加强烈。由于蛋清干后会使颜色形成坚硬的一层，是一种透明的颜色，因此在这幅画上我们可以感受到那接近水彩画的纯净、透明的效果。在绘画史上，有许多作品描绘春天，然而还没有一幅作品能与波提切利的这幅《春》相媲美。可以这么说，这幅画已经尽善尽美地表现了春天的美和典雅。波提切利在这幅画里，构图上采用了平面的装饰手法，将众多的人物安排在了适当的位置上。画面上一共九人，从左至右一横列排开，没有重叠、穿插，并且根据他们在画中的不同作用，安排了恰当的动作。作为主角的女神维纳斯所处位置比其他人稍后一点。画面像一幕正在上演的舞台剧，布景是一片带金色果实的暗褐色小树林。《春》这幅作品，又被称为《维纳斯的盛世》。在中世纪的宗教绘画中，一般只有圣母玛利亚才被安排在拱形之下。波提切利在这里借用了这种形式，在维纳斯身后，他利用树枝与背景天空有意识地留出了这样的一个拱形。深色的背景树林，恰好在她的周围豁然开朗，突出了维纳斯主角的地位。她左手提着衣裙，右手稍微举起，仪态端庄、典雅。

○《蒙娜丽莎》为文艺复兴三杰之一的达·芬奇所创作。画中人物姿态优雅，笑容微妙，背景山水幽深茫茫，淋漓尽致地发挥了画家那奇特的烟雾状“无界渐变着色法”般的笔法。画家力图使人物的丰富内心感情和美丽的外形达到巧妙的结合，对于人像面容中眼角唇边等表露感情的关键部位，也特别着重掌握精确与含蓄的辩证关系，使达到神韵之境。达·芬奇改变了以往画肖像画时采用侧面半身或截至胸部的习惯，代之以正面的胸像构图，透视点略微上升，使蒙娜丽莎就显得更加端庄、稳重。

○《劫夺留西帕斯的女儿》是巴洛克绘画大师鲁本斯的杰作，整个画面气势磅礴，动感极其强烈。一般来说，巴洛克的风格特色是喜好扭曲变化的缠绕线条，创造出反复的装饰和堆积之美，以追求强烈的律动感。《劫夺留西帕斯的女儿》就充分表现出了这种绘画风格。画面中两个骑着棕黑色马的强悍男子正在劫掠两个裸体的少女，一个被推倒在地，另一个挥手呼救，马惊慌嘶鸣，天重云暗，气氛非常紧张。画家注重的是画面直观的丰富性和生气勃勃。马的重色、男子黝黑的肤色与女性明亮丰润的肤色形成强烈对比，画中人物和马的组合间暗藏了许多S状线条，开阔、有力的笔触与富有动感的线条使画面洋溢着回旋、奔涌的生机。

◆ **拓展资料**

○ 何宝民：《外国绘画名作欣赏》，海燕出版社2006年版。

○［英］罗伯特·卡明：《世界绘画大师》，接力出版社2002年版。

○［法］卡拉萨特：《西方绘画流派欣赏》，辽宁教育出版社2003年版。

○ 张若宜：《如何欣赏绘画》，中国社会出版社2006年版。

○ 中央电视台栏目组：《国宝档案——绘画》，中国民主法制出版社2009年版。

○ 甄巍：《西洋油画与中国水墨》，学林出版社2009年版。

○ 任德山：《中国绘画》，高等教育出版社2009年版。

○ 世界绘画图鉴编辑部：《世界绘画图鉴》，陕西师范大学出版社2008年版。

○ 方建中：《国人必知的2300个绘画常识》，万卷出版公司2009年版。

○ 李福顺：《名画传奇》，当代中国出版社2008年版。

○王鹏：《中国绘画流派识别图鉴》，中国轻工业出版社2008年版。

○ 肖小尧：《中外美术欣赏教程》，中国民主法制出版社2007年版。

○ 王福阳：《绘画色彩学基础教程》，福建美术出版社2002年版。

○ 陈志明：《国画山水》，上海人民美术出版社2007年版。

○ 杨新：《四僧绘画》，上海科学技术出版社2000年版。

○ 单国强：《金陵诸家绘画》，上海科学技术出版社2000年版。

○［英］劳伦斯·葛雯：《西方绘画艺术典藏——罗浮宫》，山东美术出版社1995年版。

○ 杨琪：《中国美术鉴赏十六讲》，中华书局2008年版。

○ 陈聿东：《国画艺术》，山西教育出版社2009年版。

○ 丹纳：《艺术哲学》，北京出版社2007年版。

【活动创编】

◆ **活动主题**

○ 绘画艺术的特点是什么？它与雕塑、建筑等造型艺术的主要区别在哪里？

○ 绘画艺术的语言有哪些？怎样借助它们去欣赏具体作品？

○ 绘画种类有哪些分类方法？试举例说明。

○ 简述中国画的绘画特点。

○ 中国画“诗书画印合一体”的起源、形式和风格。

○ 结合作品，试析郑板桥所画墨竹的精神内涵。

○ 你喜欢中国山水画的哪个流派？试举一两个画家进行分析。

○ 欣赏唐寅山水画的代表作《落霞孤鹜图》，谈谈“知君作画不是画，分明诗境但无声”的技巧和意境。

○ 齐白石、张大千、李苦禅的绘画各有什么特色？

○ 意大利画家波提切利创作《维纳斯的诞生》时，在写实手法中掺杂了一些变形因素。欣赏变形手法体现在哪些地方？画家这样画的意图是什么？表现了他的哪些情感？

○ 请结合时代背景，欣赏“文艺复兴三杰”的作品，综合分析造就“意大利文艺复兴三巨匠”的原因和他们在绘画艺术上的伟大成就。

○ 很多人认为抽象主义的绘画没有任何艺术价值，你如何看待？

◆ **创编项目**

○ 策划一场校园内的绘画作品展。

○ 每位同学尝试创作一份绘画作品，题材不限，表现手法不限。

○ 组织一次对所在城市美术馆或艺术馆的文化考察活动。

模块十　中国书法艺术欣赏

【欣赏名言】

书之妙道，神采为上，形质次之，兼之者方可绍于古人。

——南朝书法家王僧虔

【知识导入】

◆ 书法艺术的内涵

书法是中国传统艺术之一，是指以毛笔书写汉字的方法，来表达作者精神美的艺术。书法的基本要求可以概括为两个方面：一是使用柔软的毛笔，二是书写形象丰富的汉字。因此理解书法的定义也就包含了两个方面：一是指毛笔字书写的法则，主要包括执笔、用笔、点画、结构、分布等方法；二是指以书写汉字来表达作者精神美的艺术，即借助于精湛的技法、生动的造型来表达出作者的性格、趣味、学养、气质等精神因素。二者相融合，便构成了中国的书法艺术。所以从书法构成的要素来说，包括了三个方面：一是笔法，要求熟练地执使毛笔，还要把握正确的指法、腕法、身法、用笔法、用墨法等技巧；二是笔势，要求妥当地组织好点画与点画之间、字与字之间、行与行之间的承接呼应关系；三是笔意，要求在书写过程中表现出书者的气质、情趣、学养和人品。中国书法是中华民族审美经验的集中表现。

◆ 书法艺术的类型

书法的种类，大体可分为正、草、隶、篆、行等形体，这是汉字发展的几个重要阶段。不过，作为书法艺术，这些形体都保存下来了，并各自形成众多的流派，出现了不少独擅名家，拥有丰富多彩的艺术珍品。

◇ 篆书

篆书是大篆、小篆的简称。大篆指甲骨文、金文、籀文、六国文字，它们保存着古代象形文字的明显特点。小篆也称“秦篆”，是秦国的通用文字，大篆的简化字体，其特点是形体匀圆齐整，字体较籀文容易书写。在汉文字发展史上，它是大篆和隶楷之间的过渡。

◇ 隶书

隶书也叫隶字、古书，是在隶书基础上，为适应书写便捷的需要产生的字体。就小篆加以简化，又把小篆匀圆的线条变成平直方正的笔画，便于书写。隶书分为秦隶（也叫古隶）和汉隶（也叫今隶）。隶书的出现，是古代文字与书法的一大变革。

◇ 正书

正书也叫楷书、真书，其特点是：形体方正，笔画平直，可作楷模，故名。正书始于东汉，名家很多，如“欧体”（欧阳询）、“虞体”（虞世南）、“颜体”（颜真卿）、“柳体”（柳公权）、“赵体”（赵孟頫）等。

◇ **行书**

行书是介于楷书、草书之间的一种字体，始于汉末。行书笔势不像草书那样潦草，也不要求像楷书那样端正。其中，楷法多于草法的叫“行楷”，草法多于楷法的叫“行草”。

◇ **草书**

草书为书写便捷而产生的一种字体，始于汉初。当时通用的是草隶，即潦草的隶书。后来逐渐发展形成一种具有艺术价值的章草。汉末，张芝变革章草为今草，字的体势一笔而成。唐代张旭、怀素又发展为笔势连绵回绕、字形变化多端的狂草。

◆ **书法艺术的语言**

书法是以汉字为基础，通过点画运动来表达一定情感、意蕴的艺术。书法艺术语言，有以下几点：用笔、用墨、结构、布局、材料。

◇ **用笔**

用笔，即运笔的方式、方法。涉及点、画如何表达思想感情。用笔的笔尖、笔锋始终保持在线条的中间，侧锋为辅。书法的用笔，主要包括笔法、笔力、笔势、笔意等艺术技巧。笔法是指用笔的方法，具体有：起笔、收笔、圆笔、方笔、中锋、侧锋、露锋、藏锋、提按、转折等。笔力是指笔画的内在力量，无论是刚健还是柔软的笔画线条，在用笔中要表现出有一种内在的力量感。笔势是指用笔时所形成的气势。笔势有笔断而气势不断，点、画形状虽各不相同，但其势则浑然一体。笔意是指笔画线条所表现的感情、意趣等，这种意趣往往是作者的感情在书法中的流露和表现。

◇ **用墨**

用墨是指墨的着色程度及变化。墨色浓淡的变化，在书法表现意境方面起很重要的作用。“润含春雨”，即写一种比较轻松愉快的东西时，用墨滋润些，则字中线条犹如春雨；“干裂秋风”，即写苍劲有力量的内容时，用枯笔如秋风一般，如此产生不同的艺术效果。“润取妍”，墨里比较滋润，字比较秀美。“燥取险”比较干枯用笔，方显得险峻。

用墨是书法技法中的一个重要组成部分，历来为书家所重视。书法用墨主要有浓墨、淡墨、枯墨、润墨之法。浓墨是指不但要黑而且要黑中透亮。用浓墨创作给人以笔沉墨酣富于力度之感，篆、隶、正、行书之创作皆宜使用；淡墨作书给人淡雅古逸之韵，空灵清远之感，但淡墨不宜太淡，掌握不好易伤神采，一般宜用于草、行书创作，不宜作篆、隶、正书；枯墨是书者运用枯墨进行创作时较常出现的三种笔法，能较好地体现沉着痛快的气势和古拙老辣的笔意；润墨是指润泽的墨色从点画中微微浸润渗化开来，古人形容这种富于韵味的墨法为“润含春雨”。

◇ **结构**

结构是指字的分间布白，经营位置，即书法的空间特征。字的造型有点类似建筑，如西安大雁塔庄重雄伟；小雁塔基础窄、比较高，轮廓带有裙线，感觉玲珑秀美。书法也一样，不同书法家写同样的字，由于结构处理不同，感受就不同。颜真卿、王羲之同写兰花的“兰”，结构不同，表现特点就不同。甚至同一个书法家，在不同的情感下写同一个字，结构也不同。结构是说书法的空间特征。

◇ **布局**

布局是指书法的整体效果，也有称“布白”。看一幅字一眼看上去，黑白大效果，有气势的字，马上会感到一种气势。整体布局开头、结尾和中间书写过程如同一个生命的整体。也就是“积画成字，积字成行，积行成篇”。在欣赏时要把握整体，讲究一气呵成，气脉连贯。书法作品通过整体布局、字的结构、用笔变化来表达不同的情感，这些都是书法特有的艺术美。

◇ **材料**

书法的材料与众不同，需要使用中国独有的笔、墨、纸、砚。书法中所用的笔是毛笔，据说是秦始皇的大将蒙恬创制的。毛笔的笔头一般用兽毫制成，分为柔软和健硬两类。柔毫主要是山羊毛所制；健毫则用兔脊毛和黄鼠狼尾毛等制成，柔毫和健毫杂在一起称为兼毫。中国的毛笔为浙江湖州善琏镇所产的选料最为严格，制作最为精良，称为“湖笔”；书法中所用的墨自西周时期就已有记载，后代的墨由煤烟制成，其原料不同，可分为油烟墨、漆烟墨、松烟墨，分别以桐油、生漆、松枝所烧的烟炱加黄明胶和麝香、冰片等制成。明清时，徽州制墨业迅速发展，以胡开文所制为最有名，有了“徽墨”之称；纸是中国古代四大发明之一，曾经为历史上的文化传播立下了卓著功勋。即使在机制纸盛行的今天，某些传统的手工纸依然体现着它不可替代的作用，焕发着独有的光彩。古纸在留传下来的古书画中尚能一窥其貌。唐代的造纸业非常发达，宣州府纸的质地绵韧，纹理美观，洁白细密，经久不坏，并善于表现笔墨的浓淡润湿，变化无穷。古代诗人誉为：“滑如春冰密如茧”，并被称作“纸中之王”和“纸寿千年”，因此，也就有了“宣纸”美名。砚在西汉时期已使用，我国传统有四大砚，即端砚、歙砚、洮砚、澄泥砚。端砚产于广东端州东郊端溪；歙砚产于徽州；洮河砚之石材产于甘肃临洮大河深水之底，取之极难；澄泥砚产于山西绛州，不是石砚，而是用绢袋沉到汾河里，一年后取出，袋里装满细泥沙，用来制砚。端砚为砚之上品，其品质最佳。

【欣赏引导】

欣赏书法作品要掌握两大主线：一是明确书法欣赏的审美标准，它是正确进行书法欣赏的基础；二是掌握书法欣赏的方法，是进行书法欣赏的关键。

◆ **明确书法艺术欣赏的审美标准**

南朝书法家王僧虔在《笔意赞》中说：“书之妙道，神采为上，形质次之，兼之者方可绍于古人。”这里，强调以形写神，形神兼备。一般地说，“形”包括点画线条以及由此而产生的书法空间结构；“神”主要指书法的神采意味。

◇ **点画线条的力量感、节奏感和立体感**

书法的点画线条具有无限的表现力，它本身抽象，所构成的书法形象也无所确指，却要把全部美的特质包容其中。这样，对书法的点画线条就提出了特殊的要求，即具有力量感、节奏感和立体感。力量感是线条美的要素之一，点画要深藏圭角，有往必收，有始有终，便于展示力度；节奏感指书法过程中运笔用力大小以及速度快慢不同；立体感是中锋用笔的结果。中锋写出的笔画，点画线条才能饱满圆实，浑厚圆润。

◇ **空间结构的形象美、力度美、神采美**

书法结构的形象美体现在三个标准上：一是笔法娴熟，用笔应顺乎其性，掌握规律。二是结体美观，字的结体应具有和谐之美。三是整体形象美，既要有布白之美，还要有气韵之美。一幅成功的作品其用笔使墨，犹如调兵遣将，从容不迫，伸缩有度，张弛有序，表现出很强的节奏感和韵律感；书法结构的力度美也体现在三个标准上：一是就笔画而言，有力度的笔画不在于其表象的粗、细、曲、直和墨色的浓、淡、枯、湿，也不在于笔法的藏、露、中、侧、方、圆，关键在于能否给人以“力”的意象。二是就结体而言，无论是端庄、方整的楷书，还是自由、闲适的行书，或是纵横、奔放的草书，都存在一个力度的问题。三是就书法作品的整体形象而言，字与字之间，行与行之间，以至全局的“形”与“势”上，均存在一个“引力”或“张力”的问题。所谓布局合理，常常是在于字里行间这种力度的平衡。书法结构的神采美分为三种境界：一是“能品”，是指仅能达到视觉形象美的作品；二是“妙品”，是指能吸取前代众家之长，具有较深的艺术传统功底的作品；三是“神品”，是指能在集众家之长的基础上，自辟蹊径，表现出自我精神、个性的作品。

◆ **掌握书法艺术欣赏的方法**

书法欣赏同其他艺术欣赏一致，需要遵循人类认识活动的一般规律。由于书法艺术的特殊性，又使书法欣赏在方法上表现出独特性。一般地说，我们可以从以下几个方面进行：

○ 从整体到局部，再由局部到整体。书法欣赏时，应首先统观全局，对其表现手法和艺术风格有一个大概的印象。进而注意用笔、结字、章法、墨韵等局部是否法意兼备、生动活泼。局部欣赏完毕后，再退立远处统观全局，校正首次观赏获得的“大概印象”，重新从理性的高度予以把握。注意艺术表现手法与艺术风格是否协调一致，作品何处精彩、何处尚有不足，从宏观和微观角度充分地进行赏析。

○ 把静止的形象还原为运动的过程，展开联想。书法作品作为创作结果是相对静止不动的。欣赏时应随作者的创作过程，采用“移动视线”的方法，依作品的前后（语言、时间）顺序，想象作者创作过程中用笔的节奏、力度以及作者感情的不同变化，将静止的形象还原为运动的过程。也就是摹拟作者的创作过程，正确把握作者的创作意图、情感变化等。

○ 从书法形象到具体形象，展开联想，正确领会作品意境。在书法欣赏过程中，应充分展开联想，将书法形象与现实生活中相类似的事物进行比较，使书法形象具体化。再由与书法形象相类似事物的审美特征，进一步联想到作品的审美价值，从而领会作品意境。如欣赏颜真卿楷书，可将其书法形象与“荆卿按剑，樊哙拥盾，金刚炫目，力士挥拳”等具体形象类比联想，从而可以得出：体格强健——有阳刚之气——富于英雄本色——端严不可侵犯的特征，由此联想到颜真卿楷书端庄雄伟的艺术风格。

○ 了解作品创作背景，正确把握作品的情调。任何一件书法作品都是某种文化、历史的积淀，都是特定历史文化背景下的产物。因而，了解作品的创作背景（包括创作环境），弄清作品中所蕴含的独特的文化气息和作者的人格修养、审美情趣、创作心境、创作目的等，对于正确领会作者的创作意图，正确把握作品的情调大有裨益。清王澍《虚舟题跋·唐颜真卿告豪州伯父稿》云："《祭季明稿》心肝抽裂，不自堪忍，故其书顿挫郁屈，不可控勒。此《告伯文》心气和平，故客夷婉畅，无复《祭侄》奇崛之气。所谓涉乐方笑，言哀已叹。情事不同，书法亦随而异，应感之理也。"可见，不论是作者的人格修养、创作心境，抑或是创作环境，都对作品情调有相当大的影响。加之书法作品受特定时代的书风和审美风尚的影响，更使书法作品折射出多元的文化气息。这无疑增加了书法欣赏的难度，同时更使书法欣赏妙趣横生。

总之，书法欣赏过程中受个性心理的影响，使欣赏的方法没有一个固定的模式。以上所述仅是书法欣赏的一种方法，欣赏过程中可以将几种方法交替使用。另外，欣赏过程中还必须综合运用各种书法技能、技巧和书法理论知识，极大限度地挖掘自己的审美评价能力，尽力按作者的创作意图体味作品的意境。努力做到赏中有评、评中有赏，并将作品放在特定的历史环境中去品味，对作品作出正确的欣赏和公正、客观的评价。当然，掌握了正确的欣赏方法以后，多进行欣赏，是提高欣赏能力的重要途径。扬雄谓："能观千剑，而后能剑；能读千赋，而后能赋"，正是此理。

【名作欣赏】

◆ 晋代书法家王羲之书法《兰亭集序》欣赏

◇ 晋代书法的艺术表现

两晋时期，字体演变已逐渐完成，各种书体迅速发展。上至帝王将相，下至平民百姓喜爱书法已经成为社会风尚，在这种背景之下产生了大批的书法名家，并为后世留下了大量的艺术珍品；随着书法艺术的发展，理论研究渐为世人所重，所以在两晋出现了大量的书法著作则是一种必然。两晋书法的艺术表现主要体现在以下方面：

○ 晋代是书法艺术承上启下的朝代，篆隶书已经衰微，楷书渐趋成熟，而行草书则大盛于世。西晋章草书，字字区别，即字与字之间不像今草那样上下牵连引带。

○ 笔断意连，即笔画之间互相照应，不必实连。虽然在一字之中也有连笔，但不像隶书那样笔笔相断而不连。

○ 注重用点，常常变画为点。点的灵活运用，化静为动，增加了流动之美。

○ 每字或强调波磔，或突出分势，或延长横画偃波，或张扬上钩之态势。这些都在不同程度上表现出由母体——隶书带来的分别向背之势，翩翩向上翻飞之意。

○ 具有古拙之趣与流美之风。西晋章草既有隶书的古朴浑厚，又有今草的婉转流动，可以说是章草书的完美成熟期。

◇《兰亭集序》书法的艺术特征

《兰亭集序》全文共28行，324字，章法、结构、笔法都很完美。王羲之的行书在当时独树一帜，这是他33岁时的得意之作，后人评道："右军字体，古法一变。其雄秀之气，出于天然，故古今以为师法。"历代书家都推《兰亭集序》为"天下第一行书"。此书法表现了王羲之书法艺术的最高境界。作者的气度、风神、襟怀、情愫都在这件作品中得到了充分表现。《兰亭集序》书法本身的艺术魅力在于：点画注重提按顿挫，精到而多变，同一点画，写法多样，无法而有法，能寓刚健于优美。结构强调欹正开合，生动而多姿，同一字形，绝不重复，能尽字之真态，寓欹侧于平正。章法疏密有致，自然天成。总

《兰亭集序》（王羲之）

览全篇，行笔不激不厉，挥洒自如，收放有度，点画从容而神气内敛。自始至终流露着一种从容不迫，潇洒俊逸的气度，给人以高雅、清新、华美、蕴藉的艺术感受。从形质到神韵均成为后人学习行书的典范。《兰亭集序》书文并美，表现了晋人特有的超然玄远的深情与风采，这种深情与风采为晋人所独有，为后人称慕与景仰。

◆ 唐代书法家颜真卿书法《祭侄文稿》欣赏

◇ 唐代书法的艺术表现

唐代书法，真草篆隶行，百花齐放，争妍斗奇；欧、虞、褚、薛、李、孙、颜、柳，颠张狂素，群星熠熠，组成了中国书法上最为辉煌的图卷。唐代书法的艺术表现主要体现在以下方面：

○ 真书书法脱颖而出，风格转呈严谨雄健、法度森整。

○ 行草书家特别是草书家的风格走向飞动飘逸。

○ 隶篆虽无大发展，但能承秦汉之遗法，形成或严谨紧劲，或遒劲圆活的新风。

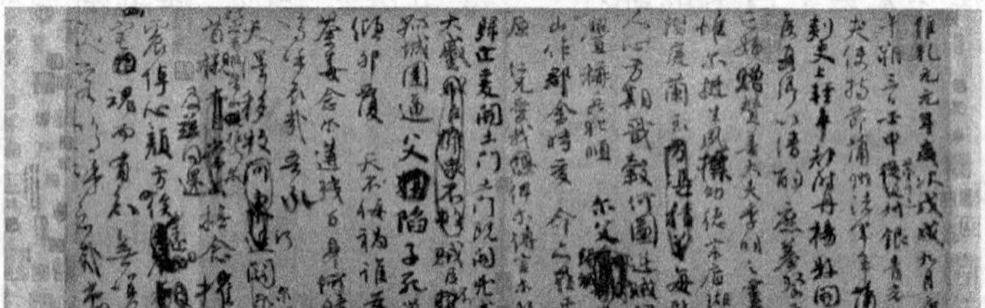

《祭侄文稿》（颜真卿）

◇《祭侄文稿》书法的艺术特征

《祭侄文稿》是唐代颜真卿的行草书。唐代安史之乱之时，颜真卿的堂兄颜杲卿任常山郡的太守，叛乱的军队逼近常山郡，而太原节度使却按兵不动，导致常山郡失守，颜杲卿与儿子颜季明全部战死。事后颜真卿派长侄颜泉明去常山郡寻找遗骨，仅仅找到颜杲卿一足和颜季明的头骨。颜真卿悲愤至极，写下了《祭侄文稿》，这一年颜真卿 50 岁。书法作品一向有字如其人的说法，颜氏一门忠烈，大义凛然的精神气节也反映在书法作品中。这篇书法是稿本，其中删改涂抹，从中可以看出颜真卿构思创作的情怀起伏变化。颜真卿没有掩饰胸臆，所以写得神采飞动，笔势雄奇，姿态横生，所有的竭笔和牵带的地方都历历可见。通篇使用一管微秃之笔，以圆健笔法，有若流转的篆书，自首至尾，虽因墨枯再醮墨，墨色因停顿初始，黑灰浓枯，多有变化，但可以看出前后一气呵成。此帖为“天下第二行书”。

◆ 宋代书法家苏轼书法《黄州寒食诗帖》欣赏

◇ 宋代书法的艺术表现

宋代书法家站在唐人们所创下的高峰上，充分发挥自己的聪明才智，巧妙地避开严谨的法度，形成“尚意”的艺术风格。“意”乃相对形而言，有神采之义。通俗地讲，即不计较字的具体形态，只关注心领神会，把握住汉字的精神实质。不强调具体形状，只注意共同规律，从而打开了“宋人尚意”的时代新风尚，开始了书法发展的新阶段。

○ 绕开唐人森严的法度，转而追求书法艺术的情趣为主旨，求意而不拘法，开创了一代先河。宋朝书法家们不可能像唐代那样悠闲地沉浸于法度，端庄静美的楷书已不再能满足他们表意的需要，而行草书因其挥洒灵活而更能满足他们的需求，故宋朝行书最盛。

○ 书法形成的尚意传统，表现为四个特点：一重哲理性；二重书卷气；三重风格化；四重意境表现。

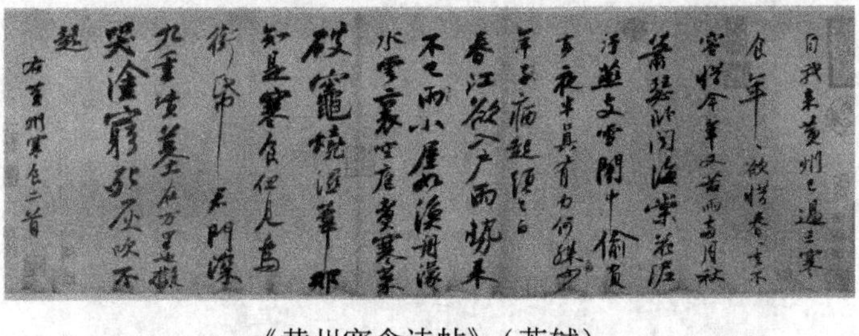

《黄州寒食诗帖》（苏轼）

◇《黄州寒食诗帖》书法的艺术特征

苏轼书法从“二王”、颜真卿、柳公权、褚遂良各家吸取营养，在继承传统的基础上努力革新。他讲自己书法时说：“作字之法，识浅见狭学不足，三者终不能尽妙，我则心目手俱得之矣。”他讲他的书法艺术创作过程时说：“我书意造本无法，点画信手烦推求。”他重在写“意”，寄情于“信手”所书之点画。他在对书法艺术深刻理解的基础上用传统技法去进行书法艺术创造，在书法艺术创造中去丰富和发展传统技法，而不是简单机械地去模古。他在执笔方法上运用异于常人的特殊方法，还注意书写工具的改革。其代表作有《黄州寒食诗帖》，25 行，共 129 字。这是一首遣兴的诗作，是苏轼被贬黄州第三年的寒食节所发的人生之叹。诗写得苍凉多情，表达了苏轼此时惆怅孤独的心情。此诗的书法也正是在这种心情和境况下，有感而出的。通篇书法起伏跌宕，光彩照人，气势奔放，而无荒率之笔。《黄州寒食诗帖》在书法史上影响很大，被称为“天下第三行书”，也是苏轼书法作品中的上乘。正如黄庭坚在此诗后所跋：“此书兼颜鲁公、杨少师、李西台笔意，试使东坡复为之，未必及此。”

【自我感悟】

◆ 自我欣赏佳作

◇ 晋代书法家王献之书法《中秋帖》欣赏

《中秋帖》（王献之）

◇ 唐代书法家张旭书法《古诗四帖》欣赏

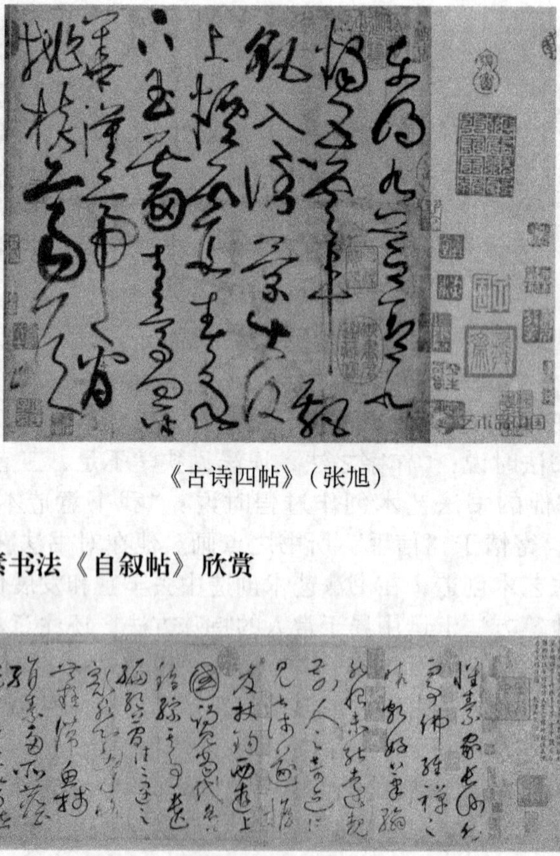

《古诗四帖》（张旭）

◇ 唐代书法家怀素书法《自叙帖》欣赏

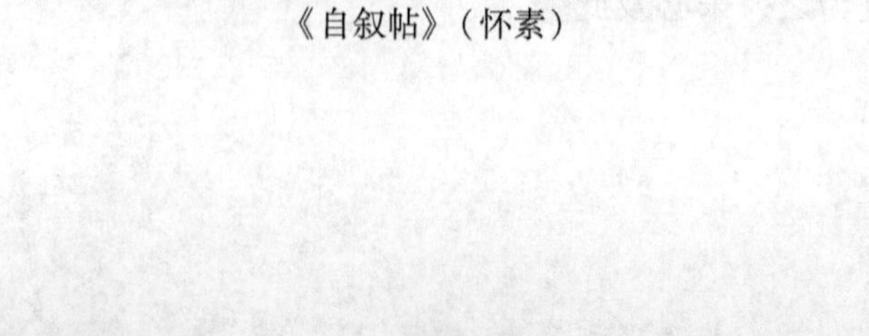

《自叙帖》（怀素）

◇ **唐代书法家柳公权书法《玄秘塔碑》欣赏**

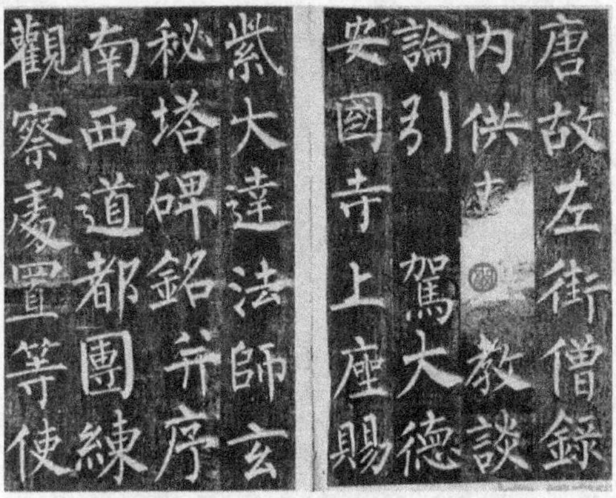

《玄秘塔碑》（柳公权）

◇ **宋代书法家黄庭坚书法《黄州寒食诗卷跋》欣赏**

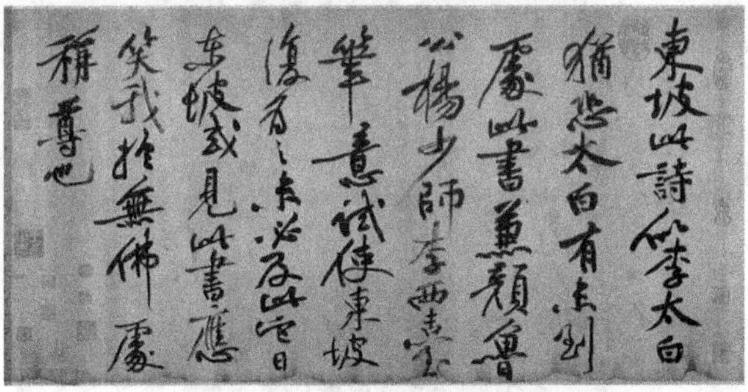

《黄州寒食诗卷跋》（黄庭坚）

◇ **宋代书法家米芾书法《蜀素帖》欣赏**

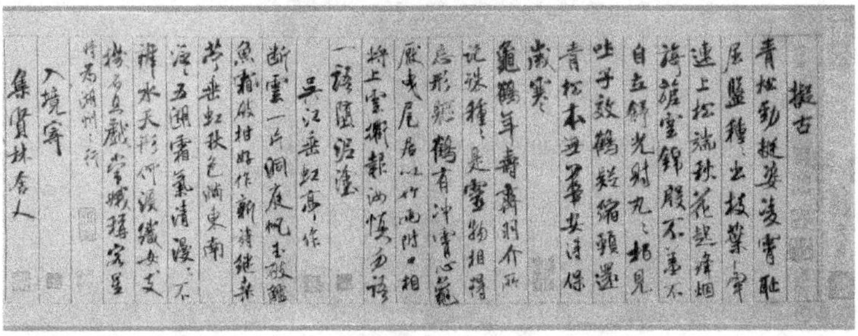

《蜀素帖》（米芾）

◇ **明代书法家文徵明书法《心经》欣赏**

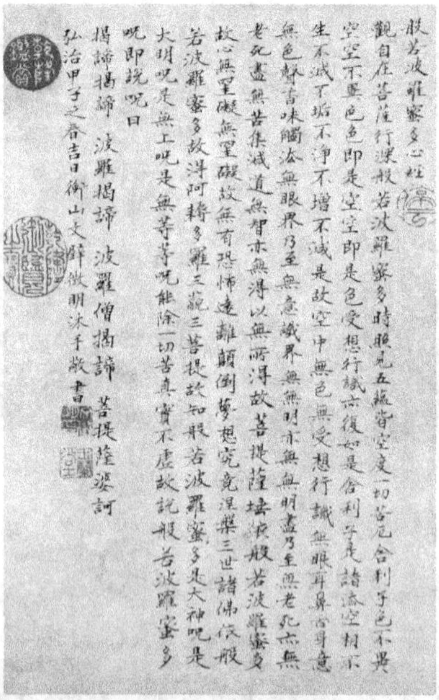

《心经》（文徵明）

◇ **清代书法家郑簠书法《湖上旧诗》欣赏**

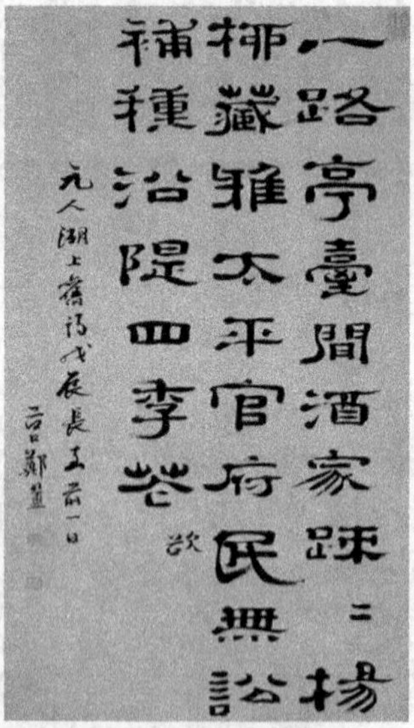

《湖上旧诗》（郑簠）

◆ **自我欣赏导引**

○《中秋帖》为晋代书法家王献之所书，与王羲之的《快雪时晴帖》，王珣的《伯远帖》合称“三希”，现藏故宫博物院。《中秋帖》素墨迹本，纵27厘米，横11.9厘米，共三行二十二字。卷前有宋高宗赵构签题“晋王献之中秋帖”及清高宗弘历题引首“至宝”两大字，卷后有明代董其昌题跋：大令此帖米芾以为天下第一。《中秋帖》字之体势，一笔而成，偶有不连，而脉不断，及其连者，气候通其隔行。《中秋帖》书法纵逸豪放，应是王献之创造的新体。

○《古诗四帖》为唐代大书法家张旭所书。该帖草书，写在五色笺上，共40行，一百八十八字，纵28.8厘米，横192.3厘米，原迹现藏于辽宁省博物馆。前两首诗是庾信的《步虚词》，后两首为谢灵运的《王子晋赞》和《岩下一老公四五少年赞》。张旭的草书与李白的诗歌、裴旻的剑舞称为唐代“三绝”。盛唐时期，以张旭为代表的一派草书风靡一时，它打破了魏晋时期拘谨的草书风格。把草书在原有的基础结构上，将上下两字的笔画紧密相连，所谓“连绵环绕”，有时两个字看起来像一个字，有时一个字看起来却像两个字。在章法安排上，也是疏密悬殊。在书写上，也一反魏晋“匆匆不及草书”的四平八稳的传统书写速度，而采取了奔放、写意的抒情形式。正如唐代文学家韩愈《送高闲上人序》中所云：“张旭善草书，不治它技，喜怒窘穷，忧悲愉佚，怨恨，思慕，酣醉无聊，不平，有动于心，必于从草书焉发之。”此幅草书，通篇气势奔放，运笔无往不收，如“锥划沙”，无纤巧浮华之笔。

○《自叙帖》是唐代大书法家怀素的作品，怀素以“狂草”名世，史称“草圣”。与张旭齐名，合称“颠张狂素”。怀素自幼出家为僧，经禅之暇，爱好书法，刻苦临池，采蕉叶练字，木板为纸，板穿叶尽，秃笔成冢，其后笔走龙蛇，满纸云烟，王公名流也都爱结交这个狂僧。怀素草书，笔法瘦劲，飞动自然，如骤雨旋风，随手万变。他的书法虽率意颠逸，千变万化，而法度具备。怀素与张旭形成唐代书法双峰并峙的局面，也是中国草书史上两座不可企及的高峰。他的书法热情奔放、豪迈恣肆，如“飞鸟出林，惊蛇入草”。当时的诗人李白、钱起等都有赞美他书法的诗篇。韩愈在一首诗中写道：“何处一屏风，分明怀素踪。虽多尘色染，犹见墨痕浓，怪石奔秋涧，寒藤挂古松。若教临水畔，字字恐成龙。”把他的字与张旭字相比较，可以看出，后者笔画偏肥而前者偏瘦，所以，怀素在《自叙帖》中有“奔蛇走虺势八座”、“寒猿饮水撼枯藤”的诗句，以“奔蛇”和“枯藤”作比，甚为贴切。《自叙帖》是怀素晚年草书的代表作。通篇为狂草，笔笔中锋，如锥划沙盘，纵横斜直无往不收；上下呼应如急风骤雨，可以想见当年操觚之时，心手相师，豪情勃发，一气贯之的情景。明代安岐谓此帖：“墨气纸色精彩动人，其中纵横变化发于毫端，奥妙绝伦有不可形容之势。”

○ 柳公权的《玄秘塔碑》全称《唐故左街僧录内供奉三教谈论引驾大德安国寺上座赐紫大达法师玄秘塔碑铭并序》，唐裴休撰文，柳公权书并篆额，邵建和、邵建初镌刻，立于唐会昌元年（公元八四一年）十二月，现在陕西西安碑林。全碑共28行，每行54字，下截每行磨损二字，其余完好。此碑习者众多，视为柳体的代表作。刘熙载《艺概》谓：“柳书《玄秘塔》出自颜真卿《郭家庙》。”王世贞云：“柳法遒媚劲健，与颜司徒媲美。”《玄秘塔碑》是柳公权六十四岁时所书。王澍《虚舟题跋》说此书是“诚悬极矜练之作”。《玄秘塔碑》结字的特点主要是内敛外拓，这种结字容易紧密、挺劲；运笔健劲舒展，干净利落，四面周到，有自己独特的面目。柳公权是晚唐继颜真卿之后的又一位书法大家。其书与颜真卿齐名，世人常用“颜筋柳骨”之词来评价。柳体用笔骨力居多，笔画清癯，笔力刚毅遒劲，结体中宫紧收，外围舒展开朗。这是柳公权力矫唐开元之后书风日趋肥厚的新面目，也是柳体的最大特点。

○ 黄庭坚善行草书，楷法亦自成一家。与张耒、晁补之、秦观俱游苏轼门，天下称为四学士。《黄州寒食诗卷跋》是他在苏轼《黄州寒食诗帖》后写的一段跋语，此跋历来为人们所珍视，与原帖合称“双璧”。《黄州寒食诗卷跋》表现了“黄书”的基本艺术特点。《黄州寒食诗卷跋》用笔锋利爽截而富有弹性，其字写得藏锋护尾，纵横奇崛，其长笔画波势比较明显。由于黄庭坚善于把握字的松紧，因此形成了中宫收缩而四周放射的特殊形式感，人们也称其为辐射式书体。在布局上，《黄州寒食诗卷跋》常从欹侧中求平衡，于倾斜中见稳定，因此变化无穷，曲尽其妙。从局部看，一行字忽左忽右，但从整体看，呼应对比，浑然一体。此跋给人以神情饱满，气势贯通的感受，决无荒率之病，达到了艺术的化境，所以他在最后不无得意地说：“他日东坡或见此书，应笑我于无佛处称尊也。”

○《蜀素帖》是米芾三十八岁时，在蜀素上所书的各体诗八首。蜀素是四川造的丝绸织物，上织有乌丝栏，制作讲究。此卷相传为邵氏所藏，欲请名家留下墨宝，以遗子孙，可是传了祖孙三代，竟无人敢写。因为丝绸织品的纹罗粗糙，滞涩难写，故非功力深厚者不敢问津。而米南宫见了却“当仁不让”，一挥到底，写得随意自如，清劲飞动，真似如鱼得水一般。另外，由于丝绸织品不易受墨而出现了较多的枯笔，使通篇墨色有浓有淡，如渴骥奔泉，更觉精彩动人。米芾用笔如画竹，喜“八面出锋”。此帖用笔多变，正侧藏露，长短粗细，体态万千，充分体现了他“刷字”的独特风格。结字也俯仰斜正，变化极大，并以欹侧为主，表现了动态的美感。董其昌在《蜀素帖》后跋曰：“此卷如狮子搏象，以全力赴之，当为生平合作”。米芾是徽宗时书画学博士，人称“米南官”，又因其举止颠狂，人称“米颠”。他的书法作品，大至诗帖，小至尺牍、题跋都具有痛快淋漓，欹纵变幻，雄健清新的特点，快刀利剑的气势。

○《心经》是文徵明的小楷作品。文徵明是诗、文、书、画的全才。在绘画方面，他与弟子称为“吴门派”，又和沈周、唐寅、仇英合称“明四家”。他书法各体无一不精，尤其以行书、楷书为人所称道，在当时名重海内外，并且因为他享年高寿，德高望重，门生众多，对后世产生了极大的影响。文徵明的小楷特别精细工整，主要来源于钟繇、王羲之、王献之和虞世南、褚遂良、欧阳询，而且法度谨严，笔锋劲秀，体态端庄，风格清秀俊雅，《心经》是其晚年八十岁以后的小楷，尤其见功夫。他的楷书作品即使是快到九十岁时，也是如此，这在我国书法家中是极为少见的。

○ 郑簠，清代隶书第一人。他倡学汉碑，对后来汉碑之学的复兴起了重要作用。他自称：“作字最不可轻易，笔管到手，如控于钩弩，少驰则败矣。”其隶书飘逸虚灵，活脱洒丽。《湖上旧诗》此篇书法用笔上轻灵飘逸，结字紧凑，在汉隶的基础上求新求变。规范的隶书笔法中，加入富于个性的轻重用笔，或用枯笔，结字也不呆板。与时间稍早的王时敏相比，郑簠的隶书稍接近汉人且富有古意。这些都为隶书开创了新的出路，成为乾嘉以后碑派书法追求的境界，影响甚大。

◆ **拓展资料**

○ 朱以撒：《中国书法名作 100 讲》，百花文艺出版社 2008 年版。
○ 陈振濂：《书法美学》，山东人民出版社 2006 年版。
○ 王学仲：《书法举要》，新世界出版社 2006 年版。
○ 钟明善：《书法鉴赏》，高等教育出版社 2009 年版。
○ 卢琼：《国粹——墨宝书法》，新世界出版社 2009 年版。
○ 王岳川：《中国书法文化大观》，北京大学出版社 2003 年版。
○ 张冰：《中国书法名家识别图鉴》，中国轻工业出版社 2009 年版。
○ 邓力群：《毛泽东与书法》，中央民族大学出版社 2004 年版。
○ 洪丕谟：《书法史话》，陕西人民出版社 2008 年版。
○ 李天民：《书法知识与欣赏》，上海文艺出版社 2002 年版。
○ 刘涛：《古代书法字里千秋》，生活·读书·新知三联书店 2007 年版。

【活动创编】

◆ **活动主题**

○ 分析书法美具有的时间特征。
○ 书法的空白的价值有哪些？
○ 分析书法线条的节奏的四个类型。
○ 书法材料的质地美、格局美和装潢美三者的关系如何？
○ 分析草书史上的两个高峰。
○ 阐述一下“永字八法”各自的特征。
○ 思考欣赏楷书名作的技巧。
○ 书法家中你比较喜欢哪几家的风格？
○ 比较米芾与黄庭坚行书用笔的异同。
○ 比较分析王羲之、颜真卿、米芾、苏轼四家的行书的结构特征。
○ 学习书法艺术需要的修养有哪些？

◆ **创编项目**

○ 策划一场校园内的书法作品展。
○ 每位同学尝试创作一份书法作品，题材不限，表现字体不限。
○ 组织寻访你所认识的书法家或书法爱好者，并获得题字或书法作品。

模块十一　中外音乐艺术欣赏

【欣赏名言】

世界上如果没有音乐，那么世界也就不存在了。

——达尔文

【知识导入】

◆ **音乐艺术的内涵**

音乐是通过旋律和节奏创造出艺术形象，表达思想感情，反映社会现实它包括声乐和器乐两部分。我们为了更好地欣赏音乐，不能只了解音乐的定义，更应当了解音乐的特征和内涵。

◇ **音乐是声音的艺术**

作为音乐物质材料的声音，是一个超脱了自然原型的特殊的音响体系。这一点是音乐具有与其他艺术不同的种种特殊性的根源所在，也是音乐诸多艺术特征生成的根源所在。音乐不同于口技，不同于戏剧、影视中的音响效果，音乐是一种表现力极强的、独特的艺术品种。这首先由于它赖以存在的物质材料，不是一般意义的声音，而是人在漫长的历史实践中，经过反反复复的选择而留取下来的，经过多方面加工组织起来的一些特殊的声音。它们源于自然界和社会生活，但又超脱了自然客体的属性。经过选择、加工、组织的，作为音乐物质材料的声音，本身是抽象的、自成体系的。它与自然界、社会生活中的具体音响，没有直接、固定的对应关系。但是它的音色、音质、音高、力度等方面的性能是非常优越的，这些性能的发挥与相互组合加之与节奏、速度等其他因素的结合，其变化的可能是无限的，只要做到同自然界、社会生活中与事物存在、变化、发展相伴的音响规律和特点相契合、相仿佛、相照应，那么音乐音响体系变化、控制的无限可能性，就会变成无限的表现可能性。

◇ **音乐是时间的艺术**

音乐艺术的展现要在一定的过程中完成。音乐艺术特别生动活跃，特别具有“动人心腑”的感染力量。古希腊哲学家、美学家亚里士多德就曾提出这样的思考：为什么音乐的表现力比色彩大如此之多？结论是因为它是时间性的。事物在运动中存在，人在运动中生活，人对事物的感受和认识有一个过程，人的思想感情的深化、发展也在过程中实现，因此，通过声音运动过程来展现的音乐艺术，对反映运动着的事物，表达发展、深化的思想感情，有着特殊的适应性。调转过来，在欣赏过程中音乐的这种“特殊的适应性”，便转化为特殊的感染力。音乐艺术有一种引人“介入其中”的力量。这是因为音乐的律动和起伏，会自然诱发人体运动机制产生变化，与之相应。一支队伍集合起来出发行进，没有人喊“一二一”，众人的脚步自然走不齐。倘若此时，有一支军乐曲奏响，它节奏鲜明、雄壮有力，过一会儿请看，人们的脚步随着这乐曲的进行，已经整齐划一。人们都有这样的体验：在聆听音乐的过程中，不仅注意力集中于它，而且肌肉、肢体、喉咙、牙关以至循环系统、呼吸系统都会随着它而张弛。身体运动机制的活动、变化，又直接作用于情绪，使之兴奋、波动。所以，没有任何一种艺术能够像音乐这样，可以在一个短暂的时间内，使众多的人按照同一意向感奋起来，而且可以达到那样强烈的程度。正因如此，任何一个国家、一个军队，都要搞军乐、军歌、进行曲和其他能够统一步调、鼓舞士气的音乐。

◇ **音乐是表现的艺术**

所谓“音乐形象”是形成于头脑中的形象，是感情化、性格化的形象。表现艺术是相对于再现艺术而言的。这两类艺术都反映生活、表达思想感情，不同的是：再现艺术反映生活要模仿，复现客观生活的形态，创造“看得见摸得着”的艺术形象，通过具体的形象来达意抒情。表现艺术则是将来源于客观生活的思想感情，直接地披露出来。音乐是典型的表现艺术。音乐的音响是感情的直接载体。涵载着感情内容的音乐，给人的感受是直接的，或者也可以称为是“直观的”。人们从音乐音响中直接获得相应感受的同时，会生发出种种想象，这想象可能浮现为具体的画面、图景、情境的想象，反过来可以强化自己的音乐感受，但音乐自身却没有也不可能提供任何实实在在的可视形象。

◆ **音乐艺术的类型**

音乐所包含的种类非常繁复，不同的角度有不同的划分，通常是从音乐作品的表现特征上进行划分，分为声乐和器乐两类。

◇ **声乐**

声乐是指用人声演唱的音乐形式。声乐包括：美声唱法、民族唱法和通俗唱法，现在中国又出现了原生态唱法。人声按音域的高低和音色的差异，可以分为女高音、女中音、女低音和男高音、男中音、男低音。每一种人声的音域，大约为两个八度。女高音的音域通常在中央 c 段，即小字一组的 c 到小字三组的 c。

演唱女高音的歌手，由于音色、音域和演唱技巧的差别，又可以分为抒情、花腔和戏剧三类。男高音是男声的最高声部，音域通常从中央 c 下面小字组的 c 到小字二组的 c。按音色的特点可分为抒情和戏剧二类。抒情男高音也像抒情女高音一样明朗而富于诗意，善于演唱歌唱性的曲调。戏剧男高音的音色强劲有力，富于英雄气概，善于表现强烈的感情。男低音是男声的最低音，音域通常从大字组的 E 到小字一组的 e，按音色的特点还可细分为抒情男低音和深厚男低音等。男低音的音色深沉浑厚，善于表现庄严雄伟和苍劲沉着的感情。男中音的音域和音色介于男高音和男低音之间，在一定程度上兼有两者的特色。音域一般从大字组的降 A 到小字一组的降 a。

◇ **器乐**

器乐是用乐器演奏的音乐，区别于“声乐”，它也指以乐器为物质基础，借助乐器的性能特征，结合演奏技巧的应用，所表现一定情绪与意境的音乐作品。器乐是相对于声乐而言，完全用乐器演奏而不用人声或人声处于附属地位的音乐。演奏的乐器可以包括所有种类的弦乐器、木管乐器、铜管乐器和打击乐器，有的器乐曲也应用部分人声，一般没有歌词只是作为效果，但部分作曲家有时也加入一些人声。但总的来说，交响曲属于器乐而不属于声乐。另外像人声演奏的口哨、哼唱等也经常被加入到器乐曲中增加某些效果。

器乐曲有各式各样的曲名、曲式结构、演奏方式等，基本上可分为三大类：标题音乐与无标题音乐、室内音乐和交响音乐、单声音乐和多声音乐。无标题音乐作品是没有说明乐曲具体内容的文字标题，而只是用曲式名称；标题音乐是以文字或标题来阐明作品思想内容的器乐作品。室内音乐原指西欧宫廷贵族中演奏、演唱的世俗音乐，以区别于教堂音乐及歌剧音乐；交响乐是指用管弦乐队演奏的管弦乐曲，有一个声部的音乐为单声音乐，有两个或两个以上声部的为多声音乐。多声音乐又分为复调音乐和主调音乐。复调音乐是主调音乐的对称，它是以若干个旋律同时进行并相互关联的有机整体。主调音乐有一个声部（通常是高声部）旋律性最强，处于主要地位，其他声部则以和声等手法对主旋律进行烘托和陪衬的作用。

◆ 音乐艺术的语言

我们欣赏音乐，不论是哪个国家的音乐，哪个国家的人来听都不需要翻译，也不可能翻译。因为音乐的表情达意，是在音乐音响过程中直接实现的，它不通过概念。那么所谓的音乐语言，便是能为人们感知和理解的那种音乐特有的表现手段、表现手法、样式及规格的统称。

◇ 旋律

旋律是构成音乐形式、抒发音乐思想情感的最重要的表现手段。旋律本身就是音乐语言。旋律的流动，横向有长短、断续、疏密相间的秩序；纵向有上行下行，波浪的起伏的旋律；上行下行又有级进和跳进之分，波浪的起伏也有幅度大小不同。长短、疏密、上下起伏的旋律，形成某种“波浪线”，便叫做旋律线。旋律是具体的，旋律线是对旋律进行特点的一种意向性的表述。旋律可以表达感情，不同的旋律及其构成的旋律线，显示着不同的表现意向。

◇ 和声

作为音乐的表现手段，和声是丰富、扩展音乐表现力的一个重要手段。和声建立在调式的基础上，有力地强化着各音级的功能意义，特定的旋律辅以特定的和声而形成的声音“立体”流动，具有很强的渲染和概括能力。和声强化着旋律的结构，也强化着音乐内在的动力。和声的稳定→不稳定→稳定（协和→不协和→协和），以一定的疏密关系组织起来，可以形成和声节奏、和声语言。无论在一个片段之中的和声布局还是大型乐曲的调性布局，合乎逻辑的和声运行是音乐思维逻辑发展的外化形式。深刻的思想要有逻辑思维的梳理和支撑，还要通过有逻辑的形式去表达，这在和声方面表现得很明显。越是要表现深刻的生活内容，越是要有深刻周密的音乐构思，这中间必然包括精心斟酌的和声、调性的布局。欣赏者不一定都能听出从什么和弦到什么和弦，从什么调到什么调，但有逻辑的和声语言，调性转移所展现的有条理有深度的思绪过程和感情过程，会自然合理地产生相应的效果。而对欣赏者来说，重要的是能感受到和声产生相应的效果。

◇ 曲式

曲式结构由音乐内容表现的需要决定，一定的内容要通过一定的形式来表现。反过来，多年积累而形成的某种类型化的形式，又有相应的表现特长和适应性，即曲式具有积极的表现意义。完整的曲式中最小规模的结构是乐段，乐段又由若干乐句构成。乐段是掌握作品整体结构的基石。乐段构成的重要标志是终止。这里所说的终止，主要是由旋律与和声共同显示的。在声乐作品中应考虑歌词句段的因素，器乐曲中应关照总体的作品规模。一般情况下，乐段结束在完全终止——原调性或另一调性的完全终止上。乐段既简单又复杂，其类型可从几方面划分：按所含乐句的数量来分，有 2 个乐句的乐段、4 个乐句的乐段、1 个或 3 个乐句的乐段，含 5 个以上乐句的乐段称为多乐句的乐段；按照音乐主题材料使用情况来分，有重复主题材料的乐段和不重复主题材料的乐段。从和声、调性方面分，有统一调性的乐段和转调乐段。

一首独立的音乐作品，其主体部分的结构是一个乐段，它的曲式就叫做一段体或一部曲式。顾名思义，一个作品其基本的主体部分是两个乐段、三个乐段，便称之为二段体（二部曲式）、三段体（三部曲式）。主体部分多于三个乐段的作品，其曲式称为多段体。此外，常见的曲式还有回旋曲式、变奏曲式、奏鸣曲式等。其实，回旋曲式、变奏曲式也是多段体，不过众多的多段体难以说明它们之间的不同特点，因而用专门的名称来反映某类作品主要的发展手法和结构方式，从而表明它们是怎样一种特定的多段体。

◇ 音乐体裁

音乐体裁就是音乐作品的形式。长期以来人们首先把音乐分为三大类：声乐、器乐、戏剧音乐，即声乐体裁、器乐体裁、戏剧音乐体裁。声乐类中又依其表演形式不同而分为独唱、齐唱、重唱、合唱等体裁。这一层之下再依据表演主人公和用场、条件等不同又分为群众歌曲、艺术歌曲、咏叹调等体裁。再下层还可以按作品所表现的生活内容、音乐性质及随之而来的表现手法等不同而分为进行曲、浪漫曲、小夜曲、摇篮曲等体裁。器乐类中同样可以按不同的依据逐层分为独奏、齐奏、重奏、合奏；室内乐、交响乐；练习曲、前奏曲、夜曲、叙事曲、狂想曲等不同的体裁。

【欣赏引导】

音乐是通过有组织的音（主要是乐音）所形成的艺术形象，表现人们的思想感情，反映社会现实生活的艺术。通常欣赏音乐要经历官能的欣赏、感情的欣赏、理智的欣赏三个阶段。官能的欣赏主要满足于悦耳（即好听），是比较肤浅的欣赏。要对一个音乐作品进行全面的领略，从而获得完美的艺术享受，除了官能的欣赏以外，还必须进入感情的欣赏和理智的欣赏。要从官能、感情和理智三方面全面地欣赏一个作品，就要具备以下几方面的知识。

◆ 了解音乐作者和作品的时代背景

一首音乐作品总是表现作曲家对现实生活的感受。因此，要比较深刻地领会作品的思想内容，就必须了解作品产生的时代背景和时代特点。例如瞿维的交响诗《人民英雄纪念碑》是悼念和歌颂 1840 年以来，特别是五四运动以来牺牲的人民英雄，但作者立足于社会主义革命时代，表现了新中国人民站立在人民英雄纪念碑前缅怀先烈的内心感受，有鲜明的时代特点。贝多芬的第三交响曲和第五交响曲、第五钢琴协奏曲、《爱格蒙特》序曲等英雄性格的作品，是在法国资产阶级大革命的影响中产生的，反映了人民群众反抗专制暴政的斗争。他的第七交响曲和第九交响曲，则分别表现了他处于民族解放战争和梅特涅反动统治时期的精神状态和思想境界。肖邦成熟时期的钢琴作品（练习曲、前奏曲、叙事曲、谐谑曲、奏鸣曲）反映了1830—1831年华沙起义失败以后，他对波兰局势的悲愤、焦虑和对苦难祖国的深切怀念。柴可夫斯基的第四、第五、第六交响曲，《曼弗雷德》交响曲，歌剧《黑桃皇后》和许多浪漫曲，都反映了当时俄国资产阶级知识分子在亚历山大二世和亚历山大三世反动统治下苦闷彷徨的心情和渴望光明幸福的意愿。

◆ **熟知音乐的民族特征**

俄国作曲家格林卡说："创造音乐的是人民，作曲家不过把它编成曲子而已。"一切音乐作品都植根于民族民间音乐，因此都有各自的民族特征。有些作品概括地体现了民族音乐语言的某些特点，另一些作品则和具体的民族民间音调保持着密切的联系：例如瞿维的交响诗《人民英雄纪念碑》的音乐语言，同我国北方民歌的音调有密切的联系。表现人民英雄斗争精神的第一主题，吸收了陕北民歌《信天游》的某些音调；表现英雄们宽广胸襟的第二主题，吸收了山西民歌《东山上点灯》的某些音调。这个作品不仅有强烈的时代气息同时也有鲜明的民族特征。

◆ **掌握音乐作者的创作个性**

一方面，作曲家由于生活时代、环境、素养、经历和艺术趣味的不同，表现为各不相同的创作个性。贝多芬的第九交响曲和舒伯特的未完成交响曲是同一时期的作品，具有同样的时代背景，但创作个性各异，作品的风格也大不一样。第九交响曲是一部悲壮宏伟的戏剧，而未完成交响曲则是哀感动人的浪漫主义抒情诗。另一方面，创作个性和风格也是在变化和发展的。同样是舒伯特的作品，从悲伤凄婉的未完成交响曲，到器宇轩昂、气势豪迈的第九交响曲(《伟大》)，标志着作者创作思想和创作风格的转变。

◆ **利用音乐标题领会音乐内涵**

器乐作品有标题音乐和非标题音乐之分。标题是指说明作品内容的一段文字，如小提琴协奏曲《梁山伯与祝英台》的"乐曲说明"；但有时也可以是一个题目，如《人民英雄纪念碑》。欣赏标题音乐，必须了解作品的标题内容。

◆ **明晰音乐语言的表现功能**

作曲家创作乐曲，也像文学家写诗歌、小说一样，有一套表情达意的体系，那就是音乐语言。音乐语言包括很多要素：旋律、节奏、节拍、速度、力度、音区、音色、和声、复调、调式、调性等。一首音乐作品的思想内容和艺术美，要通过各种要素才能表现出来。例如，旋律是音乐的灵魂，包含了节奏、速度、力度、音色、和声等要素。复调是两个或几个旋律的同时结合，运用复调手法，可以丰富音乐形象，加强音乐发展的气势和声部的独立性，造成前呼后应、此起彼落的效果。而调式又是从音乐作品的旋律与和声中所用的高低不同的音归纳出来的音列，这些音互相联系并保持着一定的倾向性。正是音乐语言的各种要意互相配合，才使音乐具有千变万化的表现力。旋律尽管是音乐的灵魂，但其他要素起了变化，音乐形象就会有不同程度的改变。在一定条件下，其他要素甚至可起主要作用。例如，贺绿汀的管弦乐曲《森吉德玛》，第一段轻柔缓慢，用拖长的和弦和陪衬声部来烘托旋律。开头由双簧管和长笛吹出富于田园风味的曲调，在弦乐器和弦的衬托下，音色显得柔和而平静，描写了辽阔的蒙古草原的美丽景色。后来旋律先后改由圆号、小提琴和小号吹奏出，色彩渐渐明朗起来。

第二段快速而强劲，弦乐器拨弦奏出轻快活跃的伴奏音型，旋律和第一段相同，音色也改变不大，但由于速度、力度以及伴奏乐器的节奏都起了变化，因此表现了不同的音乐形象，反映了内蒙古人民载歌载舞的愉快生活。

总之，音乐通过乐音所形成的艺术形象，表现人们的思想，反映社会现实生活的艺术、创作、演奏演唱和欣赏。欣赏音乐是一种审美活动，每个人都可以是艺术家，换句话说，美的东西，美的音乐，人人都会欣赏。所以，欣赏音乐时，万事放下，只是静静地让音乐包围着你。用心去听，让心随着旋律和节拍起伏。渐渐你会融入音乐中，成为音乐的一部分。然后你才能听懂乐曲想要告诉你的东西，每一个音符开始触动你的喜怒哀乐，你会为之流泪，为之激动，甚至喘息不已，琴弦和心弦开始产生共鸣。在音乐欣赏中一般人是很难不被音乐的感情所牵引，一首好乐曲最大的魅力在于能对欣赏者产生一种“牵引”，因为一首乐曲的目的往往是想让听者去了解作曲者的感情！官能欣赏是欣赏音乐的一种基础和必备素质。好听的乐曲能激起听者对它了解的欲望，这样慢慢地就会让音乐所含的感情和自己的感情产生共鸣的效果。

【名作欣赏】

◆ **中国民歌《茉莉花》欣赏**

◇ **中国民歌的艺术表现**

中国的民歌在不同的地区或者不同的民族有各自不同的特点。笼统地说，民歌的篇幅比较短小，但是它的情感含量很高，代表了一个民族或者一个地区人们长期积累的对情感的体验和表达，所以虽然篇幅短小，但是仍旧非常感人。另外它的音乐语言通俗易懂，所以很容易深入人心，便于记忆。民歌具有即兴性、人民性和集体性的艺术特色。中国民歌在体裁形式上，大致可以分为号子、山歌、小调三大类。号子也叫劳动号子，是在劳动过程中产生的与劳动节奏紧密结合，带有呼号的民歌。号子的演唱形式多为一领众和，其结构短小，节奏较为固定，音调铿锵有力，风格粗犷豪放；山歌是劳动人民在山野、田间、牧场即兴抒发思想感情的民歌。山歌音调高亢、嘹亮，旋律和节奏自由、舒展；小调也叫小曲，是流传于城镇集市并被加工提高，描写生活中各种情绪的抒情性民歌。小调结构比较规整，节奏富于变化，旋律流畅细腻。

◇ **《茉莉花》音乐的艺术特征**

江苏民歌《茉莉花》是一首产生于明末清初，流传东北地区及全国各大城市的小调歌曲，距今约有300年的历史。最早的时候叫《鲜花调》，由于第一句是个重叠句，所以又称为《双叠翠》或《双叠词》。18世纪下半叶传到西方，被意大利作曲家普契尼用于歌剧《图兰朵》中作为公主的主题曲。此歌最早收入我国由贮香主人编辑的《小慧集》中。江苏《茉莉花》曾在1768年被英国作曲家卢梭收入他所编的《音乐辞典》中，此曲还流传到日本、朝鲜、美国等国家，成为中国民歌的代表作品之一。江苏《茉莉花》的曲调婉转、流畅、细腻、柔美、纯朴，曲式是由四个乐句构成单部曲式。现代版的《茉莉花》是作曲家何仿在20世纪50年代根据江苏民歌《茉莉花》改编创作的，是目前流传最广的《茉莉花》。歌词描述了一位姑娘想摘茉莉花，又担心受责骂，被人取笑，又怕伤了茉莉花的心理活动，表现了一个天真可爱纯洁的美好形象，生动而又含蓄地表达了人们对真、善、美的向往和追求。

《茉莉花》歌词：好一朵茉莉花，满园花草香也香不过它，我有心采一朵戴，又怕看花的人儿骂。好一朵茉莉花，茉莉花开雪也白不过它，我有心采一朵戴，又怕旁人笑话。好一朵茉莉花，满园花开比也比不过它，我有心采一朵戴，又怕来年不发芽。

◆ **朝鲜民歌《桔梗谣》欣赏**

◇ **朝鲜民歌的艺术表现**

朝鲜民歌又称为“民谣”，其旋律优美，自然流畅，富有很强的感染力与表现力。一人放歌，众人随和。朝鲜民间盛行歌舞，群众能歌善舞，音乐别具一格，富有浓郁的民族色彩。歌词朴实淳厚，曲调优美丰富，情绪热烈欢快，结构完整匀称，主要伴奏乐器是伽椰琴、长鼓。朝鲜民歌以清新、流畅、婉转、轻快、明朗的旋律和丰富的节奏出名，同时朝鲜的民歌中融合了乐器、舞蹈的韵律特点。朝鲜民歌中三拍子以及由三拍子复合而成的六、九、十二、十八拍子占有重要的地位。在演唱朝鲜民歌时，长短用杖鼓敲击，长短中的固有节奏型和旋律中的节奏的吻合与对比，配合演唱共同塑造音乐中的形象。

◇ **《桔梗谣》音乐的艺术特征**

朝鲜民歌《桔梗谣》最初起源于江原道，后流传全朝鲜半岛，该歌曲曲调平缓流畅。桔梗是一种野菜，也是一位姑娘的名字，地主抢她抵债时，她的恋人在愤怒中砍死地主，结果被投入监狱，姑娘悲痛而死，葬在青年砍柴必经的山路上。第二年春天，她的坟上开出紫色的小花，人们叫它“道拉基”花，并编成歌曲传唱，赞美少女纯真的爱情。目前这首民歌音乐轻快明朗，生动地塑造了朝鲜族姑娘勤劳活泼的形象。流畅欢快的曲调，往往会联想到翩翩起舞的朝鲜族姑娘。这首民歌共有七个乐句，第三、四句和第六、七句是第一、二句的重复和变化，第五乐句夹以衬词，曲调作了发展。整首民歌前后统一，又有变化。

《桔梗谣》歌词：桔梗哟，桔梗哟，桔梗哟桔梗，白白的桔梗哟长满山野。只要采上一两棵哟，就可以装满一大箩哟，哎咳哎哟。这多么美丽，多么可爱哟，这也是我们的劳动生产。

◆ **意大利民歌《桑塔·露琪亚》欣赏**

◇ **意大利民歌的艺术表现**

意大利人的性格热情豪放，喜欢歌唱，意大利的音乐有着悠久的传统，也是美声唱法的发源地。意大利民歌美丽动人，丰富多彩，按地区可分为南部、北部、中部和撒丁地区。南部的民歌特点是曲调清晰，采用小调式，节奏自由，曲调高亢。北部曲调以三和弦的和弦音为主，调式为大调和小调，曲调华丽而富于装饰性，常常有加复调的合唱，节奏型严格，多为分节歌形式。中部地区的民歌曲调华丽，富于装饰，节奏有严格的和自由的两种，撒丁地区的民歌有复杂的多声部结构的四重唱，歌唱以领唱开始，其他声部只唱衬词，歌手嗓音深沉，曲调华丽，多装饰音，近似西班牙和阿拉伯风格。意大利民歌的种类有：船歌、恋歌、牧歌、叙事歌、情歌、小夜曲、饮酒歌等。意大利民歌流畅生动，极富歌唱性和浪漫色彩。

◇ **《桑塔·露琪亚》音乐的艺术特征**

《桑塔·露琪亚》是一首著名的意大利船歌。船歌是一种声乐体裁，在意大利各地都有。《桑塔·露琪亚》是一首由意大利作曲家科特劳按民族风格创作的歌曲，这首歌采用了3/8拍的节奏，突出了船歌的特点，给人以一种水面上起伏晃动的感觉。歌曲采用了大调式音阶，用分节歌形式写成。这首歌配有伴奏。适合于用吉他伴奏。传说桑塔·露琪亚是一个女神的名字，她是美丽幸福的象征。《桑塔·露琪亚》是首爱情歌曲，表达了人们热爱生活和呼唤爱情的主题。这首歌的节奏充满活力，旋律优美婉转，歌调和唱词结合紧密，是一首美丽动人的歌曲。它受到世界各国听众的喜爱，也是男高音歌者喜欢的曲目之一，可谓“雅俗共赏”。

《桑塔·露琪亚》歌词：看晚星多明亮，闪耀着金光，海面上微风吹，碧波在荡漾。在银河下面，暮色苍茫，甜蜜的歌声，飘荡在远方。在这黑夜之前，请来我小船上，桑塔·露琪亚，桑塔·露琪亚。

◆ 中国舞曲《春节序曲》欣赏

◇ 中国舞曲的艺术表现

我国的舞曲起源较早，古代人们在集体劳动中产生的有节奏的劳动呼声，形成原始音乐的萌芽，伴随着音乐的节奏、音调的形成还产生了舞蹈姿势。正是因为劳动赋予了音乐节奏、音调还有舞姿，所以在远古社会，音乐、舞蹈通常结合在一起，我国古代文献将音乐称为“乐舞”便是这个道理。中国的舞曲突出韵味，注重配合动作的舒展，非常和谐，耐人寻味。中国舞曲同民间音乐密切相关，如采茶舞曲、花鼓调、秧歌、木卡姆等，都体现了不同民族的音乐风格，但节奏鲜明、动感十足、热情奔放是中国舞曲共有的艺术特色。

◇《春节序曲》音乐的艺术特征

《春节组曲》集中表现中国人过春节的热闹景象，经常演奏的是组曲的第一乐章，即《春节序曲》，由李焕之作于1955—1956年。乐曲以陕北民间秧歌的音调和节奏为素材，旋律明快，生动地表现了我国人民在传统节日里热闹欢腾、喜气洋溢、敲锣打鼓、载歌载舞的场面。第一乐章《春节序曲》，描写的是过春节人们扭秧歌的情景，乐曲里加入了闹秧歌的锣鼓节奏，主题由两首陕北民间唢呐曲组成，乐曲欢快热烈。中间部分是一首悠扬的陕北民歌，其主题先由双簧管演奏，再由大提琴重复，最后由小号独奏把音乐推到高潮结束。

《春节序曲》是按照秧歌的结构写成的管弦乐曲。秧歌是我国北方地区具有代表性的一种民间歌舞形式。舞者通常扮成各种人物，手里拿着扇子、手帕、彩绸等道具起舞。表演形式分过街、大场和小场三部分。过街是秧歌队在街上行进时，按音乐节奏表演的一些简单的舞蹈动作。大场是热烈火红的大型集体舞，常常走出各种复杂的队形来。小场是两三人表演的带有简单情节的小型舞蹈或歌舞小戏。秧歌的开始和结束是大场，中间穿插着小场。《春节序曲》的引子相当于过街部分。第一部分是热烈的快板，描写大场的歌舞场面；中间部分是抒情的中板，描写小场的舞蹈表演；接着回到第一部分的音乐，描写秧歌以大场收束；最后的尾声重复了引子的后半部分。

◆ 阿根廷探戈舞曲《一步之遥》欣赏

◇ 阿根廷舞曲的艺术表现

探戈舞源于阿根廷，被阿根廷人视为国粹，阿根廷舞曲都是探戈舞曲的体现。探戈舞曲以独特切分音为鲜明特征，节奏明快的音乐体现出受到非洲黑人音乐的影响。吉他是演奏探戈不可缺少的乐器之一。1920 年前后，大量意大利、西班牙等移民涌入阿根廷，使探戈音乐发生了很大变化，由早期欢快的四二拍逐渐变成了适于表达忧伤情感、节奏较慢的四四拍，也由欢快、开朗、风趣、诙谐的音乐表现，逐渐增添了表达移民思念故乡和怀念亲人的忧郁、伤感、凄凉的内容。

◇《一步之遥》音乐的艺术特征

《一步之遥》这首华丽而高贵动人的探戈名曲，是阿根廷探戈舞曲的极致代表，也是全世界乐迷所最为熟知而深深爱上的探戈旋律。它是由阿根廷历史上最负盛名的探戈歌手卡洛斯·葛戴尔（Carlos Gardel）所作。卡洛斯·葛戴尔作品所代表的意义是将探戈音乐歌曲化，将这个流传于阿根廷的民间音乐成功地推向巴黎及纽约等城市上流社会国际舞台，他本人也是探戈音乐全盛成熟时期的代表人物。英俊潇洒的他深受欧美地区国家的乐迷的热爱，是阿根廷探戈音乐世界里的“猫王”。他创作出众多经典探戈名曲，拥有上百张唱片录音在全世界发行，即便在他逝世 80 年后的今天，他仍是阿根廷的音乐传奇，广受全世界乐迷的尊崇与喜爱。

《一步之遥》的曲式为 ABAB 式。首段呈现慵懒及幽默的风味，进到 B 段转小调，转而呈现激情的感觉，接着又转回大调，由小提琴和口琴做对位及和声的表现，两部似敌似友的较劲与合作充分地展现了两人的默契，进到 B 段又将情绪推到最高点，最后突然地做渐慢回到首调。小提琴高调又内敛地引领着旋律，犹如踩着探戈舞步的女人，有着高贵的步伐和傲视一切的态度，对舞伴欲迎还拒，纠缠其中，而钢琴在音乐高潮到来前有力地击键，仿佛是在下一个旋转前深吸一口气，然后就出发。《一步之遥》自诞生以来，成为电影中探戈的首选舞曲，刚柔并济的旋律似乎适应着每一个角色的心理和任何一个场景的铺垫。电影《女人香》、《真实的谎言》、《辛德勒的名单》、《史密斯夫妇》中都选择了《一步之遥》作为电影中的舞曲。

◆ 中国歌剧音乐《红梅赞》欣赏

◇ 中国歌剧音乐的艺术表现

中国歌剧由于其在音乐上有着民族风格的鲜明性、民族语言的特异性和演唱方式上的个性特征，形成了别具风格的艺术门类。中国的歌剧有歌舞剧、小调剧、音乐剧、秧歌剧、正歌剧等，在音乐语言的使用上则从中国传统戏曲与民间歌曲中汲取养分。音乐是歌剧的重要组成部分。歌剧中几乎集中了所有的演唱形式，如独唱、重唱、合唱等。器乐除为歌唱伴奏外、通常还演奏序曲和间奏曲。歌剧音乐不仅有力地推动着戏剧情节的发展，而且是刻画人物性格、塑造角色形象必不可少的重要手段。因此，歌剧音乐具有个性化和角色化的特点。

◇《红梅赞》音乐的艺术特征

《红梅赞》是歌剧《江姐》中的一曲主旋律，音乐具有浓郁的民族色彩和清醇的乡土气息，以四川民歌的基调为主，广泛汲取了川剧、婺剧、越剧、四川清音、京剧等音乐语言加以创作，既有强烈的戏剧性，又有优美流畅的歌唱性。在创作的过程中，作曲者之一的羊鸣最先写出一句主题旋律的雏形“红岩上红梅开”，触发金砂的灵感，在此基础上加上了甩腔唱法，大幅度拉开、压缩、加花、扩充，并融进一些江南滩簧音调，与四川的扬琴音乐相互渗透，刚柔并济，形成了相对完整的《红梅赞》主题曲。这首主题曲贯穿《江姐》全剧，象征着江姐的英雄形象，通过明朗刚健流畅的曲调，淋漓尽致地刻画了江姐坚定沉着、勇敢机智的英雄性格。

◆ 意大利歌剧音乐《饮酒歌》欣赏

◇ 意大利歌剧音乐的艺术表现

意大利歌剧音乐在欧洲音乐文化中占有重要地位，尤其是从文艺复兴以来，在声乐（主要是歌剧）、器乐（主要是弦乐）方面都起了开拓者的作用，对西欧各国的音乐发展有重要影响。意大利歌剧音乐受到文学戏剧的均匀节奏流动的感染，显示出连贯性的特点。意大利歌剧音乐形式包括序曲、间奏曲、宣叙调、重唱、合唱、咏叹调等。歌剧的序曲经常会影响到整部歌剧是否会吸引观众；间奏曲也被称为时间最美丽的间奏曲，因此经常会作为乐队的演奏曲目；宣叙调又译作朗诵调，是歌剧中用来对话和叙述剧情的，其实就是"附有旋律的对白"；重唱是一部歌剧不可缺少的环节，它不仅有咏叹调抒发情绪的成分，更兼有宣叙调发展剧情的功效，它分为二重唱、三重唱、四重唱、五重唱、六重唱、七重唱、八重唱甚至有九人简单重复的重唱。重唱在歌剧中是十分有效的手法，在舞台剧中，只要两个演员以上同时讲话，相信你几乎无法听清楚他们在说些什么，然而重唱曲它可以使几个人同时用各自的特性音调歌唱，透过和声与对位的技巧，来表现同一内容或完全不同的内容，造成生动的戏剧性和立体化的效果；合唱作为歌剧音乐的一种形式，有其特殊的表现功能，从审美意义上说，合唱的音响组合、和声织体自有其相对独立的形式美感，深沉优美的合唱歌声令人难以忘怀。许多歌剧舞台上的合唱音乐，作为音乐会的重要曲目，激荡着听众的美感。咏叹调是歌剧中的独唱段落，是用来抒发人物情感的歌曲。

◇《饮酒歌》音乐的艺术特征

《饮酒歌》是意大利作曲家威尔第为歌剧《茶花女》中第一幕所作的唱段，由皮阿维作词，创作于1853年。当时男主角阿尔弗莱德在女主人公薇奥莱塔举行的宴会中举杯祝贺，用歌声表达对薇奥莱塔的爱慕之心，薇奥莱塔也在祝酒时作了巧妙回答。第二段结尾处两人的对唱表达了他们互相爱慕之情，最后一段客人们的合唱也增添了这首歌的热烈气氛。这首单二部曲式的分节歌以轻快的舞曲节奏、明亮的大高色彩及六度大跳的旋律动机贯穿全曲，表现了主人公对真诚爱情的渴望和赞美，充满青春的活力。同时又描绘出沙龙舞会上热闹、欢乐的情景。这是一首欢乐的歌曲，快速圆舞曲的节奏。第一幕中当阿尔弗莱德举杯祝贺，为青春、为美好的爱情而唱出："让我们高举起欢乐的酒杯，杯中美酒使人心醉……"时，薇奥莱塔也跟着唱，客人热烈地同声应和着。这首歌曲调轻快优雅、旋律鲜明易记，所以广为流传。歌曲有三段词，采用分节歌形式陈述。全曲整体结构是单三部曲式，加有两次变化反复。在乐队前奏之后，第一段词由阿尔弗莱德（男高音）演唱，他向薇奥莱塔表白自己对爱情的一片真诚。第二段词由薇奥莱塔（女高音）接唱，吐露了自己被阿尔弗莱德爱情表白深深打动的心情。最后薇奥莱塔与阿尔弗莱德在合唱和乐队的衬托下，齐声高唱："让东方美丽的朝霞透过花窗照在狂欢的宴会上。"

【自我感悟】

◆ 自我欣赏佳作

◇ **内蒙古民歌《牧歌》欣赏**

《牧歌》歌词：蓝蓝的天上飘着白云，白云的下面洁白的羊群，羊群好像斑斑白云，洒在草原上，多么爱煞人。

◇ **新疆民歌《玛依拉》欣赏**

《玛依拉》歌词：人们都叫我玛依拉，诗人玛依拉，牙齿白，声音好，歌手玛依拉，高兴时唱上一首歌，弹起冬不拉，冬不拉，来往人们挤在我的屋檐底下。玛依拉，玛依拉，啦啦啦啦，玛依拉，玛依拉。啦啦啦啦。‖我是瓦利姑娘名叫玛依拉，白手巾四边上绣满了玫瑰花，年轻的哈萨克人人羡慕我，羡慕我，谁的歌声来和我比一下呀，玛依拉，玛依拉，啦啦啦啦，玛依拉，玛依拉，啦啦啦啦，玛依拉，玛依拉，啦啦啦啦。

◇ **日本民歌《拉网小调》欣赏**

《拉网小调》歌词：咿呀嗨，南索兰、索兰，索兰、索兰、咳咳托，五尺的男子汉，志气高，胆量壮，乘风破浪向太阳，向太阳。

◇ **俄罗斯民歌《三套车》欣赏**

《三套车》歌词：冰雪覆盖着伏尔加河，冰河上跑着三套车，有人在唱着忧郁的歌，唱歌的是那赶车的人，小伙子你为什么忧愁，为什么低着你的头，是谁叫你这样的伤心，问他的是那乘车的人，你看吧这匹可怜的老马，它跟我走遍天涯，可恨那财主要把他买了去，今后不能再等着它。

◇ **美国民谣《世界之巅》欣赏**

《世界之巅》歌词：这样的感觉向我袭来，在我所见的一切中隐藏着奇迹，在我眼中，天空无云，阳光闪耀，如果这是梦，我不会惊奇，我想要这世界变成的一切，正在为我而特别成为现实，理由很清楚，因为有你在这里，你是我所见过离天堂最近的事物，我在世界之巅俯瞰众生，我能找到的唯一解释，是你在我身边的时候，我发现的那份爱，你的爱放我在世界之巅。风中有东西知道了我的名字，它在告诉我事情不再一样，在枝头落叶和微熙和风中，我感觉到一种幸福。我心中只有一个愿望，当今天过后，我希望我能发现，明天对于你我仍然相同。如果有你在此，我会心想事成，我在世界之巅俯瞰众生，我能找到的唯一解释，是你在我身边的时候，我发现的那份爱，你的爱放我在世界之巅。

◇ **外国民族舞曲《西班牙舞曲》欣赏**

柴可夫斯基的《天鹅湖》第三幕中的一段音乐。

◇ **外国宫廷舞曲《小步舞曲》欣赏**

巴洛克时代的作曲家巴赫的《G大调小步舞曲》。

◇ **外国圆舞曲《蓝色多瑙河》欣赏**

奥地利著名的轻音乐作曲家约翰·施特劳斯的作品。

◆ 自我欣赏导引

○ 内蒙古民歌《牧歌》是一首由上句和下句构成的长调民歌，其曲调悠长，节奏舒展，气势宽广。作者瞿希贤根据海默的词，把这首民歌改编成无伴奏合唱曲，使优美的民歌形象更加丰满，色彩更为丰富。不同音色的声部交替出现，互相呼应，加上浓郁和谐的和声效果，使音乐的内涵更为充实，意境得到升华。由于这首无伴奏合唱较原民歌更加丰富、优美动听，具有独特的艺术魅力，因而受到人们的普遍喜爱，并成为无伴奏合唱的珍品。

○《玛依拉》是新疆哈萨克族民歌，新疆哈萨克族以放牧为主，它的民歌高亢嘹亮，富有草原风味。《玛依拉》这首著名的民歌，就具有这种特点。“玛依拉”是一位哈萨克族姑娘的名字，传说她长得美丽，又善于歌唱，牧民们常常到她的帐篷周围，倾听她美妙的歌声。歌曲一开始，“人们都叫我玛依拉，歌手玛依拉”，便表现了这位姑娘开朗活泼、惹人喜爱的性格。也像大多数哈萨克民歌一样，它的后半部分有一个短小的副歌，曲调轻盈明快，把这位天真美丽的姑娘的形象，表现得惟妙惟肖。

○《拉网小调》是日本渔民的拉网号子。日本周围环海，国土有四个大岛和若干小岛，渔业发达。渔民在海上捕鱼是跟大海及风浪搏斗，有捕获鱼群的喜悦，也有许多风险，这种生活使他们性格坚毅豪迈，也对命运把握不定，所以难免又有些迷信色彩。这首歌的实际内容并不多，但生动地体现了海上渔民的生活情景。大量的虚词、语气词、半说半唱的“喊号”表现了拉网时的紧迫节奏。这首歌在我国也曾广泛传唱，有些歌唱家以此歌作为自己的代表曲目。

○《三套车》是一首反映俄罗斯劳动人民贫困生活经历的民歌。这首歌调式为和声小调式，4/4 拍分节歌形式。歌曲以中庸的速度和忧郁的音调，诉说着人世间的不平。歌曲共有三段歌词，第一段词是以叙述者的口吻唱出的，第二段是乘车人的问话；小伙子你为什么愁，为什么低着你的头？第三段是赶车人道出积郁在心中的苦闷，这一段旋律以变奏的手法冲向高音区，形成全曲的高潮，而后歌曲又重新回到前面的旋律上来，并反复着这一音调而结束全曲，表现出一种悲哀和无奈的叹息。

○ 美国民谣《Top of the World》是一首极为经典的英文歌曲，中文译名为《世界之巅》。这首歌由卡伦·卡朋特演唱，曾登上全美流行音乐榜榜首。《世界之巅》旋律流畅，加上卡朋特的歌声具有以柔克刚的穿透力，情深意厚，如同清新恬美气息拂过，虽略带忧郁，听起来格外亲切自然。可以说，卡朋特的歌曲是阳光和健康的，表达的都是对生命的热爱，对造物主的感恩。

○《西班牙舞曲》是柴可夫斯基的《天鹅湖》第三幕中的一段音乐。在王后为王子安排的挑选新娘的舞会上，妖魔及其女儿和随从闯了进来，他们扮作外国客人，在妖魔斗篷的挥舞下，表演了匈牙利、西班牙、那不勒斯和波兰等各种民族风格的舞蹈，每一段舞蹈的音乐各有其民族特点。《西班牙舞曲》是上述舞蹈中的一段，它运用了典型的西班牙舞曲的节奏，节拍为三拍子，节奏强烈，气氛热烈，常用于男女对舞和独舞，还采用西班牙舞曲中常见的响板，具有鲜明的西班牙民族音乐特点。该舞曲具有典型的波莱罗舞曲的特征。《西班牙舞曲》共分为五段：第一段是轻快活泼、节奏鲜明的西班牙风格的舞曲；第二段是节奏比第一段更加强烈，情绪更加炽热；第三段是第一段的重复；第四段是转调，旋律富于歌唱性，与前后形成对比；第五段情绪更加活泼，其热烈气氛达到全曲的高潮。

○ 小步舞曲是一种起源于西欧民间的三拍子舞曲，流行于法国宫廷中，因其舞蹈的步子较小而得名。曲舞原为法国土风舞曲，约 1650 年传入宫廷，逐步变成速度徐缓、风格典雅的舞曲，流行于贵族社会。它速度中庸，风格典雅，能描绘许多礼仪上的动态。17、18世纪小步舞曲常用于古钢琴组曲和管弦乐套曲中，速度稍快、有力；19世纪初，小步舞曲曾构成交响曲、奏鸣套曲的第三乐章，后又被谐谑曲所代替。小步舞曲亦可作为单独的器乐曲，大多为三部曲式，其中段常用三声部写成，故称“三声中部”，并沿袭至今。巴赫一生写过很多首小步舞曲，这首《G大调小步舞曲》不仅是巴赫的小步舞曲中比较著名的一首，而且是巴赫全部作品中较为流行的通俗作品，因而被后人改编为各种音乐形式，广受欢迎。总体上比较中性，具有一种平衡感。这首乐曲结构为单三部曲式，第一段（1～16小节）为复乐段，其中前段（1～8小节）半终止在属和弦上，后段（9～16小节）全终止在G大调主和弦上；第二段（17～32小节）为中部，其中前段（17～24小节）转入平行小调e小调，并全终止在e小调上，后段（25～32小节）回到G大调，并半终止在属和弦上，很好地引出了再现段；第三段（33～40小节）为再现段，但有所缩减，仅再现了第一段的后段，最后全终止在G大调上。

○《蓝色多瑙河》是小约翰·施特劳斯的作品，他通过优美的音乐，歌颂了美丽的多瑙河和美丽的春天，给人以充分的遐想。圆舞曲似一幅风景画，把多瑙河的美丽展现给了听众，聆听那优美的音乐，就像是在欣赏那秀丽的风光。《蓝色多瑙河》是世界人民最喜爱的乐曲之一，维也纳人民骄傲地称它为“第二国歌”。在每年元旦维也纳举行的“新年音乐会”上，它成为了保留曲目。这首乐曲由序奏、五个圆舞曲和尾声组成：序奏开始时，小提琴在A大调上用碎弓奏出轻弱、徐缓的震音，好像是多瑙河的水波在轻柔地翻动，使人联想到薄雾缭绕、寂静安宁的多瑙河晨景。在这个背景上，圆号用主和弦的分解和弦形式奏出全曲的主要音调，柔和的上行旋律、慢慢增强的力度，吹奏出这首乐曲最重要的一个动机，它象征着黎明的到来。第一圆舞曲描写了在多瑙河畔，陶醉在大自然中的人们翩翩起舞时的情景。第二圆舞曲首先在D大调上出现，巧妙而富于变化的乐曲描写了南阿尔卑斯山下的小姑娘们，穿着鹅绒舞裙在欢快地跳舞；突然乐曲转为降B大调，富于变化的色彩显得格外动人。第三圆舞曲属歌唱性旋律，这段音乐采用了切分节奏，给人以亲切新颖的感觉。第四圆舞曲在开始时节奏比较自由，琶音上行的旋律美妙得连作曲家本人也很得意，仿佛春意盎然，沁人心脾。第五圆舞曲是第四圆舞曲音乐情绪的继续和发展，只是转到A大调上。起伏、波浪式的旋律使人联想到在多瑙河上无忧无虑地荡舟时的情景。乐曲的结尾有两种：一种是合唱型结尾，接在第五圆舞曲之后，很短；另一种是管弦乐曲结尾，较长，依次再现了第三圆舞曲、第四圆舞曲及第一圆舞曲的主题，最后结束在疾风骤雨式的狂欢气氛之中。

◆ **拓展资料**

○ 周青青：《中国民歌》，人民音乐出版社1993年版。
○ 江明惇：《汉族民歌概论》，上海文艺出版社1982年版。
○ 沙汉昆：《中国民歌的结构与旋法》，上海音乐出版社1988年版。
○ 袁静芳：《民族器乐》，人民音乐出版社出版1987年版。
○ 杨瑞庆：《歌曲旋律100年》，北岳文艺出版社1994年版。
○ 周世斌：《音乐欣赏》，西南师范大学出版社2008年版。
○ 刘悦：《西方古典音乐欣赏指南》，宁夏人民出版社2005年版。

○ 钱仁康：《外国音乐欣赏》，高等教育出版社 2007 年版。
○ 沈旋：《古典音乐欣赏 50 讲》，上海音乐出版社 1999 年版。
○ 钦丽丽：《中外音乐欣赏》，浙江大学出版社 2006 年版。
○ 朱平生：《中国民族民间音乐欣赏指南》，西泠印社 2003 年版。
○ 滕矢初：《通俗音乐欣赏指南》，西泠印社 2004 年版。

【活动创编】

◆ **活动主题**

○ 夏商时期的乐器都有哪些类型？请列举出八种乐器的名称？

○ 思考民歌与艺术歌曲的区别。

○ 蒙古族民歌的赞歌、思乡曲和牧歌属于长调还是短调？

○ 请就音乐起源于劳动节奏的说法作简单介绍。

○ 音乐的本质特征是以音响的组合和运动来揭示人的复杂多变、难以揣测的内心世界，表现人的心灵深处极为敏锐而又细腻的情感。这一特征是其他任何艺术门类所无法比拟的。我们欣赏音乐时，就应该细心聆听，体味曲子的情感或情绪。试以柴可夫斯基《天鹅湖》中《四小天鹅》舞曲和贝多芬《第五交响曲》为例作分析，阐明音乐的这一特殊性。

○ 同处一个时代的德国作曲家巴赫与亨德尔的音乐有何不同？

◆ **创编项目**

○ 举行一场班级音乐欣赏会。

○ 每位同学演唱一首自己最喜欢的歌曲。

○ 根据身边的生活用品去寻找音乐带来的感觉。

模块十二　中外舞蹈艺术欣赏

【欣赏名言】

舞蹈是有节拍的步调，就像诗歌是有韵律的文体一样。

——培根

【知识导入】

◆ 舞蹈艺术的内涵

舞蹈是以人体的动作为手段，有节奏、形象地变换不同的动作姿态，从而构成的艺术形象。它属于舞剧艺术样式之一，是以舞蹈为主要手段表现一定戏剧情节内容的舞蹈形式，也是一种由戏剧、音乐、舞蹈、舞台美术四种艺术成分组成的综合性的舞台表演艺术。

○ 舞蹈是一门综合艺术。它是一门以艺术化的人体动作作为物质材料，表现人的思想感情及社会生活的以抒情为其特长的剧场艺术。它在音乐、美术等多种艺术因素的共同参与下融为整体，成为一门多元艺术共同协作的综合性艺术。

○ 舞蹈又是一种文化。它是一个国家、一个民族、一个地区风俗人情和文化传统的有形表现，更是一个国家、民族、地区经济发达、文化昌盛、艺术繁荣的一种象征。

由此可见，舞蹈是艺术的一种，它以情感为动力，以人体为工具，以艺术化的人体动作为物质材料，在一定的空间之内合着一定的时间节奏连续不断地运动，以鲜明的表现性特点外化人的思想感情、表现社会生活的一门古老而又年轻的艺术。

◆ 舞蹈艺术的类型

舞蹈是人类文化史上最早产生的艺术形式之一，它起源于劳动。古老的舞蹈是以模仿狩猎或欢庆丰收为主的。随着社会的发展，舞蹈日益走向以表达人的思想感情为主。舞蹈总是鲜明而形象地反映出人们不同的思想、信仰、理想和审美要求，既是供人欣赏和娱乐的艺术形式，也具有宣传教育的社会作用。

◇ **舞蹈按表现特征分类——自娱性舞蹈与表演性舞蹈**

○ 自娱性舞蹈——一种不以剧场舞台为表现场所，不求供人欣赏，而以跳舞作为自我娱乐的舞蹈。其动作不表明任何意义，比较简单，有一定的规律性。队形变化简单，人数可以随时增减。有的有乐器伴奏，有的则随着鼓的节奏或歌声起舞。在一定的节奏和规律的限度内，舞者可以即兴发挥。我国各民族也都有属于本民族的传统舞蹈形式，如汉族的大秧歌、藏族的弦子舞、蒙古族的安代舞、土家族的摆手舞、苗族的踩堂鼓等。另外，还有为丰富群众文化生活而常跳的交谊舞、青年集体舞。

○ 表演性舞蹈——一种以剧场、舞台为主要表现场所，专门供人观赏的舞蹈，具有认识、教育、美感和娱乐作用。这种舞蹈由于是经过舞蹈家的艺术加工、整理而创作出来的，所以有着鲜明的主题思想和典型化的形象，动作也较为复杂，具有规律性和规范性，舞者不能自由发挥。表演过程须受一定舞台空间和时间的制约。同时有音乐、舞美、灯光、服装等艺术手段的配合。

◇ **舞蹈按表现风格分类——古典舞、民间舞和现代舞**

○ 古典舞是从古代流传下来具有典范性和古典风格的传统舞蹈。世界许多民族都有各具独特民族风格的古典舞蹈，如爱尔兰气势磅礴的踢踏舞。中国的古典舞大多保留在戏曲艺术中，剧中人物演唱和说白时的一举一动是舞蹈化的；也有成套的舞蹈组合，在表演上，手、眼、身、法、步的紧密配合是中国古典舞的传统特色。

○ 世界各民族都有独特风格的舞蹈，其中民间舞蹈占有重要的地位。我国民间舞蹈大多数是和民歌相结合，采取载歌载舞的形式，因此也叫歌舞。民间舞具有鲜明的民族风格和地方特色，是广泛流传于民间的舞蹈形式。它从人们的劳动和斗争生活中产生，由于各民族各地区人民的生活、风俗习惯、劳动方式以及历史地理环境的不同，因此形成了舞蹈的风格和特色的明显差异。在世代相传过程中，经过人民群众不断地加工创造，成为珍贵的民族文化瑰宝。

○ 芭蕾舞是欧洲古典舞剧的统称。“芭蕾”源于意大利语“ballare”（跳舞）。芭蕾艺术是从15、16世纪的意大利贵族余兴戏剧演出脱胎而来，形成于17世纪的法国，18世纪传入俄国，19世纪初期发展成为一门独立的、完整的艺术。芭蕾舞创造了女演员以足尖立地跳舞的技巧，发展了各种腾空跳跃和旋转技巧，并有一套完整的训练体系，逐渐形成了不同风格的意大利学派、法国学派和俄罗斯学派，对世界文化产生了很大的影响。现在许多国家都有不同风格的古典芭蕾和著名的芭蕾作品。20世纪初，出现了现代芭蕾学派。芭蕾艺术在五四运动前后传入我国，新中国成立后才成立了专业的芭蕾舞剧团体。

○ 现代舞是摆脱古典芭蕾的程式和束缚，强调以自然的舞蹈动作自由地表现感情和生活的舞蹈。现代舞蹈是19世纪末和20世纪初在欧美兴起的一种舞蹈流派。其主要美学观点是反对当时古典芭蕾的因循守旧、脱离现实生活和单纯追求技巧的形式主义倾向，主张摆脱古典芭蕾过于僵化的动作程式的束缚，以合乎自然运动法则的舞蹈动作，自由地抒发人的真实情感，强调舞蹈艺术要反映现代社会生活。现代舞的创始人是美国舞蹈家伊莎多拉·邓肯，她认为古典芭蕾的锻炼会造成人体的畸形发展。她向往原始的纯朴和自然的纯真，主张“舞蹈家必须使肉体与灵魂结合，肉体动作必须发展为灵魂的自然语言”，真诚地、自然地抒发内心的情感。然而系统地为现代舞派建立起一套较为完整的理论和训练体系的，是匈牙利人鲁道夫·拉班，他创造了一种被称为自然法则的训练方法，把人体动作的构成归纳为“砍”、“压”、“冲”、“扭”、“滑动”、“闪烁”、“点打”、“飘浮”八大要素。他认为正确处理各要素之间的关系，就能组成各种动作。他创造的“拉班舞谱”至今仍为世界上最有影响的舞谱之一。与邓肯同期的舞蹈家——露丝·圣·丹尼斯是美国现代舞的先驱，她广泛吸收了埃及、希腊、印度、泰国以及阿拉伯国家的舞蹈文化，形成了一种具有东方神秘色彩的、表现宗教精神的现代舞。

○ 舞剧是以舞蹈为主要表现手段，综合音乐、哑剧、舞台美术等因素，以集中塑造人物形象，展现生活中的矛盾冲突的一种戏剧形式。具有完整的戏剧结构舞剧中的舞蹈，一般以古典舞或民间舞为基础，再结合剧中人物的性格和情节发展可分为情节舞和表演舞两类。情节舞展现故事情节和人物性格，表演舞主要描写剧情所发展的时代和环境特征。

◆ **舞蹈艺术的语言**

◇ **动作**

舞蹈的动作是经过艺术提炼、组织和美化了的人体动作。来源于对人的各种生活或情感动作以及大自然各种运动形态的模拟、变形与加工。舞蹈动作是舞蹈作品最基本的艺术手段，是构成舞蹈的基本单位。舞蹈动作的含义有狭义和广义两种。狭义上是指运动过程中的动态性动作，包括单一动作和复合动作。如中国舞蹈的俯、仰、冲、拧、扭、踢、云手、穿掌以及芭蕾的蹲、屈、伸等。广义的舞蹈动作包括上述动作和姿态、步法、技巧四个方面。舞蹈姿态是指静态性动作或动作后的静止造型，如中国古典舞蹈中的“探海”、“射燕”、“卧鱼”等；舞蹈步法是指以脚步为主的移动重心或移动步位的舞蹈动作，如中国舞蹈中的“圆场”、“蹉步”、“云步”等。舞蹈技巧是指有一定难度的技巧性动作，如中国舞蹈中的“飞脚”、“旋子”等。舞蹈动作的单一动作是以人体某一部位为主动，其他部位静止或随动的动作；复合动作是人体各部位在同一时刻按一定的顺序、规格同时进行的动作，此外还有动作、姿态、步法、技巧共同复合的动作。舞蹈动作必须具备逻辑性、节奏、韵律、构图、风格等因素。

◇ **表情**

舞蹈表情广义上包括舞蹈的全部动作和全身心的动态。它通过面部的表情、手臂的传情、胴体的摆扭、足部的移动来统一表达内在的情感；它对揭示人物的内心活动，表现多种情绪的变化，具有重要作用。我国许多舞蹈十分讲究表情，尤其眼神的运用最为关键，有喜眼、嗔眼、怨眼、爱眼、怒眼等多种表情。在表演舞蹈时通过眼神的运用，披露特定的心理状态。其次是对手和手臂的运用，要求动则有情，静则有意。对肢体的摆动和足部的移动，也要求充满执著的情感。舞蹈的表情不单单由某一个动态的部位来体现，单独手的动作，如果没有身体其他部位的配合就很难正确表达丰富的内心情感。同样，如果各部位不相适应，还会导致外在形态的扭曲和懒散，破坏舞蹈的动作美。因此，我们所说的舞蹈表情是由全身心协调一致，通过外在的一个个富有感情的动态和技巧动作，准确反映出特定的美的神韵。这种表情的力量富有艺术的魅力，当每一个舞蹈动作都充满表情之后，整个舞蹈的表现力就得以实现了，观众看到的就不是单独的一个动作和技巧，而能感触到它所蕴藏的内在潜意。人们在这种充满内在表情的力量推动下，产生联想，进入到美的艺术境界中。

◇ **节奏**

节奏在音乐中被称为是旋律的骨架，是节拍的强弱或长短交替出现而形成一定规律的时间值。节奏至于每一个人的行为中，形成了不同人的风格。舞蹈的节奏是视觉节奏，是指舞蹈动作进行时所占的时间、动作的长短、强弱、快慢及相互间的关系等。这犹如说话时的抑扬顿挫、语气的轻重缓急，其目的是为了更好地使对方听清每一个词和每一句话，使说话人的真正意思得以正确传达。自古以来，舞蹈和音乐有着密切的联系，归根寻源是作为时间因素的节奏把它们联系在一起，成为和谐一致的融洽关系。舞蹈音乐始终为舞蹈服务，而舞蹈节奏不一定就是舞蹈音乐的节奏。舞蹈不管有音乐伴奏或者无音乐伴奏，它始终都是在有节奏地进行着。舞蹈作品的主体是舞蹈动作、舞蹈表情和舞蹈内涵，而不是音乐的节奏，音乐的节奏只是一种手段，使舞蹈更加精彩。舞蹈最重要的特征是动作，动作的基础是节奏，节奏形成了动作强弱徐疾、轻重缓急的变化。有动作就有节奏，动作和节奏相生相依、结伴而行，节奏形成了生活状态的直接呈现。

◇ **造型**

舞蹈动作大多是人体的自然生活动作经过提炼、加工、美化而来。这里所谓的提炼、加工和美化，除了人体动作要具有节奏性，使它符合舞蹈动作的规律外，另外一个不可忽视的要素就是要求舞蹈动作必须具有良好的造型。舞蹈的造型包括两个方面：一方面是人体动作姿态的造型；另一方面是舞蹈队形、画面的造型。舞蹈的造型可以呈现浓郁的感情色彩和性格特征，能充分展现人体线条的动作美，集中反映内在的神情。人体动作姿态造型美的标准，服从于人们对形式美的审美观念。

◇ **构图**

舞蹈画面的构图一般可以分为方形、三角形、圆弧形、梯形、菱形等基本图形。一般来说，方形给人以稳定；三角形给人以力量；圆弧形具有柔和流畅之感；菱形和梯形则给人以开阔的概念。有些舞蹈中利用舞蹈道具和各种基本图形组成具有一定形象的象征性队形画面，基本上采用三角形的图形结构，通过前后左右的移动，变化出不同的造型，表达不同的内容。任何舞蹈的造型都是在不同舞蹈空间形成和展开的，舞蹈空间则给舞蹈造型提供不同的精神元素，以方便舞蹈造型表达剧情。

【欣赏引导】

舞蹈是人们为了表达内心的情感而产生的，舞姿和舞步借助情感的动力而流动变化；舞蹈的形象是舞蹈创作者经过主观情感的融化，借助艺术的想象而构成。舞蹈表现的内容是高度概括、凝练的。因此，观赏舞蹈要从舞蹈整体表现的情绪去感受、去引起生活的联想。欣赏舞蹈最好从以下三个方面着手。

◆ **了解舞蹈艺术的审美特征**

舞蹈是以人体动作姿态形成有序组合，在运动过程中来表现生活、塑造人物、宣泄情感的艺术。舞蹈欣赏是以舞蹈作品为对象的接受活动，也是观众对舞蹈作品认知、理解达成共识的心理过程。舞蹈欣赏由舞蹈艺术家的创作和观众的观赏共同完成。只有创作者与观赏者共同努力，才能将舞蹈作品的审美信息、审美价值传递出来。舞蹈欣赏活动取决于主观和客观的条件。主观条件指欣赏者所具备的欣赏能力，客观条件指舞蹈作品。欣赏者只有具备了一定的主观条件才能够进行舞蹈审美欣赏。除此之外，主观条件还指欣赏者必须掌握一些舞蹈艺术基础理论常识，要学会通过舞者连续动作和不断变化的舞蹈队形、画面以及音乐、舞台美术来了解舞蹈的艺术形象、作品的思想内涵。只有这样才能使舞蹈欣赏活动顺利进行。此外，欣赏者还要有生活和文化的积累。舞蹈艺术作品是对人类社会生活的反映，欣赏者只有具备了一定的社会知识、文化知识，才能与艺术家进行心灵对话。欣赏者知识积累的厚薄，生活阅历的深浅，决定着他对艺术作品理解的程度。对那些富有哲理的艺术作品更需要欣赏者具有深厚的知识积累。知识的积累有两条途径：一是亲身经历的直接经验，二是从不同途径获得的间接经验。在观赏古今中外舞蹈艺术作品时，这两种经验可同时运用，然后按照这种要求去欣赏舞蹈。

◆ **对各种舞蹈样式和舞蹈风格有所了解**

欣赏者在观赏精彩的舞蹈表演时，只满足于看热闹场面、醉心精美的服装和动人的布景，或赞叹舞姿的优美和技巧的复杂是不够的，还要对各种舞蹈样式和舞蹈风格有所了解。要具备舞蹈基本理论知识，要了解芭蕾舞、现代舞、中国古典舞、民族民间舞的审美特征以及舞蹈作品产生的历史、文化背景。不过，最好能亲自参加舞蹈实践活动，只有亲自参加舞蹈训练，才能够更直接、更准确地体味到舞蹈艺术之美。比如芭蕾舞的开、绷、直，中国古典舞的圆、曲、拧、倾，现代舞的“放松—紧张”、“跌倒—爬起”，傣族舞体态的三道弯，新疆舞的弹指、移颈，西藏舞的屈膝、松胯，朝鲜族舞的呼吸与杨柳式的身姿、仙鹤式的舞步，蒙古族舞的柔臂与动肩等。不同民族的舞蹈风格与每一个民族的审美爱好紧密相联，因此，学会欣赏优秀舞蹈作品非常重要。欣赏能力的提高依靠观赏优秀的、代表那一个历史时期的、代表那一民族与文化的舞蹈作品，欣赏优秀的作品才能使人具备美的评判能力，这样才能从不同形式不同风格的舞蹈中领略到各自的特色。

◆ **主体情感要具备高度开放的审美心境**

舞蹈是演员与观众交流的语言，欣赏者只有从舞蹈动作的形态、节奏入手，通过想象、联想去体会动作与人类感情、社会生活的联系，才能领悟其中内蕴的感情和意境，产生共鸣和更广泛的联想。舞蹈的直观性、动作性和抒情性，使舞蹈欣赏具有从形入手去体会作品“神”和“意”的特点。舞蹈欣赏是一种精神活动，要求欣赏者融入作品之中，它除了要求欣赏者发挥形象思维之外，还要求欣赏者全身心地投入舞蹈欣赏的全过程中，只有这样才能走进艺术的审美天地。

观众在进行舞蹈欣赏时，首先注意的是舞蹈的气氛、舞蹈演员的形体和服装等。然后，才随着舞蹈作品的发展走进作品，将作品中的形象和情节与自己的生活阅历联系起来，开始主动参与其中活动，了解人物情感和事件的发展线索，进而发挥想象力，积极参与创作者、表演者的创作活动。这时观众进入理性思维阶段，并在较高层次上对舞蹈作品进行实质性的把握。观众只有从感性体验飞跃到理性思考，才能够真正体会到舞蹈作品的美，领悟“象外之象”，这是一种深层的审美心理活动规律。感性的体验、理性的思考，是舞蹈欣赏活动的两个方面，二者缺一不可。感性体验是被作品所吸引，理性思考则是超脱作品的局限去把握无限。不过，在欣赏舞蹈时，如果始终保持“理智”的头脑，是不能够真正体会到艺术之美的。观众首先要融入舞蹈，然后再去思考舞蹈，才能做到对舞蹈艺术作品的真正把握。

总之，舞蹈欣赏需要多接触、多看，熟悉和了解了舞蹈，才会逐渐地提高舞蹈的欣赏水平。对于优秀的舞蹈作品，只有反复欣赏，透彻地体会，才能够充分地感受到舞蹈审美欣赏中的艺术乐趣，同时还可以提高舞蹈欣赏水平和加强舞蹈文化的素养从而得到艺术美的享受。

【名作欣赏】

◆ **中国古典舞蹈《春江花月夜》欣赏**

◇ **中国古典舞蹈的艺术表现**

中国传统的古典舞，通常是指宫廷舞蹈、宗教舞蹈，以及在职业化条件下发展起来的、走上商业舞台的、经过世代延传的舞蹈表演形式。中国古典舞具有细腻圆润、刚柔相济、情景交融、技艺结合，以及精、气、神和手、眼、身、法、步完美和谐与高度统一的美学特色。舞蹈动作之所以具有审美价值和艺术魅力，是因为体现了“形、神、劲、律”的高度融合，这正是中国古典舞身韵的重要表现手段。“形、神、劲、律”作为身韵基本动作要素，高度概括了身韵的全部内涵。这四大动作要素的关系，是经过劲与律达到形神兼备，内外统一。“形”即外在动作，包含姿态及其动作连接的运动线路；“神”即神韵、心意，是起主导支配作用的部分；“劲”就是力，包含着轻重、缓急、强弱、长短、刚柔等关系的艺术处理；“律”就是动作本身的运动规律。

《春江花月夜》舞蹈

◇**《春江花月夜》舞蹈的艺术特征**

《春江花月夜》根据民族器乐合奏曲《春江花月夜》改编。舞蹈把原作所描绘的大自然的迷人景色作为舞蹈的背景，通过“闻花”、“听鸟叫”、“对水照影”、“向往幸福”等细节，表现了一位古代少女对爱情和美好生活的向往。舞蹈语汇采用了中国古典舞中托掌、按掌、卧鱼、平转、翻身等动作，同时结合传统戏曲的表现手法，女舞者将羽扇摺合，伸出两个手指比划成双成对等，表达了少女对美好生活的向往，对幸福爱情的憧憬。在舞蹈中，扇子的运用很成功。舞者时而将扇贴于背后，时而双扇遮面，或打开或摺合，将少女的羞涩、妩媚、真挚的情爱表现得淋漓尽致。《春江花月夜》舞蹈分为三段：第一段：春夜静，春月明，春江碧，春花艳；第二段：音乐慢板，抒情柔美、清丽平静；第三段：乐曲渐快、渐强，充满着激情。

◆ 爱尔兰古典舞蹈《大河之舞》欣赏

◇ 爱尔兰古典舞蹈的艺术表现

爱尔兰的古典舞蹈具有空灵、轻盈和精灵般奔放的艺术气质，尤其是踢踏舞蹈的急速舞步和节奏是爱尔兰人奔放的灵魂，他们用足尖讲述爱尔兰民族不息的生命力。狂飙般的脚步节奏，凌厉的肢体舞蹈，恢弘的情绪表达，体现了爱尔兰踢踏舞的磅礴气势和澎湃动感。爱尔兰古典舞注重形体上那种挺拔、轻盈、飘逸、洒脱的感觉，上半身没有动作，双手自然下垂贴于髋部，下半身双脚总是保持交叉的姿势（45 度）。跳的时候，舞者们和着复杂的鼓声全身都在运动，跳得好坏是看舞者身体弯曲伸缩的敏捷程度。虽然就是这样反复地跺脚，却跳出了艺术美，展示了无限的魅力。

《大河之舞》舞蹈

◇《大河之舞》舞蹈的艺术特征

《大河之舞》以爱尔兰古典踢踏舞为表现手段，综合音乐、演唱、舞台美术、灯光以及芭蕾等艺术元素于一体，其巧妙构思令人折服。《大河之舞》是一部结合爱尔兰舞蹈、音乐和歌剧的艺术盛宴，它成功地发扬了爱尔兰舞蹈的精华。《大河之舞》以严谨的舞蹈编排与精准的场面调度要求，力图展现多样化的表演艺术风貌。该舞蹈以传统爱尔兰民族特色的踢踏舞为主轴，融合热情奔放的西班牙佛拉明戈舞，并汲取古典芭蕾与现代舞蹈的精髓，共同营造出一场气势如虹，异彩纷呈的绝世舞作。而爱尔兰管弦乐团的演奏及合唱团的天籁美声更是起到了画龙点睛的作用。《大河之舞》的舞步充满了跳跃性，变化多姿，优美活泼而欢快，音乐也多运用轻快传统的爱尔兰民间音乐。其特有的幽默诙谐和极强的艺术感染力，是区别于美国踢踏舞的另一大流派。

◆ 藏族民间舞蹈《昌都锅庄》欣赏

◇ 藏族民间舞蹈的艺术表现

“锅庄”是藏族的民间舞蹈，在节日或农闲时跳，男女围成圆圈，自右而左，边歌边舞。后来逐步演变成为歌舞结合、载歌载舞的圆圈歌舞形式了。锅庄舞姿矫健，动作挺拔，既展舞姿又重情绪表现，舞姿顺达自然，优美飘逸，不但体现了西藏藏族人民纯朴善良、勤劳勇敢、热情奔放、彪悍的民族性格，而且有一定的力度和奔跑跳跃变化动作，动作幅度大，具有明显的体育舞蹈训练价值和锻炼价值。不论从表演者的装饰上、动作节奏上，还是从表演时的舞姿变化上，都能体现出西藏民间体育的风格，锅庄舞的健身作用是显而易见的。

《昌都锅庄》舞蹈

◇《昌都锅庄》舞蹈的艺术特征

《昌都锅庄》舞蹈男女相聚，围成圆圈，自右而左，边歌边舞。男性穿着肥大筒裤，犹如雄鹰粗壮的毛腿，女子脱开右臂袍袖披于身后，飘逸洒脱。男女各站一边，拉手成圈，分班唱和，通常由男性带头启唱，歌声嘹亮，穿透力强；舞群和着歌曲作“甩手颤踏步”沿圈走动，当唱词告一段落后，众人一齐“呀”（拟声）的一声呼叫，顿时加快速度，撒开双臂侧身拧腰大搓步跳起，挥舞双袖载歌载舞，奔跑跳跃变化动作，尤以男性动作幅度较大，伸展双臂有如雄鹰盘旋奋飞。女性动作幅度较小，点步转圈有如凤凰摇翅飞舞，具有健美、明快、活泼等特点。

◆ 古典芭蕾舞《天鹅湖》之《四小天鹅》欣赏

◇ 古典芭蕾舞的艺术表现

欧洲古典舞蹈通称芭蕾舞，它是在欧洲各地民间舞蹈的基础上，经过几个世纪的不断加工、丰富、发展而形成的，具有严格的规范和结构形式。芭蕾舞的标志就是立足尖，在美妙绝伦的芭蕾王国里，足尖舞最令观众神往。芭蕾舞以其高超的旋转技巧而著称，芭蕾舞的旋转技巧有很多，半脚尖的“立”是旋转中最主要的一点。芭蕾舞讲究通过肢体语言表达演员的情感，传统的古典芭蕾技术建立在外开、伸展、绷直的审美基础之上的。芭蕾舞剧演出主要由下列三种角色组成，分别是主角、独舞者和群舞者。芭蕾舞作为古典舞中最为著名的一种，它凭借其高超的舞蹈技巧、丰富的故事情节和强大的舞台表现力征服了全世界的舞蹈爱好者，因此得以在数百年间长盛不衰，至今仍有无数为芭蕾奉献其一生的优秀舞者。

◇《四小天鹅》舞蹈的艺术特征

柴可夫斯基的《天鹅湖》取材于神话故事，描述被妖人洛特巴尔特用魔法变为天鹅的公主奥杰塔和王子齐格弗里德相爱。最后，爱情的力量战胜了魔法，奥杰塔得以恢复为

《四小天鹅》舞蹈

人身。全剧分四幕，包含二十九个分曲。《四小天鹅》是《天鹅湖》第二幕第四曲，是四只小天鹅跳的舞曲，音乐轻松活泼，四只小天鹅整齐一致的舞姿，包含“击脚跳”和“轻步行进”的动作。所谓“击脚跳”，就是跳起后双脚互击数次；所谓“轻步行进”，就是前脚跟碰着后脚尖的行过动作。这些动作以及头部的转动，惟妙惟肖地表现了小天鹅的形象。《四小天鹅》是该舞剧中最受人们欢迎的舞曲之一，音乐轻松活泼，节奏干净利落，描绘出了小天鹅在湖畔嬉游的情景，质朴动人而又富于田园般的诗意。

◆ **现代舞《三更雨·愿》欣赏**

◇ **现代舞的艺术表现**

《三更雨·愿》舞蹈

中国现代舞强调现实人文的关照，充分注意社会主流意识形态的舞蹈表现，而不是过多地沉溺于自我的艺术宣泄。现代舞是一门形式感极强的艺术，最基本的表现要从动作开始，而动作的形成、延续、发展、变化，最重要的是看动作的借力方法。其次是看作品的结构，现代舞打破了和谐理想的古典审美原则，体现的是对现实社会中人的关注和对自然真实美的追求，因此，在结构上特别讲究对比，有动作和动作之间的对比、舞段和舞段之间的对比、节奏和节奏之间的对比、情绪上的对比以及舞蹈构图的对比等。现代舞作品中，强调的是舞者自身的重量而不是如芭蕾般的轻盈，在动作中强调空间的过程而不是动作的本身，在空间上强调韵味的顿挫而不是流畅，在构图中强调不平衡而不是平衡，在过程中强调过程的揭示而不是过程的遮掩。

◇《三更雨·愿》舞蹈的艺术特征

《三更雨·愿》为北京现代舞团经典演出剧目，是2006年北京现代舞团艺术总监高艳津子受邀威尼斯双年展的委约创作，于2006年6月首演于威尼斯双年展。作品试图通过生活中最常见的，但在中国传统文化里有强烈象征意义的花、鸟、鱼、虫、草来对应“五行”的金、木、水、火、土，表现内心理想与外部世界之间的矛盾与冲突，希冀在一次又一次的重生中寻找皮肤之下的灵魂的真实。作为一位中国的现代舞编导和舞者，高艳津子的作品中一直以来都蕴含着深刻的东方传统哲学思想。在《三更雨·愿》中，高艳津子通过一个身着嫁衣、头披红纱的喜娘，将花、鸟、鱼、虫、草连接到一起，演绎一个女人的五世轮回。现代舞作为一个充满先锋色彩的舞种，在表演上也十分符合当代审美，让各国观众都能通过肢体的表现体验剧中的万物之灵。

【自我感悟】

◆ 自我欣赏佳作

◇ 中国古典舞蹈《爱莲说》欣赏

《爱莲说》舞蹈

◇ 中国民族舞蹈《彩云南现》欣赏

《彩云南现》舞蹈

◇ 中国古典舞剧《霓裳羽衣舞》欣赏

《霓裳羽衣舞》舞剧

◇ 英国芭蕾舞剧《蝴蝶夫人》欣赏

《蝴蝶夫人》舞剧

◇ 俄罗斯芭蕾舞剧《红色吉赛尔》欣赏

《红色吉赛尔》舞剧

◆ **自我欣赏导引**

○ 舞蹈《爱莲说》突出体现了中国古典舞“圆”的特点，即通过云手、圆场等动作来体现，这些动作都是遵循了圆弧形运动路线的规律特点，这个特点也正与表现荷花的形象相吻合。而在刚柔相济方面，讲究“刚柔动静统一”，动作讲究起伏跌宕、有动有静，在行云流水般的动作中穿插“亮相”，具有韧性著称。舞蹈中，一会儿“荷花”绽放，一会儿又变成了一个亭亭玉立的女子在“荷叶”上舞动她窈窕的身姿，时而蹲下，时而站立，时而平躺，时而欢快，时而羞涩，时而飘逸，把荷花的美丽与女子的不凡的气质互相融合在了一起，使人一会儿进入仙境，一会儿又回到了现实，一会儿又回到了仙境当中，仿佛都陶醉于其中。这个作品出现 3 次“单腿跪地，一个小五花打在胸前，后腿勾翘与上身后仰所合成了一朵荷花的造型”这样的主题动作，形成了一个独特意象的视觉动态图画形象。

○《彩云南现》是云南省歌舞团调集省内有关地州各民族的创作表演力量，共同创作排演成的大型民族歌舞，体现了云南民族舞蹈在继承、发展、创新方面的做法和经验。《彩云南现》的 30 多个舞段充满了浓郁的生活气息，多侧面地展示了云南各民族的社会生活及其精神面貌。《彩云南现》以“序”、“尾声”和“红色的高原”、“绿色的山水”、“蓝色的月亮”、“彩色的欢乐”四个篇章所组成。《彩云南现》采用了多个民族、多种民族生活融为一个章块的形式，形成多民族的重叠交叉，增大了每个篇章的内容包容量，在一个章块中，多层次地展现众多民族。每一个章块，都是由事与情、具象与抽象两个层面构成。多民族的叠合，情与景的交融，既叙事又抒情，使每个篇章都很厚实、丰满。《彩云南现》表现了一个多彩、和谐、团结奋进的多民族云南，一个山美、水美、人美的多彩云南。

○《霓裳羽衣舞》是唐代抒情性的宫廷古典乐舞，肢体动作潇洒、飘逸、恬括、悠然。表演技巧上，轻、柔、美适度，舒袖飘逸、恬括，柔韧相兼，力度摆平；碎步移动优美，像蜻蜓点水、蝴蝶飞舞那样轻盈、自得、娴熟、美丽，给观众以美的享受。《霓裳羽衣舞》表现的是美丽端庄的杨贵妃和嫔妃们的优美舞姿，表达的是对自由、幸福、美好生活的向往，歌颂的是唐朝政治、经济、文化的繁荣和发达。该舞剧是以飘飘欲仙、如醉如痴的意境和仙女下凡的视觉情节，用拟人化的手段来表现作品的。所以在人物面部表情神态的塑造上，既要体现时尚高雅、洁白纯真、无瑕无疵、妩媚动人的表情，又要有轻松愉快、柔绵圆润的调子，以求达到出神入化的境界。

○ 英国芭蕾舞《蝴蝶夫人》是根据意大利普契尼作曲的同名歌剧改编而成的。它讲述的是美国海军军官平克尔顿在日本艺妓馆寻欢作乐时，与美丽、温婉的巧巧桑不期而遇，并迷上了这位东方美人，但他逢场作戏，以“婚姻”的形式把巧巧桑揽入怀中；之后随着部队的开拔，他回到美国另娶新欢，把蝴蝶夫人巧巧桑忘得一干二净。然而天真、善良的巧巧桑一直在漫长的等待中，直到她亲眼看到平克尔顿的妻子之后，才在绝望中交出自己的儿子，拔剑自刎。这部舞剧在故事情节的处理上脉络清晰，层次分明，有戏剧悬念，有情感跌宕，特别是注重用细节来刻画人物的个性，表现出蝴蝶夫人微妙而复杂的心理。

○《红色吉赛尔》由俄罗斯芭蕾舞大师鲍里斯·艾夫曼编导，在舞台美术上，艾夫曼放弃了传统的写实主义，而偏于简约与象征的手法，从而创造出与其舞剧相呼应的磅礴大气，使观众既身临其境，又不拘泥于作品规定的典型环境之中，对人生、对社会作出各自的体验与思考。该舞剧凸显出俄罗斯芭蕾的博大精深，以及传统与现当代在更高美学意义上的一脉相承。《红色吉赛尔》以沙俄时期俄罗斯著名芭蕾舞艺术家奥丽嘉·斯帕丝维切娃为原型，讲述了一位艺术家深情投入角色最终为艺术献身的真实故事。舞台上古典与现代交织展现，女芭蕾舞演员艺术生涯的片段充满浓郁古典气息，飘逸白裙令观众一时忘记《红色吉赛尔》的强悍主题；但随之而来的却是极其紧张激烈的现代芭蕾群舞，疯狂、躁动、迷乱，与古典场景形成鲜明对比。

◆ **拓展资料**

○ 杨仲华：《舞蹈艺术教育》，人民出版社 2003 年版。

○ 卡琳娜·伐纳：《舞蹈创编法》，上海音乐出版社 1998 年版。

○ 瓦尔特·索雷尔：《西方舞蹈文化史》，中国人民大学出版社 1996 年版。

○ 张琳仙：《舞蹈基础》，中国妇女出版社 1999 年版。

○ 吕艺生：《舞蹈大词典》，中国戏剧出版社 2000 年版。

○ 欧建平：《西方舞蹈鉴赏》，光明日报出版社 2001 年版。

○ 人民音乐出版社舞蹈组：《舞蹈的基本训练》，人民音乐出版社 1993 年版。

○ 江心：《舞蹈知识 100 问》，华乐出版社 2001 年版。

○ 孙景琛：《舞蹈艺术浅谈》，人民音乐出版社 1987 年版。

○ 资华筠：《舞蹈艺术欣赏》，山西教育出版社 1997 年版。

○ 王佩英：《中国古典舞基本功训练》，上海音乐出版社 2004 年版。

○ 刘青弋：《现代舞蹈的身体语言》，上海音乐出版社 2004 年版。

○ 约翰·马丁：《舞蹈概论》，文化艺术出版社 2005 年版。

【活动创编】

◆ **活动主题**

○ 举例说明芭蕾这一舞蹈艺术在各个时期的发展。

○ 列举 3 ~ 5 个国家舞蹈的特点，并说明其不同之处。

○ 怎样理解舞蹈艺术既是古老的艺术，又是年轻的艺术？

○ 舞蹈为什么需要节奏韵律配合？

○ 舞蹈的美学特征有哪些？

○ 思考舞蹈与杂技、武术等其他人体艺术的区别。

○ 女子独舞《雀之灵》是如何表现空灵、丰满的内涵和精雕细琢的形式美的？

○ 思考舞蹈审美经验的自我培养。

◆ **创编项目**

○ 举行一场班级舞蹈表演会。

○ 每位同学学会一段自己最喜欢的舞蹈。

○ 根据身边的生活用品去寻找舞蹈带来的快乐。

模块十三　中外摄影艺术欣赏

【欣赏名言】

对于伟大的摄影作品，重要的是情深，而不是景深。

——皮特·亚当斯

【知识导入】

◆ **摄影艺术的内涵**

摄影就像用光绘画，它实质上是技术和视觉观察力的一种结合，是技术与艺术的结合。摄影并不是单纯地拍照，有意识、有思想、经过思考和提炼的拍照才能称之为摄影。

摄影是应用科学、想象与设计、专业技巧和组织能力构成的混合体，也是一种艺术表现方法。摄影是表现思想、表达虚实的传播媒介，它需要各种各样的技艺和多方面的才能，涉及物理、化学、光学、色彩学、生理学等多门学科。它对器材的依赖和对思想的依赖同时构成了摄影的两个主要因素。

摄影艺术是以摄影科学技术手段来进行艺术创作的，现阶段的摄影艺术是将位于镜头之前的具体形象，经过光学镜头及胶片冲洗等一系列手段，转化为有框架限定的平面图像，以反映现实生活，表达思想感情。

◆ **摄影艺术的类型**

根据感光材料的不同，摄影可分为黑白摄影和彩色摄影；根据拍摄题材的不同，可分为人像摄影、风光摄影、静物摄影、生活摄影、新闻摄影、体育摄影、建筑摄影等。我们通常根据拍摄的题材进行分类。

◇ **人像摄影**

所谓人像摄影，是指通过摄影的形式，在照片上用鲜明突出的形象描绘和表现被摄者相貌和神态的作品。人像摄影以表现个别的、具体的人物为内容，表现人物的外貌和精神、职业特征以及性格特征，表现人物的外形美、心灵美及人物的社会气质和内心世界，通过人物来揭示生活。

◇ **风光摄影**

风光摄影是指以展现自然风光之美为主要创作题材的原创作品。风光摄影包括自然风光、城市风光、农村风光等。

◇ **静物摄影**

静物摄影与人物摄影、景物摄影相对，是以无生命（此无生命为相对概念）的可移动或组合的物体为表现对象的摄影。它多以工艺品、瓜果、蔬菜、花卉等为题材。在真实的基础上，经过组织安排，对构图、光线、影调、色彩等进行艺术处理，以准确地体现被摄物的质感和立体感。

◇ **生活摄影**

凡以生活为题材的摄影活动即为生活摄影。生活摄影以表现人与人之间、人与环境及社会之间复杂关系所形成的事件为对象。生活摄影与工业、农业、体育、舞台等摄影不同，它没有较多的限制，拍摄十分自由，没有条条框框，一般不受时间、环境、气候的约束和影响。

◇ **新闻摄影**

新闻摄影是以报道新闻为目的的摄影门类，又是现代新闻事业的主要手段之一。新闻摄影以照片的直观形象为载体，报道新闻，传播信息。它具有新闻性、直观形象性、瞬间形象性等三个主要特点。

◇ **体育摄影**

体育摄影是表现各种体育运动项目的特征、运动员的技术技巧、优秀成绩、精神面貌、健美姿势以及赛场花絮的摄影。

◇ **建筑摄影**

建筑摄影是以表现各类建筑为主体的摄影。作品成功的重要条件是在符合自然的透视规律下，选取最有利的拍摄位置，能表现出建筑物自身的特点与美，以及建筑物立体形态与质感的光线。

◆ **摄影艺术的语言**

摄影艺术是造型艺术中的一个门类，它通过用摄影手段塑造可视的画面形象来反映生活，表达思想感情。摄影艺术的表现方式和手段是通过光学、化学等一系列科学手段来记录存在于镜头之前的真实形象，实现影像的再现。下面简要地来分析这些构成要素。

◇ **线条**

线条是构图的重要组成部分。人们的视线往往会随着线条移动，无论它们是由道路、排成行的笔直树干和电线杆等构成的明线条，还是隐含在形体、色调和颜色的轮廓中的间接线条，都是如此，不同的线条可以唤起不同的情感反应。

○ 垂直线

垂直线条可以促使视线上下移动，显示高度，造成耸立、高大、向上的印象。因为人的眼睛看东西时，首先注意的是照片中的长线，然后沿着这根长线移动。垂直线引人向上看，因而使人产生高度感。所以摄影家常常利用垂直线来强调出被摄体的高度。例如拍摄高大建筑物和纪念碑一类物体的摄影就属于这种情况，用垂直线条表现英雄形象和工业建设场景，这样有助于烘托形象高大、雄伟、挺拔的艺术效果，突出人物的精神面貌和场景的巍峨气势。

○ 水平线

生活中具有水平横线特征的事物，在摄影画面中与上下边框平行时，横线就成为画面的主要结构线，给人以平稳、开阔、沉静的印象。水平线可以导致视线左右移动，产生开阔、伸延、舒展的效果。例如，人面对旷野、大海时，地平线的横向伸展会给人以深刻的视觉感受。摄影者常常撷取事物中的横线效果加以突出，作为画面中的主线，辅以垂直线或其他线形，构造出典雅庄重的画面。

○ 斜线

斜线会使人感到从一端向另一端扩展或收缩，产生变化不定的感觉，富于动感。斜线结构是摄影画面安排事物的又一种有效地安排景物的构成形式，在摄影画平面上，选择和安排斜向线形，具有模拟纵深产生第三维空间的感觉。斜线在与长方形画框四边的对比中，显出一种不安定的动向，能强调出事物的方向性和运动感。而且对角线是长方形的画面上最长的斜线，当景物作对角斜线安排时，画面就具有最大的空间容量。例如，用倾斜线条来表现体育活动、舞蹈等；对那些需要加强画面结构的变化和刻画生产活泼形象的作品也会运用斜线。

○ 曲线

曲线使我们的视线时时改变方向，引导视线向中心发展。在视觉艺术中展示曲线的美是每一位艺术家都乐意追求的，摄影艺术家也常常以超凡的审美眼光发现、选择、提炼景物中的曲线，从而构成画面，赋予视觉以欣赏的愉悦和活跃的想象。在西方美学中就十分推崇曲线美。

○ 圆形线

圆形线条可以造成人们的视线随之旋转，有更强烈的动感。圆形也是生活中普遍存在的形状，它可以从许多事物中分解出来，成为一种具有概括力的视觉形式。生活中的球、轮子、日月天体、原子结构，都有圆的存在。

◇ **影调**

影调是指画面上的明暗层次、虚实对比及色彩的明暗关系，在这些关系中使观众感到光的流动变化。摄影画面的影调是被摄体由光源照射所形成的受光面到背光面之间而产生的影调和整个画面受光产生的整体影调组成。在自然光源太阳的照射下，会产生不同的受光面及影调。因此，影调具有方向性，总体可分为：正面光、侧面光、背面光。当然，在人工光源下也可产生方向性效果。影调是体现画面形式表现的主要因素，也是组成摄影构图形式美的基础。摄影者在拍摄时，要选择好景物的亮度及色彩，选择好照明条件，以便形成合理的影调配置。影调配置在摄影画面中要完成以下任务：一是突出主要形象；二是创造情绪气氛；三是取得特殊的艺术效果。

◇ **色彩**

色彩是摄影画面形式构成中的另一个重要元素，色彩不但在造型中起作用，而且对人的情感具有冲击力。摄影所采取的用色途径基本上是色彩还原，也就是选择景物本身的色彩，再现镜头前景物的色彩，故给人的色彩美感，比较起绘画来更富有直接感和亲近感。另外，摄影艺术的色彩同用光密切相关，光的强烈、光的入射方向和角度等都可以给画面带来不同的色彩配置，甚至决定画面色彩的基调。由于光的直接影响，摄影画面的色彩一般比绘画更为明快、鲜艳，更为夺人目光。另外，摄影者可以通过选用不同的胶片、滤色镜以及后期制作等，来控制画面的色调，控制色彩的基调，突出色彩的重音，增强画面的色彩效果。因此，摄影画面的色彩一般较为丰富多变，和谐完整，更富感情色彩。一是用色要尽可能单纯，主体和背景色彩要有色别或亮度的对比；二是利用背景色彩和主体色彩面积上的对比，形成色彩重音效果；三是利用某一种富有特征的色彩，让它展开在不同明暗的色阶之中，形成这一色彩的基调，以达到色彩上先声夺人的效果；四是乱中求治，多样统一地运用色彩。

【欣赏引导】

摄影是由技术和艺术两部分组成的。技术部分虽然完全掌握并不易，但与艺术的创造相比，所占的比重用“三七开”来形容较为适合。源于生活又高于生活的创意，便是摄影艺术作品成功的最重要秘诀。因此，我们在欣赏摄影艺术作品时，也应着力从技术和艺术两方面入手，尤其是对艺术性评价比重要加大。

◆ **感悟摄影作品的真实美**

摄影艺术是摄影者从现实社会平凡的生活中发现、提炼和升华事物真实美感的过程。在现实社会平凡的生活中，常常会闪现出许多具有真、善、美情感的事物，发现这些事物，是将其升华为艺术美的关键。摄影艺术遵循的是把客观世界所显示的具有宽度、高度和深度的“三维空间”，变为只有宽度和高度的“二维空间”这一原理。为使画面取得完美的艺术效果，给欣赏者以强烈的心理感受和视觉印象，摄影家首先必须对所拍摄的事物进行过滤筛选，比较和构思，然后再创造性地运用摄影技术手段，巧妙地运用光线、色彩构成不同的影调、色调，选择合适的拍摄角度和最佳的拍摄时机，使画面形象成为主观与客观的结合，将这些现实生活中平凡的美进行提炼、升华，就成为艺术的美。所以，欣赏一张摄影作品，要善于把握摄影艺术家在平凡生活中发现美的艺术眼光。

◆ **追求光、影、色的美感**

摄影艺术强调内容与形式的统一，摄影者是借助心理联想和实践经验，再现现实生活千姿百态的事物。摄影艺术的美感主要表现为内容美和形式美，美的摄影作品必定是内容美和形式美的统一再现。摄影家能从纷纭杂呈的生活中，截取出具有涵义和表现力的形象，并在框架平面中建立起线、形、色的秩序，形成完整的构图形式。在摄影艺术创作中，当主题思想确定之后，就是想办法运用摄影手段提供的一切可能性，把要表现的内容体现在画面视觉形象上，使主题思想和画图形式完整统一。摄影艺术是通过色彩、影调等来塑造形象。因此，欣赏摄影艺术首先要从构图、用光、影调等能被欣赏者直接感观的基础要素入手，这些要素不光是构成一幅作品的基础，也是欣赏者感受和认知摄影作品的艺术前提。

◆ **欣赏摄影者的构思技巧**

现在许多摄影作品都从不同的角度去表现自然、社会、艺术的美，给我们带来视觉享受和生活激情，但摄影作品也离不开技术与技巧的应用，这也是我们在欣赏摄影作品时应当注意的地方。精湛的摄影技术是摄影作品成功的保证。科学地选择感光材料，运用光学镜头及附件，精细周密的后期制作，给画面带来完美的形式。如果一个摄影者在拍摄时只注意物质形体本身，而不去注意光的性质和空间个性，那么就没有真正进入摄影创作的境界。北京奥运会游泳比赛中的一些摄影作品所采用的拍摄技巧，使画面主体突出、背景虚化，让整个画面更具动感效果，使人身临其境。如果你具有一定的摄影知识，一看便知照片拍摄时所运用的拍摄方法，并进行评价和推敲，从更深层次去感受和认识。反之，如果你对于相关摄影知识的了解不够深入，看到照片时，只会感之照片虚实之间的动感效果而忽略了作品中精彩瞬间、人物神态的等内容，而错过了一次学习的宝贵机会。

◆ **抓住摄影作品的主题思想**

摄影家在艺术观、主题的指导下，运用的不同表现手法表现主题创作。它是贯穿从构思到完成作品的全过程，更是内容与形式的统一。一般新闻类题材的主题思想比较明显，风光类的作品有时候主题不是很突出，但在艺术表现手法上有着明显的区别。需要强调的是，所有的艺术表述形式都是为了表达内容而存在的，如果作品没有深度，只是追求形式，这样的作品是没有内涵的，也是不会流传长久的。

其实，无论摄影艺术还是摄影作品欣赏都是一个需要长时间积累、学习和总结的过程，只有通过不断的实践，才能提高我们的欣赏水平。在我们所看到的众多摄影作品中，我们不必苛求每一张摄影作品都是精品，只要我们用自己的感情去欣赏，相信每一张摄影作品总会给我们带来独特的美丽和感动。

【名作欣赏】

◆ **中国风光摄影《人间伊甸园》欣赏**

《人间伊甸园》摄影（薛占峰）

◇ **风光摄影的艺术表现**

风光摄影的艺术表现可归纳为四个字：知、观、表、现，即知其时、观其势、表其质、现其伟。知其时是要掌握拍摄大自然风光所依靠的光源，光源对景物产生的效果，纵然只是一线之差，但都有很大的不同，那么拍摄大自然的风光唯一可靠的阳光，清楚它的升降位置的投射方向，不仅是必须的，而且是绝对重要的。观其势是指观察拍摄景物的整个环境和形势，细心有耐性地、不大厌其烦、不畏其劳地，从任何位置和角度去探讨。表其质是指对于充满整个大自然环境的花、草、木、石、泥的本质要有深切认识，然后熟悉和掌握它的本质，使其有效地重现于画面、照片中。摄影的术语中所谓的“质感”，指的就是要求在表现景或物的时候，不是徒具其形貌的轮廓，重要的目的是要表现出质的感觉，既有骨，又有肉。现其伟是指要抓景物的特点、气派。

◇《人间伊甸园》摄影的艺术特征

《人间伊甸园》是摄影爱好者薛占峰的作品，这张摄影拍摄的是夏日扎尕那的自然风光。扎尕那位于甘肃境内迭部县的岷山、迭山形成的大峡谷中，藏语意为“石匣子”，美籍奥地利裔人类学家约瑟夫·洛克称它为亚当和夏娃的诞生地。摄影者居高临下，抓住云层移遮的瞬间，拍下云遮日光下扎尕那的美景，使整幅摄影光线明暗对比鲜明，扎尕那山主峰和大片平坦草原在灿烂阳光下显得峰尖傲然，原野空旷；而云层遮掩下的藏族村落和榻板木屋则显得神秘安详，增强了观赏者对这片人间伊甸园的向往。

◆ 国外静物摄影《梨灯》欣赏

《梨灯》摄影（纳尔奇斯）

◇ 静物摄影的艺术表现

静物摄影的基本艺术表现是从静中看到“情”、“动”、“活”、“力”。静物摄影在选材方面有广阔的天地，在择好素材之后，就可以随心所欲地处理这些对象，因为被摄物体是无生命的，可以任凭摆布，多角度移动以达到创作意图。静物摄影具有两大优点：首先，它是进一步体会艺术视觉的深化过程。当一些很平常的物体被拍成引人入胜的照片时，实际上也就是深入学习观察这些物体的过程。其次，拍摄静物能获得更多的摄影知识。对摄影者来说，静物摄影的难处在于它的画面构成具有独到之处。当布置好被摄物体之后，必须选择拍摄角度，在用光方面发挥创造性，进而把从静物摄影中学习到的实际摄影知识、基础原理应用到日常摄影中去。因此，欣赏静物摄影主要注意以下几点：一看结构布局；二看背景选择；三看光线处理；四看技术条件。

◇《梨灯》摄影的艺术特征

《梨灯》是纳尔奇斯的静物摄影，他 1971 年出生在罗马尼亚首府布加勒斯特，1985 年开始了他的摄影生涯。他的摄影功底基本依靠自学来完成，纳尔奇斯初期的摄影并没有多少人去资助，全凭业余时间来研究和学习，不过从 2002 年开始，这位天才登上了摄影的历史舞台。这件摄影作品反映出怪才纳尔奇斯独到的创意，他将一只成熟的梨和灯泡的灯口巧妙地结合在一起，给人以无限的乐趣。在光线的设计上达到了无与伦比的地步，强烈的明暗对比，突出了静物的中心地位。同时，在色彩上黑、黄、绿三种色彩有机和谐地搭配在一起；构图中采用了平行线的方式，层次感突出。

◆ **国外生活摄影《水俣》欣赏**

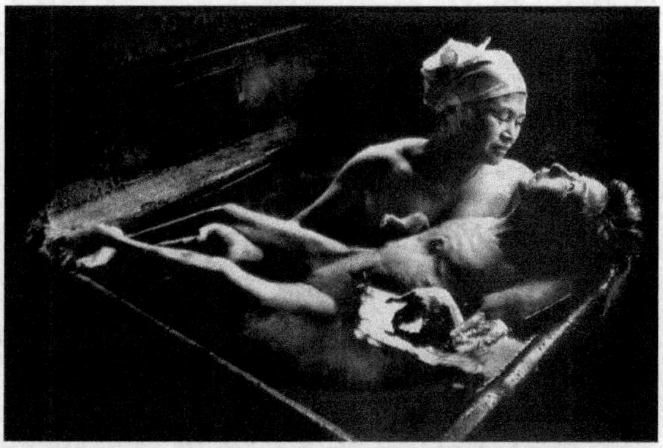

《水俣》摄影（尤金·史密斯）

◇ **生活摄影的艺术表现**

表现生活的摄影作品比较难拍摄，生活摄影一要反映生活的真实，摄影作品表现的是生活中的真人真事，这是生活的真实。生活真实虽然是客观存在的，但这是自然形态的东西，好坏混杂，美丑并存，所以生活中发生的事情，反映到照片上来，思想性应该是健康的；二要反映人的精神面貌，生活摄影与其他类型的摄影一样，通过人的具体活动，来反映人们的生活状况，记录人们的生活经历，因此体现人的精神面貌很重要；三要有浓厚的生活气息，生活摄影作品一定要有浓厚的生活气息，它和其他摄影创作有所不同。没有生活气息的作品，内容干瘪，形象呆板。因此，作者一定要学会抓拍真实镜头，切忌造作和弄虚作假。

◇ **《水俣》摄影的艺术特征**

这幅摄影作品出自美国著名摄影家尤金·史密斯，反映的是日本熊本县水俣湾污染事故。《水俣》的画面上，满怀爱意的智子母亲为残疾的女儿洗澡，慈祥母亲脸上写满怜爱地看着因水银中毒而全身残疾的女儿智子，那种浓浓的人文主义的情怀为人动容。这幅作品被称为是尤金·史密斯经典之作，他巧妙地将光线集中在智子扭曲残疾的身体和母亲慈爱的脸上，强烈的对比加强了震撼力。

◆ **国内人像摄影《沉思》欣赏**

◇ **人像摄影的艺术表现**

人像摄影以刻画与表现被摄者的具体相貌和神态为自身的首要创作任务，虽然有些人像摄影作品也包含一定的情节，但它仍以表现被援者的相貌为主，而且，相当一部分人像摄影作品只交待被摄者的形象，并没有具体的情节。而人物摄影是以表现有被摄者参与的事件和活动为主，它以表现具体的情节为主要任务，而不在于以鲜明的形象去表现被摄者的相貌和神态。这二者之间的重要区别，在于是否具体描绘人物的相貌。不管是单人的或是多人的，不管是在现场中抓拍的还是在照相室里摆拍的，不管是否带有情节，只要是以表现被摄者具体的外貌和精神状态为主的照片，都属于人像摄影的范畴。人像摄影包括人像的特写、近景人像、半身人像和全身人像。

◇《沉思》摄影的艺术特征

《沉思》摄影（董金凤）

这幅摄影作品是本书的主编董金凤拍摄的，拍摄于海北藏族自治州门源仙米国家森林区。阳光在整个森林区形成45°角的照射面，正好与森林植被区的坡度吻合。在古老苍劲的原始森林和广袤幽静的高原草甸中，有一个女孩儿安静地坐在空旷寂寥的草甸上托腮沉思，与白云、绿地的景色浑然一体。摄影者采用斜线的构图方式，背景色彩和主题色彩对比明显，表现了女孩儿平静的外表和动态的内心活动，令人遐思。

◆ 国外体育摄影《麦德林斗牛》欣赏

《麦德林斗牛》（亨利·阿古德罗）

◇ **体育摄影的艺术表现**

体育运动一般都是在快速中进行，需应用较高的快门速度才能把极快的动作凝固下来，室内体育运动光照度较弱，一般应用高速感光片，有时还可将感光片速度提高一倍，使用冲洗时将显影时间延长一倍，以求获得准确曝光。在大型的国际体育比赛中不准许摄影者靠近，所以大都采用长焦距镜头拍摄，有时镜头焦距不够长，还需在镜头后加上能增加焦距的接圈，这样就需要用独腿架将照相机固定以防止照相机震动，以免影响结像的清晰度。有时为了获得具有强烈动感的体育摄影照片，采取较低快门速度用追随摄影法跟踪运动员的动作，使动体清晰，背景模糊，也能收到较好的效果。

◇**《麦德林斗牛》摄影的艺术特征**

这幅摄影作品是哥伦比亚摄影师亨利·阿古德罗的经典之作。摄影师选择了俯拍的角度，力求有所创新，俯拍的最大弱点在于表现动感的时候将受到限制，但作为背景的斗牛场土地上那牛蹄、马蹄印的斑驳交错，刚好能让人产生动感补充。摄影师采用三角构图方式，呈现出主体形态的超稳定结构。但虚化的牛角、飞扬的马蹄和蒸腾的沙雾，烘托的却是主体的动感。稳定与动态交织的矛盾构图，让人看着顿生惊险、刺激感。

◆ **国外新闻摄影《饥饿的苏丹》欣赏**

《饥饿的苏丹》（凯文·卡特）

◇ **新闻摄影的艺术表现**

新闻摄影的新闻性是它有别于艺术摄影的一个特点，即要求其遵循新闻的规律，比如题材要有新闻性，报道正在发生和发展的新闻事物。新闻摄影的真实性，是在调查研究的基础上进行摄影采访，所获得的是新闻现场条件下特定的真人、真事、真情、真景。新闻摄影的直观形象性是它同于摄影的其他门类，而区别于文字新闻的一个特点。新闻摄影的瞬间形象性是区别于电影电视新闻的一个特点，它没有电影、电视新闻那么大的容量，不能要求它反映新闻事物发生、发展、终结的全过程，但要求它从事物发展过程中抓取既能代表事物本质意义，而且有直观形象的决定性瞬间。新闻摄影的报道形式分单幅图片和成组图片两种：单幅图片既可独自报道新闻，又可配合文字稿；成组图片有专题照片、综合照片、系列照片等类型。成组图片能反映出在较短的时间内连续瞬间的形象，给读者以栩栩如生之感的新闻照片的文字说明是新闻摄影的有机组成部分。

◇《饥饿的苏丹》摄影的艺术特征

这张照片是南非著名摄影师凯文·卡特拍摄的，并赢得1994年普立策新闻特写摄影奖。那是一个苏丹女童，即将饿毙，跪倒在地，而兀鹰正在女孩后方不远处，虎视眈眈，等候猎食女孩的画面。这张震撼世人的照片，引来诸多批判与质疑。当人们纷纷打听小女孩的下落时，遗憾的是卡特也不知道。他当时以新闻专业者的角色，按下快门，然后，赶走兀鹰，看着小女孩离去。在他获颁这一生最高的荣誉的两个月后，卡特自杀身亡。道德良心上的谴责，可能是卡特无奈结束生命的原因之一吧！在我们周围，正有无数这样的图像在形成、在发生，你我是否也仅止于按下人生镜头的快门，然后，漠然地擦肩而过？

【自我感悟】

◆ 自我欣赏佳作

◇ 外国风光摄影《雷堪克博火山》欣赏

《雷堪克博火山》（休格·马查多）

◇ 国外体育摄影《冲过终点的喜悦》欣赏

《冲过终点的喜悦》（Wei Seng Chen）

◇ **国外新闻摄影《瘟疫与饥饿》欣赏**

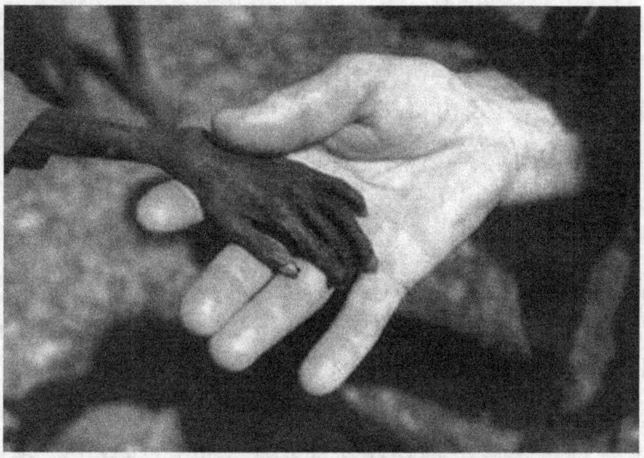

《瘟疫与饥饿》（迈克·韦尔斯）

◇ **国内生活摄影《和平的呼唤》欣赏**

《和平的呼唤》（薛占峰）

◆ **自我欣赏导引**

○《雷堪克博火山》是葡萄牙著名摄影师休格·马查多拍摄的作品。这张拍摄于坐落在智利与玻利维亚交界处的雷堪克博火山的照片，获得了美国《国家地理》2009年全球摄影大赛的大奖。并获得了业内人士的一致好评。评委赞叹："当我凝视戈壁上的这座山峦，一种永恒之力穿透我心。"自由摄影师玛丽亚·斯登泽尔评价："美丽并不耀眼的光线温暖前景，勾勒出完美的荒漠之景、无垠的地平线隐匿于远端、巨大的蘑菇云则萦绕山头。"美国《国家地理》美编达伦·史密斯也评论道："顶端的云彩完美地平衡了地质和气象之力。通常，云朵在山峦摄影中只是点缀，但在这里它却成为了一件平衡物，投射出的阴影让山峰轮廓愈发有力。"整件作品光、影、色配合完美，在一种静态的美中使人感到一种潜在的动态活力，令人遐想在火山深处的一番景象，这就是永恒之美。

○《冲过终点的喜悦》是马来西亚摄影师 Wei Seng Chen 拍摄的佳作。这幅作品的亮点并不在于运动项目的本身，而在于这项运动的吸引力和感染力：在收获季节结束时，印尼苏门答腊流行公牛赛跑，参赛者脚踩拴在两头牛中间的马具上，拽着牛尾巴比赛。照片中选手冲到终点时流露出喜悦之情，和公牛冲刺的神情相得益彰，冲击力十足。摄影构图采用了平行的构图方式，两牛冲刺溅起的泥沙仿佛在空间凝固，参赛者临近终点的表情生动鲜明。

○《瘟疫与饥饿》是美国摄影家迈克·韦尔斯的摄影佳作。自20世纪80年代以来，非洲少雨，连年干旱，成千上万的人民在饥饿、瘟疫中备受折磨而走向死亡。许多记者在那里拍摄的镜头触目惊心，令人不寒而栗。这幅作品很有代表性。记者前去采访旱情十分严重的乌干达，深深地为那里经受的苦难而感动。他没有一般化地去拍摄面黄肌瘦的灾民，也没有去拍摄寸草不生的干裂土地，而是拍摄了一个对比强烈的镜头——丰润的大白手和枯瘦的小黑手，从而表达出自己对于干旱恶果的强烈感受和向社会呼吁的热望。作者大胆的画面剪裁，舍弃了对比以外的一切东西，而使人们的视觉感觉强烈而集中，强化了照片的视觉冲击力，使干旱带来的深重苦难在无言中得到充分展示。

○《和平的呼唤》是摄影爱好者薛占峰的摄影作品。插箭节是藏族民间传统的宗教节日，传说很久以前，藏族部落之间相互征战，箭既是原始的武器，又被当作英雄精神的象征。后来为纪念战死疆场的英雄，百姓立山为神，并将箭插在山顶，表示祭奠，祈求和平。摄影作品色彩艳丽，蓝天、五色经幡、喇嘛们的红衣层次分明，抛向天空的"隆达"使画面具有强烈的动感，展现出插箭节寄托和平希望的精神活动。

◆ **拓展资料**

○ 张禾金:《摄影的魅力与构图》，复旦大学出版社2007年版。

○ 李强:《中外摄影佳作赏析》，吉林摄影出版社2003年版。

○ 李强:《瞬间：摄影获奖秘笈》，北京美术摄影出版社2007年版。

○［英］弗罗斯特:《摄影大师的创意秘诀》，浙江摄影出版社2004年版。

○ 李兴国:《摄影构图艺术》，北京师范大学出版社1998年版。

○［英］弗罗斯特:《摄影构图500技》，中国青年出版社2009年版。

○［英］霍普:《世界顶级摄影大师颠峰作品诞生记》，浙江摄影出版社2007年版。

○［英］沃德:《风光的内在——摄影师的洞察力与灵感》，浙江摄影出版社2007

年版。

○［英］伊安·杰夫里:《摄影简史》，生活·读书·新知三联书店 2006 年版。

○［英］沃德:《风光的超越——摄影的审美探索》，浙江摄影出版社 2009 年版。

【活动创编】

◆ **活动主题**

○ 思考摄影艺术的瞬间性。

○ 分析现代摄影艺术最显著的几点特征。

○ 为什么欣赏人像摄影要特别注意人物的眼神？

○ 一般来说，可以从哪些方面去欣赏生活摄影？

○ 试以陈复礼的《千里共婵娟》为例，说明欣赏风光摄影的方法。

○ 思考组照拍摄的艺术效果。

○ 思考摄影作品中形式美的规律。

○ 你如何理解“好照片”的内涵？

◆ **创编项目**

○ 组织一场校园风光摄影实践活动。

○ 每位同学完成 10 幅摄影作品的任务，涉及范围不限制。

○ 举办一期师生共同参加的摄影作品展。

模块十四　中外电影艺术欣赏

【欣赏名言】

让一个人置身于变幻无穷的环境中，让他与数不尽或远或近的人物错身而过，让他与整个世界发生关系：这就是电影的意义。

——安德烈·塔可夫斯基

【知识导入】

◆ **电影艺术的内涵**

19 世纪末，随着电学、光学、化学、机械学等诸多学科技术的发展，人类将活动的物像用摄影机拍摄在胶片上，又通过放映机将这些记录在胶片上的活动物像投射到银幕上，这样，电影艺术问世了。我们可以给电影下这样的定义：电影是根据一定的艺术构思，用摄影机将人物、场景或其他物体的运动过程拍摄在条状胶片等介质上，然后加以处理，通过放映机投影在荧幕上，再现生动影像的艺术。电影是现代科学技术和各种艺术手法相结合而成的一门综合艺术。

电影艺术的发展是以与其相关联的科学技术的发展为先导的。一个世纪的时间中，电影由无声而至有声又至立体音响，由黑白而至彩色，由单一银幕而至多种银幕。这种技术上的变革，使得电影在艺术上不断变化，成为具有丰富表现力及较大可塑性的一门艺术。

电影在逐步的发展进程中，吸收了诸多艺术的积累及创造，并逐步将这种吸收与自身特点尽可能完善地结合在一起，既有综合性，又有独立性，使电影终于成为融文学、戏剧、音乐、舞蹈、绘画、雕塑、摄影等艺术于一身的崭新艺术，又成为覆盖面最广阔的传播媒介。因此，电影是兼有视觉艺术、听觉艺术特性的视听艺术；是兼有时间艺术、空间艺术特性的时空艺术；是善于用分解和组合的方法，在运动中表现事物运动的艺术；是需借助于必要的放映设施，以群体性、一次性的方式进行观赏的艺术。

◆ **电影艺术的类型**

电影是故事片（包括舞台艺术片）、新闻纪录电影、科学教育电影和美术电影的总称。

◇ **新闻纪录电影**

新闻纪录片是以真实的人物或事件为表现对象，不经虚构而直接反映生活的电影片种。它经过剪裁，提炼主题，表现典型。它是现实生活的写照、历史的见证，有些则具有珍贵的文献性。可见新闻纪录电影天经地义的原则是不允许虚假，它的艺术创造在于创作者敏锐的发现能力、深邃的思考、独到的见解和对现实所提供的形象别具匠心的组织及再现。同样的事物，可以在不同的创作者手中显现出不同的风采，这来源于视角和思维的差异，有时还会带给观众深与浅、动人与枯燥、陈旧和新鲜等不同的感受。

◇ **科学教育电影**

顾名思义，科教片是以银幕手段传播科学知识的一种电影。作为电影艺术的一个门类，它同样具有审美的功能与特征。就像故事片要塑造人物一样，每部科教片也要找到它所介绍知识的性格。而且科教片的叙述结构、角度和解说词风格是千变万化的。

◇ **美术电影**

美术片一般分动画、木偶、折纸、剪纸等几种，区别就是影片中人物（动物）和空间环境形象所采用的造型方法和工具材料不同。中国艺术家结合自己的民族美术传统，独创了水墨动画这一新颖样式，当代美术电影也出现了以上各类形式的混合。随着某些新型材料的进入，电子计算机动画兴起，既为美术电影开拓了新的前景，还创造出专为儿童观看或"老少咸宜"的动画形象，在篇幅上大中小美术片和连续美术片、系列美术片并存。

◇ **故事电影**

故事片是综合文学、戏剧、音乐、美术等诸多艺术因素，以塑造人物为主，具有故事情节（反映生活）并由演员扮演人物的影片。由演员演出是其区别于其他片种的基本特征。故事片的类型，称为样式。故事片取材范围广泛，有历史、神话、科学幻想等，但以现实生活为主。

当然，任何事物的分类，划分的角度不同所分的类别也就不同。以题材类型及相应的表现形态为标准，影片可以划分为历史片、传记片、战争片、宗教片、儿童片、歌舞片、科幻片等。按以影片的结构形式和叙述风格特性分类，又可以划分出戏剧式影片、散文式影片、诗电影等。按影片的样式分类就更为纷繁复杂，有喜剧片、惊险片、诞生于美国的西部片、中国首创的武打片等。同时，由于内在因素的互相掺杂且变幻无穷，对影片的分类就很难科学地划分。如喜剧样式可分轻喜剧、音乐喜剧、动作喜剧等；惊险样式更派生出恐怖片、灾难片、推理片、强盗片、侦探片；而武打片既可以拍成喜剧，也可以拍成惊险片。

◆ **电影艺术的语言**

欣赏电影的规律中有一条就是面对不同形式的具体作品应有不同的审美框架。我们看一部纪录片不会要求它具有美术片的特征，这个道理同样适用于形式种类最复杂的故事片领域。但我们常常遇到的问题是，由于缺乏对故事片类型和样式的了解，缺乏对电影语言的了解，我们欣赏一部电影时常常会发生错位的情况，因此了解电影语言常识也是欣赏影片所必需的。电影语言是电影艺术在传达和交流信息中所使用的各种特殊媒介、方式和手段的统称。

◇ **镜头**

电影是以银幕上的画面和声音为媒介，欣赏一部电影的过程，首先是一个看画面和听声音的过程。因此构成电影语言的基本单位是镜头。电影镜头是摄影机从开机到停机的过程中，一次性连续拍摄的影像画面段落。电影镜头分为空镜头和长镜头。

○ 空镜头又称为景物镜头，指影片中作自然景物或场面描写而不出现人物（主要指与剧情有关的人物）的镜头。空镜头常用以介绍环境背景、交代时间空间、抒发人物情绪、推进故事情节、表达作者态度，具有说明、暗示、象征、隐喻等功能。因此空镜头在影片中能够产生借物寓情、触景生情、情景交融、渲染意境、烘托气氛、引起联想等艺术效果，在银幕的时空转换和调节影片节奏方面也有独特作用。例如我们所欣赏的《美丽人生》中不断出现的“犹太人与狗不得入内”的镜头，暗示出影片情节的发展。

○ 长镜头是用一个镜头连续地对一个场景、一场戏进行拍摄而形成的一个比较完整的镜头段落。放映时间一般为30秒到10分钟。长镜头不破坏事件发生、发展中空间与时间的连贯性，具有较强的时空真实感。长镜头既能表现环境，突出人物，同时也能给演员的表演带来充分的自由，有助于人物情绪的连贯，使重要的情节动作能完整而富有层次地表现出来。

◇ **景别**

景别是摄影机在拍摄中与被摄对象处于不同距离或用变焦距镜头拍摄时画面所容括的范围。景别包含全景、中景、近景、特写。

○ 全景：摄取人物全身或场景全貌的电影画面。在全景中，人物与环境常常融为一体，能创造出有人有景的生动画面。全景具有较为广阔的空间，可以充分展示人物的整个动作和人物的相互关系。全景和特写相比，视距差别悬殊。如果两者直接组接，会造成视觉上和情绪上大幅度的跳跃，常能收到特有的艺术效果。

○ 中景：摄取人物膝盖以上部分的电影画面，视距比近景稍远。中景能为演员提供较大的活动空间，不仅能使观众看清人物表情，而且有利于显示人物的形体动作。可以在同一画面中拍摄几个人物及其活动，有利于交代人与人之间的交流和关系，有利于展示人与环境之间的交流和关系。中景可以加深画面的纵深感，表现出一定的环境、气氛，体现冷静、客观的叙述风格。

○ 近景：摄取人物腰部以上部分的电影画面。近景描绘清晰、细致，有利于突出和强调叙述对象。它主要是通过人物之间以及人物与环境的交流表现人物内心情感。

○ 特写：拍摄人像的面部、被摄对象的一个局部的镜头。特写可以强调被摄对象，通过与其他景别镜头的组合，形成叙事节奏的变化。特写能表现人物细微的情绪变化，揭示人物心灵瞬间的动向，使观众在视觉和心理上受到强烈的感染。

◇ **蒙太奇**

蒙太奇是法语 montage 一词的音译，原是构成装配的意思。这个术语用于电影艺术后，影视理论家将其定位为影视作品创作过程中的剪辑组合。在电影创作中，先根据主题的需要、情节的发展、观众注意力和关心的程度，将全片所要表现的内容分解为不同的段落场面、镜头，分别进行处理和拍摄。然后再根据原定的创作构思，运用艺术技巧，将这些镜头、场面、段落合乎逻辑地、富于节奏地重新组合，使之通过形象间相辅相成的关系、相互作用产生连贯、对比、呼应、联想、悬念等效果，构成一个连绵不断的有机的艺术整体，也就是形成一部完整地反映生活、表达思想、条理贯通、生动感人的影片。这种构成一部完整影片的独特的表现方法称为蒙太奇。

◇ **声音**

电影的声音由人声、动作音调、环境音响、音乐和主观处理的无声片断组合而成。在现代电影中，声音不是画面镜头的附属品，它既能给画面以补充和渲染，又能使画面进一步具有感染力和时间含义，还可以直接参与剧情，形成节奏感和创造意境。银幕上的声音已不单单是声音，它常常是一种形象，与画面共同创造着电影艺术的意境。学会从画面和声音去感受一部影片，也是电影欣赏的入门之路。使声音成为积极的电影表现手段，通常会采用以下的方法：

○ 声画同步：影片中的对白和声响与画面动作相一致。即影片的声带与画面严格配合，使声音（包括配音）和画面形象保持同步进行的自然关系，画面中的视像和它所发出的声音同时呈现并同时消失，两者吻合一致；反之则为声画不同步。声画同步的作用，主要在于加强画面的真实感，提高视觉形象的感染力。

○ 音画平行：影片中音乐与画面所表现的思想感情、人物性格、艺术风格和戏剧性矛盾冲突相互贴近，但速度节奏并不同步。音画平行的基本特点是音乐重复或加强画面的意境、倾向或含义。说明性音乐、渲染性音乐都属于音画平行的音乐。

【欣赏引导】

无论是讲述横跨百年的历史故事，还是讲述一个瞬间发生的微观情感故事，电影所能给导演的展现时间，一般就只有90分钟而已，而导演只能在这有限的时间里把整个故事讲完整，因此，整个影片的每一个场景都是导演精心设计的，每一件道具都是有意义的，我们需要去琢磨，慢慢体验影片中蕴含着的真正的、深厚的美。

◆ 懂得电影的语言内涵

一切艺术都有自己的独特语言，不懂得电影艺术的语言，就不可能欣赏电影艺术，甚至不可能理解艺术。由于电影对生活的逼真还原，又有声音和色彩，就造成了一个极大的误会——似乎电影是不需要经过任何学习就能够看懂乃至会欣赏的。为什么要了解电影语言呢？因为我们可以从电影语言的角度分析影片中的导演的构思、演员的表演、音乐的组织等。例如我们看电影叙述某个事件，一辆汽车飞驰而过，这样的画面不能告诉我们什么，但是后边紧接着的画面是马路中间的一只箱子，我们就联想到，这是从汽车上掉下来的箱子。如果再接下来的镜头是路人纷纷涌向这只箱子争夺它，那么观众就会联想到，箱子里面可能藏着贵重的物品。如果路人都四散奔逃，那就意味着箱子里可能藏的是炸弹。这样构成的画面就有了叙事的作用，同时也会调动起观众的情绪，或者兴奋，或者紧张，这就是电影的叙事手法。电影就是用这样的语言去叙述事件、表现思想感情。它需要导演巧妙地使用电影语言，也需要观众的介入，也就是在观看电影时积极参与，开动脑筋去思考和联想。

◆ 了解电影反映的社会背景

要真正欣赏一部影片，还要了解影片产生的文化背景，包括影片中反映的文化背景和影片摄制国家的文化传统。例如，很多人疑惑陈凯歌导演的《黄土地》中，为什么那广阔厚重、无边无垠的黄土地成为了绝对的主角，而电影中的人物则成为了环境的陪衬。导演打破了电影的叙事传统，在散文中寻找未来电影的雏形。观赏者更多地认为这样的影片平淡无味。而导演恰恰是在改革开放的初期，通过淡化情节，给观众留下更多思索的空间。导演力图通过这部影片重新审视黄土高原，深刻反思中国古老文化的历史和民族的历史，暗示新的意识正以不可阻挡之势正在渐渐壮大，并会取得最终的胜利。因此，我们可以看到一部影片要为观众所理解，除了影视工作者在摄制影片时，要考虑能让观众看懂外，观众也要提高自己欣赏影视作品的水准。同时，还要注意积累自己的生活经验，扩大自己的眼界和知识面，这样才能逾越横亘在影视制作者和观众之间的“障碍”。正如意大利美学家卡斯特尔维屈罗所说：“对艺术的欣赏就是对克服了的困难的欣赏。”当你克服和逾越了这些“障碍”之后，你一定会发现，你对影片的了解会更上一层楼；你还会发现影视片中蕴藏着那么多值得欣赏的美，以及那么多值得思考、值得探讨的问题。

◆ 把握欣赏时的审美心理

许多人欣赏电影艺术时，由于缺乏影视方面的基本知识，也没有欣赏电影作品的心理准备和经验，往往会被影视作品中的故事情节“裹胁”，让故事情节牵着鼻子走，而没有能够深入到影视作品中去。结果是在看完电影之后，除了能说出片子的故事梗概，或是某位演员长得漂亮不漂亮之外，很难说出一部片子到底好在哪里。更有甚者，连故事都说不清楚，因为他们的注意力完全被一些精彩的武打、某位女演员的容貌和盛装等局部的细节所吸引住，以至忽略了作品的整体。也有的影视爱好者，学了一些影视方面的理论，在观看影视作品时，常常只顾运用理论去分析影片，而失去了欣赏影片整体美的机会，这种“分析”无助于欣赏，也无助于提高个人的欣赏能力。因此，欣赏电影艺术时，一要有想深入了解本部电影的愿望。二要积极地思考。法国的电影理论家马赛尔·马尔丹说过这样一段话：“电影是一种需要去捉摸其含义的语言，而很多迟钝的、光看不想的、被动的观众总是难以去消化画面的含义的。”三要在感受和了解的基础上，从电影的魅力中“走出来”，不为影视片的情节所左右，学会把影片在自己的头脑中“分解”，去分析它的局部，如摄影、演技、剪辑、导演的意图，还有人物的性格、人物之间的关系等，最后，把各种经过分析过的审美信息“还原”成一个整体。

总之，要达到高层次欣赏者的水准，是要经过锻炼和学习的，但也不是什么高不可攀的事。因为即便是欣赏能力很强的专家也不能保证绝对不为故事情节所左右。因此，必须掌握一些影视作品的欣赏方法，以提高自己欣赏影视作品的能力。例如，你可以在看完影视片后，在自己的头脑中再反复把它回忆几次，那时你肯定会有新的发现和收获。欣赏是有层次的，能力和水平也是逐步提高的，关键在于要不断地学习、总结和思考。只有这样才能成为一名高层次的电影艺术欣赏者。

【名作欣赏】

◆ 外国新闻纪录影片《是和有》欣赏

◇ 新闻纪录影片的艺术表现

新闻纪录影片具有纪录时代进程的宏大使命，几乎每个可预测的重要历史事件的发生都有摄影机的在场见证，它用客观冷静的镜头表现外部世界是其主要特长，同时也需要将镜头深入到摄制对象的内心，从中反映出他们面对外部世界的属己思维方式，以及面对人生突发事件的人性挣扎。新闻纪录影片的艺术特色要具有真实感的思路，同时，这种思路应当用生动独特的视听形象和蒙太奇结构来表达。今天的新闻纪录电影已经派生出新闻片、政论片、文献片、专题片、风光片、旅游片以及在电视媒介中大显身手的系列专题片等丰富多彩的样式，它们各有各的创作规律，又可以互相融合，从多种层次上跟观众交流着对于现实生活的体验。

◇《是和有》的艺术特征

《是和有》

《是和有》是法国著名导演尼古拉·菲利贝尔在2002年拍摄的纪录片，导演尼古拉·菲利贝尔当过伊文思等纪录片大师的助手。他从1978年开始独立拍片，至今拍过20多部纪录片。本片拍摄于法奥弗涅地区的一所“单班”学校，讲述了这所偏远地区乡村小学的生活。在法国的偏远地区，有一种“单班”学校（即一所学校只有一个班级），班里的所有学生都由一个老师教课，从幼儿园直到小学毕业。这所学校的孩子们处在一个既封闭又开放的环境中，他们拼凑起来组成一个朝夕相处的小集体，共同经历苦与乐。本片是十多年来法国最优秀的纪录片之一，情节围绕“传道解惑授业”这个人类文明史上最古老最伟大的职业展开，表现手法质朴、细腻。

◆ **中国科学教育影片《宇宙与人》欣赏**

◇ **科学教育影片的艺术表现**

科教片是反映科学现象，阐述科学规律的特殊影视作品。科教片的艺术特色既要求反映对象具有严谨的科学性，又要求表现手法具有一定的美学气息。目前，数字媒体是当今极具感召力的一种技术，电脑特技和电脑动画等数字影视制作的画面已频繁而普遍地运用于电影，特别是在科教类影视作品中，数字媒体制作手段的运用为科教片增添了不同凡响的绚丽色彩，使其展现出独特的艺术魅力。但科教影片的艺术特色仍然要体现在三点上：一是科学性是科教片的基本特征；二是通俗性是科教片的基本要素；三是故事性使观众产生兴趣。因此，编导就应该以科学为背景，放高视角，使影片始终沐浴在人类智慧之巅的光芒中。

《宇宙与人》

◇**《宇宙与人》的艺术特征**

《宇宙与人》由忻迎一编导。影片系统而全面地揭示了人类究竟是怎样在宇宙中被创造出来的，宇宙的巨大和浩瀚究竟在多大程度上和人类这种智慧生物有关；另外，影片还表现了人类认识宇宙的进程和人类文明发展之间的密切关系。在将这些深刻的内容有机组合在一起的时候，这部影片将它们用一种通俗的电影语言表述出来，使观众可以轻松地接受影片所传达的大量信息。比如在解释月亮的存在对地球造成的引力使地球转速减慢时，影片独具匠心地使用了“月亮像一个刹车皮”这样形象而生动的比喻。这样一来，一个原本包含着复杂原理的科学现象，瞬间变得通俗易懂而饶有趣味。科教片不同于其他影片的最大特点，在于它所包含的巨大的科学信息量。60 分钟的电影大约有 45 分钟是用电脑制作的，比如宇宙大爆炸，星球大碰撞，地球上的远古时期、冰河时期，人类祖先从海洋爬到陆地，火山的爆发，核聚变等深奥的现象和理论话题，都是通过特技电脑合成的画面。影片中的画面和构图美轮美奂，让观众大饱眼福，如同徜徉在 150 亿年的时空隧道之中。《宇宙与人》获得第 20 届金鸡奖最佳科教片奖、国际 2000 年科教电影电视展评会银龙奖等5个奖项。

◆ 中国美术影片《大闹天宫》欣赏

◇ 美术影片的艺术表现

美术片的摄制要求艺术家不仅是造型方面的精通者，而且需要特别丰富的想象力和高度凝练的艺术功能。寓意精到、形象优美、情趣盎然，是各类美术片的共同要求，而对于每一具体片种来说，还要充分发挥它在自身造型规律的形式美，并实现风格鲜明的视结合。动画是一种综合艺术，它是集合了绘画、漫画、电影、数字媒体、摄影、音乐、文学等众多艺术门类于一身的艺术表现形式。中国美术影片秉承“寓教于乐”的艺术特色；日本美术影片致力于动画叙事语言的研究；美国美术影片引领着世界动画片的潮流和发展方向，一向注重高科技的应用与高质量的追求。以剧情片为主，多以大团圆结局，悲剧性的影片很少，特别注重细节的刻画，做到了雅俗共赏，适合绝大多数观众的审美口味；欧洲美术影片以精练的手法表现主题与内容，以独特的构图和色彩勾勒出情绪的波动。

◇《大闹天宫》的艺术特征

《大闹天宫》

《大闹天宫》是上海美术电影制片厂1961—1964年出品的经典美术片，由著名导演万籁鸣执导，张光宇、张正宇担任美术设计。《大闹天宫》可以说是当时国内动画的巅峰之作，其人物、动作、画面、声效等都达到当时世界的最高水平。它在造型、设景、用色等方面借鉴了古代绘画、庙堂艺术、民间年画的特色，又将中国传统戏曲的表演艺术融入，描述了家喻户晓的孙悟空，使这一形象跃然银幕，化无形为有形，“挖掘各种艺术表现手段，具有鲜明的民族风格和精湛的艺术技巧”。国外评论，“《大闹天宫》不但具有一般美国迪士尼作品的美感，而且造型艺术又是迪士尼式的美术片所做不到的，即它完全表达了中国的传统艺术风格”，“它是动画片的真正杰作”。当时的中国动画片所达到的艺术水准不仅得到国际的首肯，而且使具有中国民族特色的动画片深入到世界民众当中去。本片上集于 1962 年获第十三届卡罗维发利国际电影节短片特别奖，1963 年获第二届电影百花奖最佳美术片奖。上下集于 1978 年获第二十二届伦敦国际电影节最佳影片奖，1982 年获厄瓜多尔第 5 届基多国际儿童电影节三等奖，1983 年获葡萄牙第十二届菲格腊达福兹国际电影节评委奖。

◆ 外国故事影片《阿甘正传》欣赏

◇ 故事影片的艺术表现

故事影片是由演员扮演角色，表演故事情节，表达一定主题思想的影片。这类影片多取材于现实生活或历史，经过艺术的集中和概括，运用蒙太奇等各种电影表现手段，塑造艺术形象，反映复杂的社会生活和人的内心世界，给观众以感染和教育。故事影片的时长一般为 90 分钟左右，因此通常以 90 分钟作为一个单独的放映单位。

故事影片总体的艺术特色要在表现手法上使用悬念安排法、谐趣模仿法、借用比喻法、以小见大法、运用联想法、神奇迷幻法、对比衬托法、以情托物法等手法，利用三脚架的重心和阻尼作用，利用广角镜头和微距配合，利用参照物之间的关系这些都是运动画面的拍摄技巧把人物生活的场景和内心活动展现出来。同时电影艺术的综合面貌元素也是艺术表现的方面，银幕造型是时空结合的运动的造型，也是一种声画结合的造型。在这种声画结合、时空运动的综合造型面貌中包含着丰富的艺术语言和表现方式。

《阿甘正传》

◇《阿甘正传》的艺术特征

《阿甘正传》是一部根据温斯顿·格卢姆同名小说改编的美国电影，荣获1994年度奥斯卡最佳影片奖、奥斯卡最佳男主角奖、奥斯卡最佳导演奖等6项大奖，导演是罗伯特·泽米吉斯。本片描写了先天弱智，智商只有75的阿甘成长的过程。

影片中的阿甘总能乐观地看待一切，虽然他的行为往往是偶然、下意识的反应，目标也不很明确，但却一直把握着自己。在他看来，跑就是希望。影片采用这种偶然既推翻了人们根深蒂固的因果观念，又制造了意外的喜剧效果。他的忠厚、正直和诚信为他的成功铺平了道路。这部影片的独特之处在于：它重新肯定了旧的道德及社会主体文化，宣扬了20世纪60年代美国的主流意识形态，同时它又否定了其他前卫的新文化。可能正是基于此，它才能深得美国民心。影片的总体风格似乎更像是一部人生寓言，在影片中，阿甘的智商尽管并不高，但他的身上却具有这个社会已经远离许久的诚实、守信、勇敢、真诚等美德。影片的开始，我们或许会被阿甘的木讷所逗乐，在他面前，我们充满着优越感，但在影片结束时，我们却不得不被他的真诚所感动，我们突然发现阿甘的经历正是代表了我们每个人的纯真年代，而我们的身上却已经覆压着太多的偏见与虚荣。

【自我感悟】

◆ 自我欣赏佳作

◇ 法国科学教育影片《迁徙的鸟》欣赏

《迁徙的鸟》

◇ 日本美术影片《千与千寻》欣赏

《千与千寻》

◇ 中国故事影片《城南旧事》欣赏

《城南旧事》

◇ **意大利故事影片《美丽人生》欣赏**

《美丽人生》

◆ **自我欣赏导引**

○《迁徙的鸟》由国际著名法国导演雅克·贝汉制作，拍摄历时四年，横跨五大洲，所用胶片长达460公里，动用了世界上最优秀的飞行员和科学考察队，前后共600多人参与拍摄，历时3年多，耗资4000多万美元，取景地遍及全球50多个国家和地区。《迁徙的鸟》是一部非常出色、评价极高的科学教育影片。本片以高清晰的画面将候鸟迁徙途中无与伦比的风光展现无遗，观众跟随着鸟踱步觅食，随后在镜头的带领下离开了地面，一起飞了起来。脚下或者是冰川大海，或者是巴黎市区。无比开阔的航拍景象让人如痴如醉，配合行云流水般的自然画面，淋漓尽致地表现出候鸟飞翔时的状态。为了能够以鸟类的视角拍到画面，摄制组专门培养了一批鸟演员。在拍摄初期，摄制组历尽千辛万苦，花费了将近一年的时间追随候鸟辗转迁徙，并设法亲近它们，了解它们的习性，消除候鸟对人类的戒备。在当候鸟们渐渐熟悉了有摄制组陪伴的日子后，面对镜头的它们不再害怕，影片才得以顺利拍摄。从《迁徙的鸟》这样一部科学纪录片里，人们显然能看出法国人对于艺术不厌其烦、精益求精的态度。他们用独具欧洲气质的浪漫之声结合唯美画面，把原属自然科学范畴的鸟类迁徙话题拍摄成了洋溢着人文主义精神的不朽杰作。

○《千与千寻》是日本作家宫崎骏的代表作，由日本东宝映画发行。影片刻画了一个10岁的小学四年级女孩的故事。她随父母搬家到新城镇，然而事与愿违却进入了一个神秘的城镇，为了拯救变成猪的父母，她留在澡堂工作，汤婆婆为了控制来到这里的人，将她的名字改为小千，小千逐渐成长，最后拯救父母重新变为人。小千相貌平平，被刻意塑造成邻家女孩的形象，真实地表现了一个现代日本普通小女孩的形象。《千与千寻》在日本公映，引起巨大轰动，并赢得第52届柏林电影节金熊奖，这是小金熊第一次授予给一位动画人和一部动画电影。《千与千寻》正是通过10岁的小女孩千寻为了拯救双亲，在神灵世界中经历了友爱、成长、修行的冒险过程后，终于回到了人类世界的故事，教育孩子们在善恶交错的社会里如何生存，学习人类的友爱，发挥人本身的智慧。这部影片是对社会、人生的一种深远层面的思考，有点离奇，有点黑色的幽默，却又充满了厚重的哲理和动人的温情，这就是宫崎骏动画的魅力。

○《城南旧事》根据著名女作家林海音的自传体小说改编而成，上海电影制片厂1982年摄制出品，吴贻弓导演，此片于1983年获第三届中国电影金鸡奖最佳导演奖、最佳音乐奖，第二届马尼拉国际电影节最佳影片金鹰奖；1984年获第十四届贝尔格莱德国际儿童电影节最佳影片思想奖；1988年获厄瓜多尔第十届基多城国际电影节二等奖——赤道奖。《城南旧事》通过一个小女孩的纯真的眼光，去展示20世纪20年代旧北京的社会，展示当年那笼罩着愁云惨雾的生活。影片在结构上尤具独创性。编导排除了由开端、发展、高潮、结局所组成的情节线索，以“淡淡的哀愁，浓浓的相思”为基调，采用串珠式的结构方式，串联起“英子与疯女人结交为朋友”、“无意出卖善良的小偷”、“宋妈在影子父亲去世后的离去”三段并无因果关系的故事。这样的结构，使影片具有多棱镜的功能，从不同的角度映照出当时社会的具体历史风貌，形成了一种以心理情绪为内容主体，以画面与声音造型为表现形式的散文体影片。同时，影片又辅之以舒缓的节奏，用象征、含蓄、对比、重复等艺术手法创造出一种近乎中国水墨画般的宁静、淡泊、简约的意境。全片以它那清新和隽永的散文叙事镜语，表现了一个时代“童年往事”般的心理路程。在影片中，小英子是故事中的叙事人，以儿童的视角看待世界，导演必然就会将沉重的悲剧隐藏在幕后，观众自然也就能理解一个儿童是无法为她的行为造成的后果承担责任的。这也正是影片显得丰富厚重的关键之笔。

○《美丽人生》这部影片是由意大利著名喜剧演员兼导演罗伯托·贝尼尼自编自导自演的一部黑色喜剧片，此片获得奥斯卡7项提名，在第71届奥斯卡颁奖典礼上，获得了最佳外语片、最佳男演员、最佳原创电影音乐三项大奖。它还获得了第51届戛纳影展评审团大奖，和当年的欧洲电影节奖，并在多伦多电影节观众票选评选中获得第一名。此片在戛纳电影节试映时，全体观众起立鼓掌长达12分钟之久。迄今为止，《美丽人生》获得的大大小小的世界奖项已超过40项，所有的这些都足以说明这部影片的价值。反映第二次世界大战和纳粹屠杀犹太人的影片有很多，几乎每个导演都将纳粹大屠杀这个题材拍得异常沉重和严肃，从来就没有人用温馨轻松而又不乏深度的手法来讲述一个有关第二次世界大战集中营和纳粹大屠杀这样让人不寒而栗的题材。导演罗伯托·贝尼尼一改以往战争题材影片的叙述方式，而是充满黑色幽默地拿纳粹开了个大玩笑。虽然贝尼尼笔下的集中营的气氛远远不及现实中的恐怖，但恐怖并不是这部电影要直接突出的地方，爱的力量和面对死亡时所表现出的幽默和对美好生活的想象力才是这部电影的内涵意义。

◆ **拓展资料**

○［法］马赛尔·马尔丹：《电影语言》，中国电影出版社1992年版。

○［法］克里斯蒂安·梅茨：《电影和历史》，江苏教育出版社 2005 年版。
○［美］贾内梯：《认识电影》，中国电影出版社 1997 年版。
○ 张朝丽：《中外电影文化》，天津大学出版社 2006 年版。
○ 高静：《走近电影》，华中科技大学出版社 2004 年版。
○ 张歌东：《数字时代的电影艺术》，中国广播电视出版社 2003 年版。
○ 华典艺术编辑室：《世界经典电影全纪录》，九洲图书出版社 2003 年版。
○ 李标晶：《电影艺术欣赏》，浙江大学出版社 2005 年版。
○ 孙建京：《世界优秀电影赏析》，中国广播电视出版社 1997 年版。

【活动创编】

◆ 活动主题

○ 思考早期影片对于电影发展的贡献。
○ 影片中喜剧的幽默元素是什么？
○ 电影《刮痧》如何反映了中西文化的冲突？
○《肖申克的救赎》中图书管理员老布鲁克斯的死说明了什么？
○ 思考电影画面有哪些构成因素。
○ 分析蒙太奇的基本原理。
○《辛德勒名单》运用了哪些细节使沉闷的影片充满了生命的活力？
○《拯救大兵瑞恩》中米勒上尉的颤抖的手反复出现的意义何在？
○ 为什么说《爱国者》是美国式的“逼上梁山”的故事？
○ 电影风格有哪些主要类型？

◆ 创编项目

○ 组织志同道合的朋友去观看一场电影。
○ 每位同学针对自己最喜欢的影片写一篇影评。

模块十五　中国戏曲艺术欣赏

【欣赏名言】

悲剧将人生有价值的东西毁灭给人看，喜剧将那无价值的撕破给人看！

——鲁迅

【知识导入】

◆ 戏曲艺术的内涵

戏曲是中国传统的戏剧形式。它是在中华民族的土壤里独立发展起来的，源远流长的，有着旺盛生命活力和丰富美学意蕴的民族艺术门类，也是世界上最古老的戏剧文化之一。中国的戏曲是一种综合舞台艺术样式，它是将众多艺术形式以一种标准聚合在一起，在共同具有的性质中体现出各自特性的舞台艺术。具体来说，戏曲就是运用音乐化的对话和舞蹈化的动作去表现现实生活的舞台艺术样式。中国戏曲作为一种综合舞台艺术样式，它涵盖了诗歌、音乐、舞蹈、舞美、服装、化妆等众多艺术形式，同时这些艺术因素在戏曲中都是为了一个演故事的目的，也都遵循一个美的原则。

◆ 戏曲艺术的类型

中国的民族戏曲历史悠久，剧种种类繁多，尚有据可考的有近300个剧种。由于戏曲的演唱采用的是地域性的声腔，因此戏曲的种类一般是以地域作出划分的。

○ 北京市的地方戏曲——京剧、北昆、西路评剧、北京曲剧。

○ 河北省的地方戏曲——河北梆子、评剧、丝弦、老调、哈哈腔、河北乱弹、武安平调、武安落子、西调、蔚县秧歌、隆尧秧歌、定县秧歌、四股弦、唐剧、横岐调、上四调。

○ 山西省的地方戏曲——蒲州梆子、山西中路梆子、山西北路梆子、上党梆子、锣鼓杂戏、耍孩儿戏、灵邱罗罗、上党皮黄、上党落子、永济道情戏、洪洞道情戏、临县道情戏、晋北道情戏、襄武秧歌、壶关秧歌、沁源秧歌、祁太秧歌、繁峙秧歌、朔县秧歌、孝义碗碗腔、曲活碗碗腔、弦子腔、风台小戏。

○ 内蒙古自治区的地方戏曲——内蒙古大秧歌、二人台、漫瀚剧。

○ 辽宁省的地方戏曲——海城喇叭戏、辽南影调戏、蒙古剧、彩扮莲花落。

○ 吉林省地方戏曲——二人转、吉剧、新城戏、黄龙戏。

○ 黑龙江省的地方戏曲——龙江剧。

○ 陕西省的地方戏曲——秦腔、汉调二黄、阿宫腔、合阳跳戏、合阳线戏、陕西碗碗腔、陕西老腔、眉户戏、弦板腔、陕西道情戏、陕南花鼓戏、陕南端公戏、安康弦子戏。

○ 甘肃省的地方戏曲——陇剧、高山剧、影子腔、甘南藏戏。

○ 青海省的地方戏曲——青海藏戏、青海平弦戏。

○ 新疆维吾尔自治区的地方戏曲——新疆曲子戏。

○ 山东省的地方戏曲——山东梆子、枣梆、莱芜梆子、东路梆子、柳子戏、吕剧、茂腔、柳腔、五音戏、柳琴戏、两夹弦、四平调。

○ 江苏省的地方戏曲——昆曲、淮剧、扬剧、通剧、淮海戏、锡剧、苏剧、丹剧、丁丁腔、淮红剧、海门山歌剧。

○ 安徽省的地方戏曲——黄梅戏、徽剧、青阳腔、岳西高腔、安徽目连戏、安徽戏、庐剧、安徽端公戏、沙河调、泗洲戏、坠子戏、含弓戏、芜湖梨簧戏、文南词、皖南花鼓戏、凤阳花鼓戏、淮北花鼓戏、淮剧、嗨子戏。

○ 上海市的地方戏曲——沪剧、滑稽戏、奉贤山歌。

○ 浙江省的地方戏曲——越剧、婺剧、绍剧、新昌高腔、宁海平调、松阳高腔、醒感戏、温州昆曲、金华昆腔戏、黄岩乱弹、诸暨乱弹、瓯剧、杭剧、甬剧、湖剧、姚剧、睦剧。

○ 江西省的地方戏曲——赣剧、弋阳腔、盱河戏、东河戏、宁河戏、瑞河戏、宜黄戏、赣南采茶戏、萍乡采茶戏、万载花灯戏、抚州采茶戏、吉安采茶戏、宁都采茶戏、赣东采茶戏、九江采茶戏、景德镇采茶戏、武宁采茶戏、高安采茶戏。

○ 福建省的地方戏曲——莆仙戏、梨园戏、高甲戏、闽剧、平讲戏、庶民戏、明戏、大腔戏、闽西汉剧、北路戏、梅林戏、右词南剑调、小腔戏、三角戏、闽西采茶戏、南词戏、闽西山歌戏、芗剧、打城戏、竹马戏、游春戏、肩膀戏。

○ 台湾省的地方戏曲——歌仔戏。

○ 广东省的地方戏曲——粤剧、潮剧、正字戏、白字戏、广东汉剧、西秦戏、花朝戏、粤北采茶戏、东昌花鼓戏、雷剧、梅县山歌剧、粤西白戏、临剧。

○ 海南省的地方戏曲——琼剧。

○ 广西壮族自治区的地方戏曲——桂剧、邕剧、丝弦戏、广西师公戏、彩调剧、牛娘剧、桂南采茶戏、广西壮剧、广西苗戏、广西侗戏。

○ 湖南省的地方戏曲——湘剧、祁剧、常德汉剧、衡阳湘剧、巴陵戏、辰河戏、湘昆、长沙花鼓戏、岳阳花鼓戏、常德花鼓戏、湘西花灯戏、湘西阳戏、衡阳花鼓戏、邵阳花鼓戏、零陵花鼓戏、师道戏、湘西苗剧、新晃侗族傩戏。

○ 湖北省的地方戏曲——汉剧、荆河戏、南剧、湖北越调、山二黄、湖北高腔、楚剧、东路花鼓戏、黄梅采茶戏、阳新采茶戏、远安花鼓戏、襄阳花鼓戏、荆州花鼓戏、梁山调、郧阳花鼓戏、随县花鼓戏、堂戏、文曲戏、鄂西柳子戏。

○ 河南省的地方戏曲——豫剧、河南越调、南阳梆子、大平调、怀梆、怀调、大弦调、罗戏、卷戏、河南曲剧、河南道情、豫南花鼓戏、乐腔、五调腔。

○ 四川省的地方戏曲——川剧、四川灯戏、四川曲艺剧、秀山花灯戏。

○ 云南省的地方戏曲——滇剧、云南花灯戏、昆明曲剧、关索剧、傣剧、白剧、云南壮剧、彝剧。

○ 贵州省的地方戏曲——黔剧、贵州本地梆子、贵州花灯剧、贵州侗戏、贵州布依戏、贵州苗戏、安顺地戏。

○ 西藏自治区的地方戏曲——藏剧。

中国众多的戏曲种类，留下了数以万计的优秀曲目，在历史的长河中，有的戏曲已不仅仅局限于某一地域，已成为具有全国影响的戏曲。目前影响最大、流传区域最广的十大戏曲是：京剧、豫剧、评剧、越剧、黄梅戏、昆曲、曲剧、吕剧、越调和沪剧。

◆ **戏曲艺术的语言**

中国的戏曲不同于歌剧、舞剧、话剧，它将歌、舞、音乐及其他艺术形式融为一体，并且在表现艺术形式上形成了独有的风格程式。这种程式，我们也可以把它看做是戏曲的语言。

◇ **四功**

中国戏曲以唱、念、做、打为表演的艺术手段，因此，唱、念、做、打被称为四大基本表演手段，简称为“四功”。

○ 唱——戏曲演出中剧中人物进行内心情感抒发或叙事的主要方式，根据不同的剧种，采用不同的音乐形式。是中国戏曲最重要的成分，戏曲是通过唱来铺展故事情节的。中国戏曲对唱格外重视，以京剧为例，讲究唱声，并由此划分出了不同的行当和流派。比如小生用假嗓，老生则用本嗓；老旦用本嗓，青衣和花旦用假嗓，但青衣的假嗓尖细庄重清越，花旦的假嗓却尖细活泼清越。

○ 念——戏曲演出中对人物间的对白或独白的总称，是一种诗歌化、音乐化的戏剧语言。一般的剧种所用念白与剧种所在省份的地方音大致相同。戏曲的念是带有旋律的语言，是韵律化的念白，比生活语言有更强的节奏感和音乐性。

○ 做——泛指表演技巧，是对戏曲演员的身段、表情、气派、风度等表演的总称，是戏曲表演的主要组成部分，也是舞台行动的主要组成部分。戏曲的做，多为程式性的动作，一般又特指舞蹈化的形体动作，它也是戏曲表演的核心。戏曲的做要伴以节奏性很强的音乐，动作严整。戏曲的动作与生活动作要保持距离，同时要保持音乐化的特点。做的最高境界就是洗练优美，神韵备具。

○ 打——指戏曲中对点头场面的表现手段，也叫“开打”，有时表现两人的对打，有时则是集体的战争场面。戏曲的开打具有极强的舞蹈性、程式性和表现性，也多写意而非写实。打将传统功夫舞蹈化，是生活中格斗场面的高度艺术提炼。所以我们说四功的打直接来源于武功中的招式，并且成为舞蹈化的程式，以美为最终目的。

○ 五法——指“手眼身口步”五种技术方法。“手”指手势，“眼”指眼神，“身”指身段，“口”指吐字，“步”指台步，“法”指以上几种技术的方法。五法是戏曲演员在长期练功与演出实践中摸索到的以自己身体为工具的表现技术。

○ 手法——行家一出手，便知有没有。手法讲究手状、手位、手势。

○ 眼法——眼中有物，看山如山在，看水如水流。

○ 身法——身段要颈正肩平、直腰挺胸。腰部最为重要，一动百动起于腰。

○ 口法——嘴的工夫，吐字清晰流畅，字正腔圆。

○ 步法——站立的步位和行走的台步，是百练之祖。

○ 行当——根据年龄、性别、身份、性格分出来的若干个人物类型。不同演员有不同的技能所长。人物分类与技艺分工相结合，产生了中国戏曲特有的角色体系，即行当。

○ 生行——扮演男性角色的一种行当，其中包括老生、小生、武生、红生、娃娃生等几个门类。除去红生和勾脸的武生以外，一般的生行都是素脸的，行内术语叫做“俊扮”，即扮相都是比较洁净俊美的。老生由于多挂髯口，又称须生。老生一般是扮演中老年男性的，通常为正面人物，表演重唱功，用真声，做功端庄，儒者多用三绺胡须，将帅多用满，关羽用五绺胡须；小生是扮演青少年男子的，不挂胡须，如吕布、张生；武生是扮演擅长武艺的青壮年男子的。长靠武生，穿厚底的布鞋，重功架；短打武生，穿薄底鞋，重武打。

○ 旦行——戏曲中的女性形象，可分为青衣、花旦、刀马旦、武旦、老旦、彩旦等类别。青衣又叫正旦，多表现那些端庄稳重的中青年妇女，以唱功见长；花旦多表现那些年轻活泼俏俐的小家碧玉或丫环，以做功和念白见长；刀马旦表现那些女将或女元帅，一般要扎大靠，表演上重靠把工架；武旦表现那些身具武艺的江湖女子或神怪精灵，多穿紧身衣服，表演上重翻打；老旦表现的是那些老年女性，用本嗓唱念，多重唱功；彩旦俗称丑婆子，唱念都用本嗓，实际是用丑角来应工的。

○ 净行——京剧表演主要行当之一，俗称花脸。从净角所扮演的人物身份性格及其艺术、技术特点，又分大花脸、二花脸和武花脸。大花脸以唱功为主。在戏曲中又称铜锤或黑头，因《龙凤阁》中的徐延昭手捧御赐铜锤而得名，因包拯须勾黑色脸谱而叫黑头。大花脸所扮演的角色多为朝廷重臣，唱、念、做派要求雄浑、凝重；二花脸以做功为主，重身段工架，京剧又称架子花脸，多扮演勇猛豪爽的正面人物，如《盗御马》中的窦尔墩。武花脸即武净，以武功为主，为二花脸一支，京剧里又称为武二花。二花脸分为两类：一类重把子工架；另一类重跌扑摔打，多扮演交战双方下手或战败一方，须摔“抢背”等，又叫摔打花脸。如《战宛城》中典韦为武花脸，许褚为摔打花脸。

○ 丑行——戏曲艺术当中的一个不可或缺的重要行当，俗称小花脸，也称三花脸，戏曲界一向有“无丑不成戏”的说法，足见它的重要性。丑行中分为文丑（方巾丑、袍带丑、老丑、茶衣丑，彩旦、婆子）、武丑（开口跳）等。丑行都是在鼻梁上用白粉涂一个粉块。这白粉块也有几种不同的形状，有的是方的，有的是元宝形或是倒元宝形，叫做腰子形，还有的是枣核形。根据不同的人物，画不同形状和大小的白粉块。

○ 脸谱——戏曲演员面目化妆的一种谱饰，是历代戏曲表演艺术家在长期艺术实践中，创造出的一种富有装饰性和夸张性的手法。脸谱，即戏曲净丑两行所用的面部化妆手法，以夸张的形式表现人物性格特征及人物褒贬。因为在勾画形式上形成了一定的规矩，所以称脸谱。一般来讲，脸谱来源于南北朝时期北齐兰陵王长恭作战时所戴之面具，后由面具发展为直接在脸上勾画，到明清时形成一定规矩，即成脸谱。

红色脸象征忠义、耿直、有血性；黑色脸既表现性格严肃，不苟言笑，又象征威武有力、粗鲁豪爽；白色脸表示奸诈多疑；蓝色脸表现性格刚直，桀骜不驯；紫色脸表现肃穆、稳重、富有正义感；金色脸象征威武庄严，表现神仙一类角色；绿色脸表示勇猛、莽撞等。这种脸谱在色彩和类型上有一定的格式，内行的观众从脸谱上就可以分辨出这个角色是英雄还是坏人，是聪明还是愚蠢，是受人爱戴还是使人厌恶。

◇ **行头**

戏曲角色所穿戴的服装，流称行头。这是对戏曲服饰的一种通俗称法。戏曲服饰主要以明代服制为主要样式，同时参照唐、宋、元、清的一些服饰特征变化而成，在穿戴上有较为严格的程式规范。行头可分为衣、盔、杂、把四箱。

○ 衣箱——分大衣箱、二衣箱、三衣箱。大衣箱包括各种长短袍服；二衣箱包括各种武装人员的装束；三衣箱即演员所穿内衣、厚底靴、朝方、彩鞋、旗鞋、云履、福字履、彩裤、胖袄、僧鞋、薄底靴、大袜、青袍、龙套衣及塑形用品。

○ 盔头箱——主要是盔、帽、冠、巾四种。如帅盔、霸王盔、夫子盔、蝴蝶盔，纱帽、毡帽、罗帽、风帽，凤冠、如意冠、九龙冠，扎巾、软夫子巾、文生巾、高方巾、员外巾。此外还有演员头上所戴的网子、水纱、雉尾翎、狐尾、甩发、髻发、耳毛、发髻和各式各色的髯口，如黑、黪、白、红、紫色的满、三绺、扎、八字髯、一字髯等。

○ 杂箱——指彩匣子、水锅和梳头桌。彩匣子是为男角色面部化妆、抹彩、勾脸、卸妆、洗脸所用。梳头桌是专为旦角梳理大头、古装头、抹彩、贴片子、插戴银泡子、翠泡子、钻泡子和绢花等饰物所设。

○ 把箱——即旗把箱。从刀、枪、剑、戟等各种兵器到桌椅、板凳、帐幔和山、城、墓、碑等景片；从文房四宝、印信、茶酒器皿、令旗令箭、马鞭、车、船、风、火旗到圣旨、香案、旗、锣、伞、报和剧中特定道具，如家法、手铐、铜锤、棋盘、笛箫等都是绝对不可缺少的道具。

◇ **场面**

在中国戏曲中，场面是指戏曲乐队，实际是指戏曲演出所用的各种伴奏乐器。各种戏曲的伴奏乐器习惯上总称为场面，戏曲乐师便称为“场面上的”。根据伴奏乐器功能，场面分文场和武场，文场指吹拉弹等各种管弦乐器，武场指各种打击乐器。整个戏曲乐队合称文武场。

○ 文场的伴奏乐器大致有京胡、京二胡、月琴、南弦（小三弦）、笛子、笙、海笛（小唢呐）等，也有把云锣包括在内。随着新编古装戏和现代戏的创作，有的文场还增加了其他传统民族乐器，如二胡、琵琶、阮等，甚至配置西洋乐器。文场的主要作用是为演唱进行伴奏。

○ 武场的伴奏乐器大致有鼓板（单皮鼓与檀板）、大锣、铙钹、小锣以及大小堂鼓、水钹、大铙、小镲锅、齐钹、梆子、星子（碰钟）、小汤锣、大筛锣等，有的还增加了吊钹、大钹、定音鼓等。武场的主要作用是配合演员的身段动作、念白、舞蹈、开打等来强调起止和明确节奏。

【欣赏引导】

中国戏曲作为中国传统文化的重要组成部分，在历史的进程中留下了它深刻而又辉煌的足迹。时至今日，中国戏曲依然凭借它独特的魅力吸引着越来越多的目光。尤其是戏曲艺术经过现代科学的梳理后，剔除了封建糟粕，其艺术表现力及其深刻的人文内涵依然值得我们关注。因此我们要不断提高欣赏层次和审美品位，在听戏看戏的过程中深刻认识戏曲艺术的审美特征。对戏曲艺术进行欣赏，可以从以下几个方面入手。

◆ **把握戏曲冲突，探求主旨**

没有冲突就没有戏曲。戏曲冲突是社会生活矛盾冲突在戏曲艺术中集中而概括的反映。它是戏曲主题的基础和情节发展的动力，主要表现为具有特定性格的人物在追求各自目标过程中所展开的富于动作性的矛盾冲突，其核心是典型人物之间具有社会意义的性格意志冲突。要了解冲突发生的背景，明确冲突的基本内容，分析冲突的内在结构，探求冲突的思想倾向，才能完整把握戏曲作品的主题、深刻的思想内涵和深层的社会历史哲理意蕴。

◆ 体察言行，解读人物

念白和对话是塑造人物形象、推动情节发展的重要手段。念白不仅能交流思想情感，而且能表现人物的心灵状态和性格特征。精彩的对话既符合人物的身份地位，又能显示人物之间微妙复杂的社会关系。欣赏戏曲表演要透过表层对话挖掘深层潜台词。通过简短的对话，理解和把握丰富微妙隐秘曲折的心思。戏曲语言不仅能表现人物性格，还是揭示戏剧冲突的根本所在。欣赏表演动作，可以看出人物的地位、性格，窥见人物复杂微妙的内心世界，认识人物之间的复杂关系，把握戏剧冲突。

◆ 分析结构，把握门道

戏曲结构对人物的塑造、冲突的展开、剧情的发展和主题的深化具有直接影响。戏曲故事情节如何布局，如何在有限的时空中最大限度地展示出尽可能丰富的内容是戏曲创作的结构性考虑。主线型戏剧结构，是按故事发展和主人公命运的主线安排情节、展开冲突的一种结构形式，重在演绎事件和揭示人物命运。其特点是情节曲折，头绪清楚，围绕主线，有始有终，完整展示人物性格发展的心路历程、矛盾冲突和命运结局。中国戏曲多属这种结构。掌握戏剧结构，有利于欣赏者从整体上观照和认识戏曲段落、戏曲场景之间的有机联系，领悟戏路和戏曲家的艺术匠心，找到准确解读人物、深刻理解主题的情节发展脉络。

◆ 欣赏表演，品评戏味

欣赏戏曲主要是为了看表演和演唱。戏曲欣赏者既要关注演员表现剧情的动作，更要品味表现心理活动的表情动作，还要涵泳唱腔、念白的音色变化和情感传达的技巧，才能从演员出神入化的表演和演唱中品出“戏味”。有一次梅兰芳和俞振飞演《断桥》，其中有一场许仙跪在白娘子面前希望白娘子饶恕的戏，演出时，俞振飞跪得太近了，白娘子用手一指（表示又恨又爱），低头一看他的脑袋就在自己的手指底下，于是梅兰芳就对他脑袋轻轻点了一下，俞振飞就势一让，梅兰芳赶忙一拉，这一点、一让、一拉，把白娘子对许仙又恨又爱的感情表现得特别细腻，这一动作极富表现力。

欣赏戏曲表演，会给欣赏主体带来无穷的追问、探寻、发现和创造的乐趣，得到丰厚而意想不到的收获。“戏曲对人生的意义，就在于启迪人的心灵，尤其在最为接近现实人生的境界中，来求得人性的解放。而戏曲的群体性的心理体验特征，使它比其他艺术更集中、更强烈地反映了人民的心声、社会的风貌、民族的心路历程，在娱乐的背后隐藏着严肃而深刻的社会历史意蕴。”

【名作欣赏】

◆ 京剧艺术《霸王别姬》欣赏

◇ 京剧的艺术表现

京剧属于写意艺术，是一种写意型的戏剧艺术。它的总体艺术表现就是它的写意性，京剧中的唱腔、念白、动作、舞台调度、背景处理、道具的运用、服装、化妆等各个环节都不完全受生活本来面貌的束缚，都体现着艺术家的某种主观的态度与观念，也就是无不体现着我们民族智慧的写意性。京剧作为一种戏剧舞台艺术，其艺术表现主要有五个方面：一是综合性，在艺术整体中包含着多种艺术因素。二是虚拟性，就是模拟、模仿，以虚拟实，也就是以假定的当做实有的。三是程式性，俗话说：没有规矩，不成方圆。在京剧中也最讲规矩。四是技艺性，京剧的技艺性主要体现在种种舞台程式的表演都要符合一定的技术规范。五是娱乐性，无论从听觉的角度，还是从视觉的角度，京剧的演出都能给观众提供丰富的视听之美的享受。

《霸王别姬》

◇ 京剧《霸王别姬》的艺术特征

《霸王别姬》是著名京剧大师梅兰芳的代表作。梅兰芳先生的嗓音宽润圆亮，他的吐字清晰行腔圆润流畅，韵味醇厚，其曲精而不俗，俏丽而质朴，平稳中见功力，简洁中含感情。唱腔中力求体现中国女性的温柔、含蓄、高雅、雍容华贵、落落大方。他早年的行腔以规矩、工整、刚健为基础，见棱见角，过于方正。后吸收了王派之长，行腔分明而已无顿挫痕迹了。尾音有时虽然强调，却自然大方，毫不生硬做作，以自己的润腔方式和行腔规律将它化为唱腔的一部分。润腔时从不用“花”的手段，如颤音、滑音、装饰音，亦不行险腔怪腔，只以传统的方式唱出与别人截然不同的优美旋律，也不强调使用闪、剁、顿等讨俏的技法，在不少转折处运用了委婉、华丽、柔美的小腔刚柔相继，对比鲜明，使腔自然流畅。晚年行腔乍听更加柔和，实是刚蓄于柔，柔蕴于刚，委婉之处刚健其中。念白重四声，讲五音，刚而无棱，柔而不弱，婉转柔媚。梅兰芳先生在长期的京剧艺术实践中形成自己的艺术风格，创立了京剧梅派艺术，其代表剧目有《霸王别姬》、《贵妃醉酒》等。梅派艺术传人有李世芳、张君秋、言慧珠、杜近芳、梅葆玖等。

《霸王别姬》的悲剧氛围极其凝重。情景交融的语言，苍凉的歌唱，使人感受到在悲凉、凄清的夜晚，虞美人漫步荒野战场时萦绕心中的忧虑和怅惘。紧接着传来下层士兵的叫苦声，四面楚歌声，与剧中人物眼看大势已去、无可奈何的心情交融在一起。景生情，情生景，形神兼备，虚实相生，从而创造出深邃的意境，让人们透过历史的风云变幻，品味到美人殒命、英雄末路的苦涩和悲凉。这出戏中虞姬有一段风格别致的剑舞，是梅兰芳先生以京剧舞蹈为基础吸收了武术动作而创造成的。梅先生在表演剑舞时，不是卖弄技巧和功夫，而是与剧中人物的情感紧密结合起来，通过节奏鲜明、婀娜多姿的剑舞，揭示虞姬的心理发展层次。她开始是为项羽解忧，以后就变成与之诀别。梅先生在舞剑时，表现了虞姬矛盾复杂的心情。她面对逆境与败局，暗暗为项羽的功亏一篑而痛惜，表面上却要强装笑脸安慰丈夫，但背着项羽时，又抑制不住内心的悲痛、凄怆，偷偷拭泪。她为项羽舞剑，意在激励丈夫于九死一生之际还要去奋争！这便是舞中有戏，戏中有情，从而使这位对霸王饱含深情的虞美人形象令人难忘。

◆ **豫剧艺术《花木兰》欣赏**

《花木兰》

◇ **豫剧的艺术表现**

豫剧一向以唱见长，在剧情的节骨眼上都安排有大板唱腔。豫剧唱腔流畅，节奏鲜明，极具口语化；一般吐字清晰，行腔酣畅，易为听众听清，显示出特有的艺术魅力。豫剧的风格首先是富有激情奔放的阳刚之气，善于表演大气磅礴的大场面戏，具有强大的情感力度；其次是地方特色浓郁，质朴通俗，本色自然，紧贴老百姓的生活；再次是节奏鲜明强烈，矛盾冲突尖锐，故事情节有头有尾，人物性格大棱大角。豫剧的唱腔音乐结构属板式变化体，其板类有四种，即慢板、二八版、流水板、散板。其中，二八板在豫剧的四大板类中表现力最强，变化最丰富。

◇ **豫剧《花木兰》的艺术特征**

《花木兰》是豫剧表演艺术家常香玉的代表作。常香玉原名张妙玲，9 岁学戏，后拜翟彦身、周海水为师，并随义父姓改名为常香玉。常香玉广征博采，收各家各派及一些姊妹剧种之长，大胆创新，开豫剧唱腔改革之先河。1948 年她在西安创办香玉剧社，致力于培养青年演员。1951 年为支援抗美援朝，率剧社巡回西北、中南、华南各地演出，以演出收入捐献"香玉剧社号"战斗机一架，有"爱国艺人"之誉。"常派"唱腔字正腔圆，运气酣畅，韵味淳厚，格调新颖，以声绘情、以情带声，多彩多姿，雅俗共赏，表演刚健清新、细腻大方，内涵深邃，性格鲜明，在表达人物内在的思想感情上，细致入微，一人一貌，栩栩如生。

常香玉在《花木兰》中对人物的性格和感情做了细腻的刻画。木兰从军前是聪慧活泼、尊敬父母、勤纺勤织的普通的农家女儿；木兰女扮男装从军以后，环境变了，身份也变了，女性特点不能再显现出来，唱腔唱得非常雄壮、浑厚，果真像一个英勇的男儿；花木兰在军中十二载没有露出真颜，并且成了战功卓著的将军后，贺元帅进帐来提亲，为了表现花木兰在这特定环境中的思想感情，唱腔采用了男声与女声交替出现的唱法。常香玉的唱腔是极富个性的，吸收众家之长以丰富自己，扩大唱腔的表现能力。

◆ **评剧艺术《花为媒》欣赏**

《花为媒》

◇ **评剧的艺术表现**

评剧的艺术特点：以唱工见长，吐字清楚，唱词浅显易懂，演唱明白如诉，表演生活气息浓厚，有亲切的民间味道。它的形式活泼、自由，最善于表现当代人民生活，因此城市和乡村都有大量观众。评剧唱腔是板腔体，有慢板、二六板、垛板和散板等多种板式。新中国成立后，评剧在音乐、唱腔、表演方面的革新取得显著成就，特别是改变了男角唱腔过于贫乏的弊病，男声唱腔有了新的创造。其表演艺术虽吸收了梆子、京剧的身段和程式，一度出现京剧化的倾向，但仍保持着民间活泼、自由、生活气息浓郁的特点。

◇ 评剧《花为媒》的艺术特征

《花为媒》是著名评剧表演艺术家新凤霞的代表剧目。新凤霞原名杨淑敏，籍贯江苏，后被人贩卖到天津。13 岁拜王仙舫、邓砚臣、张福堂等学习评剧，15 岁即开始担任主演。新中国成立初期，新凤霞怀着对党深厚的感情和极大的政治热情投入到党的文艺队伍中，走上了为社会主义服务、为广大人民群众服务的艺术道路。她演出了《艺海深仇》、《刘巧儿》、《祥林嫂》等经典剧目，她的唱腔也展现了深层次的艺术魅力，进一步发展了新派演唱艺术。

《花为媒》是新派艺术的经典之作。新凤霞以纯熟的演唱技巧，细致入微的人物刻画，塑造了青春美丽富有个性的少女——张五可的艺术形象，从而将新派艺术推向了高峰。新凤霞的新派特点是清新、明快、深情、优美，而这种优美不是单纯的自然美，而是自然美与艺术美的完美结合。她的扮相俊美，嗓音甜美，行腔吐字柔美。唱腔清新淡雅，体现了评剧演唱的说唱特色，她的演唱讲究语言和情感逻辑，新凤霞讲究吐字归音过程中的共鸣区使用，字头、字腹、字尾，十分规范，非常讲究和清晰。新凤霞演技纯熟，人物刻画细致入微。《花为媒》中张五可唱四季的选段朴实流畅，虽旋律多次反复，却优美动听，听而不厌，意味深长。这出剧目拍成电影在全国包括香港地区、东南亚各国放映后，新派艺术又一次风靡全国和东南亚地区。全国各地的评剧女演员纷纷向新凤霞拜师学艺，评剧新派艺术得到了空前的发扬与传播。

◆ 越剧艺术《红楼梦》欣赏

《红楼梦》

◇ 越剧的艺术表现

越剧唱腔清悠婉转，优美动听，长于抒发细腻的内在情感。越剧唱腔的主要曲调有：四工调、尺调、弦下调。越剧的唱腔属于板腔体，它的基本曲调为一个上、下句式的四句体结构，第一句和第二句为上句，在本调上进行；第三句和第四句为下句，通常在下四度的调上作对置性的进行，曲调以级进为主，多为五声音阶，上下句通常在宫、徵调式上交替进行。越剧的伴奏乐器主要有二胡、扬琴、三弦、笛、箫和打击乐器。越剧的语言初期使用的嵊县方言，当越剧进入上海以后，以袁雪芬为代表的艺术家们在原方言的基础上，吸收了中州音韵和浙江官话的语音，使非方言区的观众也能听得懂唱词和念白，从而尽可能地扩展了观众群体，也使越剧走向了更广泛地区。

◇ 越剧《红楼梦》的艺术特征

越剧《红楼梦》是越剧表演艺术家王文娟和徐玉兰的经典剧目，王文娟师从表姐——越剧小生竺素娥，初习小生，后改学花旦。先后与徐玉兰共同创作了《红楼梦》、《追鱼》等经典剧目。王派是王文娟创立的越剧旦角流派。王文娟的唱腔，早年曾受支兰芳、小白玉梅、王杏花的影响，后在长期艺术实践中，博采众长，融会贯通，形成自己的唱腔风格，成为越剧王派的创始人。王文娟塑造的艺术形象都以演技精湛、个性突出、形象鲜明给观众留下深刻的印象，被行内名家赞为善于塑造人物的性格演员。1962 年，徐玉兰、王文娟主演的越剧电影《红楼梦》红遍大江南北，成为里程碑式的经典戏剧电影。王文娟在刻画黛玉这一形象时，运用的唱腔平易朴实，自然流畅，韵味浓郁。中低音区音色浑厚柔美，在唱段的重点唱句中，则运用高音以突出唱段的高潮，从而形成强烈的色彩对比。演唱时她以真声为主，吐字雅中显浓艳。她善清晰，不追求花哨，在朴实中见华彩，于平淡中把不同曲调、多种板式组织为成套唱腔，细致而有层次地揭示人物内在感情的细微变化。《红楼梦·焚稿》中的“一弯冷月照诗魂”也是集中体现王派特色的典型唱段。这段“弦下腔”随着人物感情的变化转折，运用旋律高低起伏、节奏顿挫，赋予人物鲜明的音乐形象。至“如今是知音已绝”的“绝”字，音调戛然刹住，人物情绪猛然转折，从接着的“诗稿怎存”转入“正调流水”，由于吸收了绍剧高亢奔放的音调轮廓，鲜明的节奏，唱腔显得悲怆、激愤。

◆ 黄梅戏艺术《天仙配》欣赏

《天仙配》

◇ **黄梅戏的艺术表现**

黄梅戏以抒情见长，韵味丰富、优美、动听，其唱腔如行云流水，委婉清新、细腻动人，具有浓郁的乡土气息，且通俗易懂，易于普及，深受各地人民群众的喜爱。黄梅戏唱腔属板式变化体，有花腔、彩腔、主调三大腔系。花腔以演小戏为主，其曲调健康、朴实、明快、优美，表演形式活泼欢快，具有浓厚的生活气息和民歌小调色彩。彩腔，也称打彩调，是黄梅戏班社职业化后，因常被演员用来向观众“讨彩”而得名。其曲调欢快、流畅，在花腔小戏中曾广泛使用。主调，又称正腔，系黄梅戏中传统正本大戏里常用的唱腔。有平词、火攻、二行、三行等。其中平词是正本戏中最主要的唱腔，曲调严肃庄重、优美大方，常用于大段叙述、抒情，听起来委婉悠扬。在音乐伴奏上，黄梅戏早期演出为“三打七唱”，即由三人演奏打击乐并参加帮腔。

◇ **黄梅戏《天仙配》的艺术特征**

《天仙配》是黄梅戏表演艺术家严凤英的代表作。严凤英，又名黛峰，艺名凤英。12岁拜桐城人严云高学唱黄梅戏，为族人、家庭所不容，后离家出走正式搭班，改艺名为凤英。严凤英的嗓音清脆甜美，唱腔朴实圆润，演唱明快真挚，吐字清晰，韵味醇厚，并注重从人物感情出发，力求达到声情并茂，具有耐人寻味的艺术魅力。她在刻画《天仙配》中的七仙女时，深入把握人物性格，测度具体戏曲情境，以声传情，以情带声。例如《天仙配》“路遇”中的唱腔流露出的是娇羞与自信；《天仙配》“满工对唱”这段唱腔的处理方法，就是在准确把握字音声调基础上，大量运用前倚音，造成下滑、上挂的效果，并且按字调字情的不同，每句都有不同的唱法，使得唱腔生动而不呆滞，既明快又有浓厚的抒情意味，既纯直又圆润丰满，令人品味不尽。

【自我感悟】

◆ **自我欣赏佳作**

◇ **京剧艺术《野猪林》欣赏**

《野猪林》

◇ **豫剧艺术《穆桂英挂帅》欣赏**

《穆桂英挂帅》

◇ **评剧艺术《秦香莲》欣赏**

《秦香莲》

◇ **越剧艺术《梁山伯与祝英台》欣赏**

《梁山伯与祝英台》

◇ **黄梅戏艺术《女驸马》欣赏**

《女驸马》

◆ **自我欣赏导引**

○《野猪林》是著名京剧表演艺术家李少春的代表作。李少春出生于梨园世家，工老生和武生，1938 年成为余叔岩的入室弟子。老生宗余派，武生宗杨（小楼）派，他虽不曾进科班，却是不可多得的表演艺术家，被视为文武兼备、不可多得的人才。他幼功极为扎实，戏路宽广，博采广取，勇于创新，虽然宗余、宗杨，但不拘泥成规，善于体察剧情，运用技巧、程式刻画各类不同人物。文戏唱腔韵味清醇，身段优美，表演细腻；武戏长靠、短打皆精，武功精湛，开打迅疾干净；演猴戏气度飘逸，身手矫捷，对武打套路多有创新。他把杨派和余派的真髓掌握的深入、透彻、娴熟、传神。李少春的扮相清秀，嗓音宽厚，唱腔清纯，身段优美。他的表演感情饱满，武功出众，拥有大批的追随爱好者。

《野猪林》的故事取材于我国古典文学名著《水浒传》，其内容是说宋太尉高俅之子游庙时，见东京八十万禁军教头林冲妻张氏貌美，使林友陆谦约林外出饮酒，暗诓张氏到家。使女锦儿奔告林冲，林赶至，高逃去。陆谦又献计高俅，假卖宝刀给林冲，再使林持刀入白虎堂。高俅出，诬林冲行刺，发配沧州。陆又买通解差董超、薛霸在途中加害。林冲在大相国寺新结识的鲁智深，唯恐途中有失，暗地跟踪，至野猪林，解差正欲谋害林冲时，鲁救林冲脱险。林冲到了沧州，陆谦又夜烧草料场加害林。正巧，林在山神庙避雪，不在草料场，杀陆报仇后上了梁山。京剧《野猪林》是李少春在继承了杨小楼的剧本基础上，自己创新编排的一出新戏，成为他的传世之作。从立意、框架、场景设置、情节的贯穿，人物的刻画，角色的唱、做、念都是李少春亲自构思、设计，费尽了心血，可以说这是他全身心投入的一部经典剧作。在编演过程中，他还得到袁世海很好的合作，而且毕恭毕敬地征求了郝寿臣先生的意见，得到了赞同和支持。正是李少春的虚心、热情、宽容和诚恳，众星捧月，使这个新剧目在剧坛上大放异彩。

○ 豫剧《穆桂英挂帅》是著名豫剧大师马金凤的代表作，马金凤被公认为是 20 世纪舞台生命最长的豫剧表演艺术家之一。马金凤原姓崔，小名金妮。1930 年乞讨到河南开封拜豫剧名演员马双枝为师，改唱豫剧。9 岁时曾被卖入开封卢殿元戏班，更名为卢金凤。被赎出后随继父姓，改名为马金凤。她的嗓音明亮纯净，清脆圆润，音质坚实、柔韧，唱法上以假声为主，真假声结合运用：唱工以大段叙述性“豫东调”、“二八板”为其擅长，吸收山东梆子的音调加以融化；唱腔结构严谨，旋律简练、朴实，节奏明快、舒展，技巧娴熟，造诣深厚。其特点刚健豪爽，深入浅出，蕴藉醇化。马金凤不但有着精湛的表演艺术，而且练就和保护了一副“金嗓子”。她以高亢、清脆、甜美、朴实等特色，形成“马派”艺术而著称于世。

《穆桂英挂帅》描写的是北宋时，西夏犯境。辞朝隐居的佘太君闻讯，遣曾孙杨文广、曾孙女杨金花去汴京探听。杨文广在校场比武，刀劈兵部尚书王强之子王伦，夺得帅印归来。穆桂英深感朝廷刻薄寡恩，不愿再为它效力。佘太君劝她以抵御西夏侵扰为重，穆桂英乃挂帅出征。该剧集中塑造了穆桂英的英雄形象，尤其是《辞印》、《挂帅》两场戏，抒发了穆桂英由感慨杨家历代忠贞而不获朝廷信任，到决定挂帅出征的自豪心情和为国为民的责任感。《穆桂英挂帅》中马金凤扮演的穆桂英融青衣、武旦、刀马旦等表演程式为一炉，独具匠心地创造了适合剧情人物需要的“帅旦”这个新的艺术行当，成功地塑造了器宇轩昂、雍容大度、巾帼英雄穆桂英的艺术形象。马金凤的表演细腻、洒脱、生动、逼真，唱腔高亢、明快，嗓音清脆、明亮，吐字清晰，喷口爽利，行腔稳健，韵味醇厚。以小嗓为主，大小嗓结合运用，生动地刻画了穆桂英的形象。

○《秦香莲》是杰出的评剧表演艺术家小白玉霜的代表剧目。小白玉霜原名李再雯，祖籍山东，5 岁随父亲逃荒到北京，父母亲养不起她，把她卖给了著名评剧演员、白派创始人白玉霜做养女。白玉霜请了天津有名的评剧彩旦李文质做她的启蒙老师。李再雯聪明好学，刻苦用心，打下了坚实的唱功基础。在艺术上逐步掌握了白玉霜的唱腔和表演技巧，继承了白玉霜的演唱风格。《秦香莲》描绘的是宋朝时代，湖广均州府有一个叫做秦香莲的妇女，她的丈夫陈世美上京赶考，一去三年无音信。秦香莲在家里含辛茹苦，穷耕苦织，奉养公婆和抚育儿女。不料连年灾荒，公婆都饿死了。秦香莲草草埋葬了两个老人，然后带领着儿子冬哥和女儿春妹，一路跋山涉水，沿途求乞，到京城来寻找自己的丈夫。秦香莲到京城却听到陈世美已做了驸马。陈世美狗肺狼心，不认妻儿，并派宫中武士韩祺去追杀秦香莲、冬哥和春妹。无奈之下，秦香莲急奔开封府去告状。开封府府尹包拯最终不顾国太与皇姑的阻止，斩了贪图荣华富贵、狠心杀妻灭子的陈世美。

小白玉霜表演的《秦香莲》，吸收并借鉴京剧、梆子、曲艺等兄弟剧种的长处，丰富了本剧表演艺术。她的音色纯正，音域宽广，她的行腔柔润平稳，深沉流畅，演唱圆润隽永、低回婉转，讲究节奏的变化及快慢、轻重的对比，形成了韵味醇厚、朴素大方的演唱特色。小白玉霜扮相大方，善用眼睛传神，表演风格轻淡素雅，细腻含蓄。无论是演唱技巧的运用，还是唱腔的设计安排，她都能从刻画人物出发，细腻而真切地表达人物感情，树立好人物的音乐形象。她塑造的秦香莲形象是她表演艺术走向成熟的标志。1956 年《秦香莲》拍成电影，她获得金质奖章，蜚声海内外。

○《梁山伯与祝英台》是越剧表演艺术家袁雪芬的代表剧目。袁雪芬 11 岁进“四季春”科班学戏，出科后，唱腔曾受越剧早期名旦王杏花影响。20 世纪 40 年代，袁雪芬以“悲旦”著称。在越剧唱腔艺术发展史上，袁雪芬是个重要的代表人物，她创立的“袁派”，对越剧旦角唱腔的发展、提高和流派的形成有着深远的影响。

《梁山伯与祝英台》是中国第一部彩色戏曲艺术片，它的剧情发生在一个江南小镇，古代女子祝英台女扮男装去杭州读书，与同窗梁山伯结为兄弟，情意深长的故事。后因二人的爱情为世俗所阻，最终酿成悲剧，“梁祝”化作蝴蝶，翩翩而舞。这曲超越时空的生死恋情的赞歌，为世代传颂。袁雪芬主演的《梁山伯与祝英台》唱腔旋律淳朴，节奏多变，感情真挚深沉，韵味醇厚，委婉缠绵，声情并茂。“十八相送”是一场风趣生动的戏，它以问答式的对唱形式展示了梁、祝二人不同的内心活动。唱腔中吸收了浙东民歌的因素，曲调优美朴实，节奏明朗活泼，感情丰富细腻。袁雪芬紧紧把握住祝英台的性格特点，演唱既热情主动，又含蓄内在。在整段唱中，通过对气口、收音、润腔唱法上的多种细致变化，表达了祝英台微妙的情感。袁派在曲调、板式的创新方面，在唱法、润腔韵味方面，丰富了越剧音乐的表现力。尤其是在美学思想上，坚持从人物出发，使唱段具有鲜明的个性、独创性，已成为新越剧创腔的原则。

○《女驸马》是黄梅戏代表作，是一部极富传奇色彩的古装戏，说的是民女冯素贞冒死救夫，经历了种种曲折，终于如愿以偿，成就了美满姻缘的故事。该剧通过女扮男装冒名赶考、偶中状元、误招东床驸马、洞房献智化险为夷等一系列近乎离奇却又在情理之中的戏剧情节，塑造了一个善良、勇敢、聪慧的古代少女形象。严凤英的《女驸马》的语言及唱词吸取了古诗、古词、民间口语、民谚语、民歌的所长，发挥了语近情遥、明白如话的特点，使音乐更符合大众口味，更易于在劳动人民和下层社会传唱。它的语言与它所依赖的音乐美质相辅相成，从而形成其语言的内在旋律美。同时，叙事性、抒情性和戏剧性的统一，古朴感与现代感的统一，构成了这一剧目的样式之美。《女驸马》全剧结构合理、情节新颖、唱腔优美，在音调和曲式上继承发扬了黄梅戏传统音乐的优点，又富于独创性，不愧为经典之作。

◆ **拓展资料**

○ 蒋菁菁:《中国戏曲音乐》，人民音乐出版社 1995 年版。
○ 余从:《中国戏曲史略》，人民音乐出版社 1993 年版。
○ 王基笑:《豫剧唱腔音乐概论》，人民音乐出版社 1993 年版。
○ 周大风:《越剧音乐概论》，人民音乐出版社 1995 年版。
○ 盛华:《中国戏曲脸谱欣赏》，人民音乐出版社 2002 年版。
○ 骆正:《中国京剧二十讲》，广西师范大学出版社 2004 年版。
○ 朱恒夫:《中国戏曲美学》，南京大学出版社 2008 年版。
○ 马强:《中国戏曲服装图集》，山西教育出版社 1995 年版。

【活动创编】

◆ **活动主题**

○ 京剧《徐策跑城》中的摇翅旨在表现什么?
○ 思考戏曲的虚拟性。
○ 分析四大名旦的唱腔特点。
○ 戏曲与其他戏剧形式有什么区别?
○ 思考戏曲的主要艺术特征是什么?

○ 不同戏曲剧种的区别在于哪里？
○ 著名表演艺术家常香玉在抗美援朝期间捐献的飞机命名是什么？
○ 戏曲的基本功有哪些？
○ 京剧的武戏锣鼓经有哪些？
○ 分析四大须生的唱腔特点。

◆ **创编项目**

○ 组织志同道合的朋友去观看一场戏曲。
○ 每位同学针对自己最喜欢的戏曲写一篇评论。
○ 组织所在班级仿照不同的戏曲形式和唱腔创作一出戏曲节目。

参考文献

[1] 梁思成．大拙至美——梁思成最美的文字建筑．北京：中国青年出版社，2007.

[2] 蔡元培．中国人道德修养读本［M］．吉林：吉林人民出版社，2013.

[3] 林徽因．林徽因诗集［M］．北京：人民文学出版社，1985.

[4] 梁启超．少年中国说［M］．西安：陕西师范大学出版社，2010.

[5] 杨绛．干校六记［M］．北京：生活·读书·新知三联书店，2010.

[6] 沈从文．边城［M］．长沙：岳麓书社，2010.

[7] 莫言．莫言作品精选［M］．武汉：长江文艺出版社，2012.

[8] 汉宝德．中国建筑文化讲座［M］．北京：生活·读书·新知三联书店，2006.

[9] 何宝民．中国雕塑名作欣赏［M］．郑州：海燕出版社，2006.

[10] 王红媛．世界艺术史——雕塑卷［M］．北京：东方出版社，2003.

[11] 任德山．中国绘画［M］．北京：高等教育出版社，2009.

[12]［英］劳伦斯·葛雯．西方绘画艺术典藏——罗浮宫［M］．济南：山东美术出版社，1995.

[13] 钟明善．书法鉴赏［M］．北京：高等教育出版社，2009.

[14] 周世斌．音乐欣赏［M］．重庆：西南师范大学出版社，2008.

[15] 杨仲华．舞蹈艺术教育［M］．北京：人民出版社，2003.

[16] 李兴国．摄影构图艺术［M］．北京：北京师范大学出版社，1998.

[17] 张朝丽．中外电影文化［M］．天津：天津大学出版社，2006.

[18] 余从，周有德，等．中国戏曲史略［M］．北京：人民音乐出版社，1993.

[19] 丁帆，朱晓进，等．新编大学语文［M］．北京：外语教学与研究出版社，2005.